화려한 주식사냥

장편 실화소설

화려한 주식사냥

초 판 1쇄 2015년 6월 18일

지은이 김 건
펴낸이 전호림 **기획 제작** 드림콘서트 **펴낸곳** 매경출판(주)
등 록 2003년 4월 24일(NO. 2-3759)
주 소 우)100-728 서울시 중구 퇴계로 190(필동1가)매경미디어센터 9층
전 화 02)2000-2647(사업팀) 02)2000-2868(내용문의 및 상담)
팩 스 02)2000-2609 **이메일** copy5243@naver.com
인쇄·제본 (주)M-print 031)8071-0961

ISBN 979-11-5542-304-2(03810)
값 15,000원

화려한 주식 사냥

김건 장편실화소설

작전세력은 가라!
사냥꾼인 내가 왔다!

주가조작으로 수백억을 거머쥐려는 미모의 큰손
그녀를 둘러싸고 벌어지는 검은 돈 커넥션!

매일경제신문사

목 차

심사평

문학과 소설의 다양성, 그 저력과 패기

당선작으로 뽑은 '화려한 주식사냥'은 소설을 읽는 느낌이라기보다는 과거의 어떤 사회적 사건에 대한 논픽션을 읽는 느낌이 들기도 한다. 그러나 아무나 쉽게 접근할 수 없는 주제와 소재를 그 방면에 대한 이만한 전문지식을 가지고 끝까지 끌고 나가는 힘이 대단해 보였다. 과거의 어떤 사회적 사건을 모티브로 가져와 오늘날 우리 사회의 모습을 그 속에 대비해 보게 하는 점도 높이 살 만했다.

이색 소재인 '화려한 주식사냥'은 어떻게 보면 경제나 주식에 대한 전문지식을 바탕으로 한 소설이어서 아직은 젊은이들이 주로 찾는 인터넷 공간에 이 작품이 잘 어울리지 않는다는 점도 있을 것이다. 그러나 앞으로는 이런 전문지식을 바탕으로 한 소설들이 이런 공간을 통해 더 많이 쏟아져 나와야 한다. 그것이 바로 문학의 다양성이고 소설의 다양성이 아니겠는가.

패기는 젊은 사람들에게만 요구되는 것이 아니다. 가벼움만 난무하여 그 가벼움으로 정형화되어 가고 있는 이 인터넷 공간에 종이책으로도 쉽게 볼 수 없는 이런 전문지식을 바탕으로 한 소설을 올리는 것 역시 패기가 아니겠는가.

당선자의 정진을 빈다.

소설가 **이순원**

심사위원 약력

이순원(소설가)

1957년 강원도 강릉 출생. 1988년 문학사상 신인상에 단편 [낮달]이 당선.
[얼굴], [압구정동엔 비상구가 없다] 등의 작품과 [수색, 어머니 가슴속으로 흐르는 무
늬],[은비령], [그대 정동진에 가면], [순수] 등 작품 다수. 1966년 '동인문학상', 1997
년 '현대문학상', 2000년 '효석문학상', 2000년 '한무숙문학상' 등 수상.

강병석(소설가)

1948년 충남 홍성 출생. 1981년 월간문학 신인상 시 부분 당선. 1986년 동아일보 신
춘문예 소설 부분 [낱말 찾기]로 당선. 시집 [넝쿨 담장], [오월에 날아온 수상한 꽃가
루], [사랑 쌓기], 소설집 [낱말 찾기], [어둠꽃], [서 있는 자의 꿈], [궁예](전 3권) 등.

이광호(교수, 문학평론가)

1963년 출생. 고려대 대학원 국문과 박사 과정 졸업. 1988년 중아일보 신춘문예로
등단. 비평집 [위반의 시학], [환멸의 신화] [소설은 탈주를 꿈꾼다] 등. 현재 서울
예술대학교 문예창작과 교수.

당선 소감

참 열심히 뛰었다. 쥐뿔도 얻은 것 없이 코피깨나 흘리며 살았다. 스물한 살 때부터 대학, 직장, 사업, 문학 등을 끌어안고 욕심껏 뒹굴기 시작했다. 서른 살이 되면 명예와 재력을 동시에 거머쥘 것으로 착각했다. 그 뒤 돈과 자존심 좀 털어먹고 동아일보 최종 면접시험에서 낙방하고 잠시 방황하다가 여러 회사를 거쳐 이곳까지 왔다.

30여 년 동안 4개 재벌 그룹 7개 계열사를 옮겨 다녔다면 과연 믿을 사람이 몇이나 될까. 능력을 인정받지 못해 '고문관'처럼 떠돈 것은 아니다. 나름대로 인정도 받았고 이미 30대 중반에 유명 재벌기업 계열사의 부서장으로 승진해 있었다. 그 와중에서 단행본 40권 분량의 엉터리 원고도 꾸준히 써왔다.

일간지 신춘문예에 10여 차례 낙선, 경제비평서 11권, 세계여행기 4권 등이 내 초라한 이력서의 한 줄을 차지하고 있다. 나이를 제법 먹은 지금, 나는 젊은 네티즌들 앞에서 얼굴을 붉힌 채 누더기 같은 참회록을 소개하려 한다. 실화 소설 '화려한 주식 사냥'은 개인적으로 대기업 '경리쟁이'의 30여 년을 결산하는 고해성사다.

사채시장의 큰손을 내세워 검은 돈을 챙기던 정계·관계·재계의 기득권층 인사들은 지금도 아무 거리낌 없이 활개를 치고 있다. 이런 속물들 때문에 우리 사회가 IMF 외환위기와 구제 금융이라는 치욕을 맛보았다. 정치적 소신과 경영이념이라곤 안중에도 없는 사리사욕의 엉터리 정치인과 기업주들, 자리보전을 위해 그 따위 기득권층 인사들에게 아부나 일삼던 바보 같은 소시민들…. 이처럼 시시한 사람들 때문에 몸까지 축내며 정직하게 일할 국민은 없었다. 정당하게 땀을 흘려서는 출세하거나 돈을 모을 턱이 없다고 믿었던 시민들이 우리 사회의 부실화, 경제적 양극화를 부추기고 방조했던 것이다.

깡통 경제의 부패한 구석에도 과연 진실은 있으며, 그나마 진실이 있다면 그 한계는 어디까지인지 묻고 싶다. 이러한 의문에 대해 이 역설적인 교훈서가 아주 조그마한 실마리를 제공할 수도 있을 것으로 기대한다. 이 어설픈 글을 통해 우리 정치·경제·주식시장의 취약점들을 직시하고 사회적 실상을 객관적으로 살펴볼 수 있는 기회가 마련된다면 더없는 기쁨이 될 것이다.

이 소설에 등장하는 정계·재계 인사들의 담합과 흥정, '장영자사건' 개입, 주가조작, 부당 내부거래, 뇌물과 정치자금 수수 예화들은 대부분 체험적 사실에 바탕을 두었다.

헛된 과욕에 사로잡힌 남자들이 거들먹거리며 판치는 정계·관계·재계를 쥐고 흔들었던 미모의 여인. 주식투기로 수백억 원을 거머쥔 그 큰손을 둘러싸고 벌어지던 검은 돈 커넥션…. 그 화려한 머니게임의 그늘에서 방황하거나 주가조작에 편승해 돈을 벌려던 샐러리맨들이 소설을 지탱하고 있다.

직접 체험했다는 이유로 모든 진상을 다 말할 수는 없었다. 나는 단지 그 거대한 음모, 치밀하게 짜인 각본, 완벽하게 연출된 스펙터클 드라마에 아주 보잘 것 없는 엑스트라로 출연했기 때문이다. 그나마 그 냄새 나는 연극에서 '청와대 제2경제수석실의 비밀 메모지' '세무 당국의 복명서 원본' '금융 당국의 대책서' '관련 업체의 내부 극비 문서' 등 대본과 소도구를 몇 점 챙기려 했다는 게 남들과 다른 점이었다.

그 버라이어티 쇼에서 우리 샐러리맨들은 너무나 왜소하고 초라했다. 기득권층 인사에게 끌려 다니며 하수인 노릇을 해야 했던 그들, 장벽 같은 현실의 무게에 짓눌려 신음하던 그들, 집단적 횡포와 기만 앞에서 창백한 영혼마저 유린당했던 그들, 가진 자들의 약점을 이용해 검은 돈을 얻으려고 머리를 조아리던 그들이 바로 샐러리맨이라는 이름의 조역이었다. 그토록 무기력하거나 영악했던 샐러리맨들의 모습이 바로 우리의 이지러진 초상이었다.

그렇다면, 우리 후손들에게 결코 물려주지 말아야 할 부끄러운 자화상과 왜곡되고 굴절된 현대사가 어떤 모습인지 반드시 짚고 넘어가야 한다. 이제, 지하경제의 검은 속살과 정경유착의 폐해로 국가 경제와 정치권이 휘청거리던 암울한 풍경이 아주 먼 옛날이야기처럼 기록되는 세상에 살고 싶다.

소설의 배경은 비록 '장영자사건'이지만 주식시장, 사채시장, 정경유착, 기업 비리, 금융 비리 등의 삽화가 골고루 배어 있어 '한국의 지하경제 백과사전'이라고 불러도 괜찮을 것만 같다. 스무 해가 넘도록 가슴을 무겁게 짓누르던 죄의식의 멍에를 벗어나니 해방감마저 느낀다.

두 번 다시 이런 글을 쓰지 않겠다. 차라리 달콤하고 아름답고 가슴 저리고 희망이 넘치는 연애편지, 고독과 절망을 뛰어넘는 탄생과 죽음의 개인사를 기록하는 편이 훨씬 행복할 것이다. 앞으로는 우리 불쌍한 샐러리맨과 눈먼 개미투자자들이 화려한 머니게임의 그늘에서 더 이상 절망하는 일이 없기를 바랄 뿐이다.

단행본 두 권 분량의 이 졸작을 연재용으로 줄이면서 '죽 쑤고' 있을 때 수십 통의 이메일로 격려해 준 이웃들, 덜 여문 글을 고뇌 끝에 대상 수상작으로 뽑아 주신 심사위원님들께 깊이 감사드린다.

김 건

01. 주식 사냥꾼 길들이기

　내 돈을 걸고 남의 돈을 조준하는 돈 사냥을 듣기 좋게 재테크라고 부른다. 그 재테크 중에 가장 흥미진진한 머니게임이 주식시장에서 벌어진다.

　그 머니게임을 지켜보며 그럴듯하게 관전평을 써야 하는 고액 연봉의 샐러리맨 애널리스트들, 증권사의 수익 증대를 위해 잦은 매매를 부추겨야 하는 그들도 가끔은 가치투자자란 가면을 쓰고 나타나 점잖게 일갈한다. 매일같이 단타 매매에 일희일비하면 필패(必敗)한다고….

　하지만 대부분의 어리석은 주식 사냥꾼들은 증권사와 작전세력들이 고마워할 정도로 가치투자를 외면한다. 주식투자가 아니라 주식투기로 일관한다. 연애 상대를 자주 바꾸는 바람둥이처럼 경박하게 나댄다. 가정용품을 구입하는 데 한 달 동안 제품 성능과 가격을 비교 분석하던 사람들도 거액의 투자 결정을 내리는 데는 몇 분이면 족하다.

　재무제표 읽는 요령을 터득한 뒤 각종 재무지표와 분석 자료를 토대로 다른 투자가들의 의견을 참고해야 하는데 그렇지 못하다. 엄격한 원칙을 만들어 스스로 분석 평가한 뒤 우량 종목 여부를 판단하는 내공을 기르지 않고, 전문가(?)와 작전세력이 추천하는 부실 테마 종목에 묻지 마 베팅을 일삼는다. 증권 전문가들이 떠드는 소리를 듣고 투자한다면 잘 해 봐야 시장 평균 수준의 수익률을 얻거나 망할 뿐인데도 말이다.

개미들이란 이름의 주식 사냥꾼들은 눈과 귀가 어두워진 불도저 고집쟁이여서, 바람결 같은 주식시장의 속삭임에 운명을 걸고 부화뇌동의 일전을 벌인다. 결국 돈 버리고, 건강 해치고, 생업 망치고, 일상의 바이오리듬마저 잃는다. 슬프지만 현실이다.

정말 그랬다. 조금은 화끈해 보이지만 진짜 멍청한 개미들의 주식 사냥 끝에 금요일이 왔다. 마침내 로열건설 주식관리부 엄창수 차장도 수많은 개미투자자들처럼 진이 빠져버렸다. 머리는 텅 비었고 눈동자는 초점을 잃어버렸다.

엄 차장은 회사에 출근하자마자 한동안 멍하니 앉아 있었다. 창 밖에서 새하얀 눈송이들이 듬성듬성 흩날리고 있었지만, 도무지 낭만적인 기분이 살아나지 않았다. 주식시장은 눈에 띄게 활기를 잃었고, 최종길 회장은 연일 바가지를 긁어댔다. 엄 차장으로선 죽을 맛이었다. 당분간 마음고생이 심할 것이란 예감이 뇌리와 가슴을 파고들었다.

불길하게도 주초부터 증권사 객장 여기저기서 근심이 담긴 한숨 소리가 들려왔다. 수많은 개미투자자들이 자칫하면 투자 원금을 몽땅 날리지나 않을까 안절부절못하고 있었다. 로열그룹 최종길 회장이나 엄창수 차장도 노심초사하기는 마찬가지였다.

* * *

오늘도 주식시장은 개장 초부터 약세를 면치 못하고 있다. 그나마 건설주가 약보합권에 머물러 있으니 불행 중 다행이다. 엄 차장은 요즘처럼 주식관리 책임자의 위치에 오르게 된 것을 후회한 적도 없었다.

이왕 말이 나온 김에 솔직히 고백하자. 엄 차장은 야심만만한 인간이 결코 아니다. 장차 유명한 인물이 되고 싶다거나 회사에서 최고경영자의 자리에 올라가겠다는 원대한 포부도 없다. 거의 매일 다람쥐 쳇바퀴 같은 일상을 보내고 있지만, 평생 단 한 번만이라도 주식투자로 대박을 터뜨렸으면 좋겠다고 간절히 원하는 소시민 중 한 명일 따름이다.

누가 봐도 엄 차장은 지극히 평범한 샐러리맨에 불과하다. 하지만 그는 요즘 아슬아슬할 정도로 위태로운 나날을 보내고 있다. 정말이지 이젠 돌이킬 수도 없다. 최 회장의 주식투기와 내부자 거래에 무임승차하려던 계획이 그 궤도를 한참 벗어났다는 판단이 들기도 한다.

엄 차장은 최근 들어 부쩍 이를 갈고 있다. 현재의 직위와 역할을 이용하여 적어도 20억 원쯤 벌 수 있다면 미련 없이 사표를 던질 작정이다. 최종길 회장의 악에 바친 욕설을 감수하면서도 오기로 버티는 것은 단순히 주식투기에 대한 열망 때문이다.

1929년 10월 24일 뉴욕 월스트리트의 주식시장이 대폭락 사태를 경험하던 '검은 목요일'이, 그 해 10월 29일 미국 주식시장의 완전 붕괴가 한국에서 재현되지 않는 한 그 꿈은 언젠가 반드시 열매를 맺을 것이다. 엄 차장은 그런 기대와 확신으로 칼날을 갈고 있다.

"엄 차장님, 회장님께서 찾으세요."

아니나 다를까. 전화벨 소리에 화들짝 놀라 송수화기를 들었더니 비서실 미스 한의 목소리다. 조바심치며 우려하던 대로 오전부터 최 회장이 달달 볶을 준비를 하고 있는 게 틀림없다. 영혼이 없는 사람! 엄 차장은 그렇게 속으로 외친다.

엄 차장은 비서실 출입문 앞에 서서 잠시 정신을 가다듬는다. 출입문에 노크하는 여비서의 뒷모습을 훔쳐보며 엄 차장은 한숨을 깊이 내쉰다. 그 지옥문이 악몽을 꾸던 순간처럼 부드럽게 열린다.

회장실에는 현기증이 날 지경으로 긴장감이 감돈다. 내리 사흘째 주가가 폭락세여서 엄 차장의 어깨에 절로 힘이 빠진다. 자신의 투자 원금을 야금야금 까먹어 들어가는 것도 안타까운데, 최 회장에게 무자비하게 당할 생각을 하니 복장이 터질 것 같다.

"회장님, 부르셨습니까?"

경계심을 늦추지 않고 엄 차장이 고개를 숙인다.

"그래, 불렀다. 우선 주식 시황부터 말해 봐."

최 회장은 소파에 앉은 채 지그시 눈을 감고 있다. 앉으라는 손짓도 없이 고개만 주억거린다. 그래서 더 불안하다.

"전반적으로 지수 하락 폭이 큰 편이구요. 전 업종이 내림세이지만 건설주는 약보합권에 머물러 있습니다."

엄 차장은 버릇처럼 한 발짝 물러서며 짤막하게 읊조린다. 그는 스트레스와 알코올에 시달린 목구멍이 바짝바짝 타들어가는 것을 느낀다. 엊저녁에도 술에 취해 비틀거리며 귀가했다가 아침에 절반쯤 눈이 감긴 채 다시 회사로 돌아온 길이다.

"귀신 씨나락 까먹는 소리, 개 풀 뜯어먹는 소리 하고 있네. 나도 그런 개소리는 할 줄 안다. 현재 보합세지만 몇 차례 상승과 하락을 반복하면서 조정 국면에 들어설 것이다. 장기적인 관점에서 보면 주가는 한참 더 오를 것이다…. 어때? 내 전망도 그럴듯하지?"

엄 차장의 창백한 얼굴을 올려다보며 최 회장이 심통 사납게 이죽거린다. 최 회장은 자신의 희망에 관계없이 주가가 바닥권을 모르고 추락하는 것에 대해서 분노와 배신감을 감추지 못하고 있다.

인터폰이 계속 울리고 있지만 최 회장은 눈길 한 번 주지 않는다. 그런 행동을 보임으로써 엄 차장이 서서히 긴장하며 움츠러드는 표정을 즐긴다. 공연히 화가 날 때마다 임직원들의 비위를 슬쩍 건드려 충성심을 확인하는 버릇이 고개를 쳐든 것이다.

　잠깐 침묵이 흐르는 동안 최 회장은 분노와 혼란이 뒤섞인 심정으로 탁자를 두들긴다. 그동안 로열건설 주식을 꾸준히 매집해 왔으나 거의 한 달 동안 바닥세를 면치 못하고 있으니 울화가 치밀 만도 하다.

　"개자식! 네가 주식투자 전문가야?"

　최 회장의 입술이 뒤틀리며 욕설이 튀어나온다.

　"우리 로열건설은 동종 업계에서 부채비율이 가장 낮고 주당 순이익률은 가장 높아. 그런 마당에서 도대체 네가 한 일이 뭐니? 명동 증권가에 나가 쓸데없는 잡담이나 하다가 들어오는 주제에…. 이번에 바닥을 치고 올라가지 않으면 정말 가만두지 않을 거야!"

　최 회장의 얼굴이 점점 붉게 변하면서 언성이 높아지기 시작한다. 뭔가 한마디 던지고 싶지만 엄 차장은 꾹 누른다. 국내 주식시장의 미래를, 아니 로열건설의 주가(株價) 추이를 정확히 예측할 수 있는 사람은 이 세상에 아무도 없다. 사정이 그럼에도 최 회장은 엄 차장을 들볶고 있다.

　지금까지 아랫것들이 주식투기에 쏟아 부은 온갖 정성의 결과가 최 회장의 여러 차명 예금통장에 고스란히 깃들여 있을 것이다. 하지만 최 회장은 아닌 밤에 홍두깨를 내밀며 억지를 부린다. 엄 차장은 초인적이 인내심을 발휘하여 마음을 가라앉힌다.

　최 회장에게 로열건설의 주식을 매수하라고 권유한 적은 단 한 번도 없었다. 주가 예측에 대한 두 사람의 견해가 대체로 일치할 때마다 최 회장 스스로 결단을 내렸을 뿐이다. 최근 들어 주식시장이 워낙 무기력 장세로 이어지다 보니 주가가 바닥을 기는 건 어쩔 수 없는 일이다.

측근들이 너무도 잘 알고 있는 것처럼, 수단 방법을 가리지 않고 가장 짧은 기간 안에 돈을 버는 것이 최 회장의 지상목표다. 물론 주식투기뿐만 아니라 기업 경영에도 그와 비슷한 목표를 적용하고 있다. 최 회장은 경비를 줄이고 생산성을 높이려면 건설 현장의 공기를 무조건 단축해야 한다고 역설한다. 그는 낮은 임금으로 적은 고용원들을 부리기 위해선 엄격한 통제 하에 일당백(一當百)의 업무를 임직원들에게 맡겨야 한다고 주장하기도 한다.

그런 점에서 최 회장은 증오와 비판을 한 몸에 받고 있는 고용주다. 그에게 임직원들은 기계와 부속품 같은 존재다. 그는 회사를 위해 어떤 공헌을 했던 사람이든지 마음에 들지 않으면 언제라도 가차 없이 목을 잘라야 직성이 풀렸다.

최 회장은 상어처럼 약삭빠르고 탐욕스러운 자본가다. 자신이 추구하는 재력과 명예와 권위에 방해가 될 만한 일은 아무리 사소한 것이라도 그냥 지나치지 않는다. 권력 지향적인 그 맹목성은 그를 상대하기 힘든 적수로 만들어 버렸다.

최 회장에겐 탐색전이 필요 없다. 임직원들에게 마음에 없는 소리로 칭찬을 늘어놓다가도 불시에 전투적인 상황으로 몰고 간다. 순발력 있는 변명은 그의 공격을 한층 더 부추길 따름이다.

엄 차장은 결론을 내린다. 아무리 신중하게 처신해도 악화된 상황은 나아지지 않을 것이다. 멍청하게 대책 없이 얻어맞거나 순발력을 발휘하여 재빨리 그 폭력적인 현장을 벗어나는 게 최선일 따름이다.

"도저히 견딜 수가 없다. 네가 거치적거린다는 생각이 들 때가 너무 많아."

항상 비슷하게 들어온 소리이지만 엄 차장의 두려움은 줄어들지 않는다. 이제는 때와 장소를 가리지 않고 성깔 부리는 최 회장이 부담스럽게 느껴질 뿐이다.

로열건설의 수많은 간부들이 그렇듯 주식관리부 엄창수 차장도 만년 겁쟁이다. 최종길 회장 앞에 서기만 하면 공포를 느끼며 뒤로 물러설 자세부터 취한다. 규칙적인 운동으로 단련된 우람한 체구의 엄 차장으로서도 달리 대처 방법이 없다.

"너만 믿고 주식에 손을 댔다간 거덜 나기 십상이다."

최 회장은 소파에 깊숙이 몸을 묻은 채 이맛살을 찌푸린다.

"회장님, 조금만 더 기다리세요. 머잖아 완만한 상승세가 이어질 겁니다."

오줌 마려운 강아지처럼 엉거주춤 서 있던 엄 차창은 두려움이 가득 찬 시선으로 최 회장을 내려다본다.

"주가를 끌어올릴 재주 없으면 집에서 푹 쉬지 그래?"

"…."

엄 차장은 최 회장의 입술에 보일 듯 말 듯 피어나는 미소를 본다. 언제 그 미소가 험악한 욕설과 폭력으로 변할지 가늠해 보면서 탈출 기회를 엿보아야 할 순간이다.

"집에서 푹 쉬지 그래? 집에 가서 애나 보지 그래?"

귀가 따갑도록 들어 본 소리지만 엄 차장은 그 말 뒤에 이어질지도 모르는 폭력과 폭언이 더 무섭다. 과연 무엇을 얼마나 잘못했기에 이토록 처절한 공포 속을 헤매야 하는가. 최 회장에게 덜미를 잡혀 꼼짝 못 하는 자신의 신세가 갑자기 서글퍼진다.

"아직도 모르겠어? 네놈의 무능력을?"

"…."

최 회장의 말 한마디 한마디가 마법사의 주문처럼 엄 차장의 가슴을 죄어온다. 폭군의 터무니없는 공갈 협박이 그를 단단하게 옭아매고 있다. 공포를 이기지 못하고 어깨를 움찔거리자 최 회장이 차갑게 웃는다.

  "주가를 어떻게 관리했으면 만날 바닥이야?"

  최 회장의 눈빛은 분노로 이글거린다. 그 말에는 광기가 서려 있다.

  "요즘 시장 분위기가⋯."

  엄 차장이 말을 맺기도 전에 최 회장은 손목시계를 풀고 있다. 최 회장의 물리력 행사는 숨을 쉬는 것만큼이나 자연스러운 일이다.

  "회장님, 그게 아니라⋯."

  한바탕 회오리바람이 불 모양이다. 엄 차장은 이미 자지러지고 있다. 어느 새 그의 눈에 물기가 고이기 시작한다.

  "난 변명하는 게 가장 싫어."

  최 회장이 일어서려는 기미가 보이자 엄 차장은 잽싼 동작으로 다시 한 걸음 물러선다. 우선 맞지 않고 위기의 순간을 넘기는 게 상책이지 싶다. 선택의 여지는 없다. 이제 더 이상 머뭇거릴 수도 없다. 눈치껏 도망치는 길만이 유일한 해결책이다.

  "얼마나 처먹었으면 배때기가 불룩해졌겠나."

  황급히 회장실 출입문을 닫던 엄 차장의 등 뒤로 날아온 악담이다. 불끈 쥔 주먹에 가슴팍을 맞지 않고 무사히 탈출한 것만도 참 다행한 일이지 싶어 엄 차장은 안도의 한숨을 연거푸 내쉰다.

  최 회장의 포악한 근성은 누구도 말리지 못한다. 하지만 위기의 순간이 지나면 언제 폭력과 폭언을 일삼았느냐는 듯이 빙그레 웃곤 한다. 그건 그가 적절히 애용하는 용병술이다. 강아지를 조련하듯 능숙하게 임직원들을 다루고 있는 기법이다.

최 회장은 사업상 위기를 관리하는 능력만큼이나 임직원들의 심리를 다스리는 데도 전문가다운 솜씨를 발휘한다. 그는 임직원들을 두드려 맞고도 찰거머리처럼 버틸 줄 아는 하수인으로 변화시킨다. 전혀 예기치 못한 때 벼락 치듯 폭언과 폭력을 휘둘러서 오기 넘치는 젊은 이들의 기를 꺾어 버리곤 한다. 결국 사업상의 영역뿐만 아니라 사생활에서도 임직원들이 자신에게 전적으로 의존하도록 만든다.

　지시 사항을 어긴 사실이 발견될 때마다 최 회장은 당사자를 불러 반드시 손목시계를 푼 뒤 지휘 고하를 무시하고 물리력을 쓴다. 특히 건설 현장에서 최 회장을 만났던 직원들은 그를 보면 손목시계가 떠오를 정도로 공포에 떤다.

　하지만 그 공포를 극복하고 시키는 대로 좇아가기만 하면 순조로운 출셋길이 보장되었기 때문에 약삭빠른 친구들은 죽는 시늉까지 한다. 그토록 허약한 겁쟁이들이 늘어나자 드디어 용기를 얻은 최 회장은 야비하기 이를 데 없는 폭력과 폭언으로 종업원들을 굴복시키기 시작했던 것이다.

　무사히 회장실을 탈출한 엄 차장은 얼떨떨하고 참담한 기분에 젖어든다. 이건 마치 히틀러 통치 하의 독일군 부대에 징집된 경우처럼 황당하다. 신흥 재벌 총수치고는 유별난 타입의 군국주의식 체제를 도입하고 있다 보니 엄 차장은 경력 간부 사원으로 입사하자마자 완전히 두 손을 들고 말았다. 이 따위 회사에 입사하려고 물불을 가리지 않았나 생각하면 울화가 치밀곤 한다.

＊ ＊ ＊

　로열건설 주식관리부 직원들은 엄 차장의 모래 씹는 표정을 흘깃거리며 허탈감에 빠졌다. 말이 번드르르해 주식관리부란 조직이지, 부하 직원은 장두진 주임과 고졸 출신 여직원 한 명이 전부였다. 엄 차장은 비린내 나는 젊은 아이들 두 명을 데리고 주식관리 담당 차장으로 행세하는 자신의 신세가 오늘 따라 무척 서글펐다.

"젠장, 오늘도 주가가 바닥이냐?"

엄 차장은 극심한 두통을 찍어 누르며 장두진 주임에게 퉁명스럽게 물었다.

"시황이 그런 걸… 전들 어쩝니까?"

"회장님에게 된통 얻어맞고 나온 길이다. 대규모 무상증자 청사진을 발표하거나 해외에서 100억 달러짜리 프로젝트라도 따내지 않는 한 대형 호재를 만들 방법이 없어. 더 이상 사기를 칠 수도 없고….'

"무턱대고 조인트를 깐다고 될 일이 아닙니다. 아직까지 어느 누구에게도 발설하지 않은 거창한 극비 사업계획서를 만들어 달라고 그러세요. 그렇지 않으면 수천억을 투입해 주가조작을 시도하든지….'

장두진 주임은 경멸이 가득 담긴 목소리로 투덜거렸다.

"빌어먹을!"

엄 차장은 주먹으로 책상을 내리찍었다. 이제는 더 이상 복잡하게 생각할 겨를이 없었다. 오직 날아오는 폭력과 욕설을 감수하려는 의지만 남아 있을 뿐, 다른 어떤 대비책이나 의욕도 생기지 않자 그는 비로소 냉정해졌다.

"회장님이 찾으시면 외출 중이라고 말씀드려!"

서둘러 사무실을 빠져 나가며 엄 차장이 소리쳤다. 최 회장의 융단폭격을 피하려면 가능한 한 빨리 외출하는 게 가장 안전했던 것이다.

로열건설 주식관리부 직원들은 엄 차장의 모래 씹는 표정을 흘깃거리며 허탈감에 빠졌다. 말이 번드르르해 주식관리부란 조직이지, 부하직원은 장두진 주임과 고졸 출신 여직원 한 명이 전부였다. 엄 차장은 비린내 나는 젊은 아이들 두 명을 데리고 주식관리 담당 차장으로 행세하는 자신의 신세가 오늘 따라 무척 서글펐다.

"젠장, 오늘도 주가가 바닥이냐?"

엄 차장은 극심한 두통을 찍어 누르며 장두진 주임에게 퉁명스럽게 물었다.

"시황이 그런 걸… 전들 어쩝니까?"

"회장님에게 된통 얻어맞고 나온 길이다. 대규모 무상증자 청사진을 발표하거나 해외에서 100억 달러짜리 프로젝트라도 따내지 않는 한 대형 호재를 만들 방법이 없어. 더 이상 사기를 칠 수도 없고…."

"무턱대고 조인트를 깐다고 될 일이 아닙니다. 아직까지 어느 누구에게도 발설하지 않은 거창한 극비 사업계획서를 만들어 달라고 그러세요. 그렇지 않으면 수천억을 투입해 주가조작을 시도하든지…."

장두진 주임은 경멸이 가득 담긴 목소리로 투덜거렸다.

"빌어먹을!"

엄 차장은 주먹으로 책상을 내리찍었다. 이제는 더 이상 복잡하게 생각할 겨를이 없었다.

오직 날아오는 폭력과 욕설을 감수하려는 의지만 남아 있을 뿐, 다른 어떤 대비책이나 의욕도 생기지 않자 그는 비로소 냉정해졌다.

"회장님이 찾으시면 외출 중이라고 말씀드려!"

서둘러 사무실을 빠져 나가며 엄 차장이 소리쳤다. 최 회장의 융단폭격을 피하려면 가능한 한 빨리 외출하는 게 가장 안전했던 것이다.

* * *

로열건설 본사 빌딩은 지하와 지상을 합쳐 1만 2천여 평에 19층 규모다. 붉은 벽돌의 교도소처럼 단조롭게 볼품없이 지어진 건물, 어지간히 돈으로 처바른 빌딩임에도 그 옆에서 한참 위용을 뽐내며 올라가는 63층 빌딩 때문에 초라하기 그지없다. 그 웅장한 철골 구조물 한쪽으로 떠밀려 긴 그늘에 가려 버린 로열빌딩은 마치 날림으로 지은 부속 상가나 창고처럼 보일 지경이다.

엄창수는 2차 세계대전 당시 나치 게슈타포 사령부 같은 느낌의 로열빌딩을 올려다보며 고개를 절레절레 흔들었다. 저런 건물 안에 틀어박혀 세월을 보내고 있다니…. 지겹고 따분하고 우울하기 이를 데 없었다. 예술적 기교를 단호히 거부하는 최종길 회장의 저돌적인 성격이 그 괴물에 고스란히 담겨 있는 것만 같아 적대감이 고개를 들었다.

아무리 사소하거나 아무리 거창한 일이어도 최 회장의 지시 없이는 어느 누구도 함부로 나설 수 없을 뿐더러, 간판 한 개조차 임직원들이 소신대로 매달 수 없는 게 로열그룹의 철칙이다. 하나에서 열까지 최 회장의 결단이 없으면 되는 일이 없다.

새하얀 타원형 안에 'ROYAL'이라는 흰색 글씨를 담은 마크와 멋대가리 없이 펑퍼짐한 고딕체로 쓰인 흰색의 로고 '로열'이 최 회장의 고집처럼 빌딩의 좌우 상단 구석을 차지하고 있다. 최 회장의 지시에 따라 소위 담박하게 치장했음에도 황토색 비슷한 붉은 외벽 때문에 더 삭막하고 기괴해 보인다.

빌딩 앞 승강장에서 대여섯 대의 빈 택시들이 대기하고 있었지만, 엄창수는 버스 정류장 부근까지 짐짓 잰걸음으로 걷기 시작했다. 택시 요금을 시내 출장비로 청구할 수 없는 형편인 줄 뻔히 알면서도 내 돈으로 택시 타는 꼴을 다른 직원들에게 들키고 싶지 않았던 것이다.

하늘은 금방이라도 다시 눈을 뿌릴 것처럼 흐릿했다. 대기는 눅눅하고 찬 기운을 머금고 있어 약간 으스스했다.

엄창수는 자신도 모르게 진저리를 치며 미친놈처럼 킥킥거렸다. 그리곤 쓸쓸히 입맛을 다셨다. 따지고 보면 두 사람의 심리전에서 최 회장이 멋진 승자라고 단정하기에는 아직 일렀다.

빠른 속도로 여의도를 벗어나자 분노와 자괴감으로 부글거리던 가슴이 약간 가라앉았다. 택시의 시트에서 코를 찌르는 담배 냄새와 생선 비린내 같은 것이 풍겼다. 제기랄! 남의 시선만 의식하지 않았더라면 벌써 오너드라이버가 되어 있을 텐데…. 명동을 향해 출발하는 택시 안에서 엄창수는 조소를 잘근잘근 깨물고 있었다.

　재정적으로 고급 승용차를 충분히 몰고도 남을 처지이지만, 남보란 듯이 터덜터덜 걸어서 출퇴근하는 사정을 최 회장은 알고나 있을까. 아내가 바가지를 긁어대고 있지만 고집스레 오너드라이버를 포기하는 이유를 김혁 전무도 아마 모를 거야. 택시로 출근할 때도 버스에서 막 내린 것처럼 회사 빌딩 멀리서 걸어오고, 시내 출장을 나가도 회사를 한참 벗어난 지점에서 택시를 잡는 게 버릇이 된 지 오래다.

　엄창수는 경제적 여유가 충분하면서도 불편하게 시내버스를 탄다는 게 내키지 않았다. 도저히 견딜 수 없어 택시를 타기로 했다. 일부러 서민적인 일상을 가장하려는 노력이 무척 계면쩍긴 했으나 최 회장과 김 전무를 놀리는 것은 즐거웠다. 하지만 아파트를 세 채나 보유하고 있는 샐러리맨이 궁핍한 척 위장하는 짓은 누가 봐도 쉬운 일이 아니었다.

　이제 살 만하니까 인생을 즐겨야 한다. 엄창수는 답답한 감정을 씻어 버리기 위해 주말이면 거의 하루도 빠지지 않고 렌터카를 빌려서 흥청망청 돈을 쓰며 놀러 다니곤 했다. 그처럼 비겁한 이중생활도 언제부턴가 지긋지긋해지기 시작했다. 날이 갈수록 질겅질겅 씹어대는 최 회장의 야만성을 견디기가 힘들었다.

　어색하게 근엄한 표정을 지으면서도 친형처럼 상대해 주던 시절이 언제였던가. 몇 년 동안 접촉하는 사이에 최 회장은 낯선 사람처럼 변해 있다. 언제부턴가 최 회장은 믿어도 좋을 만한 측근마저 철저히 깔

아뭉개고 있다.

어쩌다가 재미 삼아 거짓 보고를 해도 좀처럼 먹혀들지 않는다. 건성으로 미소를 얼굴 가득 지으며 고개를 끄덕이던 모습은 흔적 없이 사라졌다. 이제 아랫것들의 능력의 한계와 심보를 완전히 파악했다는 뜻일까. 어느 때는 정직하게 보고해도 믿으려 하지 않고 눈부터 부라린다.

처음 만나던 그 당시 최 회장은 지독히도 엉성한 장사꾼처럼 보였지만 사실은 그게 아니었다. 어설프고 순진해 보이던 눈빛은 일부러 그렇게 꾸민 것 같았다. 나중에 알고 보니 마치 둔기로 뒤통수를 세게 얻어맞은 기분이었다. 최 회장은 너무도 치밀한 모사(謀士)였다. 무엇이든 환히 꿰뚫을 수 있을 것 같은 그의 날카로운 독사눈이 요즘 들어 부쩍 부담스럽기만 하다.

02. 믿을 놈은 너밖에 없다

　도대체 최 회장은 지금쯤 나를 어떤 잡놈으로 생각하고 있는 걸까. 정말이지 속았다 싶은 생각이 들었다. 엄창수는 최 회장과 친형제처럼 즐겁게 어울리던 시절을 착잡한 심정으로 곱씹는다.

　"주가를 조작하는 작전세력에 대해 알고 싶네."

　증권가의 정보에 귀가 어둡던 시절, 최 회장은 보다 많은 것을 배우기 위해 엄창수에게 흰 이를 드러내며 따스한 미소를 지어 보이곤 했다. 아니, 아랫것들을 친절하게 상대하는 데 그치지 않고 기생오라비처럼 아양을 떨기까지 했다.

　"이 사람아, 작전세력이 뭔지 진짜 몰라서 묻는 거야. 제발 뻐기지마."

　"사실상 경영주와 대주주, 증권사 직원은 물론이고 은행, 투자자문사 등 기관투자사의 직원, 사채업자들이 작전세력의 실체입니다. 심지어 미공개 정보를 쉽게 입수할 수 있는 해당 기업의 임원이나 유명 언론사 기자들까지 가담하곤 하지요. 이 세력들은 무상증자, 신규 사업 진출, 신기술 개발 정보 등 각종 테마를 미리 알고 작전에 돌입합니다."

"구체적인 사례를 들어 주면 안 돼?"

어떤 때는 너무 경험이 없어 말귀를 알아듣지 못하는 듯했다. 그러다 보니 질문조차 막연하기 일쑤였다. 그럼에도 아랫사람에게 느긋하고 즐거운 표정을 지어 보이는 걸 최 회장은 잊지 않았다.

"동종 업계의 시장 판도를 뒤바꿀 만한 획기적인 신기술 개발은 당연히 그 회사 주가에 호재로 작용합니다. 또 전망이 밝은 신규 사업 진출, 거액의 공사나 수출 상품 수주, 우량 대기업들과의 합병, 외국인들의 투자 등도 주가에 중대한 영향을 미치는 재료들입니다. 작전세력은 주가를 끌어올리기 위해 이 같은 호재가 있는 것처럼 허위 사실을 유포하기도 합니다."

"자본금이 크지 않은 기업의 주식일수록 작전이 의외로 쉽다던데…."

"맞는 말씀입니다. 중소형 주식들의 경우 대주주 지분을 제외하면 실제 주식시장에서 유통되는 물량이 적어 작전세력들이 매집하는 데 많은 돈이 필요 없기 때문이죠."

"논리적인 얘기는 내게 그리 중요하지 않아. 최근에 일어났던 사례들을 직접 소개해 달라니까…. 창수야, 어디 더 얘기해 봐."

초기에 단둘이 즐겨 어울리던 최 회장은 언제나 조바심을 감추지 못했다.

"작년 7월 중소기업 한종화학의 주가조작이 대표적인 경웁니다. 그 회사 대주주 겸 대표이사였던 권수남 사장은 거액의 적자를 흑자가 난 것처럼 분식회계를 한 것은 물론, 8천억 원을 투자해 20만 평 규모의 유통센터를 설립한다거나 레저 관련 사업에 진출한다는 등 허위 사실을 언론과 기업 설명회를 통해 유포했습니다. 그 결과 3개월 동안 300

억 원대의 시세 차익을 올렸습니다. 그뿐인 줄 아세요. 작년 6월 초 중소기업인 모 피혁 회사의 신기술 특허 출원 사실을 미리 안 그 회사 사장과 임원이 사채업자, 증권회사 직원 등과 공모해 주가를 다섯 배 이상 끌어올렸습니다."

"자네도 그런 일로 재미를 본 경험이 많겠구먼?"

"천만에요. 전 이론으로 무장한 옵서버일 뿐이지 실제로 주가조작에 뛰어든 적이 단 한 번도 없는 책상물림에 지나지 않습니다. 무엇보다 그럴 만한 조직이나 자금력이 제겐 없었거든요."

"설마 그럴 리가."

네놈도 몇 번 해 본 수작이 아니냐는 투였다. 그제야 마음이 조금 켕겼던 엄창수는 잠시 머쓱해졌다. 하지만 그렇다고 얼굴을 붉힐 엄창수가 아니었다.

"제게 맡겨진 업무를 처리하는 데도 코가 석 자였습니다. 거액의 돈을 만지는 은행원들이 부자가 되는 게 어렵듯이 주식관리를 담당하는 직원들 역시 마찬가집니다."

최 회장의 환심을 사기 위해서는 어쩔 도리 없이 거짓말을 밥 먹듯 해야 했다.

이미 다른 직장에서 여러 번 리허설을 거쳤고 목돈을 번 경험도 여러 차례 있지만 함부로 발설할 성격의 에피소드는 아니었다. 로열건설이 기업을 공개하고 주식을 상장하던 시점까지 몇 개월 동안, 엄창수는 그렇게 최 회장의 말동무로 지내는 것에 만족해야 했다.

여전히 최 회장에게는 배워야 할 새로운 정보들이 많았다. 그렇다고 사채업자나 증권사 직원들을 불러내어 물어보는 일은 자존심이 허락하지 않았다. 그래서 그는 주식 사냥꾼으로 뽑아 두었던 '졸병'의 지식과 경험을 눈치껏 훔치기 위해 엄창수에게 수시로 술을 사곤 했던 것이다.

"오늘 저녁에 술… 한잔 할까?"

최 회장은 항상 엄창수의 비위를 맞추려고 애썼다.

"회장님, 전, 술을 잘 못 마셔요."

혼자서 자작으로 양주 한 병을 비워도 끄떡없는 모주꾼 엄창수는 능청을 떨면서도 한 번도 빠지지 않고 최 회장을 따라 나섰다. 하지만 최 회장 앞에서는 엄살을 떨며 술을 홀짝거렸고 언제나 과음을 피했다. 그렇게 체면치레에 시달리던 밤이면 엄창수는 집 앞 포장마차에 들러 술잔을 벌컥벌컥 비워 버리곤 했다. 최 회장의 신뢰를 얻기 위해선 그렇게 몸을 사리는 방법밖에 없었다.

"특정 회사 주식을 집중적으로 사들이고 싶다면, 가능한 한 남보다 싸게 사는 게 남는 장사가 아닐까? 그럴 경우에도 그 회사에 대한 헛소문이 필요하겠네?"

"그럼요. 때 맞춰 갖가지 그럴듯한 악재들을 유포시키곤 하죠. 문제의 기업 쪽에서 거액의 사기를 당했다는 둥, 거래처로부터 감당하기 어려운 클레임을 통보 받았다는 둥, 특별 세무조사를 받고 있다는 둥, 간부가 거액의 공금을 횡령하고 해외로 달아났다는 둥… 각종 루머를 섞어 가며 부도설을 퍼뜨리면 주가가 곤두박질치게 마련입니다."

"그렇다고 매번 원하는 대로 되는 건 아니잖아? 원숭이도 나무에서 떨어질 때가 있다는 속담처럼 작전세력이 역습당하는 사례도 얼마든지 있겠는데?"

최 회장은 의외로 집요하게 나왔다. 유난히 시세조종에 남다른 관심을 기울이는 게 수상했다. 그의 심중을 대충 짐작했던 엄창수는 최 회장의 장단에 춤을 출 수밖에 없었다.

"햇빛증권의 직원 서영근이 당한 게 대표적인 경우죠. 서영근은 통상건업의 대주주인 김광식 사장과 공모했다가 믿는 도끼에 발등을 찍혔습니다. 동업자 김광식 사장은 통상건업의 주가를 끌어올린 다음 차명으로 관리하던 자기 지분을 처분하고 부도를 내버렸습니다. 결국 작전세력으로 합류시킨 다른 큰손들이 막대한 손해를 입었고, 이 전주들은 서영근에게 손해를 배상하라며 협박했지요. 궁지에 몰린 서영근은 견디다 못해 자기 재산을 정리해 캐나다로 튀었습니다. 이처럼 단 한 사람이라도 배신자가 나오면 작전을 실패로 돌아가기 십상이지요. 심한 경우는 칼부림까지 일어납니다."

"주가조작이 언제나 부정적인 것이 아니잖아? 이를테면 개인적인 이득보다 회사를 위해서 시도한다든지…."

"물론이죠. 여러 기업들이 자금을 조달하기 위해 회사채 발행, 유상증자 등을 앞두고 주가를 끌어올리는 건 상식에 속합니다."

"우리 로열건설도 곧 기업을 공개하고 주식을 상장해야 해. 자네는 그 때를 대비해 마음의 준비를 철저히 하란 뜻에서 하는 말이네. 무슨 얘긴지 알아듣겠어?"

몇 년 전까지만 해도 그렇게 나긋나긋하게 굴던 사람이 몰라보게 변하다니. 이제는 최 회장이 아랫것들에게 배울 만한 지식들은 거의 동났으니 그럴 때도 됐지 싶었다. 역시 짐작한 대로 말짱 헛일이었다. 일 년쯤 지나자 최 회장은 더 이상 자상하게 상대하지 않았다. 억지로 지속되던 달콤하고 다정한 관계는 그쯤에서 뚝 끊어져 버렸다.

최 회장이 본심을 드러내며 싸늘한 눈길로 쳐다볼수록 엄 차장은 굳게 다짐했다. 일 년치 욕을 하루에 다 들을 만큼 혼쭐이 나도 참기로 했다. 속으로는 싱글싱글 웃거나 상욕을 퍼부을지라도 겉으론 쥐구멍을 찾는 표정을 지어 보이기로 했다. 엄창수는 그 전략이 돈 많은 가문에서 태어나지 못한 자신에게 썩 어울린다고 생각했다.

엄 차장은 최 회장의 마음속에서 대체 무슨 일이 벌어지고 있는 건지 가늠해 보았다. 요즘 유난히 까탈을 부리거나 자꾸만 쫑알대거나 쌀쌀맞게 으름장을 놓는 등 여러 정황으로 미루어 보아 최 회장이 조만간 결별을 선언할 것이라는 사실을 엄 차장은 예감하고 있었다.

"자주 내 신경을 거슬리기도 하지만 네가 필요할 때도 있긴 있어."

아주 싸늘하고 작은 목소리로 점잖게 협박하던 모습이 눈에 어른거렸다.

"하지만 너도 알다시피 주식투자는 장난이 아냐."

최 회장을 잘못 만났다는 생각이 들었지만 돌이키기에는 너무 늦어 있었다. 원하던 목표가 어느 정도 달성되었는데 무얼 더 망설일 것인가. 약간의 굴욕이 따르긴 했지만 그 굴욕이 가져다 준 것은 재물이었다. 앞으로도 그럭저럭 실속을 차리다가 때가 되면 미련 없이 사표를 던지는 일만 남은 것이다.

택시기사가 갑자기 거칠게 핸들을 비틀었다. 택시는 서소문 고가도로 위를 충동적으로 내달리기 시작했다. 엄 차장은 놀라서 앞좌석의 등받이를 단단히 붙잡았다.

'제기랄!'

엄 차장은 최 회장처럼 음침하고 불안정한 운전수의 표정을 룸미러로 훔쳐보며 속으로 욕설을 퍼붓고 있었다.

* * *

고등학교 졸업 학력의 엄창수 차장은 승진이나 호봉 승급에서 언제나 입사 동료들을 앞서 갔다. 경력과 학력이 그처럼 일천했음에도 비슷한 또래의 동료들을 앞지른 것은 단지 주식관리 업무를 담당하고 있다는 이유 때문이었다.

엄 차장은 특별히 하는 일이 없었다. 오후만 되면 습관처럼 외출한 뒤 증권사 객장에 들러 주식시세 전광판을 들여다보거나 증권사 직원들을 만나 속닥거리다가 퇴근 무렵에 회사로 돌아오는 것이 고작이었다. 그는 로열그룹 계열사인 대안증권의 명동 지점에서 대부분의 오후 시간을 보내고 있었다.

명색이 주식관리부 소속 간부이면서 자본 증자와 관련된 업무 이외에는 고교를 갓 졸업한 직원도 수행할 만한 단순 근로에 종사하면서도 엄 차장이 승승장구할 수 있었던 요인은 다른 데 있지 않았다. 그는 최종길 회장의 주식투기를 보좌하고 있었기 때문에 중역들의 귀여움을 독차지하고 있었던 것이다.

"엄 차장, 당신만 믿고 있겠네. 시세 차익이 생기면 술을 멋지게 살 테니까."

부하 직원들의 운명을 쥔 재무관리 담당 부사장, 전무, 상무들은 물론이고 다른 부문의 임원들까지 엄 차장에게 알랑방귀를 뀌었다. 심지어 어떤 임원은 하루도 빠짐없이 엄 차장의 목소리를 들어야 편안해질 수 있었다.

"엄 차장, 이번에 회장님께서 우리 회사 주식을 샀다는데 그게 사실이야?"

"맞아요. 상무님께만 시인하는 겁니다."

"나도 끼워 줘."

"회장님이 아시면 작살납니다."

임원이나 간부 직원들은 최 회장의 주식투자 요령에 따라 움직이기 위해 엄 차장의 '불알'을 잡을 필요가 있었다. 증권가에서 큰손으로 알려진 작전세력들과 밀접하게 연결되어 거액을 투자하고 있는 최 회장의 심중을 읽으려면 무엇보다 엄 차장의 정보가 필수적이었다.

"엄 차장, 오직 회장님의 주식투자 흐름을 따라가는 것으로 족해.

당신을 원망하는 일은 결코 없을 테니, 타이밍에 맞게 주식 좀 사줘."

"회장님이라고 백전백승은 아닙니다."

"승률이 최소한 7할 이상은 될 거 아냐? 몇 푼 맡길 테니 알아서 관리 좀 해!"

로열건설 주식만을 집중적으로 거래하여 높은 시세 차익을 올리고 있는 최 회장을 따라가는 기법은 '안전빵'이었다. 그만큼 최 회장의 주식 내부자 거래는 엄 차장의 충성스러운 보좌로 물 좋은 수익 사업이 되어 버린 지 오래였다. 주식시장에서 얻는 정보보다는 회사 측의 예정 정보나 의도적으로 흘리는 거짓 정보를 활용하여 얻어 내는 소득은 누워서 떡 먹는 경우였다.

누구보다도 기업의 경영정보를 가장 잘 알고 있는 사람은 대주주이자 대표이사 회장인 최종길이었다. 그가 직접 관할하고 지휘하는 로열건설의 정보들은 결국 모두 자신에게서 비롯된 것이 아니면 자신이 스스로 만들어 낸 것이었으니까.

어쨌든 그 정보들이 호재든 악재든 자기 회사 주식을 팔고 사는 데 가장 유리한 위치에 최 회장이 서 있는 셈이었다.

"엄 차장 너, 내 주식을 관리한다는 이유로 헛소리를 하고 다니면 그땐 알지?"

최 회장은 손으로 칼을 만들어 목을 자르는 시늉을 했다.

"보안 유지가 생명이란 걸 잘 알고 있습니다. 회장님."

"난 널 믿어."

그렇게 말하면서도 최 회장은 마음이 편치 않았다. 겉으로 보기에 아주 순진하고 충직해 보이지만 사실은 위험하기 짝이 없는 녀석임을 잘 알고 있었다. 따라서 어느 정도 시간이 지나면 엄창수와 결별해야겠다는 생각에까지 미쳤다.

최 회장의 노파심은 정확했다. 엄 차장은 회장의 주식관리를 돕는다는 사실을 처세와 재산 증식의 무기로 삼고 있었다. 스스로 최 회장의 주식 내부자 거래에 무임승차하면서 시세 차익을 올렸고, 임원들과 그 투기 정보를 공유함으로써 자신의 지원 세력을 만들어 나갔다.

　처음 1년 동안은 최 회장의 주식 내부자 거래를 비밀에 부쳤지만 날이 갈수록 잔꾀를 부리기 시작했다. 주식투자에 관심이 많은 임직원들이 그를 가만두지 않았고 유혹이 쉴 새 없이 다가왔다. 술을 워낙 좋아했던 그는 술좌석에서 최 회장의 투기 정보를 조금씩 발설하기 시작하면서 짜릿한 쾌감을 느꼈다.

　엄 차장은 주변의 돈을 몽땅 끌어 모아 최 회장의 주식투기에 편승했다. 그렇게 5년을 주식과 씨름하는 동안 그는 아파트 세 채를 마련하는 수완을 발휘했다. 최 회장이 눈치 채고 자신을 팽개치는 날까지 그렇게 폭력과 폭언을 견디며 재산을 불려나갈 작정이었다. 그는 알토란같은 재산이 불어날수록 오기와 배신이 꿈틀거리며 살아나는 것을 즐기고 있었다.

* * *

　재무관리 담당 김혁 전무는 자신을 행운아라고 생각했다. 엄창수 차장 못지않은 충성심으로 최 회장의 주식투기를 돕는 일에 자부심을 가졌다. 경리과장으로 입사해 7년 만에 전무이사의 자리에 오르게 된 것은 순전히 최 회장의 재테크를 도왔다는 이유 때문이었다.

　아주 오래 전의 어느 날이던가. 김혁 과장은 맞은편에 앉아 결재 서류를 뒤적거리던 최 회장의 눈치를 살폈다. 그 날 따라 회장의 기분 나쁜 표정이 역력했으므로 김혁 과장은 절호의 기회를 놓치지 않았다.

　"회장님, 지난번에 가져가신 60억을 이번 기회에 적법하게 처리하면 어떨까요?"

"어떤 방법으로?"

미간의 주름을 펴며 최 회장이 반문했다.

"우선 수십 명 임직원들의 이름을 빌려 대여금으로 정리했으면 합니다."

"정말 그런 방법이 있었군….'"

기대했던 대로 최 회장은 밝은 표정을 되찾았다. 김혁 과장의 얼굴을 뚫어지게 바라보며 대견하다는 눈짓을 보내는 게 아닌가. 그 날부터 김 과장은 최 회장의 두터운 신임을 얻을 수 있었다.

결산 재무제표 중의 하나인 대차대조표(재무상태표)를 보면 '주주임원종업원단기대여금'이라는 유동자산 과목이 눈에 띈다. 글자 그대로 1년 미만의 단기간에 회사의 자금을 대주주, 임원, 종업원들에게 대여한 채권을 의미한다. 단기가 아닌 장기 대여금도 있지만 대부분 짧은 기간에 걸쳐 대여하는 것을 원칙으로 삼고 있다.

어떤 측면에서 이는 회사의 경영진과 종업원들에 대한 복리후생 자금 지원의 성격도 있는 바람직한 계정과목이다. 임직원들에게 생활보조비, 주택구입자금, 결혼자금, 치료비 등을 무상으로 지원하는 것보다 기업의 재산이 도망가지 않는 최소한의 범위 안에서 일시 대여하는 것은 긍정적인 면이 많은 제도라고 할 수 있다.

하지만 김혁 과장은 그 제도와 관행을 옳지 못한 방법으로 악용했다. 대여금의 수혜 대상이 대주주를 비롯해 전 임직원들인 것처럼 위장했으나 사실은 그 수혜자를 최 회장에게만 국한시켰다. 장부상으로는 자금을 빌린 사람이 수많은 임직원들 명의로 되어 있었지만, 오직 최 회장 한 사람을 위해 존재하는 계정과목이나 다름없게 변모시켰다.

임직원들은 명의만 빌려 주었을 따름이지 그 돈을 빌려 쓴 사람은 오직 최 회장뿐이었다. 목구멍이 포도청이어서 불가피하게 이름 석 자를 도용당했거나, 결산 시기가 다가오는 바람에 다급해지자 회계부에서 임직원들이 양해(?)를 받아 차입인(借入人) 명의를 여러 명으로 나누어 분산시켰기 때문이다.

그 계정과목을 악용해 흘러 나간 자금은 대부분 돌아오지 않고 최 회장의 축재 수단으로 장기간 활동되는 게 상례였다. 결산서에 나타난 금액은 극히 적을지 몰라도 실제로 움직이던 규모는 그보다 몇 십 배에 이르렀다. 최 회장이 회사 돈을 오래도록 유용하면서도 결산 재무제표의 부속명세서에 그 사실이 드러나는 게 두려웠던 나머지 잠깐 동안이나마 입금된 것처럼 위장하다 보니 대여 금액이 줄었을 뿐이다.

최 회장은 그렇게 빼돌린 자금을 대부분 주식 내부자 거래에 투입했다. 주식관리부 엄창수 차장을 내세워 로열건설에 대한 주식투기를 일삼으며 막대한 시세 차익을 챙겼지만 최 회장은 대여금 상환을 계속 미루고 있었다. 아니 솔직히 말한다면 갚고 싶은 마음이 추호도 없었던 것이다.

언제부턴가 최 회장의 검은 심보를 읽은 김혁 과장이 가만있을 리없었다. 회사 자금을 빼돌려 준 사람이 마무리까지 해야 한다고 생각했다. 김 과장은 그처럼 언제나 즐거운 결말을 이끌어 내는 재주를 가지고 있었다.

"회장님, 가져가신 자금을 하루 빨리 정리하고 싶습니다."

그 날도 최 회장은 우울한 표정으로 김 과장을 만나고 있었다.

"빨리 갚으란 뜻이지? 꼭 내게 그런 말을 해야 하나?"

갑자기 최 회장이 한숨을 내쉬며 눈을 부릅떴다. 목소리는 몹시 낮았지만 의외로 날카로웠다.

"제가 알아서 처리하겠다는 뜻입니다."

김혁 과장이 찔끔 놀라서 대답했다.

"어떤 방법으로?"

최 회장의 표정이 밝아졌다.

"회장님께서 결심만 하시면 간편한 처리 방법을 강구해 보겠습니다."

김혁 과장은 함부로 입 밖에 내기를 꺼렸지만 오래 전부터 모종의 계획을 세우고 있었다. 그는 회장님의 비리를 완벽하게 은폐시켜야 할 책임을 느꼈다. 대여금을 상환하려는 의사가 전혀 없음을 분명히 알고부터는 스스로 어떤 역할을 해야 한다고 다짐했다.

"로열상사 앞으로 로열건설 소유의 부동산을 매각할 때 이중 계약을 체결하도록 기회를 만들어 주십시오."

"그것도 한 방법이군. 네가 책임지고 추진하라."

최 회장은 천천히 고개를 끄덕였다. 김혁 과장은 최 회장이 자신을 신뢰하고 있다는 사실을 분명히 느낄 수 있었다. 그 날부터 김 과장은 경리 담당 임원들을 제치고 최 회장과 독대하는 시간이 잦아지기 시작했다.

"믿을 놈은 너밖에 없구나."

최 회장은 잘 생긴 미남인 김혁 과장이 무척 마음에 들었다. 그럴수록 다정하게 미소를 머금고 사랑이 담긴 눈빛으로 김 과장을 내려다보곤 했다. 그를 과장으로 채용할 당시부터 보통 사내들과 다르다는 사실을 깨닫고 흐뭇하게 생각하지 않았던가. 겨우 서른 살을 넘긴 나이에도 기업주의 가려운 곳을 긁어 줄 줄 아는 감각이 완벽하게 머릿속에 들어가 버린 것 같아서 기특했다.

지금은 자민당 원내총무지만 한때 안전기획부 기획실장이었던 양찬식이 키가 크고 잘 생긴 청년을 최 회장에게 소개했다. 그 녀석이 바로 김혁이었다. 윤기 흐르는 검은 머리카락과 해맑은 피부를 지녔고 아주 매력적인 사내였다.

명문대 경영학과를 나온 김혁은 상당히 잘 생겼지만 묘한 분위기가 감돌았다. 유난히 조심스럽고 냉철하면서도 교활한 인상을 풍겼다. 그 교활함을 지능적으로 활용할 수만 있다면 어떤 일을 시켜도 깔끔하게 마무리할 것만 같았다.

"당장 계획서를 만들어 와라."

"30분 안에 기안지를 올리겠습니다."

김혁 과장은 행복한 기분으로 콧노래를 부르며 마무리 작업에 나섰다. 계열기업 사이에 상거래를 한 것처럼 위장하거나 실제 거래 금액보다 높게 책정하여 떨어낸 돈으로 주주임원종업원단기대여금을 변제한 것은 물론이다. 김혁 과장은 그렇게 최 회장의 신임을 얻어 가며 차장·부장·이사 대우·이사·상무를 거쳐 7년 만에 전무로 초고속 승진을 할 수 있었다.

최 회장의 입장에서 보면 그 주주임원종업원단기대여금만큼 매력적인 투자 밑천도 없다. 어쩌면 기업의 경영권을 지배하려는 목적은 그러한 자금의 변칙 전용에 있는지도 모른다. 대주주의 자격으로 얻어내는 이익 배당금이나 임원 보수는 사실상 코끼리 비스킷에 지나지 않았던 것이다.

회사 자금의 변칙 운용이 없었다면 어느 기업주가 임원 보수와 배당금만으로 그만큼 덩치가 큰 재산을 축적하고 그처럼 많은 계열기업의 주식을 확보해 재벌 총수로 등장할 수 있었을까. 최 회장이나 김혁 전무로서는 이해하기 어려운 일이었다.

자기가 지배하고 있는 상장기업의 유상증자에 참여하고 이에 필요한 소요 자금을 확보하려면 재력을 총동원하여 현금을 확보해야 한다. 대주주의 지분율을 적절히 유지해야 경영권을 계속 쥘 수 있을 뿐만 아니라, 유상증자 때 배당받은 권리의 포기로 발생한 소액주주들의 실권주(失權株)까지 몽땅 인수할 자금을 만들어야 하기 때문이다.

최 회장은 막강한 재력을 쌓기 이전부터 주주임원종업원단기대여금을 활용하여 자금을 증식시켰고, 그렇게 굴려서 얻은 돈으로 주식 내부자 거래를 통해 거액의 시세 차익을 챙겨 가며 자기의 주식 지분을 늘리거나 유지할 수 있었다.

로열그룹 최 회장은 모기업인 로열건설의 초창기에 납입자본금 10억 원으로 시작했다. 4년 뒤에 기업을 공개할 때는 납입자본금이 800억 원을 넘어서더니 지금은 납입자본금이 5조 원에 이르는 대기업으로 성장했고 10여 개 계열 기업을 거느리는 준 재벌로 탈바꿈했던 것이다.

누가 뭐라 해도 최 회장이 10년 남짓의 세월 동안 이룩한 그 눈부신 결과는 회사 돈을 지능적으로 활용해 가면서 주식 물 타기와 내부자 거래를 절묘하게 악용한 덕분이었다. 그것은 곧 지하경제라는 괴물만이 빚어 낼 수 있는 가장 기형적인 작품이었고, 과거의 국내 재벌 총수들이 즐겨 다루어 온 탈법적인 재테크 수단이었다.

최 회장은 오로지 자기 이익만을 챙기는 집요하고 잔혹한 사람이었다. 이제 겨우 나이 마흔두 살에 신흥 재벌 총수로 떠올라 재계에서 두각을 나타내고 있었다. 그는 엄청난 야심을 품고 있는 사람으로, 목적을 위해서라면 기업의 윤리 따위는 거들떠보지도 않았다.

짬이 날 때마다 최 회장은 일일이 그 이유를 설명할 필요 없이 임직원들을 마구잡이로 몰아세웠다. 그래야 안심할 수 있었다. 허약하고 경직된 하수인으로 전락한 김혁 전무의 경우도 예외가 아니었다.

"당신, 과장 시절의 치밀한 추진력과 반짝이는 아이디어를 어디다 팽개쳤어?"

너무 빠른 속도로 승진한 김혁이 오만해지지 않도록 찍어 누르며 길들이는 일도 소홀히 할 수는 없었다. 최 회장은 전혀 예측할 수 없는 교묘한 방법으로 김혁을 조종해 나가려고 애썼다. 간단하고 논리적인 결정을 내릴 때도 허튼 생각을 못 하도록 호통부터 치곤 했다.

"네가 언제부터 전무야?"

"죄송합니다."

김혁은 최 회장의 그 같은 길들이기에 동조할 순 없었지만 죽는 시늉을 마다하지 않았다. 그것만이 무사히 살아남아 자신의 재산을 증식시키는 방법이었다.

"아직 걸음마 단계를 벗어나지 못한 주제에 전무라니? 당치도 않아! 근시안적인 사고방식을 버리지 않으면 집에 가서 애나 보는 게 좋을 거야."

"회장님, 용서해 주십시오."

경리 담당 전무로 승진한 김혁은 최 회장이 부를 때마다 마약에 중독된 사람처럼 안절부절못하는 신세가 되었고, 어느 새 최 회장의 꼭두각시로 변해 버렸다. 김 전무는 이제 최 회장 없이는 아무것도 할 수 없었으며 혼자 힘으로 자신의 운명을 지배할 수 없게 되었던 것이다.

"당신, 로열건설 주식을 사고팔아 재미를 본다는 소문이 돌던데 사실이야?"

치명적인 무기를 쥔 최 회장이 오랜 전부터 준비해 온 질문 같았다.

"아닙니다. 절대로 그런 일이 없습니다."

가슴이 철렁 내려앉았지만 김혁 전무는 딱 잡아뗐다.

"그 장사 밑천… 로열그룹에 입사하지 않았다면 만들지 못했을 테지."

최 회장이 나지막하게 속삭이며 김혁 전무의 어깨를 두드렸다.

"회장님, 주식에 투자할 만한 여유 자금이 제겐 없습니다."

김 전무는 숨이 막혔다. 최 회장은 충성심으로 위장된 하수인들이 마음을 읽은 것처럼 섬뜩한 느낌의 차가운 미소를 흘리고 있었다.

"당신들의 주식투자를 탓하고 싶진 않아. 다만 엄 차장 그 자식이 뭔가 수작을 부리는 모양이어서 찜찜하고 불쾌하다."

"…."

둘러댈 말이 떠오르지 않았다.

"내가 경솔했어. 그런 놈을 믿은 내가 바보였지. 그만 나가 봐!"

재떨이를 쥔 최종길 회장의 손이 사시나무처럼 부들부들 떨리고 있었다. 금방이라도 재떨이를 집어던져야 화가 풀릴 것 같은 자세였다.

김 전무는 정신이 아득해진 가운데 일어섰다. 어떻게 회장실에서 빠져 나왔는지, 어떻게 날아오는 재떨이를 피했는지 알 수 없었다. 한동안 멍한 상태에서 곰곰이 생각했다. 엄 차장을 불러 무슨 말을 어떻게 물어봐야 할까. 엄 차장의 사표를 받으라는 소리는 아닐까…. 두려움과 함께 당혹감이 등줄기로 밀려왔다.

03. 큰손을 통해 배워라

3형제의 둘째로 태어난 최종길 회장의 어린 시절은 곰팡내 비슷한 헌 돈 냄새가 지배했다. 그는 목돈을 만지려는 투기꾼과 고리대금업자 가족들 사이에서 꼼짝 못 하는 구경꾼 신세로 성장했다.

할아버지와 할머니는 물론 아버지와 어머니도 부동산 투기나 돈놀이에 매달리느라 아이들의 학교 교육엔 별로 관심이 없었다. 가정부 혼자서 집을 지킬 뿐, 최종길 형제들은 늦은 밤이 아니면 집안 어른들의 코빼기도 보기 어려웠다.

심지어 큰집과 외갓집 식구들도 돈 버는 일에 혈안이 되어 있을 정도로 주변 친인척들이 온통 돈의 노예로 정신없이 뛰었다. 외할아버지는 유명한 사채꾼으로, 외할머니와 외숙모는 달러이자 놀이로 언제나 집을 비우곤 했다. 외아들인 외삼촌 역시 고등학교를 졸업하자마자 외할아버지의 사채 사무실에서 돈 버는 수업을 받고 있었다.

최종길의 이모와 이종사촌 형제들도 외할아버지의 영향을 받아 고리대금업자로 나섰다. 돈을 쉴 새 없이 눈덩이처럼 굴려야 큰돈이 된다는 진리를 최종길의 주변 사람들은 경쟁하듯 입증시키고 있었다. 단

하루라도 이자 없이 돈을 묵혀 둔다는 것은 집안 어른들에게 큰 고통이요 고민거리였다.

집 대문이 열리고 식구들이 들어오면 곧이어 방 안에 불이 켜지고 바스락거리는 소리가 들렸다. 이어서 조심스럽게 중얼거리며 돈을 세거나 주판알을 튕기는 소리가 들려오게 마련이었다. 어머니의 얼굴이 그리워 방문을 열 때마다 여지없이 비슷한 목소리가 들려왔다.

"아니, 내 새끼 뭘 하고 있지? 문 닫고 나가면 이따가 용돈 줄게."

베개를 가슴에 안고 엎드린 자세로 열심히 돈을 헤아리거나 주판알을 굴리는 어머니의 모습은 언제나 우스꽝스러웠다. 펑퍼짐한 궁둥이를 천장으로 향한 채 방바닥을 기는 듯한 자세에도 불구하고 어머니의 표정은 입시 공부하는 학생처럼 늘 진지했다.

"배고프면 밥 먹고 졸리면 자거라. 뭐 먹고 싶은 게 있으면 어서 말해."

"엄마, 있잖아….."

"우선 자자, 자고 낼 얘기해도 안 늦어."

고개도 들지 않은 채 주판알을 올리고 내리면서 건성으로 다정스럽게 말하는 게 고작이었다. 식모 아줌마가 차린 밥상이 거실 구석에 놓여 있었으니 수저만 들면 그만이었다.

대궐 같은 3층 저택에서 풍기는 것은 사람들의 체취가 아니라 오직 돈 냄새뿐이었다.

어머니는 자식들을 돈 세는 그 작업장에서 기분 나쁘지 않게 쫓아내는 게 급선무였다. 그래도 어린 자식들이 칭얼거리면 '애야, 제발 엄마를 좀 내버려 두렴' 하고 말하면서 진주 반지 낀 손을 부드럽게 내저을 따름이었다.

밤늦게 귀가한 아버지도 어머니, 할아버지, 할머니와 다르지 않게 주판알을 튕기며 그 날 번 돈을 계산하고 장부를 정리하기 바빴다. 아버지는 사채놀이에 만족하지 않고 도시 변두리의 값싼 대지를 사들여 단독주택을 신축해 분양하는 소규모 건축업으로 재미를 보고 있었다.

자분자분한 심성의 할아버지는 집안에서 큰 어른으로 군림하기보다는 가족들의 신경을 건드리지 않으려고 무척 애를 쓰는 편이었다. 한지를 길게 찢은 뒤 새끼줄처럼 꼬아서 돈 다발 묶을 띠지를 만드는 것은 할아버지의 몫이었다.

그러던 어느 날 오후였던가, 할아버지는 기거하던 사랑방에서 오동나무 골동 궤짝이 사라지고 새로운 변화가 일어났다. 할아버지는 커다랗고 육중한 철제 금고를 들여놓더니 작은 철제 금고 네 개를 사 왔다. 그 네 개의 금고 뚜껑 겉면에 붓으로 당신과 할머니, 아들과 며느리의 이름을 쓴 한지를 붙여 두었다. 오동나무 금고가 철제 금고로 바뀌었다지만 엄격히 말하자면 예전처럼 철저한 독립 채산제를 고집한 셈이었다.

가족의 한 달 생활비는 네 어른이 똑같이 갹출해서 충당했다. 아니, 할아버지와 아버지가 할머니와 어머니보다 약간 많은 돈을 낼 때도 더러 있었다. 명절이 낀 달이거나 애경사를 치러야 하는 기간에는 남자들의 부담액이 다소 많아졌다. 물론 최종길 형제들의 학비는 대부분 할아버지가 부담하곤 했지만, 당신은 학자금과 용돈을 주는 대가로 손자들에게 갖가지 심부름을 시켜야 직성이 풀렸다.

할아버지의 자분자분한 심성과 근엄한 표정과 조용한 음성은 이상하게도 감동적이었다. 이웃 사람들은 사채놀이를 즐기는 할아버지를 구두쇠 노인이라고 비아냥거렸지만, 최종길은 당신의 돈 세는 모습에서 근접하기 어려운 아름다움을 느꼈다.

세상 풍파를 많이 겪었고, 그래서 인생의 쓴맛 단맛을 다 알아버린

달관자처럼 보이는 할아버지를 욕하던 사람들이 미울 때도 없지 않았다. 비록 사채꾼이긴 했어도 당신의 정중하면서도 웃음 띤 표정이 최종길은 너무 좋았다. 마치 어둠을 밝히는 등불처럼 당신은 자손들의 존경을 한 몸에 받고 있었다. 모든 면에서 아름다운 열매를 맺으며 인생의 정점에 도달한 듯한 할아버지의 모습을 통해 너무도 의미 있는 진로를 발견하는 것 같았다.

할아버지는 다 쓰고 버린, 작고 동그란 인주(印朱)곽이나 연고(軟膏)통에 물 먹인 스펀지를 넣어 돈 세는 데 편리한 용구로 활용했다. 손가락에 침을 발라 헌 돈을 헤아리는 데 편리한 용구로 활용했다. 손가락에 침을 발라 헌 돈을 헤아리는 행위가 비위생적이라고 생각한 할아버지는 마침내 그런 아이디어를 창출한 것이다.

한 개의 돈 다발에 띠지를 묶고 나면, 식구들은 엄지와 검지를 번갈아 물 먹인 스펀지에 적셔서 다시 돈을 헤아리기 시작했다. 어느 누구든 돈을 세는 동안만큼은 말을 걸 수 없다는 게 불문율처럼 통용되고 있었다.

"내 손주 녀석들, 부자가 되면 이 세상도 돈 주고 살 수 있다는 걸 알아야 하느니라. 공부도 중요하지만 돈 버는 재주부터 길러야 성공한다. 머잖아 권력과 명예도 돈으로 살 수 있는 세상이 올 것이다. 너희들이 그런 세상에서 우뚝 설 수만 있다면 이 할애비에게 그 이상의 보람은 없을 것이다. 돈의 귀중함을 깨닫지 못하면 실패한 인생이 되고 만다. 얘들아, 이 늙은이가 너희들 앞에서 고생하는 모습을 보여 주는 것도 산교육의 하나라는 것을 명심하거라."

그 날 그 날 장부를 기록 유지하면서 할아버지는 손자들에게 애정 어린 충고를 잊지 않았다. 그런 할아버지를 믿음직스럽게 바라보던 할머니는 아주 밝은 표정으로 미소를 머금곤 했다. 최종길 형제에 대한 집안 어른들의 애정 표현은 막연한 관대함으로 나타났고 어머니도 예외가 아니었다.

"아이고, 귀여운 내 새끼. 에미가 바빠서 신경도 못 쓰는구나. 그래도 기죽지 않고 자라나는 걸 보면 신통하기 짝이 없네."

밤늦게 돌아온 어머니는 이따금 최종길의 방으로 느닷없이 들어와서 한번 꼭 껴안아 주고는 많은 용돈을 던져 둔 뒤 바람처럼 나가 버리곤 했다. 학교 성적이 나빠도 좋으니, 깡패가 돼도 좋으니 건강하게만 자라 달라는 게 어머니의 소원이었다.

아들의 칠칠치 못한 행동을 나무라거나 나쁜 습관에 대해 핀잔을 주는 경우는 거의 없었다. 그러면 그럴수록 최종길은 낙관적인 인생관을 갖게 되었고 학교 공부에도 무관심하게 되었다.

부모를 닮아 암기력이 뛰어났던 최종길은 그 당시 명문인 한성고에 합격했지만 공부에 열성을 기울이지 않아 성적은 늘 꼴찌를 맴돌았다. 식구들이 돈을 굴리며 돈을 세고 있는 동안 최종길은 밖으로 나돌았다. 자연히 비뚤어진 청소년기를 보낼 수밖에 없었다. 불량 서클을 만들어 두목 행세를 하다가 여러 차례 퇴학 위기에 몰리기도 했으나 어렵사리 졸업장을 손에 쥘 수 있었다.

비록 최종길은 남들이 보기에 형편없는 건달이었지만, 같은 또래의 친구들보다 확실한 경제적 미래를 보장받고 있었다. 사회 현실에 대한 자각도 무척 현실적이고 실천적이었다. 나이에 어울리지 않게 세상 물정에 밝았던 그는 돈 버는 일이 진정으로 자기와 어울리는 상대라는 것을 잘 알고 있었다.

최종길 형제들은 비교적 자유로웠다. 외박을 하는 것 외엔 아무 구속이 없었다. 술에 취해 새벽에 들어오거나 싸움질 끝에 남들에게 상처를 입히고 귀가해도 이의 없이 용서받을 수 있었다. 파렴치한 범죄를 저지르지 않는 한 부모에게 꾸중을 들을 이유가 없었다. 아이들의 기를 죽이는 행위는 할아버지의 지극한 손자 사랑을 모독하는 일이었다. 지금이야 하찮은 일로 속을 썩일지 모르지만, 머잖아 나이 들어 경제적으로 자립하면 훌륭한 사업가가 될 것임을 할아버지는 믿어 의심치 않았던 것이다.

최종길이 약 한 달 동안 가출했을 때에도 식구들은 그가 곧 돌아오리라고 생각했다. 할아버지도 그의 가출을 한낱 성장 과정의 해프닝에 불과하다고 단정했다. 심지어 할아버지는 손자가 빈손으로 나갔지만 돈을 벌어 귀가할 것이라고 믿을 정도였다.

정말 최종길은 할아버지의 기대에 부응이라도 하듯 식구들이 내의를 사들고 나타났다. 당신은 알몸으로 사막에 버려져도 살아남을 수 있는 손자가 대견스러워 얼싸안고 어린애처럼 엉엉 울기까지 했다.

"옛날부터 세도 부린 양반들의 무기는 바로 재물이었어. 재물이 없는 가난한 선비들은 낙향해서 글 읽고 풍류나 즐기며 살았고, 그 후손들 역시 아침밥과 저녁 죽을 먹기 힘들었지. 인생은 소꿉장난이 아니라는 걸 그 가난한 후손들이 알았을 때는 너무 늦어 있기 십상이었어. 재물에 눈이 멀어도 안 되지만 재물을 멀리 하는 것도 바보가 하는 짓이란다. 그렇기 때문에 이 할애비는 재물을 소중히 여기는 사람을 사랑하느니라."

할아버지는 언제나 남들이 얄미워할 정도로 옳은 훈계만 했다. 당신은 헐벗고 게으른 이웃들을 경멸하면서도 맘이 내킬 때마다 그들에게 목돈을 희사할 줄도 알았다. 관공서나 학교에서 불우 이웃들을 경멸하면서도 맘이 내킬 때마다 그들에게 목돈을 희사할 줄도 알았다. 관공서나 학교에서 불우 이웃 돕기 성금 기탁 의뢰가 들어오면 반드시 수혜자를 지정하는 조건으로 돈을 내놓았다. 내 돈을 쓰면서 생색을 내지 못하는 것은 바보 천치나 하는 짓이라고 당신은 단정했던 것이다.

지나치게 똑똑하지 않고 창의적이지도 않았지만 최종길에겐 야심이 있었다. 거기에다 집안의 경제력이 안정되어 있다 보니, 조금은 천박하긴 해도 사람들을 끌어 모으는 붙임성이 대단했다. 언제나 열등감에 사로잡혀 있는 가난한 친구나 후배들을 돈으로 위로하는 재미도 무시할 수가 없었다.

그 시절에 만난 건달 친구들은 명문 한성고를 졸업했다는 이유만으로 나중에 사회적인 성공을 거두게 된다. 자민당의 양찬식 원내총무, 유대그룹의 박상우 회장, 한성그룹의 박종일 회장, 경복그룹의 신재수 회장 등이 바로 그 인맥이었다. 그들과 긴밀한 교우 관계를 유지했던 최종길은, 특히 중앙정보부 간부 출신이면서 집권당 실세로 탈바꿈한 양찬식의 각별한 도움을 받게 된다. 따라서 건달 친구 사업가들이 모은 정치자금을 양찬식에게 전달하는 것은 대부분 최종길 담당이었다.

대학 진학을 포기한 최종길은 약 1년 동안 건달로 지내다가 아버지의 성화를 이기지 못하고 사채놀이를 시작했다. 어릴 때부터 배운 게 돈 버는 요령이었으므로 이재에 밝았던 그는 이십대 중반에 벌써 큰돈을 만질 수 있었다. 30대에 접어들었을 때는 가전제품 대리점 11개와 최신식 볼링장 2개를 운영하는 로열상사의 사업주로 성장했다. 금전 관리에 탁월한 감각을 지닌 것은 모두 집안의 내력과 피 내림 덕분이었다. 부모의 경제력에 거의 의존하지 않고 스스로 벌어서 그만큼 성공한 것이다.

최종길은 실패에 대한 두려움을 전혀 느낄 수 없었고, 어떤 사업을 벌이든 성공할 자신이 생겼다.

돌아가신 할아버지의 말처럼 그제야 돈으로 세상의 권력과 명예를 살 수 있을 것만 같았다. 거금이 모아지자 더 큰 욕망이 그를 유혹했다.

그렇게 일군 로열상사의 자본력을 바탕으로 그는 건설업계에 뛰어들어 연립주택을 지어 팔기 시작했다. 어느 정도 경험이 쌓이자 고층 아파트를 지어 분양하는 사업에도 손을 댔다. 다행히 부동산 투기 붐에 힘입어 회사는 날로 급성장했고, 본격적인 건설업에 집중 투자하기 위해 부실 건설 회사를 인수해 로열건설을 출범시켰다. 그 때 나이 서른다섯이었다.

최 회장은 사업이 번창하면서 회사 규모가 커질수록 공중에 떠 있는 것 같은 흥분과 기대 속에서 살았고, 그로 인해 모든 걱정과 근심도 잊고 지냈다. 그는 더 이상 경쟁자가 없는 것처럼 착각하기 시작했다. 눈에 보이지 않는 초능력을 가진 듯 세상의 어떤 도전이라도 당당히 맞설 수 있다는 용기가 넘쳤다.

로열건설이 기업공개로 증권거래소에 주식을 상장시켰을 때 할아버지와 할머니, 아버지는 이 세상 사람이 아니었다. 돌아가신 어른들의 재산을 상속받은 최 회장 형제들은 로열건설의 유상증자에 참여해 대주주가 되었다. 말이 좋아 공개 상장법인이지 전체 지분의 45% 이상을 사실상 최 회장 친인척과 측근 인물들이 쥐고 있었다.

마흔 살인 최 회장은 전국경제인연합회 회장단에서 가장 젊은 재벌 총수였다. 그는 건설업계에서 가장 주목받는 신흥 재벌 회장이었고, 젊은 회원들 중에는 가장 겸손하고 예의바르다는 평판을 얻었다. 전경련 모임이 있는 날이면 제일 먼저 참석해 가장 말석에 앉는 것을 고집했기 때문이다.

뒤늦게 낮은 학력을 후회했던 최종길은 거금을 들여 지방 사립대학의 졸업장을 사들였다. 이에 만족하지 않고 한경대학교의 최고 경영자

단기 과정인 경영대학원을 수료한 뒤 대학원 졸업의 학력을 내세우기 시작했다.

최 회장은 20년이 넘도록 책과 담을 쌓고 살았다. 그가 고교를 졸업한 뒤 읽은 책은 일본 도서를 번역한 '관리자 혁명' 단 한 권이었다. 로열건설 기획부장의 추천을 받아 대단한 인내력으로 그 책을 독파했고, 500권을 사들여 임직원들에게 널리 읽혀 독후감을 제출하도록 지시했다. 그 책이야말로 임직원들을 기계 부속품처럼 부리기에 알맞은 필독서라고 생각했기 때문이다.

그리고 성인이 되어 두 번째로 읽은 책이 바로 '증권계의 큰손들'이었다. 그는 다 헤져 버린 그 책을 책상 위에 놓아두고 생각이 날 때마다 책장을 넘겼다. 그는 주식시장의 큰손들이 돈 버는 목표를 향해 달리는 이야기에 매료되었다. 그 책은 거부가 되는 길이 쉽지 않음을 역설하고 있었지만 최 회장에게는 그 길이 너무 쉬워 보였다. 되풀이해 읽다가 책에서 눈을 떼면 마침내 거부가 된 자신이 떠올라 현기증이 나곤 했다.

미국의 거부 워런 버핏은 유년기부터 웬만한 계산은 암산으로 하는 등 숫자에 남다른 재능을 보였다. 그는 여덟 살 때 이미 주식시장에 관한 전문 서적들을 섭렵하기 시작했다.

열한 살 때 벌써 아버지가 근무하는 회사의 주식을 매수했으니 훌륭한 주식투자자로 성장할 기미를 보였던 것이다.

워런 버핏은 열세 살 때부터 신문 배달, 중고 기계 판매, 렌터카 사업 등에 뛰어들었고, 고등학교를 졸업할 무렵에 이미 거금 6천 달러를 모았다. 기회는 의외로 늦게 찾아왔다. 콜롬비아의 경영대학원에 진학하던 해 그제야 월 스트리트가 있는 뉴욕에 자리를 잡았다.

그는 콜롬비아 대학원에서 '현명한 투자자'와 '증권 분석'의 저자인 벤저민 그레이엄 교수를 만난다. 그의 영원한 스승이자 동업자였던 그레이엄은 현대적 의미의 증권 분석에 대한 개척자로 불리는 증권 분야 저명 인사였다.

워런 버핏은 이렇게 훌륭한 스승에게서 지도를 받게 된 행운을 믿지 못할 지경이었다. 결국 그레이엄 교수는 워런 버핏의 경제적 지식 연마에 중요한 영향을 주었다. 워런 버핏은 스승을 통해 경제와 증권에 대한 새로운 안목을 넓힐 수 있었고, 그러한 것들을 꼼꼼하게 정리해 두었다. 나중에 증권사 경영자나 주식투자자가 되면 그 모든 기록들이 소중한 연구 자료가 될 것이라고 믿었기 때문이다.

대학원을 졸업한 뒤 부친이 경영하는 증권사에 들어가 일하면서도 그레이엄과 계속 연락하거나 만나면서 조언을 구했다. 1954년 워런 버핏은 그레이엄이 부르자 그레이엄 뉴맨사의 사원이 되어 스승 밑에서 더 많은 것을 배우게 된다. 1962년에는 벤저민 그레이엄 공동투자 회사를 발족시켜 성공적으로 운영한다. 스물다섯 살의 워런 버핏은 '워런 버핏 파트너십'이라는 펀드를 설립하고 두 가지 기준을 세웠다.

▲ 투자 종목의 선택은 인기에 의존하지 않고 투자 가치를 점검한 뒤 신중하게 결정한다. ▲ 기본적인 운영 방침은 장기적인 관점에서 가치 하락에 따른 손해를 최소한으로 줄이는 데 있다. 워런 버핏은 이 두 가지 투자 원칙을 철저히 지켰다. 그는 1969년 워런 버핏 파트너십을 해체하면서 두 가지 이유를 달았다.

▲ 이제는 사실상 매수할 종목이 없다. ▲ 내가 좋아하는 종목은 매도할 생각이 전혀 없는데, 이는 투자자들에게 피해를 줄 가능성이 높다.

13년 만에 해산된 이 펀드는 한 계좌당 30배로 시가가 상승했기 때문에 설립 원년인 1956년에 1만 달러를 투자한 사람은 30만 달러를 보장받을 수 있었다.

워런 버핏은 성공적이고 안정적인 주식투자를 위해 여덟 가지 원칙을 다시 정립했다. 그것은 철저하게 안전제일주의를 고수하기 위한 전략의 일환이었다. 위험을 최대한 줄여서 반사적 이익을 노리는 투자 방법이었다.

① 욕심을 가능한 한 억제하면서 투자 과정 자체에 흥미를 갖는다. ② 경험과 지식을 쌓아 마음의 평안과 자신감을 지닌다. ③ 스스로 판단하고 스스로 결정한다. ④ 투자 업종 선택에 유연하게 대처한다. ⑤ 충분한 시간을 가지고 해당 기업을 심층적으로 탐구한다. ⑥ 인내심을 갖고 주가의 바닥을 기다린다. ⑦ 투자 가치가 있는 10여 개 종목에 집중 투자한다. ⑧ 자주 매매하지 않는다.

세계적인 증권왕 로브는 스물한 살 때 부친이 남긴 유산 1만 3천 달러 중에서 1천 달러를 회사채에 투자했다. 하지만 불길한 예감이 들어 1년 뒤 약간의 손해를 보고 회사채를 처분했는데, 사채를 발행했던 회사가 몇 년 뒤 도산해 버렸다.

두 번째 투자 대상은 아버지 친구의 조언으로 구입한 영국 채권이었다. 로브는 이 채권을 1년 뒤에 팔아서 제법 많은 이익을 남겼다.

이어 하튼사의 샌프란시스코 지점으로 옮긴 로브는 뉴욕 본사로 발령이 나던 해 드디어 월 스트리트에 입성하게 된다. 통계부장의 보조로 뛰면서 집중적인 주식투자 훈련을 받던 중에 부장의 사직과 그의 추천에 의해 스물넷의 나이로 하튼사의 통계부장이 된다.

그 뒤에 주식투자 실패로 파산하여 좌절감을 맛보았지만 재기하여 1만 달러로 무려 3억 달러를 벌었다. 매일 아침 7시 30분에 출근해 새로운 투자 종목을 찾아내고 독자적인 차트 개발에 노력한 결과였다.

적은 수익률에 만족하면서 안전하게 돈을 벌려는 사람은 반드시 손해를 보고, 연간 200% 이상의 수익을 목표로 적극적인 자세로 투자해야 큰 성공을 거둘 수 있다는 게 로브의 지론이었다. 로브는 그러한 관점에서 여섯 가지 투자 원칙을 세웠다.

① 정보가 어두운 회사의 주식과 소형주는 적극 피한다. ② 시장성이 크고 주가 움직임이 활발한 대형 주도주들 중에서 저항선을 돌파하는 주식을 매수하고, 매수 후에 예측과 반대로 움직이면 바로 매도해 버린다. ③ 수시로 투자 종목을 바꾸고 현금 보유 기간을 늘인다. ④ 연간 결산 후 두 배의 수익을 달성하면 이익의 일부를 회수하여 위험을 분산시킨다. ⑤ 투자일지를 작성하여 자기반성을 꾀함으로써 실력을 향상시킨다. ⑥ 투자가 잘못됐을 때는 즉시 매도하는 등 손해를 보고 팔 줄도 알아야 한다.

04. 주식투자의 귀재들

국제 금융계의 큰손 조지 소로스는 1930년 헝가리 부다페스트에서 태어났다. 독일 나치 치하에서 어린 시절을 보냈지만 유태인 변호사를 아버지로 둔 덕분에 부유한 생활을 누릴 수 있었다.

헝가리의 수많은 유태인들이 나치 수용소로 끌려가 개죽음을 당하는 와중에도 소로스는 무사할 수 있었다. 아버지가 수완을 발휘하여 자식을 농업부 장관의 양자로 입적시키는 바람에 위기를 모면했기 때문이다.

소년 소로스에게 위기는 바로 기회가 되었다. 유태인들의 재산을 처분하기 위해 헝가리 전역을 누비던 양부를 따라 여행하면서 그는 귀중한 경험을 얻게 된다. 재산을 축적하는 요령과 재산을 지키려는 노력이 어떤 모습인지 터득하게 된 것이다.

2차 대전이 끝나고 헝가리가 공산화되자 소로스에게 다시 위기가 닥쳤다. 브로조아로 분류된 그의 집안은 모진 핍박을 받게 된다. 1947년 소로스는 부유하고 안정적이었던 시절을 접고 어렵사리 영국으로 탈출해 외톨이 신세가 된다.

소로스는 식당 웨이터로 일하며 근근이 모은 돈으로 런던 경제스쿨에 입학한다. 그는 그곳에서 평생의 스승인 칼 포터 교수를 만나게 된다. '열린사회와 그 적들'이란 저서로 유명한 칼 포터를 통해 '관찰자는 관찰 대상에 영향을 준다.'는 현대 물리학의 이론을 배운 소로스는 뒷날 이를 원용해 독창적인 투자 이론을 정립시킨다.

1952년 경제 스쿨을 졸업한 소로스는 가난한 세일즈맨 생활을 청산하고 은행에 취직하면서 경제계와 증권계에 비로소 눈을 뜨게 된다. 1956년 마침내 그는 뉴욕 유명 증권사의 중개인으로 새 출발하고 세계 금융의 중심부인 뉴욕 월 스트리트에 본격 진입한다. 그 뒤 다른 증권사로 옮겨 뉴욕과 런던 증권시장의 중개 업무를 맡아 능력을 마음껏 발휘한다. 오래 전부터 다양한 경험을 통해 양쪽 시장의 생리를 터득했기 때문이다.

증권시장에 대한 지식을 충분히 습득한 소로스는 1969년 4백만 달러를 밑천으로 독자적인 '퀀텀 펀드'를 설립한다. 이때부터 그는 일취월장하여 여러 계열 기업을 거느린 국제 금융계의 황제로 거듭나게 된다.

소로스는 주가가 오르기 시작해 일반 투자자들이 주식을 사들일 때 정반대로 움직여야 성공한다는 평소의 지론을 실천한다. 투기와 투자의 경계를 넘나들며 엄청난 돈을 벌어들인 그의 비법은 독창적인 이론인 '재귀론'에 바탕을 두고 있다.

재귀론은 '수요와 공급(시장 가격)은 보이지 않는 손에 의해 균형을 유지한다.'는 고전적 시장 경제 이론에 반기를 든 것이다. 소로스는 '금융 시장은 쉬지 않고 변화하는 비균형적인 것'이라고 주장한다. 시장에 참여하는 모든 요소들(투자자, 생산자, 소비자)은 완벽한 지식을 갖고 있지 못하며 편향된 선입견을 가진 투자자, 생산자, 소비자들 상호간에 끊임없이 영향을 미치고 있기 때문이라는 것이다.

소로스는 '투자자들이 경제 상황이나 국제 정세 등을 관찰하고 전망하는 행위만으로도 시장에 영향을 주어 가격을 움직이고, 동시에 가격 변동도 투자자들에게 영향을 주어 시장 전망을 변화시킨다.'고 주장한다.

예컨대 환율 시장에서 어떤 화폐에 대한 매수 주문이 집중되면 그 화폐는 실제 가치와는 상관없이 폭등하고, 그러다가 너무 올랐다고 판단한 투자자들의 매도 주문이 쇄도하면 한순간에 역시 실제 가치와 상관없이 폭락한다.

다시 말해, '일정한 범위 안에서 화폐의 가치는 수요와 공급의 법칙에 의해 균형 가격을 찾아 간다.'는 고전 경제 이론은 이제 현대 금융 시장에선 통용되지 않는다는 것이다.

이 같은 이론은 주식시장에도 그대로 적용된다. 어떤 주식에 매수세가 집중되면 주가가 상승할 뿐더러 주가 상승 자체가 투자자들의 전망을 밝게 유도하여 더욱 투자자들이 몰려든다. 이와 반대로 주가가 천장에 이르렀다고 판단한 투자자들이 주식을 팔기 시작하면 주가가 하락하고 이는 투자자들의 전망을 어둡게 만들어 주가는 폭락한다.

막강한 자금 동원력, 다양하고 정확한 정보, 남다른 직관력과 판단력을 이용해 치고 빠지는 수법으로 큰돈을 벌어들이고 있는 소로스에겐 금융 시장의 격동성이야말로 치부의 원천이다. 시장의 변동 폭이 크면 클수록 소로스는 더 많은 돈을 벌 수 있으므로 이미 금융 자본가가 된 그는 언론 등을 이용한 시장 조작도 서슴없이 벌인다.

시장의 흐름을 자신에게 유리한 방향으로 돌리기 위해 마음만 먹으면 막대한 자금을 동원하여 사재기를 하기 때문에 그의 투자 방법을 '다이너마이트 투자'라고 부른다.

이 같은 수법은 높은 펀드 운용 수익률과 함께 일확천금을 꿈꾸는 젊은 펀드매니저들에게 숭배의 대상이 되고 있다. 소로스는 지금 이 시각에도 각국의 지도자급 인사들을 부지런히 만나거나 세계 각지에 각종 재단을 설립하는 등 세계를 무대로 뛰며 드라마틱한 삶을 살고 있다.

　주식투기를 바탕으로 세계 금융 시장을 주물러 대고 있는 소로스는 이렇게 말한다.

　"기회라고 생각하면 과감히 승부를 걸어라. 그리고 실패를 두려워 하지 말라. 내가 오늘날 이렇게 성공한 것은 실패를 통해 배웠기 때문 이다."

　증권투자의 귀재로 알려진 미국인 피터 린치는 고교 시절 여름 방학 아르바이를 위해 골프장의 캐디로 일한 적이 있다. 그 때 골프를 즐 기던 유명 사업가들의 이야기를 귀담아들은 린치는 어떤 운송회사 주 식에 1,250달러를 투자했다.

　이 최초의 주식투자에서 린치는 주가가 오를 때마나 조금씩 팔아 원금을 회수하고 그 투자 회사가 다른 회사에 인수되려고 할 시점에 나머지 주식을 모두 팔아 멋진 승리를 거둔다.

　ROTC로 보스턴대학을 졸업한 린치는 약 2년 동안 한국에서 근무한 다. 1969년 군복무를 끝내고 피델리티 인베스트먼트에 입사하여 금속 업종 분석 업무를 맡게 된다. 1974년 조사 담당 이사를 거쳐 1977년 2 천 2백만 달러 규모의 마젤란 펀드를 떠안게 된다. 그는 탁월한 재능 으로 이 펀드를 키워 수백억 달러의 규모로 성장시켰고 월가의 영웅으 로 떠오른다.

　피터 린치의 투자 비법은 네 가지로 요약할 수 있다.

　① 주식투자에 성공하려면 그에 걸맞은 시간과 노력을 기울여야 가

능하다. 그렇지 않고 주식을 매수하는 것은 카드를 보지 않고 포커를 치는 행위와 다르지 않다. 충분한 시간을 투자해 여러 가지 정보를 신중하게 검토하지 않고 즉흥적으로 주식을 사는 방식은 지양되어야 한다.

② 일반 투자자들과 반대로 움직여야 한다. 예컨대 ▲ 어떤 모임에서 주식 이야기만 나오면 사람들이 이 화제를 외면할 때가 바닥이다. ▲ 주식투자의 위험성 등에 대해 이야기를 하며 관심을 보일 때는 약 15% 가량 상승한 시점이다. ▲ 주식투자가 주된 화제로 떠오른다면 30% 이상 올라 버린 시점이다. ▲ 어떤 종목이 얼마나 올랐다는 게 화제가 되고 그 종목을 사둘 걸 하고 아쉬워하는 사람이 많으면 이미 주가가 천장을 친 것이다.

③ 10가지 종목에 투자할 경우 몇 배의 수익을 올릴 수 있는 종목이 한두 개 정도는 포함되어 있어야 한다. 그러기 위해서는 여러 가지 정보를 분석해 보고 성장성 있는 유망 종목을 신중히 골라야 한다. 직접 그 회사 방문이 불가능하다면 전화를 걸어 간접 접촉으로 해당 기업의 경영 상황을 점검해야 한다. 컴퓨터에 의한 기업 정보와 투자 정보를 지나치게 신뢰하는 것도 위험한 짓이다.

④ 속삭이는 주식(whisper stock)에 대한 투자를 피해야 한다. 수익은 없으면서 인기가 높은 주식들이 속삭이는 주식에 속한다. 큰손의 하수인이나 정보원들은 엄청난 호재가 있다면서 투자자들의 귀에 속삭인다. 이런 주식에 투자했다가 결국 손해를 본 사람들이 많다는 것을 유념해야 한다.

* * *

그렇게 큰손들의 주식투자 기법을 열심히 읽었어도 최 회장은 그 이론과 경험을 실제 투자에 적극적으로 응용하지는 않았다. 그는 주식투자를 도박이나 투기로 인식했으며 그 인식을 여전히 전환시키지 못하고 있었다. 단기간의 투자로 거금을 벌겠다는 한탕주의식 사고방식이 그의 머리를 지배하고 있었다.

금융 황제 소로스처럼 시장 조작을 벌일 수 있다면, 로열건설을 공개하고 주식을 상장시킬 수만 있다면 부당 내부 거래 방식으로 얼마든지 돈을 벌게 되리라는 성공 예감에 사로잡혀 있었다. 작은 이익을 노려 자주 사고파는 방식이 아니라, 잔 파도를 타지 말고 큰 파도를 타자는 게 그의 투자 전략이었던 셈이다.

최 회장은 무슨 이유에서인지 세계적인 주식투자자들의 체험적 증언을 믿지 않았다. 자기 방식을 고집했기 때문에 책에서 얻은 지식 따위를 주식투자에 전폭적으로 응용하는 짓을 용납할 수 없었다. 책에서 읽은 내용은 대화에 필요한 장식품 정도로 생각했던 것이다.

미래를 정확히 예측할 수 있는 사람은 아무도 없다. 그것이야 말로 증권계 최후의 법칙이다. 하지만 투기에는 음모가 있게 마련이다. 어떤 목적을 이루기 위해선 치밀한 계산과 작전이 필요하듯, 부당 내부 거래에서는 주가조작과 거짓 정보가 생명이란 것을 최 회장은 잊지 않았다.

최 회장은 주식투기에 힘을 불어 넣어 줄 자금줄과 각별한 관계를 맺고 있었다. 그는 건설 현장의 하도급 업체 사장들에게 절대적인 이면 계약 원칙을 준수하도록 주문하곤 했다. 반드시 하도급 금액의 5%를 실제보다 늘려 잡아 비자금과 주식투기의 원천으로 삼았다.

예컨대 100억 원의 공사비가 소요 예산으로 잡혔다면 105억 원의 계약서를 작성해 5억 원을 빼돌리는 방법을 썼다. 그런 이면 약정이 통하지 않는 업체가 있다면 당연히 하도급 대상에서 제외시켰다.

100억 원은 3~4개월 약속어음으로 주고 나머지 5억 원은 현금으로 지불하는 형식을 취했다가 현금만 따로 챙기는 수법을 쓰곤 했다. 하도급 공사 대전을 수령하는 즉시 하청 업체 사장은 현금 5억 원을 최 회장에서 되돌려주는 것을 당연한 일로 생각했다.

그 같은 비자금 조달 방법을 일일이 담당 임직원과 하청 업체 사장들에게 설명할 필요가 없었다. 그들은 이미 오래 전부터 최 회장의 전통적인 수법을 어쩔 수 없이 인정하고 있었다. 원리 원칙만을 고집하여 거래가 단절될 만큼 어리석게 구는 하청 업자들이 아니었다. 차라리 그 하청 업체 사장들은 최 회장에게 5% 이상의 비자금을 만들어 주지 못해 안달일 지경이었다.

공사용 자재를 납품하는 업체들 중에서도 최 회장의 이면 약정을 이해하고 적극 협조하는 거래처만 살아남았다. 거래 중단의 위기감을 느낀 업체의 사장들이 미리 비자금을 만들어 들고 오는 경우도 없지 않았다. 상대적으로 훨씬 많은 비자금을 만들어 상납하는 업체들만이 최 회장과 로열건설의 고정 거래처로 인정받을 수 있었기 때문이다.

그것은 생존의 한 방편이었다. 납품 업체와 하도급 공사 업체의 사장들은 모두 비밀을 원했으므로 비자금 조성에 관한 진상을 입 밖에 내지 않았다. 최 회장 역시 신중하게 처신했다. 증거 인멸 주의를 철저히 유지하면서 흔적을 남기지 않았다.

최 회장은 중역과 간부들의 전결권을 거의 인정하지 않았고, 실행 예산이 천만 원을 넘는 프로젝트에 관한 모든 실권을 장악해야 안심할 수 있었다. 비자금 조달 계획이 비밀에 부쳐지지 않으면 안 되는 이유 때문이었다.

그렇게 모은 자금을 밑천으로 최 회장은 주식 내부자 거래에 야심만만하게 뛰어들었다. 때마침 로열건설을 공개하고 주식이 상장되었으니 본격적으로 주식투기에 매달릴 수 있는 절호의 기회였다.

05. 소액 투자자들을 등쳐야 승리한다

긴 겨울이 가고 짧은 봄이 오고 있었다. 흩날리는 눈송이를 보긴 어려웠지만 사나운 바람은 여전히 도심을 휘젓고 다녔다. 그런 해빙기의 와중에서도 봄이 주춤주춤 다가선다는 느낌이 길 가는 행인들의 발걸음을 조금은 가뿐하게 만들고 있었다.

요즘 들어 최종길 회장의 주식투자 분위기는 점점 더 좋아지는 것 같았다. 가파른 추세는 아니지만 전반적으로 주가는 상승 곡선을 그렸다. 건설주가 오름세를 유지하면서 로열건설의 주가도 급격히 상승하고 있었다.

그렇다고 특별한 호재가 돌출하여 주가가 반등하는 것은 아니었다. 주가가 바닥세를 형성하고 있는 데다 그저 경기 전반이 점점 더 좋아지고 있는 것 같으니, 투자 적기일지 모른다고 막연하게 추측할 뿐이었다. 소액 투자자들은 모처럼 저절로 굴러 들어온 손실 만회의 기회가 달아날까 싶어 침묵으로 일관하며 전전긍긍하고 있었다.

오전 장 한때 주춤했던 주가가 주식시장 안정 대책 조기 발표 소문으로 오후엔 반등세로 급선회했고, 개장 초 하락세로 출발했던 대형 우량주의 주식 값이 오름세로 돌아서면서 장세의 버팀목이 되었다.

최근 단기 하락 폭이 컸던 로열그룹 계열사 주식에도 사자 주문이 들어오면서 오름세로 장을 마감했다. 특히 계열사 전체가 흑자 폭이 커졌다는 소문과 함께 유상증자와 무상증자를 준비 중인 로열건설은 연 사흘째 상한가 행진을 펼치고 있었다.

하지만 로열건설 주식에 집중 투자하고 있던 김혁 전무는 즐거워할 여유가 없었다. 최 회장의 부당 내부 거래에 무임승차한 사실이 들통 난 이래 줄기차게 자신을 괴롭히던 실체는 임원 해임을 걱정해야 하는 공포였다. 로열그룹과 최 회장에 대한 자신의 영향력이 빠른 속도로 약화되고 있는 느낌이었다.

게다가 주식관리부 엄창수 차장의 사표를 받아야 한다는 강박관념이 그를 괴롭히곤 했다. 과장 시절부터 신뢰감을 쌓긴 했어도 따스한 미소를 보여 준 적이 별로 없는 최 회장이 최근 들어 부쩍 자신에게 적개심을 드러내는 게 아닌가. 더구나 엄 차장을 위험한 인물로 지목하며 사표를 종용하는 듯한 발언을 자주 하는 걸 보면 뭔가 일을 저지를 가능성이 높았다.

김혁 전무는 엄 차장에게 어떻게 이야기를 꺼내야 할지 몰라 일주일 내내 망설였다. 그렇게 가슴을 졸이며 주저하던 그는 마침내 용기를 내어 엄 차장을 자신의 집무실로 불렀다.

최 회장이 그 무임승차 문제에 대해 더 이상 거론하지 않도록 확실히 못을 박아 둘 작정이었다. 만약 엄 차장이 으르대며 감정 사납게 나오면 사표라도 받아 낼 심산이었다.

"엄 차장, 오해하지 말고 들어."

너무 예민한 문제였으므로 김혁 전무는 매우 조심스럽게 운을 떼었다.

"우리 일당의 무임승차를 회장님이 알아차렸단 말야. 조심했어야 지…."

"이미 끝난 얘깁니다."

엄창수 차장이 단호하게 내뱉은 말에 실내 공기가 금세 냉랭해졌 다.

"뭐가 끝났단 말야?"

김혁 전무가 흥분을 억누르고 물었다.

"전무님, 회장님의 심중을 왜 모르세요?"

"그럼, 그 문제를 한 번 정도 걸렸단 말이야?"

오히려 찔끔 놀란 쪽은 김혁 전무였다. 엄 차장은 의외로 당당했다. 항상 최 회장에게 얻어터지는 엄 차장을 뇌리에 그려온 김혁 전무는 얼른 적응되지 않았다.

"물론이죠."

"회장님의 반응은 어땠어?"

게슴츠레 눈을 감은 김혁 전무가 못마땅하다는 표정을 지었다.

"회장님이 주식을 샀을 때 당신을 따라오며 매입하는 투자자들이 있다면 구태여 싫어해야 할 이유가 없죠. 거래가 활발해야 단기 매매 차익을 얻는 데 도움이 되는 건 당연하잖아요?"

"그렇다면 왜 그토록 화를 내셨을까?"

"그건 모르죠."

"자기 주관 없이 남들을 따라가는 부화뇌동 매매가 싫었단 뜻일까?"

"부화뇌동 매매가 없다면 단기 매매로 시세 차익을 노리긴 어려울 겁니다. 단지 회장님이 처분하기 전에 측근들이 먼저 우르르 팔아 버 리는 게 달갑지 않다고 생각했기 때문이죠."

"정말 그런 뜻의 말씀을 하셨어?"

푹신한 소파에 묻었던 상체를 일으키며 김혁 전무가 담배를 빼어 물었다.

　"무임승차는 용서할 수 있다고 말씀하셨어요. 단지… 회장님이 내릴 때 다른 사람들은 앞서지 말고 하루 이틀 늦게 내리라는 게 그분의 뜻입니다."

　엄 차장은 매우 안타깝다는 시선으로 김혁 전무를 쳐다보았다.

　"로열건설 주식을 함께 사도 좋지만 처분할 때는 하루 이틀 늦게 팔라는 뜻이군."

　"맞습니다."

　"알았어, 좋아."

　그렇게 말을 던지긴 했어도 김혁 전무는 몹시 불쾌했다. 양다리 걸치기 작전으로 하수인들을 길들이는 회장이 밉기도 했지만, 회장의 심중을 읽고도 시치미를 떼는 엄 차장에게 증오를 느꼈던 것이다.

　겨우 세 살 후배인 엄 차장은 요즘 부쩍 겉늙어 보였다. 저런 애늙은이를 점잖게 상대해야 하는 김혁 전무로선 한꺼번에 분통이 터져 나와서 애를 먹었다. 발끈 눈 꼬리를 세우고 비웃음을 흘리는 녀석의 모습이 여간 언짢은 게 아니었지만 결코 내색은 하지 않았다. 이제부터는 자신이 엄 차장을 밀어붙일 차례라고 생각하며 마른침을 꿀꺽 삼켰다.

　"엄 차장."

　김혁 전무는 냉정하게 말하려고 노력했다. 가시 돋친 말을 툭 쏘아붙이고 싶었으나 참고 있었다. 부하 직원을 이처럼 거북하게 상대하긴 난생 처음 같았지만 어쩔 수 없이 천연스런 표정을 지어야 했다.

　"요즘 며칠 참 많이 고민해 봤는데… 회장님이 그런 말씀을 하셨다면 그 즉시 내게 말해 주는 게 예의 아냐? 난 당신의 상사니까."

"…."

엄 차장은 아무 대꾸도 하지 않았다. 김혁 전무는 엄 차장의 눈동자에 나타난 표정을 읽을 수 있었다. 눈도 깜빡이지 않은 채 상대편을 동정하듯 쳐다보고 있었다.

"난 당신을 문책하려고 부른 게 결코 아냐. 부하와 상사 간에 위계질서를 회복하자는 뜻도 아냐. 커뮤니케이션에 문제가 생기면 그 조직은 반드시 무너진다는 걸 강조하고 싶어서 불렀어."

김혁 전무는 권위를 잃지 않으려고 안간힘을 썼다. 엇비슷한 나이, 겨우 세 살 아래임을 내세워 엄 차장이 자신을 깔보는 것만 같아 속이 쓰렸다. 최 회장이 점조직을 다루듯 차장 따로, 전무 따로 극비 지시를 내리다 보니 그럴 수 있으려니 생각되었지만 섭섭한 감정을 어쩌지 못했다.

"엄 차장에겐 미래가 있어. 난 머잖아 그만둬야 할 처지에 있고…. 당신이 이 자리에 앉는 날이 오면… 내 입장을 비로소 이해하게 될 거야."

김혁 전무는 연민 어린 표정으로 간곡히 말했다. 하지만 웬걸, 엄 차장은 믿기지 않을 정도로 차분하게 입을 열었다.

"전무님, 최근 들어 우리 회사 주식이 갑작스레 오르는 걸 이상하다고 생각해 보지 않았습니까? 시중 유동성도 풍부하지 않고 우리 회사의 추정 결산 실적도 좋지 않은데 연일 상한가를 치는 이유가 뭔지 모르세요?"

엄 차장이 능청스럽게 물었다. 서로의 경멸 어린 시선이 마주쳤고 이내 무거운 침묵이 끼어들었다.

"…."

시선을 내리깐 김혁 전무가 영문을 몰라 하며 미간을 좁혔다. 뭔가 일이 심상치 않다는 낌새를 눈치 챘기 때문이다.

"저 같으면 한번쯤 의심했을 겁니다. 유상증자와 무상증자, 실적 호전은 지금의 시황에 특별한 호재로 작용될 수 없거든요. 더구나 해외에서 10억 달러짜리 프로젝트라도 수주한 게 아니잖아요?"

"엄 차장, 대체 무슨 말을 하려는 거야?"

치밀어 오르는 부아를 씹다 보니 김혁 전무의 얼굴이 벌겋게 상기되어 갔다.

"전무님, 솔직히 말씀드리죠. 그건 회장님과 제가 어렵사리 만든 작품입니다."

엄 차장이 차갑게 웃었다.

"그렇다면 주가조작…, 시세조종을 시도했단 말인가?"

김혁 전무의 코에 주름이 잡히고 눈이 반쯤 감겼다. 전에 없이 열등감을 느낀 탓이었다.

"물론이죠. 그렇지 않다면 연 사흘째 상한가를 칠까요?"

"…."

말을 잃은 김혁 전무의 눈에 괴로움이 가득 담겨 있었다. 이제 겨우 뭔가를 알았다는 듯 침울한 얼굴로 고개만 주억거렸다. 그는 엄 차장의 표정에서 승리자의 자부심을 읽고 있었다.

"지금 회장님께서는 전무님의 역할을 학수고대하고 있습니다. 명동 사채시장의 큰손 박순자와 광화문의 큰곰은 시가조작을 위해 작전세력을 가동시키고 있거든요. 이들과 달리 저와 회장님은 외로운 투쟁을 계속하는 중입니다. 전무님같이 유능한 분이 앞장서서 도와주시지 않으면 말짱 도루묵이 될 가능이 농후합니다. 전무님이 스스로 나설 땝니다. 회장님이 직접 부르시기 전에 전무님이 역할을 청하세요. 회장님도 그걸 원하고 계십니다."

엄 차장의 웅변이 하소연으로 변하고 있었다.

"믿을 수가 없어…. 회, 회장님이 내 역할을 기대한다?"

김혁 전무는 말을 더듬었다.

"전 거짓말을 안 합니다. 수차례 그 고민을 털어놓으셨어요. 다른 회사 책임자들은 주가관리를 위해 전담 팀장까지 뒀고, 주변 인물 수십 명의 주민등록증 사본과 인장 수백 개를 비치하면서 이를 활용한다고 말씀하셨어요. 저 역시 그 점을 모르지는 않습니다. 다른 재벌 그룹 총수들의 작전은 매우 치밀합니다. 친인척이나 임직원 등의 명의로 무려 천여 개의 차명 계좌들을 만드는 것은 물론이고, 계열사 간에도 자금을 동원해 서로 주가를 끌어올리기까지 합니다. 그처럼 치밀한 작전을 추진하려면 전무님이 적임자라는 게 회장님과 저의 생각입니다."

"그런데, 왜 이제 와서…."

김혁 전무는 원망하는 듯한 표정을 지으며 고개를 저었다. 불안하게 미로 속을 헤매는 느낌이었다.

"언젠가 스스로 깨닫게 될 날이 올 거라고 말씀하셨어요. 절대로 당신의 뜻을 미리 말하지 말라시면서…."

엄창수 차장은 김혁 전무의 마음을 읽기 위해 침착하게 말을 이었다.

"심지어 이런 말씀도 하셨어요. 회장의 불알이나 잡은 채 가만히 앉아서 몇 푼 얻어먹으려고만 하지, 스스로 공을 들여 과실을 챙기려는 노력이 없다고…. 사실 제 경험에 따르더라도 주가 끌어올리기가 몇몇 사람들의 소박한 작전으론 어렵다는 판단입니다. 측근 인사들의 전폭적인 지원과 체계적인 시세조종 없이는 성공 불가능한 일이죠."

봇물이 터지는 듯 막힘없는 이야기였다.

"엄 차장, 당신 말이 맞아. 당신이 이겼어."

드디어 김혁 전무가 기어드는 소리로 짧게 말을 끊었다. 그의 눈에 무척 피로한 기색이 비치고 있었다. 이 녀석에게 승복해야 하다니…. 상상하지도 못하던 일이 벌어지고 있었다.

"전무님, 그런 말씀 하지 마세요. 이건 승부와 전혀 관계없는 일입니다."

"아냐. 내가 너무 안이하게 처신했어."

김혁 전무는 시선을 떨어뜨리며 어색하게 웃었다. 그것은 끔찍한 치욕이었다. 경리과장으로 입사한 이래 최 회장의 불법적이 재테크를 도와준 대가로 7년 만에 전무로 승진한 자신이 방심한 사이에 일어난 반란이었다. 어느 새 성큼 자란 엄 차장이 자신의 위치를 위협하는 것만 같았다. 도저히 회복하기 어려운 신뢰감의 실추였으므로 김혁 전무는 점점 불안해졌다.

이제 마지막 남은 자존심도 사라져 버렸다. 그저 부드러운 시선으로 엄 차장에게 화해와 용서를 구할 뿐이었다. 오늘 당장 최 회장의 주가관리를 위해 작전세력을 구성하는 일만 남아 있었다. 더 이상 엄 차장과 신경전을 벌일 필요가 없다는 생각에 미치자 오히려 마음이 편안해졌다.

그렇다. 최 회장의 주식투기를 위해 무슨 일이든 해야만 한다. 그게 살아남는 길이다. 김혁 전무는 거역할 수 없는 운명에 이끌리듯 엄 차장에게 악수를 청했다.

"지금 당장 작전 계획서를 만들자!"

김혁 전무는 그제야 정확한 상황을 인식하기 시작했다.

그 날부터 최 회장의 주식투기를 돕는 데 대부분의 시간을 할애했고, 최 회장의 지침이 떨어지거나 아이디어만 떠오르면 엄 차장을 따로 불러 그 계획을 작전으로 구체화시켰다.

최 회장이 부동산투기, 주식투기, M&A투기 등을 즐긴다는 것은 정계나 재계에서도 널리 알려진 사실이었다. 축재를 위해 모험에 매달리는 강한 욕구는 최 회장 가문의 전통이나 다름없었다. 그의 조부 시절은 물론이고 부모 형제들이 사채놀이와 부동산 투기로 졸부가 된 데서도 이를 확인할 수 있었다.

그렇게 재산을 불려온 최 회장의 집안 어른들은 그 재산을 지키기 위해 정계·관계·재계에 정략적으로 혼맥을 형성해 나갔다. 최 회장 부친의 노력은 드디어 결실을 맺기 시작했다. 장남 최종부의 사돈은 대기업의 사장이 되어 집권당 후원회 부회장으로 위촉되었고, 차남 최종길의 동서는 은행 임원의 자리에 올랐고, 3남 최종면의 동서는 검사를 거쳐 청와대에 입성했던 것이다. 그 중에 최종면의 동서는 대통령의 조카사위로 집권층 핵심 세력의 정중앙에 자리 잡게 되었다.

정략적 혼맥 만들기는 부모 형제들이 지나치게 정중한 태도로 유력 인사들을 자주 만나거나 떠받드는 것으로 이어졌다. 출세한 사위와 동서를 통해 더 출세한 사람들을 소개받기란 어려운 일이 아니었다. 물론 그 과정에서 촌지라는 명목으로 거액의 돈 봉투가 전달되곤 했다. 그런 반면에 사회적으로 부쩍 커버린 최 회장 형제들은 회사 임직원들에게는 날로 쌀쌀맞고 잔인하게 굴기 시작했다.

특히 최 회장의 그 같은 이중적 태도는 너무나 정교한 조화를 이루고 있었기 때문에, 감히 그의 교활한 처세술을 비난하는 유력 인사는 없었다.

속사정을 모르는 이웃 사람들은 오히려 그의 예의바른 태도와 겉으로만 검소해 보이는 생활을 존경하고 부러워하기까지 했다.

로열그룹 계열사인 대안증권은 작년까지만 해도 동호그룹 소속이었다. 하지만 동호그룹이 몰락의 길을 걷게 되면서 로열그룹의 계열사로 전격 편입되었다. 때마침 보험회사와 저축은행의 경영권을 인수한 최 회장이 마땅한 증권사를 물색하던 중에 인수 대상으로 떠오른 회사가 대안증권이었다.

로열건설로 대기업의 입지를 굳힌 최 회장이 대안증권을 인수한 것은 금융업 진출이라는 평소의 염원을 실현시키기 위해서였다. 하지만 그 이면에는 자신의 주식투기를 위한 장기적인 포석이 깔려 있었다. 계열사인 대안증권을 통해 로열그룹의 주식을 관리하는 데 머무르지 않고, 부당 주식 내부 거래와 작전세력을 좀 더 짜임새 있게 가동시킬 필요가 있다고 생각했던 것이다.

최 회장은 대안증권의 경영권을 인수하자마자 자기 심복들을 그 회사의 핵심 부서에 심기 시작했다. 조사부에 배치된 박상민 차장도 그 심복들 중의 하나였다. 박 차장은 최 회장이 예상하고 기대했던 대로 탁월한 능력과 풍부한 경험의 소유자였다.

박상민은 서울 상대를 졸업하자마자 중앙증권에 입사했으며, 회사 내 선배들의 도움을 받아 다양하고 폭넓은 경험을 쌓아갔다. 법인부, 시장부, 주식관리부 등 실무 영업 부서에 근무하면서 일선 현장을 누볐고 조사부와 투자분석부는 물론 기획조정실의 요직을 두루 거쳤다.

박상민이 사실상 진가를 발휘하기 시작한 때는 중앙증권 명동 지점으로 발령을 받은 뒤였다. 물론 근면성과 추진력을 인정받은 탓도 있지만 사실 알고 보면 학연·지연과 작전세력을 적절히 활용한 덕분이었다. 그와 연결된 작전세력은 서울상대파, 공인회계사파, 세무사파, 청진상고파 등으로 증권가에서 막강한 영향력을 행사하고 있었다.

이 작전세력들은 증권사·투신사·보험사·은행 등 여러 본 지점에 포진해 있으면서 학연과 지연으로 똘똘 뭉친 동문들의 완벽한 지원을 받았다. 동문들이 각종 금융기관에서 고생 끝에 얻어 낸 정보들은 작전세력들이 주가조작을 시도하는 데 더없이 훌륭한 밑거름이 되었다. 박상민은 이 작전세력들을 개인 투자자와 큰손 못지않게 철저히 관리하여 영업 실적에서 두각을 나타낼 수 있었다.

증권가에서 박상민의 이름 석 자가 유명세를 타던 시기에 은밀히 그에게 접근한 사람들이 있었다. 그 큰손들 중 한 사람이 바로 로열그룹 최종길 회장이었다. 물론 그 당시만 해도 최 회장은 주식관리부 엄창수 차장을 대리인으로 내세워 박상민과 거래를 트고 있었다.

박상민은 여러 상장기업들의 ▲ 재무구조와 현금흐름, ▲ 조업 환경, ▲ 연구 개발 능력, ▲ 거래처 영업 상황, ▲ 시장 점유율, ▲ 수출 전망, ▲ 주가 동향, ▲ 주식관리 부서의 인맥과 조직, ▲ 대주주의 주식 내부자 거래 상황, ▲ 경영 실태와 경영 스타일, ▲ 경영진의 취향과 인맥, ▲ 자금 사정, ▲ 정경유착의 실상 등에 관한 정보와 지식이 풍부해 누구에게나 환영받았다. 그러다 보니 큰손들이 그에게 몰려들었고, 자연스럽게 자금 동원력도 널리 인정받게 되었다.

하지만 자존심이 강하며 영악했던 박상민은 스스로 작전세력을 구성하고 여러 증권사 창구를 통해 주식투기를 일삼는 큰손들을 비교적 멀리하는 편이었다. 차라리 다른 작전세력에 무임 승차시켜 달라며 거액을 내미는 큰손들을 진짜 고객으로 삼았다. 그 과정에서 만난 최 회장은 무임승차만을 선호하는 고객들 중 하나였다.

그러던 어느 날 최 회장이 대안증권의 경영권을 인수하기에 이르렀다. 상황 판단이 누구보다 민첩했던 최 회장은 때를 기다렸다는 듯이 뒷돈 3억 원을 쥐어 주고 박상민을 대안증권으로 스카우트해 버렸다. 하지만 그는 박상민을 일선 영업 부서에 배치하지 않고 조사부로 발령을 내고 말았다.

"회장님, 전 영업을 하기 위해 대안증권으로 옮겼습니다."

인사명령을 확인하던 날 박상민이 찾아와 두 손을 내저었다.

"박 차장, 조사부 안에서도 당신이 하던 영업을 계속하는 거야. 다시 말해 그 안에서 특수영업부장 몫을 담당하면 돼. 이사급으로 영입된 당신을 차장으로 만든 이유를 알아야 해. 우선 숨어 있으란 말이다. 무슨 뜻인지 알겠어?"

"조직의 질서가 깨질 수도 있는데요?"

"이 사람아! 인사부장, 기획실장, 조사부장, 법인부장, 시장부장, 주식관리부장 등도 내 뜻을 충분히 알고 있으니 그럴 염려는 전혀 없어. 당신은 회장 직속의 지점장인 셈이니까."

얼떨떨한 표정의 박상민을 보며 최 회장이 미소 지었다. 그제야 박상민은 더 이상 항의하지 않았다. 자신을 보배처럼 아끼는 회장님을 어떤 일로 보필해야 할지 알아챘기 때문이다.

"당신이 그동안 관리하던 작전세력들을 모두 대안증권으로 끌어들이라는 말은 하지 않겠어."

"아닙니다. 긴밀하게 통하는 몇몇 그룹들이 항상 대기하고 있습니다."

박상민은 숨긴 뜻까지 모두 알아들었다. 틀림없이 회장에 대한 개인적인 충성심을 확인하려고 던지는 말이었다.

"물론 그러는 게 정상이지. 하지만 무리하진 마. 그들의 작전에 참여할 수 있도록 내게 기회를 주면 그것으로 족해."

"회장님, 실망시키는 일 따위는 하지 않겠습니다. 명령만 내리세요."

박상민이 어이없다는 시선으로 최 회장을 바라보았다. 대안증권의 영업 실적보다 개인의 이익을 중시하는 최 회장이 두렵기까지 했다.

"박 차장이 직접 경험한 바에 따르면… 작전세력의 위력이 소문처럼 막강하던가?"

"판돈을 휩쓸어 버리는 사람들은 얼굴도 실체도 드러내지 않고 익명으로 주식시장을 좌지우지합니다. 그러나 작전세력들의 결속력과 정보력, 비밀 유지를 위한 확고한 의지는 상상을 초월합니다. 그런 상황에서 집까지 저당 잡힌 돈으로 어수룩하게 덤비는 핸드백 부대나 아마추어 개미 투자자들이 승리할 가능성은 거의 없습니다."

"그래, 맞아."

최 회장은 건성으로 고개를 끄덕였다. 그는 박상민을 마음대로 요리할 수 있는 비법을 찾느라 고민하는 중이었다.

"핸드백 부대와 소액 투자자들이 입수한 투자 정보는 이미 낡은 것입니다. 작전세력과 기관투자자들이 쓰고 버린 휴지를 그 사람들은 아주 중요한 최신 정보로 착각합니다. 그 정보를 토대로 주식을 매입하면 상투를 잡는 격입니다. 결국 그들은 작전세력과 연계된 증권사 직원에게 무조건 돈을 맡기고 불려 달라는 기법이 안전빵이라는 걸 알게 됩니다."

"막대한 손해를 본 고객에게 그런 수법으로 일부를 벌충해 준단 말이지?"

"아니죠. 작전세력의 얼굴이나 실체가 없기 때문에 오리발을 내밀어야 합니다. 회장님도 아시다시피 주식시장은 냉혹한 세계입니다. 잃은 사람이 있어야 따는 사람이 있는 고스톱 판과 별 차이가 없어요. 개평 좀 달라고 눈물 흘리며 사정해 봐야 눈 한번 깜짝하지 않지요."

"때때로 인생이란 지독하게 잔인한 거지. 누구나 그런 경험을 한 뒤에야 뭔가 깨닫게 되는 거야."

"주식시장의 생리는 더하면 더했지 덜하지 않습니다."

"당신이 거래하던 큰손들이 누구야?"

최 회장은 화제를 돌려가며 핵심을 찔렀다.

"말씀드릴 수 없습니다."

"이 최종길에게도 말할 수 없단 말이지?"

"그렇습니다. 회장님이 본격적으로 투자하실 때, 제가 그동안 사귀어 온 큰손들과 작전세력을 충분히 활용하면 되잖습니까?"

"당신은 이미 중앙증권을 떠났어."

"회장님, 중앙증권은 제 친정이나 마찬가집니다. 지금도 그곳에는 제 핵심 세력이 여전히 잠복해 있어요."

"맨입으로 그들이 움직일까?"

"회장님이 주신 로비 자금 3억 원이 요긴하게 쓰였습니다."

그 말이 나오기 무섭게 긴 침묵이 이어졌다. 대단히 영특하고 교활한 젊은이라는 것이 최 회장의 판단이었다. 생각할수록 녀석의 교만함에 혀를 내두르지 않을 수 없었다.

"그 돈은 당신에게 개인적으로 준 거야."

"전 그렇게 생각하지 않았습니다."

"박 차장, 정말 고마워. 내가 먼저 깨달았어야 했는데….."

최 회장의 얼굴에 흐뭇해하는 미소가 물감처럼 번졌다. 그는 속으로 박상민에게 1억 원을 더 베팅해야 한다고 다짐했다.

"작전세력이 투기 대상 종목의 주가를 끌어올리기 위해 루머를 은밀히 퍼뜨리는 걸 난 알아. 그 이외에 가장 애용하는 방법이 뭐야?"

최 회장은 내막을 모르지 않으면서도 면접관처럼 질문하기 시작했다.

"물론 가라 오퍼지요. 작전세력끼리 가짜 매매 주문을 수시로 넣어 실제 거래처럼 위장하며 팔고사는 거지요. 이 경우엔 다른 아마추어들이 끼어들지 못하도록 서로 타이밍을 절묘하게 맞춰야 합니다."

"당신들은 루머와 정상 정보를 어떻게 구분하고 있나?"

"주식시장은 온통 유언비어로 점령되어 있습니다. 증권가는 정상적인 정보보다 유언비어의 위력을 한없이 증폭시키고 있지요. 결국 실제 상황과 정확한 정보조차도 익명을 빌린 유언비어에 휘둘리곤 합니다. 그 이율배반을 적절히 응용하는 사람들이 바로 작전세력이자 큰손들이라고 말할 수 있겠지요."

"당신의 가벼운 입은 내게만 예외적으로 열리는 것인가? 그게 궁금하네."

최 회장은 한번쯤 경고할 필요를 느꼈다.

"회장님께만 가능한 일입니다."

박상민은 놀란 눈빛으로 서둘러 말했다. 그러면서도 그는 최 회장에게 끝끝내 중요한 비밀은 털어놓지 않을 것이라고 결심했다. 그는 자신의 손에 든 카드 패를 너무 많이 보여 줌으로써 뼈아픈 대가를 톡톡히 치른 경험이 있기 때문에, 작전세력과 전주 리스트라는 중요한 카드 몇 장쯤은 반드시 숨겨 둘 필요가 있다고 생각했다.

"박상민, 나를 믿고 열심히 뛰어 봐라. 그만한 보상이 언제나 뒤따를 것이다."

최 회장은 새로운 도박을 벌이기 시작한 것이다. 그는 박상민의 지략과 지원 없이, 자기 혼자 힘으로 작전세력을 파악할 수 없다는 사실을 잘 알고 있었다. 하지만 오래 전부터 요지경 같은 비즈니스 세계에서 갖은 고초를 겪으며 성장해 온 최 회장으로서는 박상민이 뛰어난 두뇌만큼이나 깊은 흑심을 품고 있다는 심증에 주목하게 되었다.

그런 박상민과 손을 잡는다는 것이 너무나 위험 부담이 큰일이었다. 머잖아 박상민은 분명히 자신을 뿌리치고 탈출하려 할 것이다. 그 같은 사태가 벌어지기 전에 미리 경고를 한 것뿐이다. 하지만 당분간 속내를 숨기면서 박상민에게 의존해야 할 형편이다. 마음껏 이용하다가 기회를 봐서 냉정하게 차 버리면 될 일이라고 최 회장은 생각했다.

"회장님, 작전세력이 따로 존재한다고 상상하지 마세요. 집중 투자 종목이 결정됐을 때 다른 전주들이나 큰손을 끌어들이면 그게 바로 작전세력이 됩니다."

박상민은 최 회장의 과욕을 간파하고 그렇게 맞받아쳤다.

"맞는 말이군….."

최 회장의 표정이 점점 밝아졌다. 하지만 박상민은 최 회장의 입술에 알 듯 모를 듯 꿈틀거리는 미소를 훔쳐보고 있었다. 박상민은 죽어도 남에게 호락호락 이용만 당하다가 버려지는 인생을 살고 싶지 않았다. 남에게 가치가 있는 존재가 되면서, 그만한 대가를 충분히 얻어 내는 거래의 상대가 되고 싶었다.

"알맹이 없는 상장회사, 자본 잠식이 진행된 엉터리 회사의 주식으로 재미를 보기도 한다던데?"

"자본금이 적은 부실 상장기업의 주식을 매집할 경우엔 단기 승부가 필요합니다. 작전세력과 손을 잡고 꾸준히 루머를 생산하면서 주가를 끌어올린 뒤 단숨에 처분하지 않으며 실패하기 십상이죠."

"우리 로열건설을 작전세력의 투자 종목에 편입시킨다면 금상첨화가 되겠지. 필요에 따라선 우리 로열그룹 내부에 작전세력을 만들어둘 작정이야. 그 때 가서 당신은 그 팀장을 맡아야 하네. 아니 벌써부터 팀을 만들기 위한 실무 작업에 착수했어. 주식관리부 엄창수 차장은 간사 역할을 담당할 거구…. 다소 무식하고 멍청하긴 해도 매우 충직한 녀석이 바로 엄 차장이야."

"엄창수 차장, 김혁 전무님과 함께 오래 전에 사전 조율을 끝냈습니다."

박상민은 초장부터 최 회장을 안심시키려고 들었다.

"내가 만일 동의하지 않는다면?"

"회장님이 원하는 것을 저는 분명히 알아야 합니다."

"박 차장, 그건 또 무슨 소리야? 누가 그 작전의 비밀을 미리 누설했나?"

"저어….."

"난 급하게 선수를 치는 녀석들은 싫어. 그 문제만큼은 내가 알아서 추진할 테니… 내게 맡겨 두라. 제발… 보안을 철저히 유지해! 넌 네가 관리하던 작전세력과의 유대관계를 조심스럽게 점검하다가 슬슬 움직여도 늦지 않아!"

"….."

박상민은 조금 지나쳤다 싶어 얼른 입을 다물었다. 최 회장의 말을 차근차근 신중하게 해석하지 않으면 언젠가 당할지도 모른다는 불길한 예감이 들었다. 최 회장의 얇은 입술이 갑자기 굳게 다물어지는 것을 보면서 박상민은 진저리를 쳤다.

사실 박상민은 얼마 전부터 증권사를 그만두고 편하게 살려고 심각하게 고민하던 중이었다. 그러다가 최 회장이 3억 원을 쥐어주며 유혹하는 바람에 마지못해 대안증권으로 옮겨 온 터였다. 젊은 나이에 목돈을 모았기 때문에 이제부터는 어영부영하며 살고 싶은 게 솔직한 심정이었다. 이왕 대안증권에 입사했으니 대충 1년 정도 고생하다가 뉴질랜드나 캐나다로 이민을 떠날 참이었다.

작년까지만 해도 큰손들의 간곡한 요청이 있을 때마다 주가조작에 의욕적으로 뛰어들었지만, 요즘은 그 골치 아픈 일에서 어느 정도 손을 떼려던 참이었다. 요즘은 예전처럼 쪼들리지 않기 때문에 의욕이 줄어든 것이다. 아니, 솔직히 이젠 지쳐 버렸다.

사실 돈이란 악마는 항상 같은 상태로 같은 자리에서 오래 머무르지 않는다. 세상의 형편이 끊임없이 변하기 때문이다. 돈은 항상 차가운 모래처럼 서민들의 손아귀를 빠져나가, 끔찍하도록 냉혹한 부자들 앞에서 한없이 쌓여 가게 마련이다. 주식시장에선 그 불운의 논리가 거의 정확하게 들어맞는다.

돈의 노예가 되어 그 돈의 뒤를 따라가며 탐욕의 시선을 번뜩이는 돈 많은 사람들. 오늘날 세상은 돈이 돈을 부르며 만들어 낸 풍랑 속에서 돛을 잃고 말았다. 바로 파멸의 구렁텅이에 들어선 것이다. 이제 그 수렁에서 탈출할 시기가 무르익고 있다고 박상민은 생각했다.

"아무튼 말이야. 넌 너무 머리가 좋아. 그래서 그런지 내 맘을 훤히 들여다보는 것으로 착각하고 있어."

"아닙니다. 회장님을 편히 모시려면 부족한 점을 하루 빨리 보충해야 합니다."박상민은 엄숙한 얼굴로 최 회장을 바라보았다.

"그런 의미에서 너와 나 사이에 핫라인을 개설해야 해. 둘만 통화할 수 있는 직통 전화를 개설하는 거야."

단 둘만의 대화와 점조직 관리를 즐기는 최 회장으로선 당연한 조치였다.

"오늘의 혼란스러운 경제 상황에서 살아남는 유일한 방법은 주가관리를 어떻게 하느냐에 달려 있어. 나는 대기업을 일구기 위해 내 청춘을 몽땅 바쳤다. 경솔하게 대처하다간 지금까지 이룩한 모든 것을 잃을 수도 있어. 당신이 아무리 최선을 다해도 내겐 악재가 되는 경우도 많을 거야. 내 뜻을 미리 읽으려고 무리하게 애쓰지 마라. 무조건 내가 시키는 대로 해야 실수를 줄일 수 있다는 걸 알아 둬."

"명심하겠습니다."

로열그룹의 최 회장과 대안증권의 박상민 차장, 두 사람의 가장 확실한 공통점은 주식사냥꾼이라는 것이었다. 태어날 때부터 돈맛을 즐기려는 세련된 사냥꾼이 그들이었다. 서로 만난 지는 얼마 되지 않았지만 둘 다 주식투기 요령을 알고 있었다. 최 회장도 박 차장 못지않게 소액 투자자 등쳐먹기의 귀재였던 것이다.

　"정말 난 놈이야. 조심해야겠어."

　박상민이 돌아간 뒤에 최 회장은 중얼거렸다.

　이미 자신의 목적을 이룬 것이나 마찬가지였으므로 하수인을 다루는 데 보다 신중을 기할 일이었다.

　최 회장이 박상민을 스카우트하기 위해 3억 원이라는 거액을 투자한 것은 나름대로 이유가 있었다. 그를 이용해 주식 내부 거래를 활성화시키고 작전세력이나 큰손들과 연계하여 수백억 원대의 시세 차익을 올리려는 야심을 가지고 있었다. 그렇기 때문에 3억 원이라는 입도선매 비용은 그다지 부담스러운 금액은 아니었다.

06. 작전세력을 만들어라

오늘도 김혁 전무는 창백한 얼굴로 회장실에서 나왔다. 그의 이마에는 땀방울이 맺혀 있었다. 누가 봐도 낙담과 불안이 거미줄처럼 뒤엉켜 일그러진 모습이었다. 비록 30대 말부터 대기업의 임원으로 행세했지만 오직 불쌍하고 가련한 장년의 샐러리맨에 불과해 보였다.

김 전무는 설레설레 머리를 흔들며 긴 한숨을 뱉었다. 최종길 회장이 등을 보이고 돌아서던 순간, 겨울바람이 휘몰아치는 느낌이었다. 며칠 전에도 어렵사리 조성한 비자금을 들고 회장실에 들렀다가 꾸중만 듣고 돌아선 적이 있었다. 도대체 어떤 문제가 어떻게 꼬이기 시작했는지 알 길이 없었다.

지난 며칠 동안 주식관리부 엄창수 차장과 함께 공들여 주물렀던 '작전세력 운용 계획'을 당장 실행에 옮겼으나 최 회장의 불만이 가슴을 찔렀다. 너무 욕심 많고 고집불통이고 지긋지긋하게 까다로운 사내, 최 회장의 그 철두철미함이 몸서리치게 싫었다. 엄 차장이 지켜보는 자리에서 명색이 전무라는 놈을 그토록 무참히 박살내다니, 정말이지 참을 수 없도록 원망스러웠다.

당신의 주식투기를 돕겠다고 나선 녀석을 고맙게 생각하기는커녕 호되게 나무랄 때마다 사직서를 던지고 싶은 오기마저 꿈틀거리곤 했다. 가뜩이나 요즘은 선수를 치는 엄창수 차장 때문에 심사가 뒤틀려 있던 터였다.

　"예컨대, 여러 은행의 여러 지점에 10여 개 차명 계좌를 만들어 놓고 현찰로 바꿔야 정상 아냐? 그게 어렵다면 단자회사에 부탁해 입금시킨 수표를 현금으로 바꿔치든지…. 돈에 꼬리표를 붙이다니? 네가 경리쟁이야, 뭐야?"

　최 회장의 문책은 김 전무의 가슴에 칼질을 해대고 있었다. 사실 틀린 말이 아니었다. 돈의 출처와 비자금 조성 흔적을 없애려면 가명 계좌, 차명 계좌를 통해 돈세탁을 거쳐야 했음에도, 이를 무시하고 로열건설 주식을 사들이는 데만 매달렸으니 힐난을 들어도 할 말이 없었다.

　"죄송합니다. 앞으론 깔끔하게 처리…."

　"너, 그 말 잘했다. 소위 경리 담당 전무라면 달인의 경지에 올라야 되는 거 아냐? 돈세탁에 관한 박사 논문을 써야 할 녀석이 저 지랄하고 있으니… 세 살 먹은 어린애 대하듯 사사건건 잔소리를 해야 하다니…."

　말끝을 흐리면서 혀를 차는 최 회장의 얼굴에 격정적인 적의가 번득였다.

　"돈세탁에 대한 대책이 있으면 어디 좀 들어 보자."

　"앞으로 금융실명제가 본격 실시되면 자금을 은닉할 수 있는 방법은 차명 계좌밖에 없습니다. 하지만 수표 세탁만큼은 어렵지 않습니다. 증권사나 단자사 투신사 등 제2금융권의 영업 점포에서 전표를 작성하지 않고 수표를 바꿔치기 하는 식으로 세탁하면 문제가 없습니다."

"말은 청산유수군."

어느 새 최 회장의 눈빛에는 연민이 실려 있었다. 엄 차장이 알아서 처리하기만 했어도…. 김 전무는 한숨을 쉬었다. 엄 차장이 예전처럼 스스로 알아서 돈세탁 과정을 거친 줄만 알았는데 그게 아니었다. 최 회장의 책사 역할을 자처하는 엄 차장이 일부러 전무를 골탕 먹이려고 한 짓이 분명했다.

이제 어느 장단에 춤을 춰야 할지 알 수가 없다. 로열그룹 내에 작전세력을 구성하겠다고 나서면서 나름대로 고생 좀 하지 않았던가. 보험·증권·저축은행·호텔·골프장 등 자금 사정이 좋은 계열사들을 골랐고, 경리 담당 임원들을 작전세력의 조장으로 임명했었다. 그 조장들이 많은 물량은 아니지만 소문이 나지 않도록 로열건설 주식을 조금씩 매수하기 시작했다.

물론 최 회장의 주식 내부거래에 무임승차하고 있던 로열건설 본사 임원들도 작전세력에 합류시켰다. 그 중역들은 갑자기 떨어진 작전 명령에 당황하면서도, 하룻밤 사이에 주식투기의 하수인이 되도록 강요당하는 처지를 충분히 이해하는 듯했다.

"회장님께서 우리 여덟 명의 무임승차를 알고 난리 법석을 떠셨어요."

주식투기에 가담했던 중역들을 소집시킨 모임에서 김 전무가 공포 분위기부터 조성했다. 하지만 조금은 무기력한 목소리였다.

"아니? 말도 안 돼!"

총무 담당 전무가 두 손으로 입을 막으며 외쳤다. 다른 부서 중역들도 경악하는 표정을 감추지 못하고 서로의 얼굴을 번갈아 쳐다봤다.

"심지어 사표를 받아야 한다고 팔짝팔짝 뛰셨습니다."

"설마 엄 차장이 고자질한 건 아닐 테지?"

그 중에서 가장 나이가 많은 경리 담당 김수영 상무가 엄 차장을 힐끗거리며 말했다. 그의 목소리는 불안하게 흔들리고 있었다.

"어떻게 제가 감히! 상무님, 정말 너무 하십니다."

엄 차장이 도전하듯 볼멘 어투로 응수했다. 함께 앉아 있던 대부분의 중역들이 놀랍다는 듯이 눈을 휘둥그레 떴다.

"그럼, 누가 알을 깠을까?"

"정말 이러지들 마세요! 여기 계신 분들 하나같이 대안증권 창구로 거래하는데, 보안 유지가 가능할 거 같아요? 그동안 혼자 누명을 쓰고도 침묵하며 마음고생을 한 거 어느 누가 보상해 줄 수 있겠습니까?"

기가 죽을 줄 알았던 엄 차장이 되레 인상을 썼다.

"엄 차장, 농담으로 던진 얘길 거야. 당신이 이해하라."

한숨만 내쉬는 김수영 상무를 곁눈질하다 못해 총무 담당 전무가 끼어들었다. 그 순간 내심으로 중역들의 편을 들며 지켜보던 김혁 전무가 다시 입을 열었다.

"하지만 회장님께서는 우리를 용서하셨어요. 그 대신 저는 우리들이 회장님을 위해 일정 부분 기여할 몫이 없는지 며칠 동안 고민해 왔습니다. 그러다가 결론을 내린 게 있어요. 우리들이 직접 작전세력으로 참여하는 겁니다. 보다 상세한 내용은 주식관리부 엄 차장이 설명하겠습니다."

김혁 전무가 말을 마치자 중역들이 일제히 엄 차장을 바라보았다. 엄 차장이 좌중을 둘러보며 천천히 입을 열었다.

"계열사 임원들도 참여한 마당에 큰집 임원들이 팔짱 끼고 구경만 할 순 없다고 생각합니다. 이 작전을 단순히 회장님의 재테크를 위한 것으로 오해한다면 무리하게 참여하실 필요는 없다고 봅니다. 어느 상장기업에서든 전사적인 차원에서 주가조작을 추진하고 있습니다. 일각에선 무임승차를 비난만 하시는데 이는 옳지 못합니다. 작전세력으로 참여하는 분들에게 그만한 보상은 이루어져야 한다고 믿기 때문입니다."

"우리도 개인적으로 주식을 살 수 있다는 뜻인가?"

홍당무처럼 빨개진 얼굴로 설비공사 담당 상무가 물었다.

"두 말 하면 잔소리죠. 과거에는 대안증권 창구로 집중되었지만, 앞으론 사정이 전혀 달라집니다. 여덟 분의 중역들이 여덟 개 증권사로 나뉘어져 거래하기 때문에 무임승차만큼은 예전과 달리 어느 정도 비밀이 보장되거든요."

그제야 좌중에서 웃음꽃이 잔잔히 피어올랐다.

"하지만…. 무임승차를 한 분들 중에서 상승 추세의 주식을 남 몰래 중도에 처분하면 배신자로 간주됩니다."

"…"

좌중은 갑자기 물을 끼얹은 듯 침묵에 휩싸였고 선뜻 입을 여는 중역이 없었다. 잔뜩 긴장된 얼굴로 고개를 끄덕이는 사람만 눈에 띌 뿐이었다.

"주가 끌어올리기가 성공해야 자본 증자도 가능하고 자금 조달에도 차질이 없게 됩니다. 다 아시겠지만 주가가 형편없이 낮거나 액면가를 밑돌게 되면 유상증자, 회사채 발행, 금융기관 차입이 어려워지는 게 당연하지요. 회장님의 당부 말씀이 또 없더라도 중역 여러분들의 각별하신 협조와 지원을 부탁드립니다. 작전세력에 힘이 부치는 상황이 벌어지면 대안증권에서 강력한 뒷받침이 있을 겁니다."

"작전 개시 일자는 언제야?"

"보안을 유지하면서 대기하세요. 제가 다시 통보 드리겠습니다. 우선 1차로 자금을 배정할 테니 가명 계좌, 차명 계좌부터 챙기셔야 합니다. 모든 명령 하달과 진두지휘는 김혁 전무님이 맡으실 겁니다. 회장님의 당부가 아니더라도, 이번 작전에 개인과 회사의 운명이 달려 있다는 걸 명심해 주셨으면 고맙겠습니다."

엄 차장의 목소리는 단호하고 사무적이었다.

"가·차명 계좌는 누구 이름으로 하는 거야?"

"이미 준비가 완료됐으니 염려하지 마세요."

"이를테면 우린 꼭두각시이자 세포 조직원인 셈이네."

누군가 이죽거렸지만 키득거리는 사람은 없었다. 웃음소리가 사라지다 보니 좌중엔 무거운 침묵만 다시 흐르고 있었다.

"한 치의 오차도 없이, 단 한 사람의 배신자도 없이, 사자 오퍼와 팔자 오퍼가 동시에 이루어져야 실패하지 않습니다. 가라 오퍼의 타이밍이 절묘하게 맞아떨어져야 하는 것은 물론이고 주가조작은 아주 치밀하게 추진해야 합니다."

김혁 전무는 매우 심각한 표정으로 덧붙여 설명했었다. 그럼에도 불구하고 그는 돈세탁을 소홀히 하여 최 회장의 분노를 산 것이 못내 안타까웠다.

그뿐인가. 도상 연습을 실시한답시고 중역 여덟 명이 소형 주식에 집중 투자해 작전세력의 능력과 충성심을 입증시켰다. 납입자본금은 50억 원이었지만 누적 결손금이 30억 원에 가까운 동북철강 주식을 주당 420원에 2백만 주를 사들였다. 여덟 명의 차명 계좌를 통해 8억 4천만 원을 투자한 셈이었다.

그리곤 작전 참여자 여덟 명이 각자 하수인들을 내세워 주식시장에 루머를 퍼뜨렸다. 유언비어의 위력은 역시 대단했다. 남미에서 수주한 철 구조물 공사가 3억 달러에 이르고 대유그룹이 조만간 경영권을 인수할 뿐만 아니라 대유철강에 흡수 합병된다는 소문이 돌았다. 예상대로 주가가 연일 상한가를 달렸다.

동북철강 주식이 상한가 퍼레이드를 벌인 것은 루머의 영향도 있었지만 주가조작도 상당한 기여를 했다. 여덟 명이 여덟 개 증권사 창구의 서른두 개 거래계좌를 통해 꾸준히 몇 만 주씩 상한가로 사고파는 작전을 펼쳤기 때문이다.

마침내 액면가 500원을 밑돌던 주가가 그 두 배인 1,000원대로 치솟자, 여덟 명의 중역들은 김혁 전무의 사인에 따라 망설이지 않고 몽땅 팔아 버렸다. 그래서 결국 충성스러운 하수인들은 로열건설 주식의 매집 작전에 들어가기 전에 이미 최 회장에게 8억 원 이상의 단기 매매 차익을 안겨 줬다.

최 회장은 자신이 명령했을 때 일사불란하게 움직일 수 있는 로봇들을 데리고 있다는 사실이 흐뭇했다. 하지만 더 멋진 임무를 수행하기 위해선 한층 완벽한 관리 체제가 필요하다고 생각했다. 무엇보다 자금의 흐름을 은닉시킴으로써 말썽의 소지를 차단할 수 있는 돈세탁 창구와 제삼자 명의의 차명 계좌들이 분명하게 정비되어야 한다고 판단했던 것이다.

* * *

대안증권 본사 4층 조사부 사무실은 비교적 전망이 좋은 편이었다. 창문을 통해 수목이 울창한 남산이 한눈에 들어왔다. 박상민 차장은 그 아름다운 남산의 풍광을 즐기며 속으로 콧노래를 부르고 있었다.

어쨌든 대안증권으로 자리를 옮긴 것은 절묘하게 타이밍을 맞춘 결정이었다. 중앙증권에서 긴밀히 거래하던 작전세력과 큰손들도 이구동성으로 멋진 결단이라고 추켜세우곤 했다. 그 때마다 느껴지는 기쁨이 승리자의 희열처럼 다가왔다.

엊저녁 명동의 룸살롱 '희락'에서 들이킨 술기운이 아직 남아 있어 약간 어질어질했지만 컨디션은 그리 나쁘지 않았다. 중앙증권을 떠난 뒤로 모처럼 즐겁게 마신 술이었다.

"어이, 박 차장. 정말 오랜만이야."

룸에 들어서자 희멀건 얼굴에 고운 피부의 중늙은이가 손을 내밀었다. 이쪽에서 먼저 제의한 술자리였음에도 박상민은 황병걸을 짐짓 외면했다.

"선배님들은 나를 이용만 했지. 이 후배에게 해 준 게 뭐요?"

"이거 왜 이래? 언제 내가 맨입으로 거래한 적 있어?"

아니나 다를까. 황병걸은 이왕 증권사를 옮겼으니 한 건 하자고 꼬드겼다. 요즘은 사냥 종목을 고르기가 쉽지 않기 때문에 박상민의 정보가 긴요할 뿐더러, 그 수고비는 충분히 보장하겠다고 나왔다.

"좋습니다. 아주 따끈따끈한 정보를 드리죠. 우리 최종길 회장이 너무도 확실한 부당 내부 거래를 시작했어요."

"진짜?"

공인회계사파의 좌장 격인 황병걸에게 정보를 줬을 때, 그는 기다렸다는 듯이 돈 봉투를 꺼냈다. 그 자리에서 펼쳐 보니 예상대로 3천만 원이었다.

"선배님이 선금을 좋아한다는 소린 들었지만 너무 빨라서 질릴 지경입니다. 당연히 세탁이 완료된 수표겠지요?"

"물어 보면 바보!"

"이번 작전은 사실상 로열그룹 전체가 동원됩니다."

"정말 믿어도 돼?"

"로열그룹 안에서 이미 작전에 돌입했어요. 로열건설의 중역 여덟 명을 비롯해 계열사 다섯 곳이 참전하고 있거든요."

"그럼 후방 예하 부대를 투입하는 시기가 늦었잖아?"

"아니죠. 내일부터 토끼몰이 작전에 들어갑니다."

"박 차장, 당신 같은 보배를 알고 있다는 게 꿈만 같아."

황병걸의 입이 함지박만 하게 벌어졌다. 그는 대학 후배 박상민의 얼굴을 보고 있는 것만으로도 가슴이 벅찼으리라. 마치 사귄 지 얼마 안 되는 내연의 여인을 만난 듯 마냥 들뜬 표정이었다.

박상민은 지그시 이를 악물었다. 만약 최종길 회장이 스카우트의 손길만 뻗치지 않았다면 지금쯤 뉴질랜드에서 이민 생활을 즐기고 있을 것이다. 어차피 새로운 자리로 옮긴 이상, 다시 한 번 대박을 터뜨리기 위해 최선을 다할 뿐이었다. 최 회장이 핫라인 전화로 작전 명령을 내린 것은 어제 오후였다. 특유의 코 먹은 소리가 귀를 간질이고 있었다.

"박상민, 잘 들어. 우리 작전세력의 리허설이 끝난 이상 머뭇거릴 이유가 없다. 내일 모레 개장과 동시에 작전을 개시한다."

"알고 있습니다."

"알긴 뭘 알아? 당신은 내가 시키는 대로만 움직여야 한다는 경고를 잊었어?"

"앞으로 조심하겠습니다."

저런! 함부로 입을 놀리다니, 내가 너무 경솔했어…. 박상민은 자신도 모르게 한손으로 입을 막았다.

"다른 작전세력에게 정보를 노출시키면 모두 파멸이야. 너무 폭넓게 작전 범위가 확대될 경우 그물에 걸려들 수도 있어."

"회장님, 제발 노파심은 접어 두십시오."

대꾸는 그렇게 했지만 최 회장이 안심할 상황은 결코 아니었다. 박상민은 이미 자신과 연계된 작전세력들인 서울상대파, 공인회계사파, 세무사파, 청진상고파 등은 물론이고 다른 몇몇 큰손들에게도 언질을 주고 대기시켜 놓은 상태였다. 하지만 이번만큼은 공인회계사파만으로 작전 참여를 제한시킬 작정이었다.

"주식관리부 엄창수 차장의 오더가 있을 때마다 민첩하게 움직인다. 그러나 이번 작전에 한해 당신이 맡을 곳은 오직 대안증권뿐이야. 가볍게 처신하면 곤란해."

박상민은 최 회장이 일단 자신을 테스트해 보려고 작전 계획의 일부만 노출시킨다는 것을 눈치 챘다. 그러나 박상민은 모른 척하기로 했다. 그렇다고 해서 박상민이 작전의 전모를 모를 리가 없었다. 이미 그와 동업자 관계로 돌아선 주식관리부 엄 차장이 더 상세한 정보를 들려주고 있었기 때문이다. 엄창수는 털털한 겉모습과 다르게 의외로 영악하지만, 새롭게 결탁한 동업자 박상민을 마음속으로 신뢰하고 있을 것이었다. 엄창수는 그동안 증권가를 드나들면서 박상민에게 진 신세를 갚는 데 그치지 않고 새로운 주식 사냥을 즐기겠다는 각오로 덤벼들었다. 최 회장에게 짓밟히는 처지를 보상받기 위해선 그 방법이 당연한 것이라고 강조하기도 했었다.

"박 차장, 앞으로도 화끈하게 도와줘. 그 대신 이민 가기 전에 한밑천 잡도록 지원할 테니."

공인회계사 황병걸이 박상민의 오른손을 쥐고 힘껏 흔들었다. 그 은밀한 밤의 데이트는 두 사람을 흥분시키기에 충분했다. 두 사람의 파트너들은 젊고 매력적이며 애교가 흘러 넘쳤다. 박상민은 밤 12시가 넘어서야 귀가할 수 있었다. 만취 상태에서도 그는 아슬아슬하게 줄타기를 하는 느낌이 들었고, 짐작컨대 최 회장도 속으로는 이 같은 곡예를 간절히 원하는지 모른다고 생각했다.

로열건설 주식에 대한 매집 작전을 시작하기 무섭게 전화를 걸어오다니, 그야말로 귀신도 예측하지 못할 정보력이었다. 로열그룹 계열사 중역들과 로열건설 주식관리부의 엄창수 차장이 발설하지 않으면 보안 유지가 오래도록 가능할 거라고 생각했는데, 지영철이 기습적으로 허를 찔러댄 것이다.

"로열건설 주식에 작전이 걸렸다면서?"

지영철 사장이 다짜고짜 던진 말이 그랬다.

"금시초문입니다."

박상민 차장은 점잖게 잡아뗐다.

"지난해 당신 말만 믿고 건설주에 투자했다가 죽을 쑨 사람이 나야. 이번에 확실하게 도와주면 사례비 듬뿍 줄게."

"도대체 어떤 근거로 작전이라고 단정하십니까?"

"여러 가지 악재성 재료가 시장에서 흐르고 있는데도, 지난주와 다르게 서서히 거래량이 늘어나는 것을 보면 몰라? 증권 도사님께서….'

"또 개미 군단과 핸드백 부대만 죽어나겠군요."

"시치미 떼지 마. 박 차장, 당신이 모르면 누가 알아?"

"작전이 틀림없다고 판단되면 그 작전 종목에 집중 투자하시지 그래요?"

"그래서 전화했어. 우선 백만 주를 사줘."

"전 조사부 소속이지 영업부 차장이 아닙니다."

"이거 왜 이래? 내가 바본 줄 알아?"

"좋아요. 그러면….'

지영철의 매수 오퍼를 받아 주지 못할 이유가 없었다. 예전처럼 바로 촌지가 올 것 같아서였다. 박상민 역시 거래가 뚝 끊긴 이후 지영철의 행방이 무척 궁금하던 터였다. 명동 사채시장에서 자금을 조성한다는 소문이 있었고 보면 이제 본격적으로 작전 종목을 고를 것이 분명했다.

"알았습니다. 실탄부터 넣어 주세요."

"이미 출발시켰어. 모쪼록 도사님의 솜씨를 기대하겠습니다."

"어쨌든 알아서 하세요."

"처분하는 타이밍을 절묘하게 맞춰 주면 이익의 30%를 당신에게 줄 작정이야. 당신 믿고 실탄을 보냈으니 이번에야말로 진짜 신경 좀 써 줘."

"그건 그렇고… 일임 매매니까 나중에 원망하진 마세요."

그러면서 박상민은 씨익 웃었다. 엄 차장의 낯 두꺼운 얼굴이 어른 거린 탓이었다. 그 친구가 아니면 지영철에게 정보를 흘릴 사람이 없어 보였다. 박상민은 전화를 끊고 한참 동안 고민에 잠겼다. 그동안 엄 차장의 행적을 되살려 보기 위해서였다. 엄창수 녀석이 가끔 지영철의 하수인들과 접촉하는 눈치가 보였고 때로는 술자리를 갖는 것으로 정보망에 포착되곤 했었다. 엄창수도 박상민과 다르지 않게 작전에 무임 승차하거나 그 정보를 팔아 돈을 불리고 있었다. 엄창수의 주변을 맴도는 큰손들이 자주 눈에 목격되는 것으로 미루어 충분히 짐작할 수 있는 일이었다. 엄창수의 그 같은 궤적이 드러날 때마다 박상민은 세심하게 주의를 기울여 그의 행동반경을 관찰하곤 했었다.

확신하건대 지영철은 박상민과 엄창수 사이에서 양다리를 걸친 채 일거양득의 소득을 노리고 있을 것이다. 당연히 두 사람의 환심을 사기 위해 번갈아 돈질을 하고 있음이 틀림없었다.

* * *

마침내 로열건설 주식에 대한 매집 작전이 개시되었다. 많은 물량은 아니었지만 여기저기서 사자 주문이 꿈틀거렸다. 작전세력들이 움직이고 있다는 증거였다. 건설주에 투자해 재미를 보지 못한 소액 투자자들은 미미한 움직임을 수시로 체크하며 동요하는 낌새였다. 가격도 조금씩 오르자 어느 장단에 춤을 춰야 할지 망설이고 있었다.

로열건설 주식의 거래량이 늘어나자 불안감을 감추지 못하던 일반 투자자들이 팔자 주문을 내기 시작했다. 그건 개미군단과 핸드백 부대의 속성이다. 값이 쌀 때는 적극 권유해도 일반 소액 투자자들은 매입하려 하지 않는다. 상투 잡을 시기가 왔다고 판단될 때는 권유하지 않아도 스스로 매입하려 머리를 싸맨 채 덤비는 것이 그들의 생리다. 사실 그 개미 군단처럼 비싸게 매입해서 싸게 파는 사람들이 있기 때문에 큰손들과 작전세력들이 재미를 보는 것이다.

주가가 갑자기 폭락 장세에 돌입하면 일반 투자자들은 당황한 끝에 앞 다투어 주식을 팔게 된다. 반대로 전문 투자자들이나 기관투자자들은 싼값으로 여유 있게 매입한다. 이것이 폭락 장세에서의 일반적이 매매 형태. 초보자들의 투자 심리는 이처럼 장세를 제대로 읽지 못하는 데서 출발한다.

주가가 며칠씩 계속해 상한가를 치면서 올라가면 대부분의 투자자들이 그 주식을 사려고 덤빈다. 남들은 다 사는데 나중에 나만 못 사면 어떡하나, 나만 손해를 보는 게 아닌가 하는 생각에 일단 사고 본다.

주가가 이미 천장에 이르렀는데도 무리하게 주식을 매입하는 것은 바로 과욕 탓이다. 좀 더 오를 것이라는 욕심이 주식을 매입하도록 부추기는 것이다. 잠시 관망하거나 손을 떼고 쉬는 여유를 가져야 할 때 냉정을 유지하기가 어렵기 때문이다.

큰손 지영철은 상투를 잡는 일이 없었다. 바닥에 사서 미리 팔 값을 정해 두고 기다리곤 했다. 살 때는 하수인들을 동원해 악성 루머를 퍼뜨려 낮은 가격에 매입했고, 처분할 때는 호재성 루머를 만들어 높은 가격에 팔았다. 갑자기 거래량이 줄어들면 하락할 징조로 보고 과감히 팔아 버릴 줄도 알았다.

좀처럼 얼굴을 드러내지 않는 큰손 최종길 회장도 지영철 못지않은 지략가였다. 주식관리부 엄 차장을 간사로 내세우고 여덟 명의 중역과 몇몇 계열사들을 작전세력으로 구성한 최 회장은 오직 자신의 개인 이익만 추구했다.

작전의 열쇠를 혼자 쥐고 있었기 때문에 주식을 처분하는 시기 역시 오직 그에게 결정권이 있었다. 손해를 보거나 매매 차익이 줄어드는 한이 있더라도, 계열사들은 최 회장의 개인 투자 주식을 처분한 뒤에나 팔자 주문을 내도록 약속되어 있었다.

최악의 경우 최 회장의 주식을 대안증권에서 사들이는 방안도 마련되었다. 주가를 끌어올린 상황에서 사자 주문이 뜸할 때 대안증권이 신속하게 매입함으로써 최 회장의 안전 투자를 보장하려는 속셈이었다. 결국 작전에 동원된 계열사들은 아무런 준비나 대책도 없이 최 회장이 지시하는 대로 움직일 수밖에 없었다.

"저 혹시…."

객장에서 엄창수가 얼씬거리자 박상민이 조용히 불러서 물었다.

"지영철 사장의 끄나풀과 만난 적 없습니까?"

"왜 그런 오해를 하시지요?"

"내 예감은 못 속여요."

박상민은 잔뜩 의심이 간다는 눈빛으로 엄창수의 등을 쳤다.

"그 사람 같은 큰손이라면 갑자기 증가하는 거래량을 보고도 짐작 못 하겠어요? 아니, 지영철 사장 놈이 내가 발설했다고 그럽디까?"

"아, 아니라면 됐어요. 난 그저 궁금해서…."

박상민 차장은 그 심사를 충분히 헤아릴 수 있었다. 돈이 주어진다면 얼마든지 작전 정보를 흘리고도 남을 인물이 엄창수였으니까.

"너무 빨리 작전이 노출됐으니 문제야."

몹시 거슬리게 들리는 박상민의 목소리였다.

"쓸데없는 고민! 뒤를 받쳐 주는 세력이 있어야 탄력을 받지."

"웬만큼 올랐을 때 지영철 같은 큰손들이 선수를 쳐서 매도하고 빠져 나가면 작전은 실패하고 말 거야."

"지영철 그 사람이 또 한 번 엄창수 이름을 팔면 가만 두지 않겠어. 나를 호구로 보는 거야, 뭐야?"

엄창수가 공격적으로 나왔다.

"사실과 달라요. 내가 지레짐작으로 물어 본 것뿐이오."

박상민이 재빨리 되받았다. 짧지만 무겁게 느껴지는 침묵이 조사부 사무실을 짓누르고 있었다. 생사를 같이 하기로 약속한 엄창수가 벌써부터 마각을 드러낸 것이 아닌가 생각되어 박상민은 불안하기까지 했다.

"난, 사실… 박 차장이 의심스러워요."

이 세상에서 완벽하게 지켜지는 비밀은 없는 모양이었다. 잘 알고 지내던 작전세력 공인회계사파에게 박상민이 정보를 흘렸고, 엄창수마저 큰손 지영철에게 작전 계획을 노출시켰으니 작전의 성공 가능성은 날로 줄어들고 있었다.

박상민은 공인회계사파에게 어느 정도 이익이 나면 미련 없이 즉각 처분하라고 말해 줄 생각이었다. 최 회장의 작전에만 기대다가 처분 타이밍을 잃으면 자신에게 돌아올 몫이 줄어들 우려가 다분하기 때문이었다.

"주가가 목표 지점에 도달하기도 전에 팔자 물량이 쏟아지면 최 회장이 펄쩍 뛸 텐데…, 엄 형은 그런 상황을 어떻게 감당하려고 그래요?"

"피장파장 아닙니까?"

점잖게 몰아붙였더니 짐작대로 엄창수가 침착하게 대꾸했다. 이미 그쪽에서도 박상민의 음모를 알아차린 것만 같았다. 엄창수는 현명하고 영악한 동업자였으니까.

"박 형, 나만 물고 늘어지면 대숩니까. 최악의 사태를 모면하기 위해선 박 형도 대비책을 강구해야 합니다. 정보를 더 이상 흘리면 우리 모두 다치게 돼요."

엄창수는 숫제 협박 투였다. 낮술을 마셨는지 옅은 술 냄새가 풍기고 있었다.

* * *

늦은 밤이었다. 최종길 회장은 샤워를 하고 나서 파자마 차림으로 서재에 들어갔다. 오늘 현재까지의 주식투자를 중간 결산해 보기 위해서였다. 우선 긴장을 풀겠다는 생각으로 언더락스(On the Rocks) 잔에 얼음을 채우고 위스키를 부었다. 몇 모금 홀짝거렸더니 오늘 따라 술맛은 쓰고 밍밍했다.

"나쁜 놈들! 배은망덕한 새끼들!"

욕설을 뱉지 않고는 견딜 수가 없었다. 전신을 덮치는 초조감이 갈수록 흥분을 증폭시켰다. 이건 음모야. 어떤 녀석이 무임승차 때문에 골탕을 먹고 있는 거다. 물론 배신자의 장난을 딛고 무사히 위기를 탈출할 수도 있을 거야. 난 언제나 운 좋게 주변의 협공과 음모로부터 벗어날 수 있었으니까.

차근차근 생각을 좀 해 보자. 작전세력 안에서 어떤 자식이 배반한 걸까…. 최종길 회장은 손에 쥔 언더락스 잔을 부서질 듯 움켜쥐었다.

어제 후장이 끝날 무렵, 무려 3백만 주에 가까운 로열건설 주식을 팔아 버린 녀석들이 있었다. 아무리 생각해도 작전이 노출되었거나 하수인들 중에서 몇 놈의 배신자가 나온 것으로 추측되었다.

최 회장은 계산기로 주가를 환산했다. 900원대에서 6백만 주를 샀으니까 투자비는 약 54억 원, 현재 1,400원대로 올랐으니까 시가 총액은 84억 원, 시세 차익은 이제 겨우 30억 원…. 목표 순이익 40억 원에 미치려면 1,600원대에 팔아야 한다. 그럼에도 어느 못된 녀석이 물을 흐리는 바람에 계획에 차질이 빚어지고 있다. 정말이지 예상도 못 했던 돌출 사고였다.

사실 당초의 주가 끌어올리기 목표는 2,000원대였고 시세 차익은 66억 원으로 잡았었다. 하지만 시황이 좋지 않아 도중에 1,600원대로 수정한 터였다. 투자한 돈의 두 배 이상을 회수하면 일단 손을 털고 기다리겠다는 생각이었다.

최 회장은 수화기를 들고 다이얼을 눌렀다. 신호음이 떨어지고 얼마 되지 않아 엄창수의 꺼끌꺼끌한 목소리가 들려왔다.

"나 회장이야. 아직 잠자리에 들지 않은 모양이구먼."

흥분을 억지로 누르다 보니 전신이 떨렸다.

"아이고, 회장님. 어쩐 일이십니까?"

"오늘 3백만 주, 어느 창구에서 거래된 거야."

"대안증권 명동 지점입니다. 박 차장에게 물어 봤더니 지영철이란 자의 소행으로 짐작하더군요."

그런 식으로 말해야 의심받을 구석을 없앨 것 같았다.

"지영철이라면… 사채업자 아냐?"

"네, 맞습니다. 명의는 여러 명으로 분산돼 있으나 사실상 대부분이 지영철의 계좌라는 게 제 판단입니다. 거의 한꺼번에 움직였거든요."

"뭔가 집히는 데가 없어? 우리 팀원들 중에서 정보를 유출시킨 녀석이 없냐?"

"아닐 겁니다. 우연히 편승한 것으로 추정되거든요."

"내일 개장과 동시에 팔아 버리는 게 어때?"

"회장님, 목표치에 근접하려면 아직 멀었잖아요?"

"예감이 영 안 좋아. 훼방꾼이 생기면 방법이 없어. 처분하는 수밖에….."

"회장님 의견이 정 그러시다면 어쩔 수 없겠습니다만, 한꺼번에 팔아 버리는 건 아무래도….."

"이 등신아! 주권 실물을 인수했으니까 여러 증권사 창구를 이용하면 되잖아?"

"알겠습니다. 당장 조치하겠습니다."

"솔직히 말해 믿을 놈이 없어. 무임승차는 인정한다 치더라도 배신만큼은 하지 말아야지, 안 그래? 범인을 잡지 못하면 당신들을 족칠 수밖에 없어."

"그건 곤란합니다. 지영철은 대안증권의 큰 고객이거든요."

"나는 지영철인가 개영철인가를 족치라고 말하지 않았다. 말귀를 잘 알아들어!"

"회장님 뜻… 정확히 읽고 있습니다."

엄창수는 작전의 성공이 스스로도 자랑스러운 듯 미소를 깨물었다. 적어도 5억 원 정도는 지영철 사장에게 청구할 생각이었다. 이미 받은 사례비 1억 원으로는 속이 차지 않았던 것이다.

최 회장이 어떤 욕설을 퍼부어도 감사할 각오가 되어 있었다. 그처럼 기습적이고 공격적인 모욕과 돈 6억 원을 맞바꿀 수만 있다면 백번을 당해도 즐거운 사업이었다. 엄창수는 더 변명할 말이 없다는 듯 일부러 한숨을 크게 쉬며 침묵을 지켰다.

"너 같은 녀석들과 어울려 주가관리를 계속한다는 게 망하는 지름길이다."

"면목 없습니다. 회장님."

"우라질 놈의 새끼들! 오늘 같은 사고가 또 일어나면 앞으론 용서할 수 없다. 어쨌든 내일 만나서 얘기하자…."

최 회장은 혀를 끌끌 차며 전화를 끊었다. 위스키를 몇 번 더 따라 마셨지만, 머슴 놈들이 모두 엇비슷하게 미쳐 버려서 주인 영감을 농락하고 있다는 예감이 뇌리를 스쳤다.

* * *

그 이튿날 오전에는 더 놀라운 사건이 최 회장을 기다리고 있었다. 여러 증권사를 통해 4백만 주가 넘는 물량이 팔자 오퍼와 함께 쏟아져 나오기 시작했다. 박상민과 결탁한 공인회계사파가 손을 털고 있다는 신호였다.

달리 묘책이 없었다. 최 회장은 그 날 아침부터 하루의 업무 일정을 거의 포기하고 엄 차장과 함께 주식 처분에 들어갔다. 팔자 물량이 늘어나자 시간이 흐를수록 로열건설의 주가가 떨어졌고, 사자 오퍼도 드물어 하한가에 가까운 1,360원대로 처분할 수밖에 없었다.

"개자식들, 모두 배신자야!"

"그럴 리가 있겠습니까?"

엄창수가 한마디 던졌지만 최 회장은 분노를 삭이지 못했다.

"수단 방법 가리지 않고 뜯어먹고 빨아먹으며 제 배 채우는 일만큼은 난형난제야. 빌빌거리던 놈들 키워 줬더니 날 배신해? 이놈의 썩은 세상!"

최 회장은 술 취한 사람처럼 흥분했다. 믿었던 하수인 박상민과 엄창수의 교묘한 솜씨에는 완벽주의자인 최종길마저도 깜박 속아 넘어간 셈이었다. 최 회장이 방심하는 사이에 두 사람은 정보를 팔아먹는 데 그치지 않고 직접 주식투기에 가담하고 있었던 것이다.

07. 구세주처럼 나타난 미모의 여인

"회장님, 다 왔습니다."

최종길 회장은 심한 갈증을 느끼며 악몽에서 깨어났다. 굶주린 악어들이 검붉은 아가리를 벌린 채 우글거리는 늪지대…. 깎아지른 절벽 가장자리에서 휘청거리다가 발을 헛디뎌 그 늪으로 추락하는 꿈이었다. 운전기사가 때맞춰 깨우지 않았더라면, 단말마의 비명이라도 질러야 할 순간이었다.

과음 뒤의 이른 새벽처럼 입맛이 텁텁하고 썼다. 한 손으로 목덜미를 훔치자 끈끈한 땀이 손에 묻어났다. 최 회장은 팬티에 몽정이라도 한 소년처럼 당혹스러워져서 혀를 끌끌 찼다.

심각한 부도 위기에 시달린 탓일까. 감미롭고 행복한 꿈을 꿔 본 지도 꽤 오래 된 것만 같다. 불교 신자인 홀어머니가 권하는 대로 승용차 룸미러에 염주를 줄곧 매달고 다녀도 이제는 효험이 없다. 일생일대에 가장 중요한 선택을 해야 할 기로에 서 있는 느낌이다. 질끈 감았던 눈을 뜬다.

회장이 정신 차리기를 기다리던 운전기사 녀석이 차창 밖에서 머뭇거리고 있다.

요즘처럼 내내 이유를 알 수 없는 분노에 사로잡힌 적도 없었다. 현재의 재력과 회사의 경영권을 지키려면 무엇보다 운영 자금이 필요했다. 남들이 흘려버린 돈뭉치를 주섬주섬 주워 담듯 이 자금난을 손쉽게 수습할 수 있다면 얼마나 좋을까. 최 회장은 긴 한숨을 내쉬었다.

얼이 빠져 먼산바라기를 하고 있던 최 회장은 눈을 크게 뜨고 아랫입술을 지그시 깨물었다. 한 손에는 권력과 돈, 한 손에는 명예를 쥐려고 눈코 뜰 새 없이 뛰어온 세월이었다. 돌이켜보면 하나같이 부질없는 짓 같았다.

운전기사가 재촉하듯이 승용차 문을 열자 차가운 겨울바람이 밀려들었다. 손목시계를 보니 오전 열시 정각이었다.

도심 속의 정토사(淨土寺)는 여느 산사와 다르지 않게 적막감에 잠겨 있었다. 그가 찾아가는 그 사찰은 늙은 노숙자처럼 웅크린 채 동면에 빠져 있었다. 바람이 불 때마다 처마에 매달린 풍경이 딩동딩동 흔들렸다.

죽은 듯이 서 있는 앙상한 나무들 사이에서 홀로 서성거리던 당당한 체구의 젊은이가 다가왔다. 정토사의 주인인 박순자가 대기시켜 놓은 그쪽 운전기사였다.

"저희 박 회장님을 찾아오셨나요?"

"예, 맞아요."

최 회장은 나지막이 속삭이듯 공손하게 대답했다. 아마 그 운전기사가 스님이었다면 관음행보살인 박순자 여사를 대하듯 진지하게 합장하는 모습도 보여 주었을 것이다. 그만큼 그는 미칠 지경으로 절박했다. 아, 관음행보살이 자금을 얼마나 풀 것인가. 그녀의 호언장담대로 이루어진다면 당장 더 이상 바랄 일은 없었다.

사찰 입구에서 손님을 맞은 사람은 머리를 빡빡 깎은 스님이 아니라 건장한 신사여서 최 회장은 잠시 멍한 눈으로 둘러봤다. 지난번에 만났었던 여위고 주름진 얼굴의 노스님은 그 어디에서도 보이지 않았다.

"정구업진언(淨口業眞言)… 수리수리 마하수리 수수리 사바하… 오방내외안위제신진언 나무 사만다 못다남 옴 도로도로 짐 사바하…."

2월 중순의 매운바람을 등지고 정토사 경내로 들어서던 최 회장은 발걸음을 멈추었다. 그 청량한 목탁 소리, 구성지고 맑은 여자의 독경 소리가 귀와 발목을 잡았기 때문이다. 그 처연한 울림이, 빨아들이는 듯한 여인의 숨결로 느껴져 머리가 아찔했다.

"박 회장님은 어디 계신가요?"

최 회장은 억지로 웃으면서 운전기사에게 손을 내밀었다.

"최종길 회장님이시죠? 제가 안내하겠습니다."

박순자의 승용차 운전기사가 절도 있게 고개를 숙였다. 시가 9천만 원이 넘는 벤츠450을 모는 사내답게 말쑥한 검은색 정장 차림이었다. 깍듯이 예의를 갖추고 있었지만 왠지 모르게 어설픈 건달의 거만함이 번들거리는 표정이었다. 저 녀석이 내 운전기사였다면 정말 호되게 교육을 시켰을 터인데…. 최 회장은 속으로 투덜거렸다.

최 회장은 찌푸린 얼굴로 운전기사를 외면했다. 그 때 잠깐 끊겼던 염불이 다시 이어지기 시작했다. 나무대비관세음… 원아속지일체법… 나무대비관세음….

"참 듣기 좋습니다. 속세의 때에 찌든 가슴이 말끔히 씻기는 것 같군요."

불쾌한 감정을 씻기라도 하듯 최 회장은 독경 소리에 귀를 세웠다.

"우리 회장님의 염불이랍니다."

운전기사 녀석이 시답잖다는 듯이 최 회장의 위아래를 훑어보았다.

"아니? 그렇다면 박순자 회장님의…."

"물론이죠."

"독실한 불교 신자라더니 염불 솜씨도 대단하십니다."

사업자금 빌리러 온 주제를 인정이라도 하듯 최 회장은 운전기사에게 아부의 말을 던졌다. 회사 임직원들에겐 그토록 야멸찬 태도를 보이면서도, 이해관계를 따져 만나는 사람들에겐 너스레를 떨며 상대방을 은근히 부추기는 재주를 그는 갖고 있었다.

하지만 박순자에 대한 느낌은 과장이 아니었다. 그녀의 독경 소리는 지성미가 은근히 풍기는 몸짓처럼, 귀티가 줄줄 흐르는 미모처럼 최 회장의 기를 죽이고도 남았던 것이다. 아니, 그 청아한 목청 때문에 사춘기 소년처럼 가슴이 두근거리기까지 했다.

* * *

어제 오후였다. 회사의 자금 사정이 급박하게 어려워 코털이 셀 지경인데, 마침 대와산업 회장인 박순자 여사가 전화를 걸어왔다. 파격적인 조건으로 운영자금을 빌려 주겠다는 달콤한 유혹과 함께⋯. 어쨌든 구세주가 나타났으니 이게 웬 떡이냐 싶었다.

너무 방만하게 사업체를 늘리고 여러 부실기업들을 마구잡이로 인수하다 보니 자금 사정이 날로 악화되고 있었다. 오직 부도 막기에 급급한 회장을 바라보는 임직원들의 눈빛엔 마냥 두려움이 어려 있었다.

자금 조달은 걱정하지 말고 각자 맡은 바 직무에 충실하라고 큰소리치던 그로선 체면이 말이 아니었다. 그런데 큰손 박순자의 전화를 받고부터는 공연히 화가 났다. 뭔가 기대해도 좋을 만한 커다란 선물이 들어올 것만 같았으나 자존심만큼은 몹시 상해 있었다.

최 회장이 박순자를 만난 것은 순전히 어머니 때문이었다. 노모가 불교 신자라는 이유만으로 그녀와 우연찮게 절에서 첫 상봉을 했던 것이다. 그가 큰손이라고 알려진 그녀에게 정략적으로 접근했다는 헛소문도 있지만 전혀 사실이 아니었다.

오랜 세월의 사채놀이로 아들의 사업 밑천을 만들어 주었던 최 회장의 노모는 불심이 깊은 편이었다. 로열그룹이 사세를 확장할 때마다 노모가 나서서 불공을 드렸고, 회사와 아파트 단지의 이름도 스님이 직접 작명하곤 했다. 따라서 로열그룹이 5년이라는 단기간에 신흥 재벌로 급성장한 것은 부처님의 공덕 탓이라는 게 노모의 주장이었다.

"정말 귀신이 곡할 노릇이었어. 절에 다녀온 날이면 반드시 우리 최 회장의 회사가 삐까번쩍하더라니까. 첨엔 몰랐어. 부처님의 공덕인 줄을…."

지금까지 노모는 휴일이나 사업상 특별한 날에 불공을 빠뜨린 적이 한 번도 없었다. 무릎까지 빠지는 눈길의 불공도, 장대처럼 퍼붓는 빗속의 불공도 건너뛰지 않았다. 그뿐이 아니었다. 회사 창립일이나 공사 현장의 기공식 준공식 날에도 노모는 절에 다녀왔던 것이다. 불심이 깊다던 노모는 어쩌면 차남이 수시로 가져다주는 회사 돈을 절에 시주하면서 돈을 더 많이 벌게 해 달라고 비는 재미로 노후를 즐기고 있는지도 모른다.

그러던 어느 날부터 그는 어머니가 다니는 절을 집에서 가까운 곳으로 옮겨 보려고 무진 애를 썼다. 그러다가 서울 시내에서 사찰을 물색하던 중 눈에 띈 것이 바로 '정토사'였다.

홀어머니를 모시고 우연히 정토사에 들렀을 때 신도회 회장으로부터 박순자를 소개받았다. 막 40대에 들어선 귀부인 박순자는 5억 원을 들여 정토사를 인수한 처지여서 사실상 그 사찰의 재창건자로 자처하고 있었다.

박순자의 첫인상은 꽤 괜찮은 편이었다. 해맑은 얼굴에 차분하고 고상한 분위기가 전형적인 동양 미인의 이미지를 풍겼다. 키도 알맞은 중키, 실제 나이보다 10여 년은 젊어 보였다. 얼굴 화장은 어찌나 세련 되게 하는지 마치 화장을 전혀 하지 않은 것 같았다. 은근한 지성미가 어려 있는 데다 목소리까지 맑아서 상대편을 사로잡는 매력까지 겸비 하고 있었다.

"대단히 정력적으로 사업을 일구고 있다는 소문 들었어요. 더구나 최 회장님께서 불교 신자라니 너무 반갑군요. 대자대비하신 부처님의 공덕이 골고루 미쳤기 때문에 승승장구하는 거라고 믿어집니다."

그녀가 곱게 눈을 흘겼다. 그 날 조용히 미소 지으며 합장한 뒤 팔 목을 잡아끌던 그녀의 손이 비단결처럼 보드랍고 따스했었다. 마음 같 아서는 그녀의 손을 으스러져라 쥔 채 자빠뜨리고 싶었다.

그녀가 안내한 대중방은 절절 끓고 있었다. 코를 찡그리며 손으로 부채질을 하는 모습이 아름답다 못해 선정적이었다. 하지만 반반하다 고 잘못 달려들었다가는 발길질을 당하기 십상인 여자 같았다. 아니 그 보다 그녀는 근접하기 어려운 귀부인이었고, 예비역 장성의 젊은 사모 님이면서 돈 많은 큰손이었으므로 최 회장을 조금은 주눅 들게 했다.

"너무 무리를 하는 것 아닌가요? 얼굴이 안 좋아 보입니다."

그 날 박순자는 최 회장의 속마음을 꿰뚫어 읽었다는 듯 고개를 끄 덕였다. 얼굴에 묻어 있을 초조와 불안감을 훑어냈는지 그녀는 그 하 얀 손으로 입을 가리며 농염하게 웃었다. 매사에 자신만만했던 로열그 룹 최종길 회장이 자금난으로 애태우는 표정을 즐기는 듯한 표정이었 다. 최 회장은 온몸이 해체되어 깔고 앉은 방석 밑으로 녹아드는 것만 같았다.

"어제 곡차를 너무 마신 탓일 겁니다."

사태의 심각성을 감추려고 최 회장은 일부러 여유 있게 응수했다. 그 순간이었다. 맹렬히 치솟던 모멸감이 가슴을 답답하게 조여왔다.

"가슴에 부처님을 모시세요. 그럴 때 만사형통이 됩니다. 로열그룹의 자금 사정이 어려울수록 우리 정토사로 나오십시오."

"자금 사정은 비교적 괜찮은 편입니다. 어머님의 돈독한 신심 덕분에 그런 대로 굴러갑니다."

불편해서 도저히 그대로 앉아 있을 수 없었다. 갑자기 밀려드는 무력감을 주체할 수 없었으므로 서둘러 그녀와 헤어질 궁리부터 했다.

"가까운 곳에 이처럼 훌륭한 절이 있는 줄 몰랐습니다. 좀 더 머무르고 싶지만 중요한 약속이 있어서 일어나야겠습니다. 정보경 의원님을 만나기로 했거든요."

"그 분을 만나시면 우리 부부의 안부도 전해 주세요. 정치적 안목과 식견이 아주 높은 분이어서 우리 부부도 존경하며 사귀고 있답니다."

소문대로 대단한 여장부였다. 이쪽에서 집권당 실세와의 교류를 들먹여도 전혀 놀라는 기색 없이 태연하게 맞장구를 치고 있었다.

"최 회장님, 우리도 부처님 품안에서 인연을 가꾸어 봅시다. 훌륭한 아이템이 나오면 우리 부부가 직접 투자하거나 사업자금을 빌려 줄 용의도 있어요. 우리 김철규 장군님도 소개할 겸 해서 금명간 집으로 초대하겠습니다."

사찰 입구까지 배웅하며 그녀는 비밀요정 마담처럼 두 팔을 벌려 최 회장을 살짝 포옹했다. 반사적인 동작으로 물러섰기 망정이지 그렇지 않았다면 완벽하게 그녀의 품안에 안길 뻔했었다. 그러더니 아주 다정스레 남자의 손까지 잡고 흔드는 걸로 봐서 오랫동안 습관이 되어 온 행동 같았다.

"최 회장님, 제 초대에 응하는 거죠?"

얼핏 보아 조용한 성격이 듯도 하지만 깊이 알고 보면 아무래도 그녀의 입이 좀 가볍다는 느낌을 지울 수가 없었다.

그녀의 초대는 차마 거절하기 힘든 유혹이었다. 그러나 사업 관계로 거래를 트기엔 왠지 찜찜하게 느껴졌고 궁금한 점도 너무 많았다.

　"기꺼이 초대에 응하겠습니다."

　최종길 회장은 건성으로 대꾸하고 바쁘게 돌아서며 입술을 깨물었다. 그녀를 절묘하게 이용하려면 크고 단단한 덫이 필요할 터였다.

　"나무관세음보살."

　등 뒤에서 빙판을 구르는 구슬 같은 목소리가 들려왔다. 어금니를 깨물고 돌아보니 그녀가 합장한 모습으로 요염하게 웃고 있었다.

　관객을 의식하지 않고 대범한 제스처를 보이는 그녀의 연출력에 최 회장은 거부감을 느꼈다. 아무의 눈치도 볼 필요 없는 자유로운 연기력에 감탄하면서도 거침없이 쏘아대는 그녀의 말장난이 싫었다. 하지만 잠자리에 눕기만 하면 화사하리만큼 아름다운 그녀의 미소가 아른거리면서 심장이 두근거렸다. 어떤 날 밤에는 그녀와 동침하는 꿈도 꾸었고, 어느 날 밤에는 야유와 조소가 가득 담긴 눈초리로 그녀가 내려다보는 것이었다.

　그녀의 자택에 초대되어 두 번째 만나고 나서 사흘이 지났을까. 그녀가 불쑥 전화를 걸어 왔다. 어제 오후였다. 자금을 쓰고 싶다면 내일 당장 찾아오라는 것이었다. 만날 때마다 왠지 말려들고 있다는 예감과 함께 자존심이 긁히는 건 사실이지만, 자금 압박이 극심한 처지여서 그녀의 유혹을 뿌리치기가 쉽지 않았다.

　최 회장은 전화를 끊으며 빙긋 웃었다. 사냥감이 제 발로 걸어오는군…. 처음엔 저자세로 나가다가 결정적일 때 덫을 놓을 생각이었다.

* * *

　박순자가 주식시장과 사채시장의 큰손이라는 소문을 들어 익히 알고 있었지만, 막상 그쪽의 자금 지원 제의를 받고 보니 최종길 회장으로선 정말 흥분하지 않을 수 없었다. 같은 불교 신자로 골프장에서 가끔 어울리던 신화그룹 이홍렬 회장의 회고담 때문이었다.

박순자가 신화그룹 이홍렬 회장에게 접근한 시기는 7년 전 여름이라고 했던가. 그녀는 신화상사의 주주 자격으로 주주총회에 참석했다가 백색 한복을 곱게 차려 입은 모습으로 대주주인 이홍렬 회장을 찾았다. 아무리 바쁜 재벌 총수라지만 미모를 자랑하는 여인이 주주 자격으로 방문했다는데 관심이 끌리지 않을 수 없었다.

그 뒤로 그녀는 여러 차례 신화그룹빌딩을 드나들다가 이홍렬 회장이 등산을 즐기는 불교 신자라는 것을 알게 되었다. 그녀가 등산을 함께 다니자고 조르자 소탈하기로 유명했던 이 회장은 부담 없이 승낙하고 말았다.

그러던 어느 날, 박순자는 프랑스에서 왔다는 친척 오빠를 대동하고 산행을 같이 했다. 오빠뻘이라기보다는 아버지처럼 보이던 그가 바로 중앙정보부 차장 출신인 김철규 예비역 장성이었다. 자신의 영향력을 은근히 과시하려는 속셈으로 그녀는 '프랑스에서 온 오빠'를 항상 데리고 다녔다는 것이다.

김철규는 나이가 좀 들었지만 비교적 단신에 단단한 몸매를 지닌 인물이었다. 얼굴은 유난히 작고 눈은 가늘게 찢어져서 첫인상이 차가웠다.

예사롭지 않게 눈을 빛내는 모습이 뭐가 대단한 비밀을 간직하고 있다는 느낌이 들었다. 첫인상에 걸맞게 집권층 세력과 인맥이 닿기 때문에 장차 큰일을 할 사람이라는 소문이 돌기도 했다.

이거 뭔가 대단한 여자구나 하는 생각을 갖게 되면서 이홍렬 회장은 그녀와 한 발치쯤 거리를 두기 시작했다. 그 때부터 그녀는 자신의 세력을 의식적으로 드러내는 방법으로 여러 가지 얘기들, 대통령과의 관계에서부터 정치권과 재계에 이르기까지 깊숙한 내용을 흘리더라는 것이다.

하지만 그녀는 딱 부러지게 말하지 않고 상대방이 들어서 충분히 짐작할 수 있게끔 살짝 돌려서 말했다는 것이다. 그녀가 이 회장에게 흘리는 정보들은 너무도 정확해서 섬뜩한 기분이 들 정도였다. 그녀가 흘렸던 많은 정보들 중에 이 회장을 꼼짝없이 사로잡은 것은 정한두 장군에 대한 정보였다. 그것은 행정부의 최고 결정권자나 알 수 있는 극비 사항이었다.

"회장님, 대통령이 눈에 집어넣어도 아프지 않다고 할 정도로 총애하는 사람이 곧 경호실 차장으로 오게 된답니다."

"그게 누굽니까?"

"정한두 장군이죠. 정 장군은 저의 집안 친척입니다."

그녀가 태연하게 말을 이었다. 얼마 뒤에 실제로 정한두 장군은 경호실 차장으로 발령을 받았고, 그 사실을 확인한 이 회장은 적이 놀라지 않을 수 없었다.

"곧 정한두 장군이 보안사령관으로 가게 될 겁니다."

다시 찾아온 그녀가 그렇게 말했다.

"무슨 소리요? 그게… 아니, 보안사령관이 바뀐단 말이오?"

"두고 보세요. 곧 바뀝니다. 저하고 내기를 해도 좋아요."

미칠 일이었다. 그녀의 정보는 또 다시 정확히 맞아떨어지고 있었다. 정한두 장군이 그녀의 예언대로 보안사령관이 된 것도 그렇거니와, 이 회장은 그 뒤에 더 기막힌 소식을 듣게 되었다. 대통령 시해 사건 직후인 그 해 2월 중순에 정한두 소장이 유정회 의원이었던 김철규와 소공동 호텔에서 장시간 만난 적이 있다는 것이었다.

이 회장이 더욱 놀란 것은 그 다음의 일이었다. 나중에 정한두 소장은 집권에 성공했고, 박순자는 로열패밀리의 일원이 되었던 것이다. 그녀의 형부 윤광규가 바로 정한두 대통령의 처삼촌이기 때문이었다.

신화그룹 이홍렬 회장과 교류하던 초기만 해도 박순자는 작은 손에 불과했다. 처음엔 자신이 동원할 수 있는 자금으로 실력을 키워 나가다가 거액의 사채업자들을 최대한 활용해 자금을 모았다. 이때부터 그녀는 제법 큰손으로 대접받기 시작했다.

최종길 회장은 회심의 미소를 지었다. 박순자·김철규 부부의 배경과 재력을 믿지 않을 수 없었고 드디어 그들과 접촉하기 시작했다. 서울 강남구 청담동에 자리 잡은 박순자 회장의 자택을 방문하던 날, 그녀는 그 자리에서 자신의 남편인 김철규를 소개하고 나서 사업자금 지원을 약속했다.

그리고 그뿐이었다. 이쪽에서 사무실로 전화를 걸어도 연락이 닿지 않았고, 비서에게 메모를 부탁해도 아무런 소식이 없었다.

그러던 중에 박순자가 전화를 걸어 구체적인 사업계획을 협의하자고 나온 것이 어제였다. 요즘 들어 부쩍 추락 위기에 몰리는가 싶더니 박순자처럼 돈 많은 전주(錢主)를 찾아 지옥에라도 뛰어들어야 할 것만 같은 심정이었다.

* * *

오래 된 고궁의 정원처럼 왠지 처량해 보이는 도량(道量)에는 잿빛 안개 같은 기운이 서려 있었다. 굵직굵직한 아카시아 나무들 사이로 도량에 내려앉는 몇 마리의 비둘기들이 보이지 않았다면 더욱 삭막했을 것이다.

최 회장은 갈증을 씻으려는 듯 매끄러운 찻잔 안의 마지막 유자차한 방울까지 털어 넣었다. 깔고 앉은 방석의 쿠션을 즐기고 있을 순간에 대중방 안으로 들어오라는 전갈이 왔다.

대중방에서 정좌한 채로 십 분쯤 기다렸을까. 이윽고 발자국 소리가 문 밖에서 났다. 문이 스르르 열리면서 차가운 겨울바람과 함께 연한 향기가 먼저 들어왔다. 정체를 알 수 없는 향수 냄새도 콧속을 감미롭게 간질이고 있었다.

　"십 년 묵은 체증을 단숨에 씻었습니다. 귀한 독경을 듣게 되어 영광입니다."

　새하얀 한복을 곱게 차려 입고 나타난 젊은 여인 앞에서 최 회장이 공손하게 머리를 조아린 채 합장했다. 대중방 안은 화사하고 요염한 그녀의 모습에 가려져 종교적 경외감을 잃고 있었다.

　여우 열 마리의 털로 짠 폭스 숄이라고 하던가. 어깨에서 허리 아래까지 치렁치렁 늘어뜨린 숄이 고상한 체하는 그녀의 취미와 잘 어울렸다.

　규모가 큰 사찰이 아니라서 대중방은 넓지 않고 아담했다. 도복 차림으로 품새를 다듬는 도사처럼 앉아 염주를 굴리는 그녀의 모습이 무척 단아해 보였다.

* * *

　재력이 막강하다는 이 여인을 반드시 꼬드겨 돈 빌리는 일을 성공시켜야 할 터인데. 그 놈의 자금난 때문에 돈을　아 절간에서도 큰손을 만나야 하다니…. 최 회장은 터지려는 한숨을 속으로 우겨 넣으려고 혀를 지그시 깨물었다.

　"회장님, 잘 아시다시피 연꽃은 부처님을 상징합니다. 흙탕물에 뿌리를 내려도 결코 흙탕물에 물들지 않는 깨끗한 꽃을 피우지요. 인간 세상은 진흙탕이나 시궁창과 같으나 그에 물들지 않고 피어난 영원한 꽃송이, 깨끗하고 숭고한 연꽃이 부처님을 상징합니다. 우리가 부처님을 만나야 하는 이유도 그 때문입니다."

　박순자, 아니 관음행보살은 한 손으로 염주를 굴리며 달갑지 않게 설법을 시작했다.

"관음행 보살님, 옳으신 말씀입니다."

최 회장은 풍성한 머리 아래 드러난 수려한 이마와 짙은 눈썹과 맑은 눈동자를 혀로 핥듯 관찰했다. 알듯 모를 듯 미소를 흘리는 동그란 얼굴의 전형적인 동양 미인이었다. 세 번째 만나고 있지만 볼 때마다 느낌이 색달랐다. 돈 많은 보살 특유의 범접하기 어려운, 고고함을 간직한 표정도 얼핏 스치고 있었다.

"인생이 뭔지, 돈이 뭔지…. 한때는 입산하여 승려가 되고 싶었답니다. 재물을 산더미처럼 쌓아 두고 있으면 대숩니까. 좋은 일에 쓸 줄 알아야 부처님처럼 공덕을 베푸는 인생이 됩니다. 오직 알몸으로 왔다가 알몸으로 돌아가는 게 인생 아닌가요. 불심이 깊다는 최 회장님, 진심으로 다시 만나고 싶었답니다."

그녀는 괜히 엉뚱한 재물 이야기를 꺼냄으로써 최 회장을 난처하게 만들고 있었다. 상대편을 적당히 압도하면서 무시하는 태도를 무척 즐기는 것 같았다. 빌어먹을! 돈이 원수여. 최 회장은 자존심을 접어 버리기로 작정했다.

"박 회장님, 아니 관음행보살님의 불심에 비하면 제 신심은 너무 보잘 것 없습니다."

"경제를 도무지 모르는 김 장군과 살다 보니 절로 욕심이 없어집디다. 아내가 무슨 사업을 벌이는지 모를 때가 많긴 해도 그분은 내 든든한 후원자입니다. 그 분을 만나면서 나는 비로소 자비로운 인생이 뭔지 배웠답니다."

그녀는 달변임에도 불구하고 횡설수설하는 편이었다. 그만큼 욕심이 많고 심리적으로 불안정하다는 증거라고 최 회장은 생각했다. 하지만 화사한 표정과 촉촉한 음색으로 남자를 압박해 오고 있으니 정말

다채로운 여자였다. 어디까지가 그녀의 실체인지 가늠하기 어려웠다.

"장군님은 여전히 건강하시죠?"

"큰스님을 통해 만난 분이기 때문에 부처님의 공덕을 받고 있습니다. 국가를 위해 중요한 사업을 하시는 분인데 당연히 건강해야지요. 요즘은 여러 가지 해외 투자 사업과 한·중동 합작 은행 설립 때문에 눈코 뜰 새 없이 바쁘답니다. 최 회장님, 앞으로 자금 사정이 좋아지면 저희 신설 은행에도 투자하셔야 합니다. 이미 다섯 개 재벌의 총수들이 적극 참여하겠다는 확답을 보내 왔거든요."

"저처럼 부족한 사람에게도 기회를 주신다니 영광입니다."

"애국적인 기업인이 되려면 무엇보다 건강해야 합니다. 많은 재물을 손에 쥐었음에도 만족할 줄 모르고 끝없이 탐욕을 고집하기 때문에 병이 나고 탈이 생깁니다. 번뇌의 티끌을 털어 버려야 건강해집니다. 회장님의 돈독한 불심이야말로 로열그룹을 반드시 반석 위에 올려놓을 겁니다."

"훌륭하신 설법입니다. 과분한 칭찬과 격려로 한없이 부끄러워집니다."

최 회장은 자신의 거짓말 때문에 속이 니글니글해지고 있었지만, 부처님의 그림자라도 밟은 듯 송구스런 표정을 지어 보였다.

"회사 운영자금이 부족해 마음고생이 심하다는 소문을 들었어요. 최 회장님 같은 경제적 애국자를 돕는 게 우리 부부의 큰 즐거움이지요. 우리 부부의 진정한 뜻을 이해할 수 있는 분이라고 생각되기에 드리는 말입니다."

"말씀만 들어도 몸 둘 바를 모르겠습니다."

"단도직입적으로 말하죠. 최 회장님과 거래하고 싶어요. 수백억 원의 자금도 무이자로 빌려 주는 게 가능합니다. 우선 금리는 공금리의 절반 수준인 연리 10% 내외로 하고, 그 대신….."

박순자가 거래 조건을 추가로 제시했다.

"그 대신… 빌려주는 금액의 두 배에 해당하는 어음을 끊어야 합니다. 대출 금액을 초과하는 어음에 대해서는 다른 상장회사 어음으로 채워 드리죠."

"우리 로열건설에서 2백억 원의 약속어음을 발행해 건네 드리면 1백억 원은 현금으로, 나머지 1백억 원은 다른 상장기업 어음으로 지급하시겠다는 말씀이군요. 우리 어음과 다른 상장기업 어음을 맞교환해야 하는 이유가 뭡니까?"

"시중에서 할인을 쉽게 하려면 상대적으로 신용도가 높은 로열건설의 어음이 필요하기 때문이죠. 고려토건과 신신제강 어음 물량이 많아지니까 시중에서 거부 반응을 보이더라고요."

"그건 그렇다 칩시다. 하지만 공금리의 절반 수준이라니 이해가 되지 않네요."

최 회장은 속으로 떨고 있었다. 연리 19.5% 심지어 26%의 이자를 부담해도 은행 대출을 끌어내기 어려운 데다, 명동 사채시장에서 자금을 조달하려 해도 연리 25% 심지어 어떤 전주는 연리 50%를 요구하는 형편이 아니던가.

도대체 얼마 동안을 지탱해야 부도 위기를 벗어날지 알 수 없는 상황이었다. 돈이 씨가 말랐는지 구걸하러 찾아간 금융기관마다 문전 박대였다. 명동 사채시장의 깡쟁이(사채 브로커) 녀석들도 어음 할인 이율만 올려 부를 뿐, 간에 기별도 가지 않을 자금을 동원하며 생색을 내곤 했다. 사정이 그토록 절박한데 연리 11%로 수백억 원을 빌려 준다니 배짱이 두둑한 그로서도 기절초풍할 일이었다.

"대출 금리가 너무 낮아 어리벙벙합니다. 그 수준으로도 정말 가능하겠어요?"

최 회장은 체면머리 없이 꼴깍 침 삼키는 소리를 내고 말았다. 연리 11%에 수백억 원을 빌릴 수 있다니 놀라운 행운이 아닐 수 없었다.

"전 사기꾼이 아니라 경제인의 한 사람입니다. 최 회장님은 그만한 반대급부를 내게 약속하면 됩니다. 이를테면 회장님의 주식 내부자 거래에 저를 참여시켜 주세요. 경영 정보를 공유하면서 함께 주식을 사고 팔아 이익을 만들어 보자는 얘깁니다. 경제는 기브 엔 테이크를 즐기는 과정에서 활성화되는 유통이 아닐까요? 경제학이나 경영학을 전공한 사람은 아니지만, 그래서 나는 감히 경제를 유통이라고 말합니다."

그녀가 내키는 대로 지껄여도 최 회장은 진지한 표정으로 연신 고개를 끄덕거렸다. 모쪼록 자금을 우려내려면 격에 어울리는 맞장구가 최고라고 생각되었다.

"나와 주식투기를 함께하자는 얘깁니다. 최 회장 혼자서 재미 보지 말란 말예요. 알아들을 수 있겠지요?"

"모르는 바 아닙니다."

까놓고 말하는 편이 흥정이 빨라질 것 같아 최 회장은 고개를 주억거렸다. 다시 말해, 낮은 이율로 돈을 빌려 주는 대신 그 이율의 차이를 증권 시세 조작을 통해 보전해 준다는 조건이 따라야 한다는 뜻이었다. 로열건설의 어음을 사채시장에서 연리 30%가 넘는 금리로 할인해 연리 11%로 로열건설에 빌려 주고, 발생하는 역금리 손실을 그런 방법으로 벌충하겠다는 의도가 숨어 있었던 것이다. 어음 할인 자금을 주식에 투자해 잘만 운영하면 손실 보전을 넘어 막대한 이득이 있으리라는 기대가 두 사람의 담판에 불을 지피고 있었다.

"그럼 이 자리에서 약속하세요."

시시콜콜 설명하지 않겠다는 듯 그녀가 쐐기를 박았다.

"신중히 검토해야 할 사안입니다."

머뭇거리는 체하면서도 최 회장은 머리를 굴렸다. 11%로 자금을 빌릴 경우 여유 자금을 제2금융권에 일시 예치해도 수입이자가 지급이자보다 많을 수 있다고 판단된 것도 그 순간이었다. 자금 사정이 어려워 정신 차리기도 힘들던 형편에 이게 웬 떡이냐 싶었다.

"최 회장님이 불교 신자란 걸 알기 때문에 특별히 선처하는 겁니다. 고려토건과 신신제강 측에선 연리 20%로 빌려 줘도 감지덕지하더군요. 그뿐인 줄 아세요? 그쪽에선 대여금의 서너 배에 해당하는 어음을 요구해도 순순히 따라 옵니다. 우리 회장님께서는 아직 배가 부른 모양이지요?"

"……"

최 회장이 잠시 망설이는 눈치를 보이자 박순자가 벌떡 일어섰다. 당돌하게 등을 돌리고 돌아서는 그녀에게서 싸늘한 냉기마저 느껴졌다.

"약속어음 용지 수급이 원활하지 못해서 그랬을 뿐입니다. 왜, 제가 자금 지원을 마다하겠습니까?"

최 회장은 심한 갈증을 느꼈다. 박순자의 심기를 건드린 게 후회스러웠으므로, 그는 무 캐먹다가 들킨 소년처럼 머쓱해져서 그녀의 눈치만 살폈다.

"우리 부부가 힘닿는 데까지 도와 드리고 싶었지만 아무래도 인연이 없는가 봅니다. 어서 돌아가세요."

그녀가 눈 꼬리를 빳빳이 치켜세우면서 협박적인 말투로 응수했다. 권력과 돈을 가진 귀부인만이 보일 수 있는 태도였고, 여차 하면 사업 자금을 꾸기는커녕 모진 낭패라도 당할 수 있는 상황 같았다.

"……"

최 회장은 거의 절망감에 빠져 외마디 비명을 지를 뻔했다. 겨우거우 흥분을 가라앉히며 속으로 아차 싶어 후회를 했다. 명색이 회장인데 초라한 모습을 보일 수야 없지. 그는 애써 평온한 표정을 지어 보이며 그녀에게 건넬 말을 궁리하고 있었다.

"아닙니다. 박 회장님이 주문하시는 대로 움직이겠습니다. 도와주십시오."

"내가 바본 줄 아세요? 약속어음 용지 수급은 걱정하지 않아도 좋아요. 전화 한 통이면 모든 은행들이 협조하게 돼 있습니다. 우리 부부가 하는 사업은 어디까지나 나라를 위해 벌이는 겁니다. 그걸 왜 모르시나요?"

그녀의 말투가 단박에 거칠어졌고 그 속에는 빈정대는 어감이 숨어 있었다.

"내가 세상 사람들이 손가락질하는 소위 목탁 재벌인 줄 아십니까? 우리 부부가 그저 못돼먹은 고리대금업자나 사채꾼으로 보이세요?"

최 회장은 그만 대꾸할 말이 군색해지고 말았다. 그렇다고 두 손 들고 물러설 수는 없었다. 반사적으로 그의 가슴 속에선 오기가 발동했다.

"천만에요! 그렇게 보지 않습니다. 그런 불신이 눈곱만큼이라도 있었더라면 박 회장님의 초대에 두 차례나 응하지 않았을 겁니다."

다분히 나이든 남자 위에 군림하려는 속셈이 드러났지만, 목마른 쪽이 샘을 파야 한다고 최 회장은 속으로 다짐했다. 오줌을 싼 어린애처럼 방석 위에 쪼그리고 앉아 있는 자신의 꼴이 한심스럽기도 해서 부아가 치밀었다. 별 미친 여자가 다 있어! 하고 소리치며 일어서고 싶었지만 뜻대로 되지 않았다. 솔직히 말한다면 곧 숨이 넘어가는 소리로 애원해도 부족한 처지가 아닌가.

"돌아가 기다리세요! 내일 3백억 원을 준비할 테니."

"박 회장님, 이 은혜는 평생 잊지 않겠습니다."

큰절을 올리듯 허리를 있는 대로 굽히고 일어서던 순간 최 회장은 비틀거렸다. 무릎 관절과 등뼈 몇 마디가 탈골이 되어 버리듯 쑤셔 왔다. 너무 놀라서 긴장한 탓이었다.

"하늘이 두 쪽 나더라도 어음 용지를 충분히 확보해 두고 박 회장님의 하명을 기다리겠습니다. 안녕히 계십시오."

"최 회장님, 내가 은행장들에게 전화 한 통 걸면 만사형통이라고 했잖아요?"

놀라운 변신이었다. 어느 새 박순자는 기품 있는 인상을 풍기며 솜털처럼 가벼운 미소를 머금고 있었다. 다분히 명령조로 나오던 그녀가 다정한 누이처럼 희고 부드러운 손을 내밀어 악수를 청했다. 의미 모를 그녀의 웃음을 보자니까 이상한 느낌이 들었다. 마치 '다시 경고하지만 순순히 따르는 게 좋아!' 하고 속삭이는 것 같았다.

"부처님의 자비로운 공덕이 로열그룹 전체에 골고루 미치기를 기도하겠어요."

"저 역시 김 장군님과 박 회장님의 건승을 대자대비하신 부처님께 빌겠습니다."

최 회장은 그녀를 향해 합장하며 혀를 깨물었다. 오늘이야 내가 보란 듯이 패배했지만, 오늘만 날인가. 이 여자야, 제발 두고 봐라. 일단 첫 거래가 시작되면 그 순간부터 내가 칼자루를 쥐게 될 것이다. 이 최종길을 홍어 거시기로 아는 한 반드시 당하는 날이 올 것이다…. 언젠가 절호의 기회가 오면 반드시 손봐 줄 생각이었다.

* * *

"씨팔! 믿을 만한 놈이 있어야지."

그 날 회사로 돌아온 최 회장은 박순자에게 당한 화풀이로 재무관리 담당 임원과 간부들에게 욕설을 퍼부었다. 속으로 쾌재를 부르면서도 반쯤 허물어진 자존심을 그런 식으로 지키고 싶었던 것이다.

"뭣들 하는 거야! 밥만 축내는 식충이들. 회사가 위기에 몰려도 자금 조달 한번 제대로 못 하는 녀석들과 사업을 하겠다고 설처대는 내가 바보 등신이지. 내일 오전까지 약속어음 용지 천 매 확보하지 못하면 모두 사표 쓰는 거다. 알았지?"

최 회장이 입에 거품을 물었음에도 임원과 간부들은 '미친 녀석, 또 미친 소리를 씨부렁거리는군.' 하고 속으로 코웃음을 칠 따름이었다. 약속어음 용지 천 장이라니? 천 매가 애 이름이라도 된단 말인가…. 그들은 짐승의 시간을 그렇게 견디고 있었다.

"오늘, 어떻게 막았어?"

"….."

"무능한 놈들, 기생충…."

모두들 고개를 숙인 채 눈치를 살피자 최 회장은 더 기고만장해졌다.

"김 전무, 말해 봐. 어떻게 하루를 넘기고 있는지."

"단자회사에 부탁해 하루 자금을 빌려 막았습니다."

김혁 전무가 엷게 한숨을 내쉬며 말했다.

"그럼 낼은?"

"대책을 강구하는 중입니다. 단자회사는 물론이고 보험회사, 증권회사를 통해…."

떨리는 손으로 메모지를 펼치던 김 전무를 보다 못해 최 회장이 말허리를 툭 잘랐다.

"에이, 씨팔! 자금 시장에서 물을 먹었다는 작자가 겨우 제2금융권이나 들먹여? 그건 그렇고 어음 용지 천 매를 만들어야 하는데…. 이정일 부장, 할 수 있겠어?"

"최선을 다해 보겠습니다."

빳빳하게 굳어진 얼굴로 이정일 자금부장이 짧게 대답했다.

"어음 용지 좀 달라니까 은행 애들 반응이 어땠어?"

최 회장이 시큰둥하게 물었다.

"매출 외형에 비해 어음 발행 물량이 지나치다며 모두들 의심하고 있습니다."

"그러면서 최선을 다하겠다는 대답은 뭐야? 최선 좋아하네!"

최 회장은 어이가 없다는 듯 실실 웃었다. 박순자의 영향력으로 여러 은행장들이 민첩하게 움직인다는 사실을 믿는 이상 그는 모처럼 여유를 가질 수밖에 없었다.

"이 바보 같은 친구들아! 은행원 녀석들이 얼마나 약은 놈들인데… 자네들이 허리를 굽힌다고 어음 용지를 마구 내줄 거 같아?"

노래를 부르듯 높은 톤으로 이죽거리던 최 회장의 얼굴엔 핏기가 없었다. 긴장이 풀린 탓이었다. 비록 입가에 냉소를 머금고 있었지만 믿는 구석이 있다는 표정이었으므로 임직원들은 적이 안심했다. 아니, 회장의 능력을 믿어 보기로 했던 것이다.

하지만 분위기가 한결 누그러졌다고 방심할 일은 아니었다. 어느 순간에 다시 욕설이 튀어나오고 시한폭탄이 터질지 모르기 때문이었다. 무엇보다 내일 부족 자금이 문제여서 임원과 간부들은 예외 없이 진땀을 흘리고 있었다.

최 회장은 갑자기 심한 현기증을 느끼며 한 손으로 이마를 받치고 의자 턱에 몸을 의지했다. 벌레가 날아든 것처럼 귓속에서 웅웅 하는 소리가 들렸다. 3백억, 3백억… 이제 숨통이 트이는 모양이다. 출발 신호와 함께 테이프만 끊으면 3백억이 아니라 수백억, 수천억 원도 동원이 가능할 것만 같았다.

"회장님, 이 박순자를 믿으세요. 어음 용지를 타내는 데 어려움이 없을 겁니다."

그녀의 장담은 최 회장의 기대를 저버리지 않았다. 오래 전부터 몸을 사리던 은행원들이 갑자기 어음책을 요구하는 대로 내주는 게 아니가. 최 회장은 그녀의 배경과 수완에 다시 한 번 놀라지 않을 수 없었다.

08. 큰손, 증권시장에 잠입하다

아직도 계절은 겨울. 차창 밖에선 여전히 늦겨울의 칼바람이 불고 있었다. 도로는 막힘없이 뚫려 있었고, 미끄러지듯 달리는 링컨콘티넨탈의 승차감도 썩 괜찮은 편이었다. 최종길 회장은 허리띠를 풀어 아랫배를 편하게 해방시키고 등받이에 상체를 눕혔다.

"회장님, 오늘 따라 유난히 표정이 밝아 보입니다."

운전기사 녀석이 룸미러를 기웃거리며 히죽 웃었다.

"정말 그렇게 보여?"

최 회장이 인정한다는 의미로 고개를 가볍게 주억거렸다. 그러나 최 회장의 예감은 그리 밝은 편이 아니었다. 박순자 여사의 사채 사무실에서 어떤 불길한 음모가 진행되고 있다는 생각이 들었다. 자신이 알지 못하는 어떤 계략의 늪에 빠져 들고 있다는 느낌 때문이었다.

하지만 지금 상황에선 어쩔 수 없다. 막다른 골목에 몰려 있으니 무조건 밀어붙여야 한다. 오늘 당장 거래 은행의 창구로 쏟아져 들어올 지급어음들이 그의 등을 계속 떠밀어 대고 있었다.

3백억 원. 엊저녁에 발행했으므로 방금 잡은 생선처럼 싱싱한 어음

1,150매. 그 약속어음 뭉치들을 담은 007백이 명동으로 향하고 있었다. 이제 춥고 긴 겨울은 서서히 그 검은 휘장을 걷고 있었다. 그래, 당분간 부도 사태 걱정은 하지 않아도 좋을 것이다.

소공동 빌딩에 도착하기까지는 20분도 걸리지 않았다. 붉은 카펫이 깔린 박순자의 사무실은 최고급 호텔 룸을 연상시켰다. 처음 찾은 대와산업 사무실은 정갈하고도 긴장된 분위기를 풍겼다. 늘씬한 미녀 세 명을 제외하곤 정장 차림의 사내들뿐이었으며 모두들 전화기와 씨름하고 있었다. 흰 와이셔츠에 넥타이를 단정하게 맨 10여 명의 신사들이 아니더라도, 자금을 배정하거나 조달하는 큰손의 사무실에 걸맞게 메마르고 차가운 기운이 감돌았다.

"최 회장님, 부처님이 아니었다면 우린 만나지 못했을 거예요. 이제 본격적으로 인연을 맺게 되는 처지니까 포장마차에서 소주라도 한잔 나눠야 하지 않겠어요?"

돈 버는 일, 돈을 몇 배로 굴리는 일, 각종 투기로 재산을 증식시키는 일이야말로 최상의 예술 양식처럼 신봉하는 박순자가 늘 들먹이는 건 부처님이요, 불심이었다.

허세에 자비가 깃들 리 없고 허영과 사치에 보시가 따를 수 있겠는가. 불교 신자임에도 그녀는 가난한 이웃을 부처님의 자비로 도울 수 있는 일을 제대로 한 적이 거의 없었다. 1억 원 정도는 푼돈으로 여기던 그녀지만 보육원장에게 백만 원 정도를 기부할 때는 생색을 냈고, 집권당 실세들에게 1, 2억 원은 가볍게 쥐어 주면서도 그녀가 기탁하던 수재의연금, 불우 이웃 돕기 성금 등은 백만 원을 넘지 않았다.

대와산업 사무실의 전화기들은 아침부터 불똥을 튀기고 있었다. 어음을 낚으려는 사채꾼들과 주식투자를 권유하는 증권사 직원들의 쉴 새 없는 입질 때문이었다. 그뿐이 아니었다. 하수인들의 상황 보고와 작전 협의도 계속 이어졌다. 박순자와 최 회장의 면담도 수시로 걸려오는 전화 때문에 시도 때도 없이 단절되곤 했다.

"어쩌다 수많은 우량기업을 제쳐둔 채 우리 로열건설을 지원하려고 결심하셨나요?"

최 회장은 뜨거운 커피 잔을 들고 한 모금 마셨다.

"우리 김 장군님이나 나나 참으로 어려운 결단을 내린 겁니다. 아무튼 부처님의 공덕이 아니면 불가능했을 거예요. 제아무리 로열건설이 건실한 기업이라지만 3백억 원을 단숨에 지원하는 건 정말 무리라고 생각했습니다. 특수사업본부의 결심을 얻으려고 얼마나 고심했는지 아세요?"

그녀는 그런 질문을 기다리기라도 한 것처럼 서슴없이 대꾸했다.

"우리 회사의 재무구조와 매출 외형 등을 반드시 감안하셔야 합니다. 정말 무리가 따른다고 생각된다면 피장파장일 수도 있어요."

"자금력이란 것은 그 회사의 재무구조와 별로 관련이 없더군요. 난 오랜 실물 경제 경험을 통해 그 진리를 터득했어요. 흑자도산이란 말이 왜 생겼겠어요? 아무리 재무구조가 튼튼하고 수익성이 높아도 기업이 무너지는 건 하루아침이죠."

두 사람은 뜸을 오래 들여 말하는 경우가 없이 장군 멍군이었다. 딴전 피우는 그녀를 곁눈질하며 최 회장은 서둘러 007백을 열었다. 그 순간을 기다렸다는 듯 인터폰이 찌르륵 울었다.

"회장님, 자금집행계획서도 빨리 결재하셔야 하고… 기다리는 손님도 다섯 분이나 계십니다. 어떡할까요?"

인터폰을 통해 여비서의 카랑카랑한 목소리가 흘러나왔다.

"기다려, 아직 최 회장님과 얘기가 끝나지 않았어. 자금집행계획서… 잠시만 보류시켜."

마치 최 회장에게 심리적 압박감을 주려고 연극을 하는 것 같기도 했다. 사정이 급한 최 회장으로선 더욱 안달이 날 수밖에 없었다.

"박 회장님, 3백억 원입니다. 확인해 보세요."

어음 뭉치가 탁자 위에 놓였다. 3천만 원짜리가 700매, 2천만 원짜리가 450매였다. 향긋하면서도 약간 비릿한 인쇄 잉크 냄새가 어음 뭉치를 탈출하면서 두 사람의 코끝을 어지럽혔다.

최 회장이 담배 한 대를 피울 때까지 박순자는 반응을 보이지 않았다. 최 회장은 긴장을 늦추지 못하고 그녀를 곁눈질하며 커피를 홀짝거렸다.

"최 회장님, 실은 말이지요…."

어음 뭉치에는 관심이 없는 것처럼 박순자는 고개를 쳐들었다. 평소와 다르지 않게 요염한 미소를 베어 물고 있었다. 늘 천진스럽게 웃으면서도 눈 주위에 주름이 잡히지 않는 게 신비로웠다.

"지난번에도 말씀드린 것처럼 모두 현금으로 드릴 형편이 아닙니다. 다른 상장업체의 약속어음을 절반 정도는 섞어 드려야 될 것 같아서요."

"첫 거래니만큼 모두 현금으로 주시는 게 어때요?" 흥분을 감추지 못하면서도 최종길 회장은 목청을 낮추었다.

"누차 강조하지만 우린 자선 사업가들이 아네요. 아무리 특수 자금이라도 유동성을 확보하지 않으면 돈의 흐름이 막힙니다. 일부분이나마 어음을 맞교환하는 게 서로에게 도움이 된다고 생각해요."

또 다시 특수 자금으로 지원되는 것임을 강조했으나 이를 믿을 최 회장이 아니었다. 워낙 자금 사정이 좋지 않아서 얼떨결에 거래를 트고 있지만, 그건 눈 가리고 아웅 하는 수작에 지나지 않았다.

대여금의 2배수로 받은 고려토건, 신신제강 어음을 사채시장에서 할인하여 부족한 회전 자금을 마련한다는 것쯤은 최 회장도 이미 짐작하고 있었다. 팔불출이 아닌 담에야 이쪽에서 속아 주는 게 어쩌면 당연한 일인지도 몰랐다.

"유통되는 약속어음을 다양화시키고 싶어서, 로열건설의 약속어음이 필요하기 때문에 거래를 트자고 한 거예요. 그런데… 모두 현금으로 대여하라면 결국 나를 바보로 취급하는 겁니다."

"저는 박 회장님에게 주식투자 무임승차라는 메리트를 드리지 않습니까?"

최 회장은 그녀의 심중을 충분히 헤아리면서도 능청을 떨었다. 그녀는 고려토건과 신신제강 어음만으로 과다하게 유통시키다 보니 문제가 있음을 느꼈을 것이다. 그녀는 사채시장의 생리를 누구보다도 잘 알고 있는 큰손이 아닌가.

특정 회사의 어음이 집중적으로 몰릴 때 사채시장 종사자들은 당연히 몸을 사린다. 불안감을 느끼게 되어 과다 발행된 회사의 어음 거래를 꺼리게 마련이다. 아무리 그 어음이 특수 자금이라는 신용의 날개를 달았을지라도 한번쯤 의심하게 되고 금리도 자연스레 올라갈 수밖에 없다. 그쯤에서 노리는 것이 어음 발행 회사를 다양화시키는 방법이다. 주식에 투자할 때처럼 위험 부담을 분산시키고자 사채꾼들은 여러 기업의 어음을 분산 매입하는 방안을 선택하게 된다.

"그것 참…."

박순자가 말 꼬리를 흐리며 입맛을 다셨다.

"대여금 3백억 중에 절반이 신용 불량 어음이네요."

최 회장이 조심스럽게 시비를 걸었다.

"고려토건, 신신제강 어음이 어때서 그래요? 1부 종목에 상장된 우량 법인의 약속어음이잖아요? 로열건설 못지않게 신용이 높기 때문에 이 어음도 유통시키면 현금과 마찬가집니다."

"상장업체라고 반드시 신용이 보장되는 건 아니죠."

"억지로 드시라고 강요하진 않겠어요."

"드시다니요? 저만 도움을 받자고 하는 일입니까?"

그녀가 거만하게 나오자 최 회장도 강하게 맞섰다.

"아녜요. 농담입니다."

버릇처럼 한 손으로 입을 가리고 웃으면서 그녀는 그 보드라운 손으로 최 회장의 손등을 가볍게 쳤다. 최 회장은 전신에 이상한 전류가 찌르르 퍼지는 걸 어쩌지 못하고 물 한 모금을 꿀꺽 마셔버렸다.

"2백억을 현금으로, 나머지 백억을 어음으로 주십시오. 대여금의 절반을 약속어음으로 받는다는 건 문제가 있어요. 더구나 갖가지 위험 부담과 비난받을 우려를 무릅쓰고 박 회장님의 주식투자에 협조해야 하는 입장도 헤아려 주셔야….."

말 꼬리를 감추었지만 다분히 협박적인 어조였다.

"고려토건, 신신제강 회장들은 군말 한번 안 합다. 발행하는 약속어음의 절반만 빌려 줘도 아이고 부처님이죠…. 앞으론 금리를 높이고 3배수 4배수 어음을 받을 생각도 있어요. 그쪽에 비하며 최 회장님은 상상하기 어려운 특혜를 받고 있습니다. 100% 대차를 맞춰 주면서 이자 부담도 연리 11%에 지나지 않아요. 이 조건도 싫다면 아예 없었던 걸로 합시다."

최종길 회장의 협박을 그녀가 협박으로 맞받았다. 생글생글 미소 짓던 얼굴을 거두고 어느 새 근엄한 여왕이자 큰손이 되어 있었다.

아, 얄밉도록 뜨겁고 냉정한 이 물건을 어떻게 처치한담. 최 회장은 짜증이 머리끝까지 올라옴을 느꼈다. 멋지게 치장한 그녀의 파마머리를 주먹으로 쥐어박으며 벌떡 일어나고 싶었지만 꾹 참았다.

"정 그래야 한다면… 좋아요. 제시하는 조건을 그대로 수용하겠습니다."

짐짓 쓴 입을 쩝쩝 다시며 최 회장이 동의했다. 상상만 해도 진짜 신나는 거래였지만 함부로 양보만 할 수 없는 일이었다.

눈치껏 들어 보니 고려토건과 신신제강은 처음부터 그녀에게 쩔쩔매는 모양이었다. 바보 같은 녀석들, 비싼 이자 물어주고, 차입금의 몇 배에 해당하는 어음 끊어 주고, 주식 내부자 거래에 편승시켜 주고…. 저시기 주고 뺨이나 맞지 않으면 다행이지 싶었다.

"그 대신 어음을 돌리고 싶을 땐 반드시 일주일 전에 제게 연락해야 합니다. 물론 가급적 유통시키지 않는 게 더 바람직하겠지만…."

"최악의 경우 박 회장님께서 3백억을 모두 막아 주셔야 합니다. 그래도 여의치 않을 때 우리가 수취한 고려토건, 신신제강 어음과 맞교환으로 돌리겠습니다."

"그 약속에 앞서 나도 다짐받을 게 있습니다. 대안증권을 통해 로열건설 주식을 매수하실 때 최 회장께서 타이밍 좀 맞춰 주십시오. 무슨 뜻인지 알겠어요?"

"그건 걱정 마세요. 우리가 미리 알아서 매수 오퍼를 넣어 드릴 테니까."

그 날 저녁 포장마차에서 두 사람은 소주잔을 기울이진 않았으나, 편법적으로 서로 이용하기 위해 마침내 특수 거래에 불을 지피고 말았다. 마치 따뜻한 믿음이 이 음흉스런 남녀 사이에 오가고 있는 것처럼 보였다. 미친 사람은 자기가 미친 줄 모르고 악마는 자신이 나쁜 줄 모르듯, 적어도 어떤 사건사고가 터지지 않는 한 두 사람은 질기고 질긴 공범의 관계를 벗어날 수가 없었다.

그 날 대와산업 박순자 회장은 로열그룹 최종길 회장에게 사채 3백억 원을 공급리의 절반 수준에 불과한 연리 11%로 빌려 주기에 이른다. 박순자가 김철규와 정식 결혼식을 치르기 이틀 전에 이들이 첫 거래가 시작된 것이다.

두 번의 이혼 경력이 있는 박순자 회장은 김철규 예비역 장군을 만나 작은 사찰에서 조촐한 결혼식을 올리자마자 혼인 신고를 마쳤고, 1년 3개월 뒤 최고급 사교장인 서울 장충동 구라파클럽에서 다시 성대한 결혼식을 올렸다.

대통령 선거를 11일 앞두고 박순자와 김철규는 내로라하는 기득권층 인사들이 지켜보는 가운데 초호화판 결혼식을 치렀다. 이름만 대면 알 만한 재벌 총수들은 물론 유명 정치인들과 전현직 고위 관료들, 예비역 장성들도 다수 참석한 이 날 행사에는 정계·재계·관계의 주요 인사 3백여 명이 참석하여 대성황을 이루었다.

차라리 그 예식은 결혼식이 아니라 일종의 과시용 행사였다. 두 사람이 새로운 사업을 구상하던 단계에서 제법 굵직한 월척들을 모으려고 가짜 결혼식을 올린 것이다. 결혼식에 참석했던 인사들 중에는 적지 않은 사람들이 박순자와 이미 거래를 트고 있었다. 수백억 원의 사채를 빌려 쓰며 주식투기 정보를 공유하던 재계 인사들도 있었지만, 자민당의 정보경, 김정근 의원처럼 그냥 공짜로 얻어 쓴 정치꾼들도 많았다.

박순자의 유혹에 말려든 인사는 유명 재벌 그룹의 총수들은 물론이고, 정계·재계·학계·종교계에서 그 수를 헤아리기 어려웠다. 허황된 꿈을 꾸고 있던 그녀에게 자신의 제물이나 배후로 삼기에 안성맞춤인 각계의 실력자들이 꾸역꾸역 모여들었던 것이다.

중앙정보부 차장 출신이자 유정회 국회의원을 지냈던 남편 김철규의 전력을 은근히 내세운 것도, 머잖아 대통령이 될 정한두 장군의 처삼촌이자 자신의 형부인 윤광규를 배경으로 삼아 청와대 로열패밀리임을 암시한 것도 절묘한 포석이었다.

예식비로 3억 원을 썼다는 그 호화판 행사를 지켜본 사람들은 박순자, 김철규 부부의 영향력을 믿지 않을 수 없었다. 이들이 살고 있던 청담동 집이나 경기도 구리시 호화 별장에는 돈과 권력을 가진 거물급 인사들이나 돈이 필요한 사람들의 발길이 끊이지 않았다.

* * *

소공동 빌딩 18층 엘리베이터 문이 열리자 두 사내가 묵직한 서류 가방을 하나씩 들고 모습을 나타냈다. 로열건설 허동환 부사장과 대안 증권 조사부 차장 박상민이었다. 이들은 빠른 걸음으로 복도를 걸어 1807호 앞에 섰다. 초인종을 누르자 인터폰을 통해 날아온 여자 목소리가 들려왔다.

"용무를 말씀해 주세요."

"로열입니다."

미리 약속된 신호였다. 곧장 출입문이 열리고 박순자가 미소 넘치는 표정으로 얼굴을 내밀었다. 그 순간 그녀의 눈이 경계의 빛을 감추지 못했다.

"옆에 계신 분은 누굽니까?"

"대안증권 조사부 박상민 차장입니다. 앞으로 중간에서 박 회장님을 도와 줄 책임잡니다."

"어머! 그 유명한….."

박순자가 놀란 눈빛으로 얼버무렸다. 두 사람이 안으로 들어서자 출입문이 철컥 소리를 내며 자동으로 닫혔다.

"몇 주를 건졌습니까?"

자기 집무실로 안내한 대와산업 박순자 회장이 다그치듯 물었다.

그녀는 두툼한 서류 가방을 연신 곁눈질하며 마른침을 삼켰다. 저 가방 안에 수십억 원에 해당하는 로열건설 주식이 들어 있을 것이다.

"우선 로열건설 주식 90만 주를 갖고 왔습니다."

"그래요? 아직 간에 기별도 가지 않는 물량이군요. 그래 봐야 10억 원어치도 안 되지 싶네요."

"이제 작전은 시작에 불과합니다. 그리고 제가 맡은 역할은 아주 보잘 것 없습니다."

박 차장이 서류 가방을 열더니 주식을 꺼내 탁자 위에 올려놓기 시작했다.

"두 분도 이미 알고 있겠지만 이번 작전의 1차 목표는 6천만 주 이상입니다. 물론 로열건설뿐만 아니라 모든 우량 건설주가 그 대상입니다. 나는 얼마 전에 특수사업본부로부터 작전을 진행하라는 지시를 받았어요. 따라서 천문학적인 자금을 얼마든지 동원할 능력이 있습니다. 특히나 대안증권이 로열그룹 계열사이기 때문에 우리 박 차장이 적임자의 한 사람이라고 봅니다."

그녀가 다시 요염한 미소를 띠며 박 차장의 손등을 가볍게 두드렸다. 박 차장이 얼굴을 붉히며 당황한 것을 물론이었다.

"박 차장은 어느 대학에서 뭘 전공했어요?"

"서울대 경영학과를 나왔습니다."

"똑똑한 미남자를 만나서 반가워요. 내가 10년만 젊었더라면 박 차장에게 프러포즈를 했을 겁니다. 어떠세요? 지금이라도 불꽃 튀는 열애 한번 해 보실래요?"

박 차장은 대답 없이 그저 빙긋이 웃었다. 그녀는 박 차장의 눈빛이 만만치 않다고 느꼈으며 그럴수록 기선을 제압해야 한다고 생각했다.

"우리 김철규 장군님은 입이 가벼운 사람을 경멸합니다. 비밀을 무덤까지 가져가겠다는 사람만 신뢰하지요."

"어떤 사업이든 비밀 유지가 생명 아닙니까."

허 사장이 심호흡 끝에 겨우 입을 열었다.

"이번 작전이 성공하면 두 분에게 그만한 보상을 할 작정입니다. 물론 최 회장이나 두 분도 이 작전에 능력껏 편승해도 좋아요. 월급만 갖고 산다는 건 경제인으로서 어울리지 않는 생활 태도라고 봅니다."

허 부사장은 고개를 주억거렸고 박 차장은 침을 꿀꺽 삼켰다.

"비밀을 철저히 지켜야 합니다. 약속할 수 있어요?"

"예."

두 남자가 동시에 대답했다.

"건설주에 집중 투자할 생각인데… 박 차장인 보는 전망은 어때요?"

"낙관은 금물입니다. 그러나 하기 나름이죠. 마음만 먹으면 두세 배 장사 정도야 가능하지 않겠어요? 박 회장님의 경우처럼 자금 동원 능력이 막강하고 완벽한 작전 계획을 수립할 수 있다면야…."

박 차장이 약간 비꼬듯 말을 뱉었다.

"이번 작전에 실패했을 경우 로열그룹이나 저나 몰락을 면치 못할 겁니다."

"그 같은 배수진을 쳐야 한다면 저로선 몹시 부담스럽군요."

허 부사장이 하얗게 질린 얼굴로 어눌하게 말했다.

"작전 계획서를 만들어 다시 한 번 모임을 가집시다. 적어도 30명 이상이 작전세력으로 참여해야 승산이 있어요."

박 차장이 거들었다. 그는 비로소 박순자가 자신을 협박하고 있는 이유를 깨달았다. 자신의 표정 속에 숨어 있는 비웃음을 그녀가 읽은 모양이었다. 그럴수록 그는 쓴 미소를 날림으로써 그녀에게 경고의 메시지를 보내려고 애썼다.

"참가 인원과 자금력은 문제 안 돼요. 배신자가 나오지 않는 한….."

"회장님, 작전 실패나 배신자가 두렵다면 아예 시작하지 않는 게 좋습니다."

"박 차장, 말은 그럴듯하지만 그 말 속에 뼈가 있네요."섬유질 같은 허 부사장에 비하면 박 차장은 상당히 다부진 면모를 보이고 있었다. 박 차장은 조금도 물러서지 않았다. 여차 하면 사표를 내고 다른 증권 회사로 옮기거나 이민을 떠날 각오가 되어 있었다. 무엇보다 약정고에 매달려 큰손 한 사람에게 휘둘리는 걸 자존심이 용납하지 않았던 것이다.

"6천만 주는 1차 목표에 불과하다는 걸 알아야 해요. 그리고 우리 김철규 장군님이나 사무실 직원들도 여러분을 뒤에서 적극 지원할 겁니다. 그 사람들은 두 분 못지않은 전문가들입니다. 증권거래소 직원들, 전·현직 증권사 영업부 책임자들, 펀드매니저들도 우리 작전에 참여하게 됩니다. 두 분은 내가 시키는 대로 하면 돼요."

박순자는 한 손으로 다이아몬드 반지를 만지작거리며 가만히 미소 지었다.

"로열건설의 자금 사정은 매우 좋아졌지요?"

"모두 박 회장님 덕분입니다."

허 부사장이 눈을 빛내자 박순자가 바싹 다가앉으며 그의 손을 부드럽게 잡았다.

"자금이 더 필요하면 언제라도 말씀하세요."

"우리 회장님과 협의해서 결정할 일입니다."

"작전이 성공하기 위해선 똘똘 뭉쳐야 해요. 무엇보다 배신자가 생기지 않아야 합니다. 특수사업본부의 지시에 어긋나는 행동을 하면 회사 경영에도 막대한 영향이 옵니다. 이 점 명심하세요."

"명심하고 있습니다."

박순자의 점잖은 협박에 놀란 허동환 부사장이 긴장된 표정으로 헛기침을 해대고 있었다. 입맛이 썼던 박 차장 역시 연신 입맛을 쩝쩝 다셨다.

"목숨 걸고 비밀을 철저히 지키면서 잘 협조해 주십시오. 일이 잘 풀리면 최 회장에게 부탁해 두 분의 승진을 건의하겠습니다."

"박 회장님, 제발 승진 건은 부탁하지 마십시오. 우리 회장님의 성격을 잘 아시면서 왜 그러십니까? 저희들 신상에 관한 문제는 저희들에게 맡겨 주세요."

허 부사장이 그녀의 손에 잡힌 자기 손을 슬쩍 빼내며 어린애처럼 울상을 지었다. 6천만 주 매수 약속을 어떻게 지켜야 할 것인가. 물론 그 중에 스스로 떠맡아야 할 부분은 5% 정도면 족할 것이다. 박순자가 거느리고 있는 조직원들도 많기 때문에 일정 분야만 떠맡으면 가능하리라. 부사장이라는 자리의 보전은 그 작전의 성공 여부에 달려 있다고 허 부사장은 생각했다. 어쨌든 그에게는 엄청 부담스러운 여자였다. 그녀는 고마운 전주라는 입장을 떠나서 봉급쟁이 부사장에겐 실로 버거운 공포의 대상이었던 것이다.

"조 부장님, 들어와요."

박순자가 인터폰으로 직원 하나를 부르자, 말쑥한 차림이지만 약간 오종종한 얼굴의 50대 중늙은이가 들어섰다. 그는 들어서자마자 젊은 여자 회장에게 허리를 90도 이상 굽혀 인사했다.

"두 분 인사 나누시지요. 이번 작전의 총괄 팀장을 맡아 볼 우리 대와산업의 조태웅 부장입니다. 두 분과 마찬가지로 아주 철두철미한 분이랍니다."

조 부장은 짐짓 진지한 표정을 지으며 두 사람과 악수를 나누었다.

얼굴은 오종종했으나 두 눈만큼은 김철규의 그것처럼 하얗게 빛나고 있었다.

"조 부장은 중앙정보부와 투신사를 두루 거친 사람이기 때문에 우리 김 장군님께서 특별히 아끼는 사람예요. 남의 실수를 인정하지 못하는 성격이 단점이긴 하지만…."

버릇처럼 그녀의 손이 조 부장의 손등을 가볍게 두드릴 때마다 그의 눈빛은 한층 날카로워지곤 했다. 마치 조련이 잘 된 사냥개처럼, 주인이 허락하지 않으면 입을 열지 않는 하인처럼 조용히 자리를 지키고 있었다. 그가 한 말이라곤 '조태웅입니다, 잘 부탁합니다, 예 알겠습니다.'가 고작이었다.

"자주 만나서 우리의 미래에 대한 투자를 설계합시다. 두 분을 위해 내 사무실 문을 활짝 열어 놓겠어요. 그리고 금명간 멋진 선물도 준비할 작정입니다."

그녀와 헤어져 엘리베이터에 허겁지겁 올라탔을 때, 허동환 부사장은 손수건을 꺼내서 이마에 맺힌 땀을 훔쳤다.

"빌어먹을! 특수사업본부 좋아하네. 사채꾼에 불과한 주제에…."

이를 사려 물고 한동안 말이 없던 박상민 차장이 툭 내뱉은 말이었다.

* * *

그 해 봄과 여름 3개월 동안 건설 주 폭등 때 박순자와 최종길 회장은 엄청난 재미를 보았다. 정부와 상장기업들의 발표 예정 정보를 정확히 입수하여 활용했기 때문에 그녀가 한탕하고 물러난 직후 주가는 폭락하곤 했다. 특히 최 회장은 그녀와 함께 움직인 주식투자를 통해 거액을 버는 데 그치지 않고 박순자가 조성해 준 4백 50억 원의 현금을 제삼자 명의로 단자회사에 예치하여 66억 원의 수입이자 소득도 올렸다.

그 밖에 박순자와 최 회장의 작전에 편승한 로열그룹 임직원들도 막대한 시세 차익을 남길 수 있었다. 허동환 부사장, 김혁 전무, 김수영 상무, 주식관리부 엄창수 차장을 비롯해 대안증권의 박상민 차장 등이 그들이었다.

　작전세력의 핵심 정보와 동향을 그 임직원들에게 알려 주던 인물은 주식관리부 엄 차장과 대안증권 조사부 박 차장이었다. 그들은 일부러 정보를 흘림으로써 자신의 고객들에게 선심을 썼으며, 박순자와 최종길 회장을 상대로 멋지게 복수하고 있었다.

　증권가에선 수백억 원의 자금을 굴리면서 투기전을 벌이는 큰손의 정체가 박순자라는 사실을 아는 사람은 별로 없었다. 그녀는 주로 해외건설 업체들에게 사채를 빌려주는 조건으로 몇 배수의 어음을 받아서 주식투기 자금을 조달해 왔다. 그 업체들이 수억 달러 내지 수십억 달러에 이르는 공사를 수주하고 있는 만큼 자금난을 겪더라도 정부와 은행이 쉽사리 부도 처리를 하지 못할 것이라는 판단이 들어서였다.

　최 회장은 로열건설 어음의 일부를 고려토건, 신신제강 등 상장회사 어음과 맞교환하기 때문에 당장 밑지는 장사가 아니라고 생각했다. 다른 기업들이야 빌리는 금액의 몇 배수 어음을 끊어주든 알 바가 아니었다. 로열건설만큼은 발행하는 어음 액면과 맞먹는 금액을 현금이나 어음으로 받아 내는 조건이라면 마다할 까닭이 없었다.

　내비치지 않은 속마음이야 어쨌든 최종길 회장과 박순자 여사는 그럭저럭 죽이 맞았다. 그렇다고 평등한 거래 관계는 아니었다. 엄연히 전주와 차주의 사이였으므로 그녀는 언제나 최 회장을 내려다보듯 상대하고 있었다.

* * *

　박순자가 증권가의 큰손으로 등장하기 시작한 때는 1980년 하반기였다. 새로운 큰손이 증시에 들어왔다는 소문이 나돌면서 주가는 꿈틀거리기 시작했다. 그런 줄도 까맣게 모르고 소액 투자자들이 끼어들면서 주가는 폭등 기미를 보였다.

특히 1981년 2월 중순, 최종길 회장과 고려토건·신신제강 덕분에 자금을 확보한 박순자가 주식시장에 은밀히 잠입했다. 주가 전망을 밝게 보는 사람들이 별로 없던 시기였음에도 증시의 생리를 잘 파악하고 있던 그녀는 새로운 작전을 구사하고 있었다. 경기침체와 함께 정치·사회의 어두운 소용돌이가 계속되고 있었던 만큼 다른 큰손들이 몸을 움츠리고 있을 때였다.

3월에 들어서자 건설주가 활발하게 움직였다. 대형 건설사 주식에 대해 수십만 주를 사겠다는 매입 오퍼가 쏟아졌다. 건설주의 대량 매입은 2~3일 간격으로 나오기 시작했다. 어떤 큰손이나 작전세력들이 개입하고 있다는 징후였다.

그 징후의 중심에 큰손 박순자가 버티고 있었다. 그녀는 하수인 50여 명을 동원하여 대형 건설주만 집중적으로 매집하기 시작했다. 그 하수인 중에는 대와산업 사무실의 직원들이나 그녀의 첫 남편 심문보도 있었지만 로열건설 허동환 부사장, 주식관리부 엄창수 차장, 대안증권 박상민 차장처럼 거래처의 경영진이나 간부들도 있었다.

건설 종목 주가가 어느 정도 바닥에 이르렀다고 판단한 박순자는 망설이지 않고 서둘렀다. 오래 전부터 기다리고 있던 하수인들에게 연락하여 작전 개시 명령을 하달했다. 그 순간부터 100여 개의 주식거래 계좌로 분산되어 대기하던 자금이 일시에 움직이기 시작했다.

불의의 사태에 신속히 대처하기 위해 박순자와 김철규는 가능한 한 사무실을 떠나지 않았다. 세포 조직원들의 전화를 받아도 위치와 연락 방법을 명확히 안 다음에 송수화기를 내려놓곤 했다. 연락이 뜸한 조장에겐 준엄한 경고가 떨어졌다.

"뭐 하는 거야? 정신 나갔어?"

"자리를 뜬 적이 없습니다."

"약속 잊었어? 30분마다 보고하랬잖아!"

박순자는 하루에도 몇 번이고 조직원들의 잔뜩 긴장된 목소리를 들어야 안심할 수 있었다. 긴장감이 풀어져 잡념이 생기면 어떤 사고가 일어날지 모르는 일이었다.

"지금 안병도가 있는 곳은 어딥니까?"

"중앙증권 여의도 지점에 있습니다."

작전사령부의 부관 격인 조태웅 부장이 대답했다.

"확실한지 지금 당장 연락해 보세요."

박순자는 조직원들의 위치를 반드시 확인해야 마음이 놓였다. 한 명이라도 이탈하여 느슨하게 움직이면 작전이 실패할 확률이 높다고 우려했던 것이다.

"보안 유지가 완벽해야 합니다. 무엇보다 배반자가 생기지 않도록 하세요!"

박순자는 조태웅 부장에게 하수인들의 단속을 지시했다. 냉혹하게 관리하지 않으면 조직이 허물어질 가능성이 농후하기 때문이었다.

"염려하시지 않아도 됩니다."

조태웅 부장이 단정적으로 말했다.

"당분간 세포 조직의 인원을 늘리거나 감축하는 일이 없어야 합니다. 현재 인원만으로 작전을 끝내는 겁니다. 알겠어요?"

"물론입니다."

장군님의 지시를 받는 전속부관처럼 조태웅 부장이 부동자세를 흐트러뜨리지 않고 대답했다. 조태웅 부장에게 박순자는 하늘같은 존재였고 그녀 앞에만 서면 온몸이 경직되다 못해 마비되는 느낌이 들었다.

조태웅 부장은 아무리 박순자가 쌀쌀맞게 굴어도 의기소침해지거나 서운한 감정을 느낀 적이 한 번도 없었다. 그는 그녀의 뜻을 거의 동물적 감각으로 읽고 있었다. 대와산업 사무실에서 그의 해바라기 충성심을 의심하는 직원은 단 한 명도 없었다.

"작전에 참여한 일꾼들에게 응분의 보상이 돌아갈 것임을 항상 강조하세요. 필요한 사람에게는 일부 격려금을 가불해 줄 용의도 있으니까….."

"이번 작전이 성공할 경우 각자에게 돌아가는 이익도 클 것임을 충분히 주지시켰습니다. 그 반대로 배신자가 있으면 영원히 매장될 것임을 경고했습니다."

"그 말 믿겠습니다. 매집 상황을 후장 마감과 동시에 매일 체크할 수 있도록 철저히 관리하세요. 작전이 끝날 때까지 소공동 호텔에 조장들을 합숙시키는 것도 잊지 말아야 합니다."

"알겠습니다."

"하루 작전을 끝내고 술을 마시는 일이 없어야 해요. 정 불가피하다면 술을 사다가 룸에서 마시도록 하세요. 각 조장들의 개인행동을 철저히 금해야 합니다."

"지시대로 하겠습니다."

조태웅 부장이 차가운 눈빛으로 고개를 끄덕였다.

* * *

주식 매집 작전에 돌입한 첫날부터 대와산업 사무실은 전화벨 소리로 소란스러웠다. 내근 직원들이 총동원된 것은 물론이고 회장 박순자와 명예회장 김철규도 전화를 받느라 제정신이 아니었다.

"회장님, 대안증권 명동 지점에서 대림산업 주식 8만 주를 매수했습니다."

윤영식 과장의 목소리였다.

"알았어. 동아건설은 누구 담당이야?"

"이상운 차장입니다."

"그 친구에게 연락해. 아직도 움직이는 게 느려. 30분마다 작전 상황을 보고하라고 했는데 그 모양이야? 사태 파악이 1분만 늦어도 실패할 가능성이 높다는 걸 명심하세요."

"알았습니다."

김철규가 전화를 받았더니 이상운 차장이었다.

"장군님, 한양주택 12만 주를 찍었습니다."

"당신은 동아건설 담당 아냐?"

"동아건설 5만 5천 주는 이미 대안증권 박 차장이 전장에서 찍었습니다."

"고려토건, 익삼주택 등도 챙겨."

"알겠습니다."

이상운 조장의 목소리가 김철규의 귀청을 때렸다. 군대 현역 시절부터 데리고 다닌 녀석이라 충성심을 의심할 수 없는 직원이었다.

조태웅 부장은 안병도 조장의 전화를 받고 있었다.

"부장님, 로열건설 20만 주를 하한가에 샀습니다."

"로열건설 주식은 다른 사람이 맡았어. 다른 건설주에 신경 써!"

로열건설 주식만큼은 그 회사 허동환 부사장과 대안증권 박상민 차장이 매집을 전담하기로 약조가 된 터였다.

"매형, 대림산업 7만 2천 주를 방금 매수했습니다."

기쁨이 듬뿍 담긴 자랑스러운 목소리였다. 안병도 조장은 조태웅 부장의 막내처남으로 기대 이상으로 활약을 벌이고 있었다.

"동아건설 물량이 적어. 동아건설에도 관심을 가져."

"가능하면 싸게 매수하려고 기다리는 중입니다. 어, 이런! 지금 막 경남기업 14만 주가 나왔습니다."

"이 사람아, 바닥을 친 지 오래야. 기다리지 말고 그냥 긁어!"

주식 매수 현황판을 들여다보며 조태웅 부장이 눈썹을 치켜세운 채 성깔을 부렸다. 그런 식으로 움직이다간 6천만 주에 매수에 2개월 이상 걸릴 것만 같았다. 작전에 참여한 사람들을 밀어붙이지 않을 수 없는 이유였다. 하지만 조태웅 부장의 조바심에도 불구하고 박순자의 예상은 맞아떨어졌다. 55일 만에 5천 8백만 주를 돌파하기 시작했다.

자금이 달리는 날이면 고려토건 손정민 회장에게 연락하여 추가 어음 발행을 부탁했다. 사채시장에서 고려토건 어음을 한꺼번에 할인하는 일이 쉽지 않을 때는 로열건설 최종길 회장에게 부탁하여 어음을 맞교환했다. 때로는 대안증권의 박상민 차장이 알아서 신용으로 로열건설 주식을 매집해 주기도 했다.

만사가 순조롭게 풀리고 있었다. 목표치 6천만 주 매집이 달성되던 날부터 박순자는 2차 작전을 신중하게 추진했다. 1차 작전에 참여했던 하수인들을 다시 총동원했고, 주가를 끌어올리기 위해 가장 먼저 루머를 만들어 퍼뜨리기 시작했다. 조직원 50여 명의 입에서 헛된 정보가 흘러 나가다 보니 반나절도 안 되어 그 소문이 전국 주식시장으로 확산되었다.

정확한 정보와 유언비어를 가려내기란 결코 쉬운 일이 아니다. 특히 일반 투자자들이 홍수처럼 넘치는 정보를 제대로 분석하기란 불가능에 가깝다. 그래서 소액 투자자들은 근거 없는 루머에도 부화뇌동 매매를 일삼고 있다. 때문에 개미 군단과 핸드백 부대 역시 주식투기꾼이나 작전세력들의 훌륭한 먹이가 될 수밖에 없다.

박순자는 결심을 굳혔다. 이제 더 이상 건설주를 매집할 이유가 없었다. 계속 미련을 갖고 욕심을 부린다면 일을 그르칠 우려도 있었다. 그녀는 시세 조종을 시작할 시기가 무르익었다고 판단했다.

"세포 조직 점검은 끝났지요?"

"예, 회장님."

조태웅 부장이 침을 꿀꺽 삼켰다.

"썩어빠진 건설 회사들의 경영권을 인수할 것도 아니라면 매집은 중지합시다. 이제 등산을 시작할 시기가 온 거 같으니 즉시 2차 작전에 돌입하세요."

"알겠습니다, 회장님."

조태웅 부장의 눈이 반짝였다. 박순자의 지시가 떨어지기 무섭게 조 부장이 각 조장들에게 전화로 작전 명령을 전파하기 시작했다.

"각자 맡은 위치에서 시나리오대로 움직인다. 한 치의 오차도 없이 작전을 수행해야 한다. 이상!"

수십 통의 전화를 거는 동안 조태웅 부장은 시종 일관 부동자세를 유지하고 있었다. 마치 녹음기를 틀어 대듯 그의 통화 내용이 똑같은 문장과 어감으로 반복되곤 했다. 얼굴은 벌겋게 달아올랐지만 기복이 없는 목소리였다.

09. 큰손의 쥐떼 작전

때마침 증권가에 굵직한 루머가 나돌았다. 정부의 자본 자유화 조치가 곧 발표될 예정이며, 머잖아 외국 자본이 국내에 진출해 우량 건설주를 중심으로 주식을 대량 매입할 것이라는 소문이었다.

그 소문은 상당히 구체적이고 그럴듯했다. 빈사 직전의 소액 투자자들에게는 모처럼 단비가 내릴 기회로 여겨졌고, 위축된 투자 심리도 당장 회복될 기미를 보였다. 이른 아침부터 떠도는 루머를 주워들은 투자자들의 얼굴에도 기쁜 빛이 역력했다.

이처럼 대형 호재성 유언비어가 폭넓게 확산되던 날부터 박순자의 개인 사무실은 심장이 멎는 듯한 긴장감에 휩싸이기 시작했다. 긴장감이 지나쳐 적막감마저 감돌던 오전 10시 무렵의 대와산업 사무실, 그 가라앉은 적막을 무너뜨리며 전화벨이 요란하게 울렸다.

굳은 표정으로 자리를 지키던 조태웅 부장이 잽싸게 송수화기를 들었다. 가장 먼저 연결된 하수인은 대안증권 조사부 박상민 차장이었다.

"부장님, 로열건설 10만 주를 상한가로 사겠습니다. 거래는 10시 35분 정각, 주당 750원에 받겠습니다."

박 차장의 전화가 끊어지기 무섭게 조 부장이 사무실 안의 부하 직원을 불렀다.

"10시 35분 정각에 사자 주문 10만 주. 가격은 750원!"

"알았습니다! 부장님."

그 직원은 중앙증권에 전화를 걸어 사자 주문을 반복해서 전달했다.

"10시 35분 정각에 사자 주문 10만 주가 쳐들어갑니다. 가격은 750원. 차질 없이 팔도록! 다시 반복합니다. 10시 35분, 상한가 사자 주문 10만 주가 뜹니다. 그 즉시 750원에 팔자 주문을⋯."

가라 오퍼, 즉 가짜 주문은 그런 식으로 꾸준히 회전되었고, 로열건설 주식은 2차 작전 개시 첫날부터 상한가를 기록했다.

"상한가 매도 물량이 소진되면 이번에는 경남증권에 다시 가라 오퍼 5만 주 쌓아 두라. 내일 먹을 5만 주를 남겨 둬야지."

조 부장이 다시 지시했고 그 직원은 어디론가 전화를 걸어 지시 내용을 복창했다.

"내일로 넘길 사자 주문 5만 주⋯."

드디어 로열건설 주식의 거래가 활발해지기 시작했다. 박순자의 작전세력이 본격적으로 움직이고 있다는 증거였다. 그 날 사자 주문은 총 16만 3천 주였고 주가는 곧장 오름세로 돌아섰다. 막판에 이르러 역시 상한가를 기록하자 박순자의 작전본부에서 팔자 물량을 한 주도 남기지 않고 매수해 버렸다.

주가가 상한가까지 치솟으며 그 자리에 굳건히 지키자 더 이상 팔자 주문이 나오지 않았다. 로열건설 주식을 처분하려던 투자자들이 관망 자세로 돌아선 것이다. 조 부장이 박순자 회장에게 그 결과를 보고하려던 순간 전화벨이 다시 울렸다. 작전에 참여한 직원 중 하나가 걸어온 전화였다.

"5만 주 사자 주문을 내 봤습니다."

"결과는 어때?"

"팔자는 놈이 없어요."

"좋아!"

조 부장은 회심의 미소를 지었다. 이 같은 추세가 지속되면 연일 상한가 유지는 어려운 일이 아니었다. 그 이튿날 오전의 전장도 마찬가지였다. 누군가 상한가에 팔자 주문 10만 주를 내놓자마자 조 부장이 긴박하게 지시했다.

"팔자 주문 10만 주. 상한가로 낚아 버려!"

"예! 부장님." 다른 직원에게 다시 전화를 걸었다.

"팔자 물량이 소진되면 사자 오퍼 20만 주를 띄울 것!"

"예! 상한가 사자 물량 20만 주… 내일로 넘기겠습니다."

그런 방법으로 숨 가쁘게 진행된 작전의 결과는 성공 쪽으로 치닫고 있었다. 로열건설 주식은 사실상 리허설에 불과했다. 이제는 다른 대형 건설주로 초점을 맞추어야 할 시점이었다.

팔자 주문이 나오지 않는 상황에서 계속 사자 주문만 쌓이자 소액 투자자들도 덩달아 주식을 팔지 않고 있었다. 아니, 어쩌다가 시장에 나오는 사자 주문은 그 때 그 때 즉시 소화되곤 했다. 그러다 보니 팔자 주문 한 건 없이 상한가 사자 오퍼로 며칠을 보내기도 했다.

가라 오퍼 전략은 기분 좋게 적중하고 있었다. 종합주가지수가 반등하면서 전 종목에 걸쳐 주가가 출렁거렸다. 건설 회사들의 주가가 어느 정도 오르자 활발한 거래가 이루지는 상한가 행진이 이어졌다. 3월 5일에 120선이었던 건설 주가지수가 4월 10일에는 140선을 넘어섰고, 5월 1일에는 190선을 뛰어넘었다. 거래량도 1~2월에 비하여 약 3배 늘어났다.

박순자는 물량이 많고 주당 가격이 가장 비싼 건설주를 투기 대상
으로 삼았다. 주가가 낮고 물량이 적은 종목을 선정하는 다른 투자자
들과는 완전히 상반된 투자 기법을 채택한 것이다. 그만큼 그녀는 주
식사냥 작전의 승리를 확신하고 있었다.

　"조 부장님, 고생하신 보람이 이제 나타나고 있어요. 하지만 이제
겨우 문턱을 넘어섰을 뿐입니다. 지금부터 고삐를 바짝 죄어야 해요."

　상한가 행진이 거듭될수록 박순자는 조 부장의 어깨를 연방 토닥거
렸다. 마치 길들이는 강아지를 어루더듬는 모습 그대로였다. 하수인들
의 총책으로 임명된 조 부장은 그녀의 그런 행동에 조금도 개의치 않
았다. 단지 박순자 회장님 앞에서 쓸개 빠진 사람처럼 머리를 조아릴
따름이었다.

　시중에는 또 다른 루머가 흘러들었다. '국가를 위해 중요한 사업자
금을 만들려고 모 기관에서 어떤 큰손을 앞세워 주식투자에 뛰어들었
다.'는 것이다. 그뿐이 아니었다. 박순자가 살포하는 어음들은 하나같
이 든든한 돈줄과 빽을 지녔다거나, 특별사업본부에서 흘러나온 것이
라는 둥, 자민당 정치자금 조성용이라는 둥 그럴듯한 소문에 힘입어
사채시장의 깡쟁이들이 앞 다투어 그 어음들을 낚으려고 했다.

　더구나 고려토건 어음에 대한 루머는 대단히 설득력을 갖춘 수준이
어서 사채시장의 인기 스타로 등장했다. 자민당 김정근 사무총장이 밀
어 주는 회사가 발행한 약속어음으로서 정치자금과 연결된 어음이라
는 것이었다.

　1981년 4월부터 건설주를 중심으로 증권시장은 7월까지 과열 현상
을 보였다. 6월 중순 250선을 넘어선 건설 주가지수가 다시 가파른 상
승 곡선을 그리면서 7월 초에는 330선을 기록했다. 연초 시세보다 2.5
배 가까이 뛴 셈이었다.

1주당 액면가가 5백 원이던 시절. 대림산업의 주가는 9백 원대가 2천 8백 원대로, 동아건설 주가는 8백 원대에서 2천 6백 원대로, 한양주택의 주가는 7백 원대에서 2천 1백 원대로, 로열건설의 주가는 6백 원대에서 2천 원대로 오른 것이다.

　때맞추어 종교계 인사와 큰손들이 개입하고 있다는 루머가 증권가에 파다하게 퍼졌고, 소공동 빌딩 18층에 그 사령탑이 마련되어 있다는 소문과 함께 증권계 인사들이 줄을 이어 찾아왔다.

　그러나 박순자가 표면에 직접 나서는 일은 없었다. 자기 밑에 조태웅 부장을 총책으로 두어 주식을 팔고 사게 했다. 주식을 파는 사람과 사는 사람도 나누었다. 예컨대 매입 창구는 A증권·B증권·C증권 등으로, 매각 창구는 D증권·E증권·F증권 등으로 정했던 것이다.

　주식을 매입할 때 반드시 주권 현물을 인수했다가 팔 때 인도했다. 대부분의 투자자들이 창구만 이용해 주식을 패패하고 현물을 증권 회사 간에 인도 인수시키고 있는 것과 비교하면 색다른 거래 방식이었다. 거래자 명의가 노출되는 것을 차단하기 위해서였다.

　드디어 주가가 7월 초를 고비로 내려가기 시작했다. '쥐떼 작전'을 성공적으로 마치고 박순자가 철수했기 때문이다. 쥐떼를 몰아 강물에 떨어지게 하듯 일반 투자자들이 뒤늦게 막차를 타서 최고가인 상투를 잡게 한 다음 손을 떼는 큰손들의 수법이 곧 쥐떼 작전이었다.

　한때 그녀가 사들여 보유했던 물량은 자그마치 1억 2천만 주였다. 1주당 평균 가격이 1천 원이라고 가정할 때 약 1천 2백억 원의 자금이 투입된 것이다. 이 자금이 계속 회전되었으므로 실제 거래 금액은 무려 2조 원에 이르렀다.

　박순자는 모든 방법을 동원하여 재계·금융계 인사들을 포섭하겠다는 음모에 사로잡혀 있었다. 때에 따라선 정치적 배경을 은근히 내세위 협박도 불사할 작정이었다.

그녀의 교활한 작전은 이미 오래 전부터 빛나는 성과를 거두기 시작했다. 몇몇 은행장들과 신흥 재벌 총수들과 중견 기업 대주주들이 덫에 걸려들고 있었다.

로열그룹 최종길 회장은 그녀의 꿈을 이루어 줄 최상의 카드였다. 그 카드를 멋지게 활용하기 위해 수백억 원을 아낌없이 내주었던 것이다. 까짓 거 시중 사채 금리의 절반 수준은 물론이고 무이자로 대여할 수도 있었다. 그 이상의 주식투기 이득이 보장된다면 그만한 양보는 고객에게 베풀 수 있는 당연한 서비스의 하나일 뿐이었다.

"박 여사, 당신은 대단히 운이 좋은 여자야."

어제 낮에 그녀의 하수인이자 첫 남편인 심문보가 심드렁하게 내뱉은 말이었다.

"운이 좋다니요? 누이 좋고 매부 좋은 거래에서 작은 소득을 챙겼을 뿐인데…."

사실 틀린 말이 아니다. 정치권을 비롯해 재계·금융계 인사들이 그녀에게 활약할 무대를 만들어 주는 건 결코 이상한 일이 아니다. 어느 구구에게든 수고비 수준 이상의 목돈이 생기는 사업이기 때문이다.

그녀는 '아낌없이 주는 나무'처럼 행세하고 있지만 실은 그게 아니었다. 되로 주고 말로 받는 경제원칙을 염두에 두지 않는 한 베풀 이유가 없었던 것이다.

* * *

그 날 밤 2시경, 박순자 여사는 곤한 잠에 빠져 있었다. 어제 역시 고단하기 짝이 없는 하루였으므로 코를 박다시피 곯아떨어질 수밖에 없었다. 옆에 누운 남편 김철규의 심하게 일그러진 표정과 주름진 이마와 반백의 머리에 비하면, 화장을 하지 않아도 해맑은 그녀의 얼굴은 차라리 화사했다.

일반 서민들이 상상하기 어려운 큰돈을 벌었고 많은 돈을 뿌린 하루여서 그랬던지, 박순자 회장의 잠든 얼굴은 무척 흡족해 보였다. 마침 그녀는 환상적인 꿈을 꾸고 있는 중이었다. 하늘을 어지러이 날아가는 나비 떼를 좇아가는 꿈이었다.

눈을 감으면 무리 지어 날아오르는 나비를 볼 수 있었다. 그것들은 가만히 만져 보면 이내 돈다발로 변했다. 박순자는 돈다발로 탈바꿈한 그 나비 떼를 잡기 위해 끝없이 너른 벌판을 달렸다. 자기최면을 걸자 달아나던 나비 떼가 몰려오기 시작했다.

"재력이 쌓인다면 얼마든지 권력을 휘하에 부릴 수 있어. 머잖아 우리 부부가 사회의 경제권을 손에 쥘 것이다. 두고 봐라, 조금만 기다리면 명동의 사채시장과 증권가는 우리 부부의 텃밭으로 변할 거야."

언제부터인가 박순자에게는 스스로 최면을 거는 버릇이 생겼다. 아니 가까운 친척들에게 보란 듯이 그렇게 호언장담하기를 즐겼다.

"돈 벌 수 있는 기회는 아무 때나 오는 게 아니야. 평생 동안 세 차례의 기회가 온다고 했잖은가. 그 기회를 놓치지 않아야 해. 누구나 부자가 될 수 있는 것도 아니야. 하지만 나는 돈을 벌 수 있어. 눈덩이를 굴리듯 남보다 부지런히 돈뭉치를 굴리면 되는 거야. 재력이 막강해지면 권력은 저절로 굴러 들어오게 마련이지. 내겐 그만한 능력이 있고 밑천도 충분해. 증권가는 눈먼 돈 덩이들이 굴러다니는 곳이지만 그 돈뭉치들을 손에 쥐는 사람은 극소수야. 개미들은 그 돈뭉치를 잡기가 더 어렵다. 왜냐 하면 개미 군단은 정보 전쟁과 조직 싸움에서 늘 밀리기 때문이지…."

경제적 기반을 차근차근 다져가며 돈 굴리는 일은 아무리 고달파도 싫증이 나지 않았다. 어제도 의욕이 절로 샘솟던 하루였다. 사무실의 푹신한 안락의자에 앉아 그 날의 결산서를 살폈었다. 한 달 동안 주식투자와 어음 '와리깡'으로 벌어들인 순이익은 37억 원을 넘어서고 있었다.

나이 마흔에 여자 혼자서 2백억 원대의 재력을 갖추었으니, 정말이지 고생한 보람이 있다. 그 재산을 어떻게 모은 것인지 남편은 잘 모른다. 밑이 찢어질 정도로 가난했던 시절을 되돌아보니 어느 새 눈물이 핑 돌았다.

입에 풀칠하기 위해 봉투를 붙이거나, 일당 2천 원을 벌고자 원고를 번역하던 때가 엊그제만 같다. 너무 배가 고파서 파지(破紙) 업자에게 찾아가 봉투를 붙였다. 가불 좀 해 달라는 말이 목구멍에서 빙빙 돌았다. 약 20일 동안 일한 대가로 9천 원을 받았는데, 아이 돌날에 입힐 옷 한 벌 사고 나니 겨우 5백 원이 남았다. 떨리는 손길로 그 마지막 거스름돈 5백 원을 핸드백에 넣던 순간 어찌나 참담했던지…. 때로는 견딜 수 없어 자살을 생각하기도 했었다.

스물네 살이던 대학 4학년 때, 첫 남편과의 결혼이 실패로 끝나면서 시작된 고생길이었다. 목소리만 들어도, 풍기는 체취만 맡아도 정신이 아득해지던 그 남자…. 그 사내에 대한 환상이 결혼 뒤에 무참하게 깨져 버렸다. 지금도 그 첫사랑을 생각하면 코끝이 시큰해진다. 하지만 결혼은 환상이 아니라 현실이었다.

얼마 지나지 않아 자신의 결정이 어리석었음을 깨달았다. 지나치게 평범하고 경제력이 없고 시시껄렁한 남자인 줄 알았을 때는 너무 늦어 있었다. 청춘에 대한 가슴 뛰는 희망과 뜨거운 호기심은 결혼과 함께 의외로 일찍 허물어졌고, 이혼 뒤에는 아이들의 양육비를 번다는 핑계로 모든 걸 포기해야 했다.

그러나 다행스럽게도 직장이 생겼다. 고모가 운영하던 유치원의 보모로 근무하며 한 달에 3만 5천 원을 받았다. 그 월급을 한 푼이라도 아끼기 위해 전차를 타지 않고 십 리가 넘는 먼 길을 걸어서 다녔다. 단순히 근검절약 정신 때문만은 아니었다. 그래야만 스스로 호되게 몰아붙여 새롭게 변신할 수 있을 거라고 믿었던 것이다.

여자 혼자 사니까 주변에서 의혹 어린 시선과 함께 유혹의 속삭임들도 쏟아졌다. 아이 달린 젊은 이혼녀라고 깔보면서도 은근 슬쩍 접근하는 사내들에게 분노를 느꼈다. 하지만 청춘이 저 멀리 달아나고 있다는 절박감 때문에 우는 일은 결코 없었다. 아니, 그럴 여유조차 없었다.

단지 돈이 없다는 이유만으로 가슴 졸이며 살아야 하는 현실이 슬픔과 외로움의 늪으로 빠져들게 했다.

다만 하루 이틀이라도 굶주리지 않을 정도의 돈이 되는 일이라면 하지 않은 일이 없었다. 그처럼 다부진 결심이 없었다면 늙은 구렁이 같은 사내들의 파상 공세에 그저 속수무책으로 무너졌을지도 모른다. 아니면 남편과 자식의 뒷바라지에 평생을 바치는 어리석고 가난한 아낙이 되어 살고 있을 것이다.

돈 많고 지위 높은 남자가 정말로 여자 하나를 아껴 주는 안정된 결혼생활…. 상상하기조차 싫었다. 과연 안정되고 행복한 결혼이 재력과 지위와 섹스만으로 얻어질 수 있는 걸까. 남편과 아이들의 뒷바라지나 평범한 일상을 위해 내 나름의 능력과 욕망과 자존심을 버려야 한다면, 차라리 그냥 그대로 혼자 살아가는 것이 더 나을지도 모를 일이었다. 그 당시에는 솔직히 뭐가 뭔지 몰랐다. 하지만 철부지 시절의 그 뜨거운 연애와 행복한 결혼에 대한 열망조차 이제는 헛된 꿈으로 사라지지 않았던가.

마음을 비우니까 또 다른 욕망이 솟아났다. 돈을 벌어 보자는 욕구였다. 허전한 가슴을 채우기 위해, 일용할 식량을 얻기 위해 부나비처럼 돈이라는 불꽃 속에 뛰어들다 보면 언젠가 그 욕망이 구체화될 것이라고 믿었다. 젊은 나이에 이혼의 갈등을 겪으면서 훼손된 자존심을 회복하려면 그렇게 해야 한다고 믿고 싶었다.

고모가 유치원의 경영권을 다른 사람에게 넘기게 되어 보모 생활도 오래 가지 않았다. 그보다 많은 봉급을 받을 수 있는 자리도 나타났지만 아이들 때문에 쉽게 나서지 못했다. 비록 허기를 느낀 적은 많았으나 끼니만큼은 그럭저럭 해결할 수 있었다.

하지만 꿈은 높게 가졌다. 목돈을 만들어 가게 달린 전세방을 얻는 게 당장의 목표라던 대학 동창을 경멸했다. 그렇게 하찮은 꿈을 일상의 목표로 삼아서 감당할 수 없는 고통을 겪는 이웃들이 어리석어 보였다. 어차피 고생길에 접어들었다면 좀 더 웅대한 꿈을 꿀 수는 없을까. 수백억, 수천억 원대의 재력을 갖추어야 자존심 훼손과 이혼의 상처를 보상받으며 사회적 권력을 쥘 수 있을 것이다. 그 생각뿐이었다.

본격적으로 돈벌이에 뛰어들자니 두 아이가 짐이 될 수밖에 없었다. 양육 포기 각서를 쓰고 첫 남편 심문보에게 아이들을 맡겼다. 그제야 홀가분하게 팔소매를 걷어붙일 수 있었다.

골머리를 앓은 보람이 있었던지 사업자금을 마련할 만한 기회가 찾아왔다. 스물여섯 살 때였다. 삼촌이 동전을 자동으로 세는 코인 카운터를 개발했다. 처음에는 한 대만 팔아 보려고 은행엘 찾아가 제일 높은 사람을 찾았다. 상무를 만나자고 했더니 의외로 쉽게 면담이 이루어졌다.

"여자가 당돌하게 쳐들어와서 놀라셨지요?"

"아니오. 미인이 찾아왔다고 해서 솔직히 당황했어요."

응접세트의 소파에 비스듬히 누워 있던 상무가 흠칫 놀라며 자세를 고쳐 앉았다. 그 바람에 앞에 놓아 둔 물 컵이 넘어졌다.

"어머나, 저 때문에…."

그녀는 상무의 바지자락에 흘린 물기를 손으로 닦아 냈다. 상무는 손수건을 꺼내 그녀에게 내밀었다.

"미인의 손은 보석처럼 관리해야 합니다."

상무는 그녀에게 자리를 권하며 너털웃음을 터뜨렸다. 감정을 추스르기 위해 담배를 피워 무는 모습을 훔쳐보며, 판매 상담은 이미 성공한 거나 다름없다고 그녀는 생각했다.

"내가 어떤 방법으로 도와주면 될까? 친오빠처럼 여기고 말해 봐요."

"상무님, 많이도 필요 없어요. 한 대만 팔아 주시면 평생 은혜를 잊지 않고 갚아 나가겠습니다."

검정 치마에 흰 스웨터를 입은 그녀의 곱상한 모습이 괜찮아 보였는지 그 상무가 즉석에서 10대나 사 주었다. 그제야 용기가 생겼고 수줍음도 사라졌다.

"다른 은행에도 소개시켜 주세요. 앞으로 돈 많이 벌면 반드시 상무님께 예금하러 오겠습니다."

"기다려요. 전화를 걸어 볼 테니. 그곳에 가면 내 애인이라고 말해도 좋아요."

묘령의 여인을 바라보는 상무의 시선이 예사롭지 않았지만 그녀는 조금도 개의치 않았다. 연체동물의 긴 다리가 몸에 휘감기는 것 같았지만 모른 체했다. 그녀에게 사로잡힌 그 상무가 다시 여러 은행에 소개시켜 수십 대를 팔 수 있었다. 그 상무는 헤어지면서 사업 관계가 아니라도 좋으니 자주 연락하라고 애걸하듯 말했다.

그녀는 연이어 만나는 은행 간부들을 완전히 자기 방식으로 요리했다. 처음 물건을 팔아 준 상무를 내걸지 않고도 혼자만의 미인계로 섭

외가 가능해졌다. 그 사내들과 술자리에 어울리는 경우가 있더라도 처신을 신중하게 함으로써 고상한 이미지를 남기기 시작했다. 이혼한 젊은 여자가 미친 사람처럼 이리저리 뛰어다니지만 꽤 정숙한 편이라는 소리를 듣기 위해 무던히 노력한 덕분이었다.

남자는 어딜 가든 넘쳐 났다. 젊은 남자, 늙은 남자, 돈 많은 남자, 그리고 순수한 열정의 남자들…. 하지만 한눈 한 번 팔지 않았다. 연애 감정 따위는 아예 가슴에서 지워 버리고 사업에 필요한 남자들을 두루두루 사귀었다. 자연스럽게 만나든 정략적으로 만나든 한 번 마주친 남자들은 그녀를 잊지 않았고, 자연스레 그녀의 후원자가 되었다. 돈을 향해 돌진하는 그녀에게 남자들의 뜨거운 관심은 대단한 행운이었다.

차츰 돈이 모이게 되자 몸치장이 고급스러워지기 시작했다. 여러 모로 귀부인의 분위기를 풍기려고 노력한 결과였다. 비즈니스 차원이 아니더라도 은행 간부들이 만나자면 스스럼없이 어울렸다. 오랜 교분이 없으면 거의 불가능한 일을 그녀는 단숨에 해내고 있었다.

어느덧 밥벌이를 위한 장사꾼이 아니라 품격 높고 돈 많은 사업가처럼 행세할 수 있게 되었을 뿐 아니라, 어느 날부턴가 그 상류 사회의 일원이 되어 갔다. 그 신분 상승의 와중에서도 남자에게 신세를 지면 반드시 어떤 방법으로든 갚겠다는 의지를 보였다. 그럴수록 그녀를 어떡하든 도와주려고 안달이 난 남자들이 늘어났다.

코인 카운터 40대를 팔아 번 돈 중에 5백만 원을 헐어 서대문구 홍제동에 집을 샀다. 채권 장사에도 뛰어들어 번 돈과 코인 카운터 판매 이익금을 합치니 1억 8천만 원이 모였다. 코인 카운터를 팔다가 가까워진 은행 상무의 권유로, 1972년부터 기업공개 러시와 함께 쏟아지던 주식을 액면가로 사서 엄청난 부를 다져 갔다.

그녀는 여러 은행 간부들과 사귀던 중에 필요하면 이자 없이 돈을 빌려 채권 장사를 했다. 1억 원을 투자하면 그 날 당일로 1천 5백만 원이 남는 적도 많았다. 그런 식으로 한 달에 열 번만 투자해도 1억 원이 한 달 뒤에는 2억 원이 되는 장사였다.

　5백 원짜리 주식이 얼마 뒤에 1천 원이 되는 것은 우스운 일이었다. 지난 1976년까지 피크를 이룬 기업공개를 통해 그녀는 기하급수적인 자금을 조성했다. 그 이후에도 주식투자를 중심으로 재산을 관리하거나 늘려 나갔다. 특히 신안 앞바다에서 도굴된 해저 유물을 사들여 축재 수단으로 활용했다.

　나라의 경제 규모가 커지면서 자본시장도 자연스럽게 덩치를 키웠고, 그녀도 그 틈을 이용해 부를 축적했다. 두 번째 남편과 이혼하면서 받은 5억 원과 결혼 생활 중에 부동산 투기로 모은 20억 원은 소중한 밑천이 되었다.

　특히 자본금이 적었던 그녀는 상대적으로 주식의 가치가 찬양지차이인 건설 회사 주식을 집중적으로 매입했다. 그 당시 해외건설 경기와 운 좋게 맞물려 1~2년 사이에 열 배의 수익을 올리기도 했다. 주식투자를 할 때마다 이상하리만치 절묘하게 들어맞는 경우가 많았다. 증권사 간부들이 찍어 준 대로 사기만 하면 주식 값이 엄청나게 뛰었던 것이다.

　늘어만 가던 재산이 상승세를 멈춘 시기는 1979년 10월 26일 이후였다. 제3공화국의 붕괴로 안타깝게 비슷한 처지에 빠지고 말았다. 주식시장에 엄청난 불황이 닥쳐오면서 그녀도 위기의식을 갖게 되었다. 정부의 증시 부양책에도 불구하고 증권이 휴지 조각이 될 위기에 놓이자, 그녀는 그 때부터 명동 사채시장에 진출하여 어음 할인을 시작했다. 반복되던 투자는 그녀를 수천억 원대의 자금을 굴리는 큰손으로 성장시켰고, 명동 사채시장과 증권가에서 명성을 얻게 만들었다.

사회의 경제권을 한손에 쥐겠다면서 사채시장과 증권업계에 겁 없이 뛰어든 지 어느덧 15년, 그녀의 호언대로 날로 막강해지던 재력은 역시 권력을 낳고 있었다.

재력을 과시하며 권력층에 접근하기 위해서는 무엇보다 치장에도 신경을 써야 했다. 고급 사교장에 나갈 때 착용하는 다이아 귀고리는 한쪽이 10캐럿짜리였다. 여우 열 마리의 털로 짠 폭스 숄은 몇 천만 원을 호가하는 것이었다. 소유 차량은 시가 9천만 원이 넘는 벤츠450을 포함해 다섯 대를 굴렸다. 의상에 따라 차를 바꿔 타야 했기 때문이다.

이웃들에게 베푸는 일도 소홀히 할 수 없었다. 첫 남편 심문보가 몹시 궁하게 산다는 걸 알고 3억 원짜리 집을 선뜻 사주었다. 그에게 용돈 명목으로 1억 원을 내놓았고, 그의 생일 선물로 5백만 원짜리 파텍스 시계를, 딸이 성장하면 주라며 2천만 원짜리 다이아 반지를 선물하기도 했다.

대통령의 처삼촌이자 그녀의 형부인 윤광규에게는 생활보조비와 그의 장남 결혼 부조금 조로 두 차례에 걸쳐 2억 원을 주었고 시가 5억 원이 넘는 주택도 사 주었다. 자신의 전용 운전사에게는 수고에 대한 답례로 자가용과 38평형 맨션 한 채를 사 주었다. 버는 만큼 써야 할 곳도 많았다. 집권층 실세와 행정부 고관, 은행장, 각종 금융기관의 경영자와 간부들에게도 아낌없이 베팅해야 했다. 일부 실력자들에겐 부동산을 구입해 선물하기도 했고, 정계 인사들에겐 억대의 정치자금을 제공하곤 했다.

어제도 37억 원을 벌었으니 남에게 베풀어야 했다. 주식투기를 도와 준 증권사 직원들에게 3억 원의 사례금을 주고, 사무실 하수인들에게도 기분 좋게 몇 천만 원씩 용돈을 주었다. 부친에게 1억 원을 송금하고 집권당 실력자 정보경 의원에게 아들의 결혼자금으로 5천만 원을 건네다 보니 어느덧 하루가 저물었다.

"여보, 그런 대로 만족해요. 쓸 만큼 쓰고도 32억 5천만 원이 오늘 들어온 순이익이거든요."

그녀가 침실에 들어서면서 남편 김철규에게 코 먹은 소리로 던진 말이다.

"사업도 좋지만 당신 건강을 생각해야지."

겉으로 예리하고 무뚝뚝해 보이지만 속마음 깊은 사람이 남편이다. 세 번째 결혼한 스무 살 연상의 남편은 언제나 오빠처럼 편안하고 친정 아버지처럼 넉넉하다. 예비역 장성에 정보기관 출신이면서도 권위주의를 앞세워 젊은 아내를 무시하는 법이 없다. 그녀가 어떤 일에 매달려 하루를 보내는지 시시콜콜 따져 보려고 나서지도 않는다. 요즘 들어 아내가 하자는 대로 내버려 두는 남편이 그처럼 고마울 수가 없다.

"사업이 바빠질수록 건강을 조심해야지…."

"제 걱정 말고 장군님 건강부터 챙기세요."

말대꾸야 그처럼 따스하고 부드럽게 했지만 박순자는 답답한 속을 감추기가 쉽지 않았다. 어느덧 나이 예순에 이르렀건만 경제에 대해서 아는 게 별로 없는 남편, 아내가 시키는 대로 움직이다가 계산이 복잡해지면 신경질을 내던 남편이 아니던가.

"정말 신경질 돋우네. 난 무식해서 모른다구."

"장군님, 경제를 깨우쳐서 나쁠 것 없어요. 사업은 제가 벌이고 제가 마무리한다지만 남들 앞에선 장군님이 경제 분야에서도 만만치 않다는 걸 보여 줘야 해요."

주식투자를 비롯해 약속어음 유통과 사채놀이를 가르치려 해도 생각처럼 쉽지 않았다. 남편이 무위도식으로 지낸다면 제2의 인생 창조가 참으로 어렵겠다는 판단이 들기도 했다. 그래서 사무실을 차려 주었고, 경제를 배우라는 뜻으로 유명 기업인들과 접촉할 때마다 앞세워 데리고 다녔으나 도무지 발전이 없었다.

"당신의 두뇌, 당신의 노력 같으면 충분히 훌륭한 경제인이 될 수 있어요."

때로는 기죽어 지내는 남편이 정말 보기 싫어 생뚱맞게 격려까지 했다. 하지만 그 이상은 말하지 않았다. 밥은 굶어도 자존심에 상처를 입고서는 살지 못할 남자임을 잘 알고 있었으며, 그런 남편의 비위를 상하게 해서는 안 된다는 정도의 교양을 갖추고 있었기 때문이다.

"여보, 평생 정보 분야에만 종사했어. 그러니 이제 와서 뭘 하겠나….."

"오늘부터 열심히 배우고 노력하면 돼요."

"나는 그동안 숫자와 벽을 쌓고 살았어. 증권투자나 어음 와리깡(할인)은 당신이 알아서 하면 돼. 반드시 내가 공부할 필요는 없잖아?"

남편은 매우 조심스럽게 그리고 자신 없는 말투로 조용히 반문하곤 했다. 고양이 앞의 쥐처럼 죽어지낸 것은 아니지만 그는 아내의 말에 고분고분 따랐다. 골치 아픈 일과 만나지 않으려고 남편은 비교적 현장에서 멀리 비켜 서 있었다. 십 년 이상 겪어 보니 남편의 인간성은 그런 대로 괜찮았으나, 정보 분야에 종사한 사람치고는 너무 경제에 문외한이어서 그녀는 실로 안타까웠다. 주식투자와 사채놀이를 위해 설립한 회사의 사무실에 명예회장으로 출근시키고 있다지만 남편은 사실 얼굴마담에 지나지 않았다.

김철규 장군이 몸담았던 정보기관과 집권층의 인맥이 우리 사업을 보호해 주리라고 믿는 게 차라리 편하지 싶었다. 남편이 눈물을 글썽거리며 결혼하자고 매달린 건 아니었지만, 삭막해진 처지를 다소나마 위안을 받으려는 생각에서 젊은 여자의 청혼을 거절하지 못한 것 같았다. 돈 많은 여자의 꼭두각시 신세로 전락해 버린 처지에 대해 슬퍼하는 표정을 짓지 않는 것만도 천만다행이지 싶었다.

두 사람의 가치관이 어차피 늘 벽에 부딪칠 수밖에 없다면 차라리 일정 부분을 포기하는 게 낫지 않을까…. 나름대로 편리한 결론을 내리고 있을 때, 갑자기 밀려온 권태가 그림물감처럼 전신에 번졌다.

"장군님, 잠드셨어요?"

"…."

남편 김철규는 벌써 잠들었는지 가늘게 코를 곯고 있었다. 그는 그처럼 단순하고 범박한 사람이다. 경제에 무관심하듯 그는 어쩌면 꿈한번 꾸는 일 없이 긴 밤을 보낼지도 모를 일이다.

박순자는 길게 기지개를 켰다. 돈 버는 것도 피곤하지만 돈 뿌리는 일도 쉽지 않다는 걸 그제야 깨달은 느낌이었다. 오늘도 만족스러운 결과물을 가슴에 품어 보듯 두 팔로 자신의 상체를 껴안으며 눈을 감았다.

교내 축제에서 미의 여왕으로 뽑혀 미모를 과시하던 대학 4학년 시절이 떠오르는 순간이면 지금도 절정감이 전신을 휘감는다. 4학년 말 첫 남편을 만나 가족의 반대를 무릅쓰고 결혼에 골인했지만 성격 차이와 궁핍한 생활을 이기지 못하고 헤어졌다.

그러나 사실상 첫사랑이나 다름없어 애틋함이 여전하다. 철강 회사 사장과 재혼하면서 풍족한 생활을 누리게 되자 첫 남편 심문보를 금전적으로 도와 준 것도 그 때문이다. 첫 남자에게 물질적이 도움을 줄 수 있도록 재정적으로 안정되었다는 게 무엇보다 자랑스러웠다.

두 번째 결혼 생활은 1년도 안 되어 파경을 맞고 합의 이혼에 이른다. 이듬해 12월 중순께 스님의 소개로 유정회 국회의원이던 김철규를 만났다. 다시 이듬해 1월께 가족들만 모인 사찰에서 세 번째 결혼을 조촐히 치렀다. 결혼 당시 남편 김철규는 유정회가 해체되어 실질적인 실업자 신세였고, 정치 규제자로 묶여 아무런 활동을 할 수 없는 상황이었다.

하는 일 없이 소일하는 남편에 비하면 그녀는 무척 바빴고 해야 할 일도 많았다. 두 번째 결혼했을 때 부동산 투기로 번 돈 20억 원과 이혼 위자료로 받은 5억 원을 굴려 상당한 재산을 축적했다. 신안 앞바다의 골동품을 취득했다는 죄로 2년 동안 집행유예를 선고받아 자중하면서도, 주식투자와 사채놀이로 돈 굴리는 재미를 만끽하고 있었다.

그렇다고 지금의 남편을 외면하거나 무시하지 않았다. 그의 빛나는 경력을 사장시키거나 위신을 추락시킬 수는 없는 일이었다. 이미 결혼식이 끝나고 혼인신고도 마쳤지만 실력자 부부의 존재를 만천하에 과시하려면 다시 정식 결혼식을 올려야 했다. 기대했던 대로 예식은 성공작이었다. 서울 장충동 초특급 사교장인 구라파클럽에서 정계·재계·관계 인사 3백여 명이 참석한 가운데 호화판으로 치러졌다.

그런데 초조한 얼굴로 주변을 서성거리던 늙은 남자를 품에 안아주고 기대를 걸었는데, 이렇게 빌빌거리다니…. 무척 가슴이 아프다. 과거 국가 기관에서 종사했을 때의 능력과 두뇌가 사장되는 것만 같아 안타까울 따름이다.

"나는 경제에 문외한이야. 당신이 알아서 하라고. 난 보디가드로 만족할 테니."

환영처럼 나타나 중얼거리던 남편 김철규가 어둠 속으로 사라진다. 이게 꿈인지 생시인지 도대체 알 수 없어 무겁게 감긴 눈을 억지로 뜬다. 남편은 악몽에 시달리는 듯 숨을 헐떡이며 코를 곯고 있다.

어쩐지 융통성은 없어 보이나 그만큼 다부지고 과묵한 남자, 벌어

놓은 돈은 없지만 의리와 명예를 생명처럼 여기는 사람이 바로 남편이다. 그를 앞세우고 중요한 자리에 나타나면 많은 사람들이 남편을 알아보고 경쟁하듯 허리를 굽힌다.

박순자는 입술을 잘근잘근 씹었다. 어쨌든 돈을 벌어 권력을 쥐고 흔들려면 이 남자의 영향력이 필요해…. 그녀는 눈을 감고 모로 누워버렸다. 그녀도 남편처럼 깊은 수렁을 향하여 침잠하듯 잠 속으로 빠져들었다.

10. 특수 자금이니 안심하고 쓰세요

　과연 살아남을 수 있을 것인가. 기사회생의 가능성은 점점 낮아지고 있다. 빛 좋은 개살구나 다름없는 해외공사는 사실상 적자투성이다. 요즘의 자금난은 순전히 해외건설 공사가 빚어 낸 것이라 해도 과언이 아니다. 자금 부족 사태는 도대체 끝이 보이지 않는다. 그야말로 밑 빠진 독에 물 붓기였다.

　마침내 겨울로 접어들었을 때, 고려토건 손정민 회장은 단절되어 버린 세상으로 훌쩍 떠나고 싶었다. 아직도 기업 경영권에 미련이 남았다면 차라리 길거리의 차가운 보도블록 위에 앉아 구걸하는 편이 나을지도 모른다. 쫓기다, 쫓기다 막판에 이르면 부도를 내고 만세를 부르는 일밖에 더 있겠는가.

　어쩔 도리 없었다. 그래선 안 되는 줄 알면서도 김철규·박순자 부부의 사채를 끌어들이는 방안을 검토해야 했다. 아니, 검토할 여유가 없었다. 이제 명동 사채시장에서 융통어음을 높은 금리로 할인하는 것도 한계점에 도달했다. 벌써 김철규를 만나기로 한 약속 시각이 다가오고 있었다.

"자네, 자금부장이 된 지 얼마나 됐나?"

손 회장은 일일 자금계획서를 들고 들어온 자금부장을 다짜고짜 몰아세웠다.

"3년이 넘었습니다."

"서당 개 3년이면 풍월을 읊는다고 했어. 이 멍청한 친구야! 허구한 날 자금이 없다고 보고하면 난들 어떡하란 말이냐. 누군 계산기 두드릴 줄 몰라서 자네를 자금부장으로 만들었는지 알아?"

"죄송합니다."

"자금계획서, 보기도 싫으니 어서 주둥아리로 보고해 봐. 자금 사정이 어떻다고?"

"신규 자금 조달은커녕… 기존 대출금의 상환 기한 연장도 쉽지 않습니다."

"털 빠진 당나귀 같은 녀석들! 내가 자금부장할 테니까 당신이 회장해라."

손 회장은 엉거주춤 서 있는 자금부장에게 쥐어박듯 화를 냈다. 자금계획서를 빼앗듯이 받아 들고 보니, 부족 자금 조달 항목은 보란 듯이 하얀 빈칸으로 남아 있었다. 욕설이라도 퍼붓지 않으면 심장이 터질 것만 같았다.

손 회장은 눈을 감았다. 짜증과 분노를 삭이는 중이었다. 자금부장만 앞에 없다면 어린애처럼 통곡하면서 자금계획서를 발기발기 찢어버리고 싶은 심정이었다.

"회장님, 열흘짜리 급전이라도 구해 볼까요?"

"뭐라고?"

손 회장은 귀먹은 노인처럼 반문했다. 귀신에 홀린 기분이 들었다.

"아는 사람을 통해 10억 원 정도를 수배해 놓고 있습니다."

"왜, 단자회사(투자금융)에선 일시 차입이 불가능해?"

"하루 자금마저 바닥을 드러냈습니다. 한양투자금융과 제일투자금융도 등을 돌린 지 오랩니다. 쉽진 않겠지만 급한 대로 명동 시장에서 사채를 알아보고 있습니다."

"당신마저 미쳤군! 그 놈의 사채 좋아하다가 망한 회사, 어디 한둘이야?"

"…."

자금부장은 꿀 먹은 벙어리처럼 할 말을 잃었고, 손 회장은 실성한 늙은이처럼 낄낄거리며 결재 판을 내동댕이쳤다. 손 회장은 팔랑팔랑 제멋대로 흩어지는 종잇장들을 쳐다보며 쓴맛을 다셨다. 자금 사정이 좋을 때는 웃는 낯으로 뻔질나게 들락거리더니 자금 사정이 악화되면서 자금부장만 앞세우는 상무와 전무가 죽이고 싶도록 미웠다.

"오늘 당장 자금을 빌려주겠다는 전주가 나타나서 만나러 간다. 그것마저 깨지면 오늘부로 만세 부르자. 알았어?"

"죄송합니다. 모든 게 제 무능력 때문입니다."

"왜 자네만 무능한가. 회장도 사장도 전무도 상무도 하나같이 멍청하기 때문이다. 누굴 원망하겠어. 다 내 불찰이야."

떨떠름한 목소리로 손 회장이 중얼거렸다.

"왜 그렇게 장승처럼 넋 놓고 서 있어!"

손 회장이 화를 벌컥 내자 퍼뜩 정신이 든 자금부장은 그제야 소파 끝자리에 걸터앉았다. 마치 최면에 걸린 사람처럼 자금부장이 몽롱한 시선을 내리깔았다.

"오늘 부족 자금이 얼마야?"

"13억입니다."

자금부장은 목으로 흘러내리는 땀줄기를 손등으로 훔치며 손 회장의 표정을 살폈다.

"단자회사에서 마련할 방법이 없어?"

"하루 자금 만들어 봐야 5억이 상한선입니다."

"대충 10억이 빵꾸가 난단 말이군. 젠장, 이제 우리 그만 때려치우자."

손 회장은 질끈 눈을 감았고 괴로운 듯 머리를 몇 번 내저었다. 장기적인 비전을 애드벌룬처럼 걸고 해외시장을 개척한다며 진군나팔을 불던 때가 엊그제만 같은데… 이게 무슨 꼴이람. 구름 잡는 식으로 떠들어대던 인간들을 믿고 해외건설에 손을 댔다가 누적된 적자가 눈덩이처럼 불어나고 있다. 채산성 위주보다는 공사 수주 실적에만 매달린 중역과 간부들의 무모함 탓이었다.

중역 회의를 소집한다 해도 신통한 대책이 나오지 않을 것이 뻔했으므로 손 회장은 애꿎은 담배만 다시 빼어 물었다. 자금부장이 재빨리 라이터를 갖다 댔다. 풀 죽은 사람답지 않게 민첩한 행동이었다.

"어쨌든 기다려 봐."

후덥지근한 열기가 실내에 가득 차오르는 느낌이었다. 손 회장은 담배 연기를 길게 내뿜으며 외출 채비를 했다. 큰손 박순자의 남편 김철규를 만나면 그런 대로 숨통이 트일지도 모를 일이다. 마음 같아선 지금 당장 달려가 김철규의 바짓가랑이를 붙들며 매달리고 싶었다.

손 회장은 앞가슴을 쓸어내리며 땅이 푹 꺼지게 한숨을 몰아쉬었다. 편법으로 어음을 발행해 거액의 사채를 빌린다는 것은 회사의 운명을 건 대모험이다. 자칫하면 평생 쌓아올린 개인의 명성이 하루아침에 날아갈 수도 있다. 큰손 박순자와 김철규를 소개한 사채꾼 심문보 사장을 떠올렸다. 원망해야 할지 고맙다고 해야 할지 분간이 되지 않았다.

* * *

봄을 재촉하는 겨울비였다. 실낱같은 가랑비가 소리 없이 내리는 오전이었다. 먼지와 빗물이 사이좋게 어울리는 도로를 우중충한 때깔의 차량들이 가득 메우고 있었다. 먼산바라기를 하는 도큐호텔 커피숍 고객들의 눈동자는 술에 취한 듯 거슴츠레하게 풀어져 있었다.

탱고 리듬이 감미롭게 흐르고 있었지만 창 밖에 내리는 겨울비 때문에 손 회장은 우울했다. 우산을 쓴 사람들이 번잡한 남대문시장 안에서 작은 물고기처럼 떼 지어 몰려다니는 광경도 왠지 슬퍼 보였다. 손 회장은 손목시계를 들여다봤다. 오전 11시 5분 전이었다.

"김철규 장군을 만나 보세요. 좋은 소식을 갖고 나갈 겁니다." 사채시장 정보에 밝다는 심문보 사장이 던진 말이었다. 도큐호텔 커피숍에서 김철규가 기다리고 있겠다는 것이었다. 당초 약속한 오전 11에서 십 분이나 지났는데 김철규는 물론 심문보조차 코빼기도 내비치지 않고 있었다.

호텔 커피숍의 창턱 위로 기웃거리는 겨울은 이제 회색빛 색조로 다른 계절에게 자리를 내줄 준비를 하고 있었다. 우울하게 멈칫거리는 답답한 계절을 느끼며 손 회장은 치를 떨었다.

겨울의 하늘 저편에서 낡은 깃발처럼 봄이 다가오고 있었다. 거대한 그물이 온몸을 뒤덮는 느낌이었다. 여유 자금이 단돈 20억만 있더라도 어제 오늘처럼 사채꾼 심문보에게 끌려 다니지는 않았을 것이다.

무얼 믿고 심 사장이 일러 주는 대로 나왔단 말인가. 밤늦도록 그 친구와 술을 마신 탓에 속이 메스꺼웠고, 잊을 만하면 치솟는 구역질이 목젖을 괴롭히고 있었다. 간밤처럼 마시다간 제 명대로 살긴 글렀다고 생각했다. 손수건을 꺼내 이마와 목덜미에 맺힌 땀을 훔쳤다. 저놈의 난방을 껐으면 얼마나 좋을까. 만사가 귀찮아지면서 괜스레 짜증이 났다.

심문보 사장, 그 사람 스스로 소개하기를 자신이 큰손 박순자의 첫 남편이라고 했다. 그를 처음 만난 것은 한영대 경영대학원 단기 경영자 코스에서였다. 평소 이름만 알고 지냈을 뿐 가까운 사이가 아니었던 그가 느닷없이 찾아와 자금 거래를 제의했다.

"자금 사정이 어려운 기업들에게 낮은 이율로 돈을 빌려 주는 인사가 있습니다."

"요즘이야 그런 대로 괜찮지만 나중에 필요할 때 한번 만나 볼 수도 있겠지요."

사실 돌아가는 회사 사정이 좋지 않아 막다른 골목에 몰린 상황이었지만, 손 회장은 일부러 시큰둥하게 대꾸했다. 단지 자존심 때문만을 아니었다. 일개 사채 브로커에 불과한 심 사장에게 낱낱이 고민거리를 이야기할 이유가 없었고, 솔직히 그를 신뢰하기도 쉽지 않았다.

"은행 금리와 별 차이가 나지 않습니다."

"이율이 얼만데 그래요?"

"은행 금리보다 조금 높은 연리 20%요."

"심 사장, 뭔가 착각한 게 아닙니까? 우량기업의 일반 대출 금리가 19.5%예요. 신탁 자금을 대출받으려면 심지어 26%까지 줘야 가능합니다. 20%란 어떤 면에서 은행 금리보다 엄청 싼 겁니다."

손 회장은 전신에서 어떤 전류가 급박하게 흐르는 걸 느꼈다. 사실 사채 이자로 보면 연리 20%라는 것은 공짜나 다름없다. 연리 25~30%로 빌리기 어려운 것이 사채였기 때문이다. 명동 사채시장에서 A급 상장기업 어음도 연리 25%를 부담해야 하고, 고려토건 어음을 할인하려면 연리 35%의 이자를 줘야 하는 상황임을 손 회장은 너무도 잘 알고 있었다.

"그 말이 사실이라면 한번 만나 봅시다."

발등에 떨어진 불을 끄기 위해 손 회장은 심 사장의 제의를 받아들이고 말았다.

"우선 김 장군을 뵙고 나서 박순자 회장을 만나 보는 게 순섭니다."

"그건 왜요?"

"박순자가 김철규 장군의 부인이거든요. 머잖아 장충동 구라파 클럽에서 정식으로 결혼식을 올린답디다."

"늘그막에 복도 많군요. 젊고 돈 많은 미인을 꿰차다니."

손 회장은 적이 당황했다. 그들이 부부 사이란 걸 왜 나만 몰랐을까, 하는 생각에 몸 둘 바를 몰랐다. 증권가는 물론이고 사채 업계에서 큰손으로 알려진 그녀가 김철규의 부인이라니 놀라지 않을 수 없었다.

박순자. 사채꾼이라고 무시하기에는 너무도 화사하고 거울처럼 맑은 미인이었다. 돈이 될 만한 각종 투기에 정열적으로 매달리는 집요함만 아니라면 처연하게 아름다움을 자랑하는 이혼녀나 미망인을 연상시켰다. 어쩌다 우연히 금융기관의 임원실에서 마주치곤 했었는데, 그 때마다 그녀는 깔끔한 독신녀의 이미지를 뿌리고 있었다.

그녀는 갖가지 루머를 주렁주렁 매달고 다녔다. 권력가와 재력가들이 든든하게 뒤를 받치고 있기 때문에 유력 정치인이나 은행장들도 그녀를 함부로 대하지 못한다는 것이었다. 자금 동원력도 막강해 그녀의 보드라운 손가락과 향기로운 치마폭에서 수백억, 수천억 원이 나온다고도 했다.

큰손 박순자는 찬바람을 일으키며 돌아다녔고, 때로는 뜨거운 소문의 진원지가 되기도 했다. 금융기관 임원들치고 그녀와의 염문 대상에 끼지 않으면 머저리라는 얘기까지 흘러 나왔다. 그녀에게 밉보인 모 증권사 지점장은 실적이 바닥나 하루아침에 좌천되었고, 이를 만회하기 위해 매일 그녀의 사무실로 출근한다는 괴상한 소문도 나돌았다.

그녀의 주변에는 집권층 실세로 불리거나 재력가로 알려진 남자들이 항상 들끓는다고 했다. 그 실력 있는 여장부는 남성들로부터 여왕처럼 떠받들어졌고, 그녀 역시 사내들 위에 군림하는 걸 즐긴다고도 했다. 어찌 보면 사실 이상의 허세를 부리거나 과장된 소문이 아닌가 생각되긴 했으나, 증권가에서 그녀를 깍듯이 대접하는 걸 보면 소문을 인정하지 않을 수 없었다.

　큰손 박순자를 만나서 자존심을 꺾고 자금 거래를 신청해 볼까. 과연 소문대로 특수 자금에서 나오는 것일까. 먼저 자민당 사무총장인 김정근 의원을 만나서 진상을 확인해 봐야 하지 않을까. 아니면 김정근 의원에게 다시 한 번 대출 압력 청탁을 넣어야 하지 않을까. 잔머리를 굴리다가 손 회장은 저울질을 포기하고 말았다.

＊　＊　＊

　"너무 늦었나 봅니다."

　바로 등 뒤에서 카랑카랑한 남자의 목소리가 들려왔다. 손 회장은 반사적으로 고개를 돌렸다. 심 사장이 턱짓으로 그 빼빼 마른 중늙은이를 가리켰고, 손 회장은 어깨의 힘을 빼며 잠시 몸을 추슬렀다.

　김철규는 예비역 장성답지 않게 잰걸음으로 다가왔다. 잠을 자다가 금방 깬 사람처럼 부숭부숭한 얼굴이었다. 손 회장은 숨을 길게 들이마셨다가 심호흡을 하려고 했다. 그러나 심호흡은 이내 한숨으로 변해 버렸다.

　"인사 나누시죠. 김철규 장군이십니다."

　손 회장은 벌떡 일어나 대통령을 만나는 말단 공무원처럼 넙죽 절을 했다. 아주 까다로운 인상의 김철규가 무뚝뚝하게 내민 손이 무척 차가웠다. 60대 남자라고는 믿어지지 않을 만큼 대단한 악력이었다. 어정쩡하게 손을 거두며 손 회장은 공연히 불안해지기 시작했고, 으스스한 냉기가 온몸을 덮치는 걸 느꼈다.

"손 회장님, 그 의혹의 눈초리를 좀 거둘 순 없을까요?"

김철규의 어두운 얼굴에 조용한 미소가 번진 것도 그 순간이었다. 그럴수록 손 회장은 굳어진 몸을 풀 수가 없었다. 이상하게도 등골이 서늘해졌다.

"의혹의 눈초리라니요? 장군님 그건 오해입니다."

"나는 고리대금업자가 아닙니다. 순수한 마음으로 모범 기업가들을 돕고 싶을 뿐입니다."

"저 역시 순수한 마음으로 장군님을 뵈었으면 했습니다."

맞장구를 치자 착잡함이 약간 풀리는 것 같았지만 손 회장은 속으로 차갑게 웃었다.

"경영 환경이 어려워질수록 마음가짐을 단단히 해야 합니다. 현실이 아무리 괴롭더라도 절대 포기하지 말아야 합니다. 반드시 돌파구는 있어요. 돌다리도 두드리고 건너야 한다는 속담대로 신중하게 대처하면 이 난국 정도야 얼마든지 극복할 순 있다고 봅니다. 회사를 그만큼 키우느라 고생깨나 하셨지요?"

손 회장은 김철규에 대한 인상이 조금씩 달라지는 걸 느꼈다. 메마르고 거칠어 보이는 겉모습과 달리 비교적 자상한 편이라고 생각됐다.

"아닙니다. 부족한 점이 너무 많기 때문에 장군님의 지도편달이 필요합니다."

잠꼬대 같은 소리에 허튼소리로 대꾸하던 순간, 갑자기 뱃속이 싸르륵 아파 오기 시작했다. 역시 짐작한 대로였다. 손 회장은 김철규의 시선이 중앙정보부 간부 출신답게 몹시 따갑다는 걸 의식했다. 마치 상대편의 가슴을 저미는 칼날 같은 눈빛이었다.

"요즘 중요한 국가사업 때문에 무척 분주하십니다. 무례인 줄 알면서도 제가 간청했더니 어렵게 짬을 내셨어요."

입이 근질거렸던지 심 사장이 촐싹거리며 한마디 거들었다.

"장군님, 뵙게 돼서 정말 영광입니다."

손 회장은 다시 한 번 정중하게 허리를 숙였다.

"요즘처럼 어려운 시기에 기업하는 분들 참 애국잡니다.

우리 사회는 그 같은 애국자들을 제대로 대접하지 않고 있어요. 참으로 안타까운 현실입니다. 그래서 나는 요즘 어려운 경제인들을 돕기 위해 여러 가지 사업을 구상하고 있습니다. 경제 위주의 사업뿐만 아니라 국가 방위에 꼭 필요한 사업도 추진하고 있어요. 특히 해외 투자 사업에도 관심이 많습니다. 한·중동 합작 은행을 비롯해 앨라배마 탄광, 클라크 중장비 회사, 플로리다 농지 개발 등 외국과의 합작 투자 계획도 차근차근 마무리되고 있습니다. 합작 은행이 성사되면 손 회장 같은 경제인들에게 많은 도움이 갈 겁니다."

김철규는 막내 동생이나 새까만 후배들을 대하듯 두 사람을 수시로 둘러보며 계속 지껄였다. 손 회장은 열변을 토하는 김철규를 멀거니 쳐다보며 '이 사람 도사 앞에서 칼춤을 추는군' 하고 약간 희극적이면서 비감스러운 기분에 젖어들었다.

"몸 둘 바를 모르겠습니다. 장군님의 경제관과 국가관은 우리 후배들이 우러러볼 만합니다."

심문보 사장이 알랑방귀를 뀌어댔다.

"요즘 고려토건의 자금 사정이 좋지 않은 걸로 압니다."

김철규의 목청이 잦아드는 걸 보니 이제 겨우 본론에 접어든 것 같았다.

"아직은 견딜 만합니다. 중동 지역의 공사 대금이 제때 입금되지 않아 자금 회전이 무척 느려지긴 했습니다만…."

"내가 도울 방법이 없을까요?"

"심 사장의 말씀을 대충 들었습니다만….."

손 회장이 조바심을 애써 숨기며 말 꼬리를 흐렸다.

"무담보로 2백억 원을 빌려주겠소."

김철규가 단호하고 냉랭하게 말했다. 손 회장은 다시 한 번 두려움을 느꼈다. 눈 하나 깜짝이지 않고 2백억 원을 빌려주겠다는 이 남자가 돌았거나 정치자금을 주무르고 있음이 분명했다.

"그처럼 많은 돈은 필요 없습니다. 50억 원만 빌려주십시오."

"연리 17%로 1백억 원을 쓰시지요."

숫제 강요하는 말투에도 손 회장은 짜릿한 쾌감으로 진저리를 쳤다. 연이율 20%가 17%로 내려간 사실이 믿어지지 않았다. 연 20%가 아니라 25%라도 수용할 마음의 준비가 되어 있었다.

"너무 많습니다."

손 회장은 너무 놀라웠던 나머지 딴청을 부렸다.

"우리가 제공하는 자금은 최소 단위가 1백억 원입니다."

"조건이 그렇다면 요청하시는 대로 따르죠. 하지만 약속어음을 소액권으로 쪼개는 이유가 궁금합니다."

"음성 자금을 양성화하는 과정에서… 말 못 할 사정이 있습니다. 구체적으로 말씀드릴 수 없음을 양해하시기 바랍니다."

"더 이상 묻진 않겠습니다. 그보단 대여 조건이….."

"비밀 유지가 생명이오. 특수 자금을 꾸준히 회전시켜야 하기 때문입니다."

김철규는 엉뚱한 말만 반복했다.

"…."

손 회장은 말없이 고개를 주억거렸다. 시중에 떠도는 소문으로 미루어 가능한 일이라고 짐작되었다.

"좀 길게 잡아 2년 거치 3년 분할 상환 조건입니다. 특수 자금이기 때문에 비밀 유지가 최우선의 조건입니다. 신의를 지킬 수 있겠죠?"

"물론입니다."

"제도권 금융이 아니기 때문에 대여 금액의 두 배에 해당하는 어음을 끊어야 합니다. 1백억 원을 쓰시되 2백억 원의 어음을 발행해 달란 말이오."

"초과 어음을 담보로 잡는 성격입니까?"

"경제는 유통입니다. 담보 어음을 유통시키더라도 손 회장에게 부담을 주지 않습니다. 2백억 원의 어음을 모두 돌리더라고 무슨 상관입니까. 우리가 책임지고 막아야 할 판인데."

"그래도 담보용 견질 어음이라는 성격에 비추어…."

"보관만 할 어음이라면 거추장스러운 걸 왜 받겠어요? 제도권 금융에서 소외된 경제인들에게 자금을 지원하긴 하지만 우리는 자선 사업가가 아닙니다. 역금리 체계에 의한 손실을 메우려면 2배수가 아니라 3배수 어음을 유통시켜야 할 때도 없지 않습니다. 그처럼 까다롭다는 로열건설 최 회장도 내가 제시하는 조건을 존중하고 있어요. 우린 무리한 요구를 하지 않습니다."

"단지 어음용지 조달이 문젭니다."

"그건 걱정하지 마세요. 은행은 우리가 움직이게 만듭니다. 내게는 고려토건을 국내 굴지의 회사로 만들 자신이 있어요."

"장군님을 만나 뵈니까 용기가 생깁니다."

그 말은 거짓이 아니었다. 스트레스도 심하고 신경 쓸 일이 너무 많은 최고경영자, 쫓기며 살다 보면 경우에 따라서 모든 걸 때려치우고 싶은 생각이 들 때가 한두 번이 아니었다. 운영자금 조달 걱정을 덜 수만 있다면 이 세상에서 하지 못할 짓도 없어 보였다.

"오늘 당장 필요한 자금은 얼마요?"

김철규가 그 질문을 하던 순간 손 회장의 입에서 안도의 한숨이 절로 나왔다.

"20억 정도면 도움이 될 겁니다."

"세 시간 뒤에 우리 사무실로 믿을 만한 임원을 보내세요. 어음 40억을 3천만 원짜리로 쪼개는 것도 잊지 마시고…."

"장군님, 고맙습니다."

"본격적으로 거래를 트려면 우리 박 회장을 조만간 만나 보세요. 멋진 구상이 제시될 겁니다."

"박순자 회장님을 말씀하시나요?"

손 회장은 심 사장의 눈치를 살폈다. 드디어 그 유명한 큰손 박순자까지 직접 만나게 될 모양이었다.

"장군님, 제가 중간에서 다리를 놓겠습니다."

심 사장이 기회를 놓치지 않으려는 듯이 다급하게 끼어들었다.

* * *

손정민 회장이 박순자를 만난 것은 사흘 뒤였다. 그녀는 초장부터 깐깐하고 다부진 어투로 손 회장을 압도하기 시작했다.

"적당히 얼버무리다가 꼬리를 감추는 짓은 내 생리에 맞지 않습니다. 이왕 말이 나왔으니 까놓고 말씀드리죠. 손 회장님, 우리가 하는 주식투자를 화끈하게 도와주세요. 그 이상의 반대급부는 충분히 보장하겠습니다."

소문대로 큰손 박순자는 여장부였다. 그녀의 주문은 은밀하면서도 명쾌했다. 고려토건의 주식 내부자 거래에 편승시켜 주어야 자금 지원이 원활해질 것이라는 협박성 암시가 따라붙고 있었다.

"장군님께서도 말씀하셨으리라 생각됩니다만, 역금리 체계에 의한 자금 회전 손실을 메우려면 그 방법도 동원해야 장기 거래가 가능합니다. 경제 부흥은 투기와 공존한다는 말도 있잖아요. 제 말뜻을 이해하시겠습니까?"

"공존공영의 차원에서 고려해 보겠습니다."

"더 이상 고민할 게 뭐 있어요? 특수 자금을 관리하는 전주(錢主)의 부탁인데…."

박순자가 잠시 손 회장의 눈치를 보더니 간드러지게 웃었다. 대수롭지 않은 제의를 부담스러워하는 게 우습다는 투였다. 그래도 그 웃음소리에 팽팽했던 긴장감이 약간 풀어져 버렸다.

"박 회장님, 잘 알겠습니다. 그보단 자금 대여 기간의 연장에 신경 쓰지 않도록 배려해 주셔야 합니다. 유사시엔 3개월마다 어음 결제 대전을 지원해 주시고 어음용지 조달에도 각별한 관심을 가져 주셔야 하구요."

"우리는 단순한 사채꾼이나 투기꾼이 아네요. 국가를 위해 뭔가 중요한 사업을 벌이려고 준비 중인 사람들입니다. 좀 더 차원 높은 시각에서 만났으면 좋겠습니다. 우리가 추진하는 한·중동 합작 은행에 5대 재벌이 모두 참여하기로 했어요. 때가 되면 우리 장군님이 손 회장에게 빌려준 자금은 제도권 금융으로 흡수될 겁니다. 우리 은행이 문을 열 때까지 다소 어렵더라도 참아 주시기 바랍니다."

손 회장은 박순자의 맑은 미소와 화사한 미모에 넋을 빼앗겼고, 그녀의 오만방자한 기세는 누그러들 줄 몰랐다. 숨소리와 낮은 헛기침 소리에서도 색정이 담뿍 묻어나고 있었다.

"모든 사업이 순조롭게 진행되길 진심으로 바랍니다."

"박 회장님 덕분에 어려움을 이기고 있습니다."

너무 긴장한 너머지 손 회장은 입 속의 침이 거의 말라 버리는 걸 느꼈다. 짐짓 진지한 표정을 지어 보이면서 탁자 위의 주스를 마신 다음, 소리가 나지 않게 컵을 내려놓았다.

　"많은 활동을 해 왔지만 나처럼 조심스럽게 움직인 사람도 아마 없을 겁니다. 신중하게 처신하기로 유명한 정계의 실력자들이 나를 지원하는 것도 다 그만한 이유가 있기 때문이죠. 신용과 인맥이 내 재산입니다. 그거 하나만으로 여기까지 왔어요."

　말은 그토록 번드르르했지만 박순자는 큰손에 어울리게 겁 없이 움직이기 시작했다. 담보 조로 제공했다고 생각되던 어음들이 은행으로 돌아왔고, 그 유통 물량도 날로 늘어나더니 고려토건의 자금관리 부서를 바짝 긴장시켰다.

　결국 박순자 쪽에서 막아 주긴 했어도 '부도 대전'을 떼야 하는 시각이 임박해서야 어음 결제가 이루어질 때가 많았다. 마치 혹을 떼려다가 혹을 더 붙인 꼴이었다.

　"장군님, 불안해서 살 수가 없어요. 이래도 되는 겁니까?"

　다급해진 손정민 회장이 김철규를 만나 강력히 항의했다.

　"왜 이래요? 고려토건에 대한 신용도 확인 과정일 뿐이오."

　"지금 같은 상황에서 어음을 함부로 돌리면 어떡합니까?"

　"걱정하지 말아요. 우리가 막아 줄 테니…. 로열건설, 신신제강 어음도 돌리지만 우리가 직접 결제하는 걸 왜 몰라요?"

　"갑자기 거래량이 많아지면 시장에서 신용이 추락됩니다. 그 날 그 날 돌아오는 어음 물량을 미리 알려 주세요. 이러다 감당하기 어려워지는 거 아닙니까?"

　"왜 이래요? 고려토건을 국내 굴지의 회사로 만들겠다는 내 다짐을 잊었어요? 우리가 미련하게 부도라도 터뜨릴 줄 아는 모양인데 제발 믿어 주시오. 자금을 회전시키려면 추가 어음이 필요하니까 그거부터 챙겨야 합니다."

"어음을 또 발행하란 말씀인가요?"

"그럼 이제 와서 어떡하란 말이오? 예전보다 자금 회전 규모가 커졌기 때문에 어쩔 수 없다는 게 우리 박 회장의 판단이랍니다. 특수 사업도 마무리 단계여서 그만큼 어음 물량이 적잖게 소요됩니다. 머잖아 어음 발행 물량도 정상 수준을 회복하게 될 겁니다. 그 때 가서 수습은 우리가 책임질 테니 걱정하지 마시오!"

"못 믿어서 그러는 게 아녜요. 부담스러워 그러는 겁니다."

"현실을 긍정하고 사업에만 몰두하세요. 손 회장의 심적 부담과 노고를 우리 팀이 인정하고 있으니까."

더 이상의 항의가 필요 없어 보였다. 김철규의 심기를 건드리면 될 대로 되라는 식으로 드러누울 것만 같아서 정말 불안했다. 구체적인 사업 내용은 모르지만 그저 그들의 사업이 순조롭게 성공되어 극단적이 사태가 일어나지 않기를 기도하는 수밖에는 없었다.

그 때부터 손 회장은 김철규를 조금씩 의심하기 시작했다. 이미 어음 거래액은 1천 5백억 원을 넘어서고 있었다. 2, 3천만 원짜리 소액 어음으로 발행했으니 무려 6천여 장이 김철규와 박순자에게 전해진 것이다. 1백억 원을 무담보로 얻어 쓴 게 엊그제 같은데 2백억 원을 빌리는 대가로 그 일곱 배가 넘는 약속어음 1천 5백억 원을 발행하고 있었다.

손 회장의 피해망상증이 심해지자 김철규의 전면에 박순자가 나서기 시작했다. 권력의 비호를 노골적으로 암시한 것은 그 때가 처음이었다.

"대통령의 처삼촌인 윤광규 장군을 아시지요? 그 분이 내 형부예요.

내 형부가 정한두 대통령 각하의 장인 윤동규의 동생입니다. 나를 엉터리 사기꾼이나 사채꾼으로 보지 마세요. 그렇게 못 믿겠다면 우리 김 장군이 직접 고려토건에 투자한 것으로 칩시다. 다시 말해 2백억 원을 투자한 대주주가 되면 어떨까요? 신신제강에서도 주주 총회를 열기가 힘드니깐 김 장군을 명예회장으로 추대한 것처럼….”

“결코 쉬운 일이 아닙니다.”

손 회장이 주먹으로 이마를 두드렸다.

“건설회사 하나를 인수하려다 보니까 며칠 동안 자금이 경색돼서 그래요. 경영권 인수가 끝나면 그 회사 어음으로도 해결해 줄 테니 아무 걱정하지 말고 경영에만 전념하세요. 우리 부부가 손 회장을 궁지로 몰아가는 사태는 결코 없을 거예요.”

“은행의 어음 통제가 심해지고 있어요.”

“지금 은행으로 직원을 보내세요. 군말 없이 어음을 교부할 겁니다.”

손 회장은 그제야 입을 다물었다. 은행에 막강한 영향력을 행사하고 있다면, 틀림없이 특수 자금을 주무르는 사람들일지도 모른다고 생각했던 것이다. 그뿐인가, 두 사람의 구라파 클럽 결혼식 때 초대된 300여 명 중에 전·현직 국회의원, 재벌 총수, 예비역 장성, 은행장, 장차관 등 내로라하는 인사들이 대부분이었음을 모르지 않았다.

당시 월산 스님의 주례로 거행된 결혼식에는 대통령의 처삼촌인 윤광규가 양가를 대표하여 인사를 했고 국회의원 세 명이 축사를 했다. 예식비로 수억 원을 썼다는 그 초호화판 행사를 지켜본 손 회장으로선 김철규의 영향력을 믿지 않을 수 없었다. 김철규의 생일에 초대되어 가 보면 정계는 물론 재계·금융계·예비역 장성들이 경쟁하듯 선물을 보내왔다. 자민당의 몇몇 국회의원들과 재벌 총수들이 보낸 난초 화분들도 거실을 가득 메우고 있었다.

경기도 구리시에 있는 4만여 평의 호화 별장에 초대되던 날, 손 회장은 한동안 벌어진 입을 다물지 못했고 중병에 걸린 사람처럼 기가 죽어 돌아왔다. 그 날처럼 어깨가 축 늘어진 경우는 별로 없었다.

북한강이 바라다 보이는 국도변, 그곳에 위치한 그 별천지 별장 입구의 마당은 베어 낸 통나무로 만들어졌고, 그 길을 들어서면 42평의 정갈한 한옥이 기다리고 있었다.

"신화그룹 이 회장님이 우리 부부를 위해 특별히 싼 값에 팔았어요. 같은 불교 신자라는 인연이 아니면 이만한 별장을 헐값에 얻을 수나 있었겠어요?"

"아주 아담하고 아름다운 별장입니다."

손 회장은 구역질을 참으며 두 손을 모아 쥐었다.

"옷깃만 스쳐도 전생에서 인연이 있다고 했잖아요. 부처님께서 베푼 인연으로 만났기 때문에 난 손 회장님을 아주 소중한 분으로 생각한답니다. 그런 점에서 자주 초대하고 싶어요. 초대에 응해 주시는 거죠?"

"물론이죠. 부처님의 자비심을 잊지 않는 한…."

단풍나무 모과나무 사철나무 등 값비싼 정원수들이 빽빽이 들어찬 잔디밭이 손 회장의 기를 꺾었다. 진입로를 따라 품격 높은 호화 석등이 설치되어 있었고, 별장의 한복판에는 멋진 전망대까지 갖추어져 있었다.

"고위층 모임이 자주 열리는 곳이기도 해요. 요즘은 너무 너무 바빠서 귀하신 분들의 부탁을 일일이 들어 주진 못하지만…."

"극진한 환대에 몸둘 바를 모르겠습니다."

"이렇게 와주셔서 너무 기뻐요."

별장의 주인인 박순자는 어리벙벙한 표정의 손 회장에게 접근하더니 볼에 입을 맞추며 살포시 껴안아 혼을 빼앗기도 했다. 어쩐지 의도적이란 느낌이 들었지만 싫지는 않았다. 아니 그의 가슴은 괜히 콩닥거렸다.

　손 회장은 프랑스산 고급 와인과 이탈리아제 크리스털 잔과 아름다운 장미꽃으로 장식된 식탁 앞에서 그녀와 마주앉았다. 그토록 화려한 만찬에서 그는 술과 미인에 취해 갔다.

＊　＊　＊

　"우라질! 놀아난 기분이군."

　거나하게 취한 채 돌아오던 승용차 안에서 손 회장은 끌끌 혀를 찼다. 이러다가 엉뚱한 염문이라도 퍼져 망신당하는 게 아닌가 싶었다. 정말 자금 사정만 좋다면 할 짓이 아니라고 생각했다. 그 날 밤 손 회장은 끈끈하게 엉겨 붙는 아내에게 괜히 신경질을 부렸다.

　어느 날이던가. 몇몇 은행의 어음 통제를 견디지 못한 자금 담당 상무가 더 이상 어음을 발해할 수 없다고 버텼다. 심지어 은행에서 '어음 물량을 계속 늘리면 제재하겠다.'는 말을 서슴지 않았다. 그런데 웬걸, 그 때마다 김철규가 은행장에게 건 전화 한 통화가 고민을 해결해 주곤 했다.

　"거래 은행의 행장들 중에서 우리 장군님의 용돈을 받지 않은 사람이 없어요. 최소한 2억 원 이상은 다 받아먹었습니다. 영양가를 의심하는 손 회장님이 안타깝군요."

　박순자의 첫 남편 심문보 사장이 술자리에서 한 말이다.

　"보자보자 하니…. 심 사장, 누구 죽일 소리만 하고 있네."

　아무리 마셔도 손 회장은 취기가 오르지 않았다.

　"심지어 행장들의 재테크를 부지런히 도와준다는 얘기도 있어요.

사람 팔자 시간문제라더니 손 회장은 나를 만나서 신세를 고친 셈이
오."

심 사장은 만족스러운 미소를 흘리고 있었지만 손 회장은 구겨진
표정을 펴지 못했다.

손 회장은 그 독한 위스키를 벌컥벌컥 들이켰다. 코가 비뚤어지게
마시지 않으면 견디기 어려웠고, 예측할 수 없는 일들이 줄지어 벌어
질 것만 같은 나날이었다.

11. 사과상자는 임자가 따로 없다

아무래도 예감이 좋지 않아…. 그것은 매우 기분 나쁜 육감이었다. 고려토건 손정민 회장은 언제 닥쳐올지도 모를 위험에 대해 병적일 정도로 민감한 반응을 보이기 시작했다. 상처 입은 짐승처럼 스스로 학대하는 것은 물론이고, 술에 취하지 않은 날은 밤잠을 이루지 못했다.

사채를 쓰지 않겠다고 그렇게 다짐했건만 박순자의 함정에 깊숙이 빠져든 것 같아 불안했다. 아무래도 자민당 실세 김정근 의원을 만나서 그 불안감을 씻어야 한다고 생각했다.

이튿날 저녁 손 회장은 상임감사 이상순을 긴히 불렀고, 조용한 일식당의 특실에서 단 둘이 마주앉았다. 몇 잔의 반주 때문에 모두 상기된 얼굴이었다.

"매부, 매부가 김정근 총장을 직접 찾아가서 한번 만나셨으면 해서요….“

처남인 손 회장은 공적인 자리가 아니면 이 감사를 반드시 매부라고 불렀다.

"왜, 뭣 땜에?"

이상순 감사가 넥타이를 느슨하게 풀며 의혹 어린 눈빛으로 물었다.

"제가 만나도 되겠지만… 아무래도 매부가 나서는 게 좋을 거 같아서요."

이 감사와 고등학교 동기 동창인 김정근 의원, 손 회장도 매형 덕분에 김 의원을 20년 동안 막역하게 사귀어 왔지만 지금은 상황이 무척 달라졌다. 집권당의 실력자로 떠오르면서 주변의 시선 때문에 만나기가 예전보다 쉽지 않았던 것이다.

"갑자기 김 총장을 만나야 하는 이유가 뭐야?"

"버선목 뒤집듯 까보여 줄 수도 없는 게 정치의 세계란 걸 잘 알아요. 하지만 박순자 부부가 벌이는 수작이 너무 수상합니다. 명동 증권가와 사채시장 주변에서 떠도는 정치자금 조성설도 그럴 듯해 보이고…."

"집권 세력이 어느 정도 그녀의 도움을 받을 수야 있겠지. 돈 없이 정치를 한다는 건 불가능한 것일 테고…. 우리 역시 김 총장 등에게 맨입으로 청탁한 적이 없잖아?"

"하지만 심상치 않은 느낌이 감지되고 있어요. 대여 금액의 몇 배수 어음을 요구하면서 특수 자금 운운하는 걸 보면…."

"그녀가 집권층 쪽으로 약간의 도움을 주면서 쓸데없이 부풀리는 건 아닐까?"

이 감사의 목소리는 조용했지만 조바심이 묻어났다.

"방생 대법회를 연다면서 최고위층을 내세우고 있습니다. 그 뿐인 줄 아세요? 집권당 실세들이 전화를 걸어 지원 사격까지 하고 있어요."

"누가 전화를 했어?"

"정보경 의원뿐만 아니라…."

"혹시 김 총장도?"

이 감사가 불안한 표정으로 말허리를 잘랐고 손 회장은 고개를 끄덕였다.

"매부, 우리 고려토건이 그럭저럭 버티는 것도 사실상 김 총장님의 영향력 때문입니다. 그걸 부인할 생각은 추호도 없어요."

그 순간 이 감사는 자신의 귀를 의심했다. 손 회장의 말투로 미루어 김정근 총장이 어떤 루트를 통하든 박순자와 거래하고 있는 듯한 예감이 들었다. 집권층의 자금을 주무르다 보면 있을 수 있는 일이라고 생각했다. 하지만 그 뒷거래가 지나치면 김정근의 정치적 생명에 큰 타격이 올 수도 있는 처지가 아닌가.

"진상이 부풀려지면 그 친구나 처남이나 좋을 건 없어…."

"저도 알아요. 하지만 사운을 걸고 사채를 쓰는 마당에 예감마저 좋지 않아요. 그녀에게 경고 메시지를 보내려면 아무래도 김 총장이 나서야 할 것 같습니다. 위기 상황인 만큼 매부가 한번 만나서 쐐기를 박아야 합니다. 정치자금 조성용이든 아니든 그녀가 요구하는 어음 물량이 날로 늘어나고 있어요. 단순히 사기 행위로 보기엔 왠지 미심쩍은 구석이 많습니다. 어떤 방법으로든 하루 빨리 제동을 걸어야 해요."

손 회장은 이 감사의 잔에 술을 따르며 낮게 신음 소리를 냈다. 너무 늦었다는 느낌도 없지 않았다. 자민당 김정근 사무총장도, 매부인 이상순 감사도, 고려토건의 회장인 자신도 박순자의 굴레에서 벗어나는 일이 쉽지 않다는 것을 직감하고 있었다.

로열그룹 최종길 회장은 최근 몇 달 동안 자금 사정이 호전되면서 상쾌했던 심사가 갑자기 뒤틀리는 걸 어쩌지 못했다. 미처 깨닫지 못했던 그 두려움의 정체를 조금이나마 알아차릴 수 있을 것 같았다. 박순자가 정치권에 어떤 줄을 대고 있는지 몰랐을 때야 그저 허풍인 줄만 알았다. 그러나 요즘 들어서 짐작되는 얼개가 많이 달라지고 있지 않은가.

최 회장은 창문을 열고 담배를 피워 물었다. 시간이 갈수록 심정이 복잡해졌다. 자민당 정보경 의원의 전화를 받은 뒤로 최 회장은 일이 손에 잡히지 않았다. 박순자와 정 의원이 그토록 밀착된 관계라는 것쯤은 진즉 간파했어야 옳다. 어쨌든 사채꾼에 불과한 그녀가 자신을 이토록 얽매이게 할 줄은 전혀 몰랐다.

"최 회장님, 박순자 회장이 국가 지도자를 위한 방생 대법회를 연답니다."

정 의원의 탁하게 갈라진 목소리가 여전히 귓전에서 맴돌았다. 그 한마디가 최 회장의 코를 납작하게 만들고 있었다. 사채시장 큰손과 권력자 사이의 보이지 않는 끈을 확인하던 순간에 전해지던 묘한 감정…. 오래간만에 맛보는 낭패감이었다.

"당연히 최 회장께서도 시주는 하시겠죠?"

이 무슨 생뚱한 말인가. 그녀의 불사에 시주하는 것까지 챙길 정도로 정 의원이 한가롭단 말인가. 정 의원이 언제부터 그녀의 돈질에 발목이 잡혔단 말인가.

아무튼 세상이 호락호락하지 않다는 걸 그녀는 보여 주고 싶었을 것이다. 적당히 무시하려는 이쪽의 낌새를 눈치 채고 그녀도 지능적으로 대응하려는 수작 같았다. 바꿔 말하면 서툰 짓을 하지 못하도록 미리 상대편에게 족쇄를 채우려는 속셈이랄까.

박순자, 그 못돼먹은 여자, 싸가지 없는 년…. 안 그래도 시주금 청탁을 흔쾌히 들어 주려고 준비 중이었다. 공금리보다 싼 사채 수백억 원을 빌려 주는 전주에게 그까짓 3천만 원쯤 집어 주는 거 억울한 일이 아니었다. 그런데 그 새를 못 참아서 집권당 실세까지 걸고넘어질

게 뭐람. 남편 김철규를 앞세우더니 그것도 부족했던지 이젠 자민당 정보경 의원을 내세우고 있다. 그 늙은이의 영향력을 내세워 뭘 어쩌자는 것인가.

최 회장은 의자 등받이에 기대고 앉아서 한참 동안 혀를 찼다. 여자의 치맛자락 밑에서 허우적거리는 실력자들이 한없이 안쓰러웠다. 작년까지만 해도 자금이 흥청망청 남아돌았기 때문에 명동 사채시장 쪽은 아예 처다보지도 않았다. 그런데 그녀 스스로 나서서 거래를 터놓더니, 이제 와서 본격적으로 정계와 재계 인사들을 길들이기 시작하는 모양이었다.

박순자, 나를 업신여겨도 유분수지! 최 회장은 소파에 털썩 주저앉으며 이를 갈았다. 그녀가 얼굴마담으로 앞세운 집권당 실세 정보경 의원이 갑자기 연락을 해 오는 바람에 짐짓 반가운 척해야 할 일이었는데 사실 속마음은 그렇지 못했다.

뇌물이든 순수한 정치자금이든 그 돈을 만들어 주면서 흐뭇한 척하곤 했으나 요번만은 기분이 영 달랐다. 돈이 펑펑 쏟아질 때야 정치권에 대한 돈질도 즐거운 일이었지만 요즘은 형편이 많이 변해 버렸다.

자금 사정이 워낙 빠듯하다 보니 내키지 않게 몇 천만 원의 비자금을 만드는 것도 쉬운 일이 아니었다.

"안녕하세요. 회장님, 접니다."

탁하게 갈라진 목소리의 주인공, 더 들어 보나마나 정보경 의원이었다. 도대체 이번에는 무슨 부탁일까. 가까스로 마음을 진정시키며 가볍게 헛기침부터 날렸다.

"아이고, 의원님 어쩐 일이십니까? 건강하시죠?"

"사업하시는 데 불편한 점은 없어요?"

"선배님 덕분에 그럭저럭 견딥니다."

심심찮게 안부를 묻듯 전화를 걸어오는 정보경 의원. 그의 목소리만 들으면 엄살떨지 말고 용돈 좀 내놓으라는 낌새 같아 왠지 꺼림칙했다. 누이 좋고 매부 좋은 거래였음에도 늘 속내는 찜찜했다. 그이 이름 석 자만 떠올려도 뒤이어 생각나는 건 사과상자요, 돈 보따리였다. 우라질 놈의 세상! 이 핑계 저 핑계를 대며 그 친구가 수금해간 것이 어느덧 10억 원을 훌쩍 넘어 버렸다.

　"박순자 회장님께서 국가 지도자를 위한 방생 대법회를 연답디다."

　그 말에 최 회장의 표정이 굳어졌다.

　"선배님, 이미 알고 있었습니다."

　최 회장은 화도 났지만 한편으로 간담이 서늘해졌다. 요상하게 얽혀 있는 두 사람의 유착 관계가 그 정도일 줄이야. 집권층 구석구석까지 그녀의 손길이 미치지 않은 곳이 없어 보였다. 오지랖 넓은 걸 자랑하고 싶어 안달이 난 박순자의 요염한 미소가 눈앞에서 알찐거렸다.

　"당연히 최 회장께서도 시주는 하시겠죠?"

　듣고 보니 무척 섭섭했다. 일개 사채꾼에 지나지 않는 여자의 불사에 시주금을 내야 한다고 압력을 넣다니…. 빌어먹을 세상이었다.

　"물론이죠. 3천만 원을 준비하도록 지시했습니다."

　그쯤에서 최 회장은 박순자와 김철규의 배후 세력이 막강하다는 걸 다시 한 번 확인할 수 있었다. 큰손 박순자의 권유가 없더라도 많은 대기업들이 대부분 2, 3천만 원을 시주하려고 준비 중임을 알고 있었다.

　"불교 신자인 최 회장님도 관심을 가지셔야…."

　며칠 전, 박순자가 머뭇거리다가 꺼낸 말이었다.

　"우리도 시주금을 내야 하지 않을까요?"최 회장이 박순자의 말허리를 잘랐다. 말귀를 못 알아듣는 벽창호도 아닌데 그녀가 빙빙 돌려 말하는 게 싫었기 때문이다.

"시주금 3천만 원은 정식 결재 절차를 거친 뒤 적법하게 비용으로 처리해도 문제가 없을 겁니다. 국가 지도자를 위한 거국적 불교 행사인데 세무 당국이 경비 처리를 인정하지 않는다면 말이나 됩니까."

박순자는 너무 영악한 나머지 언젠가 탈이 날 여자였다. 회계처리 방법까지 걱정해 주는 목소리에 그 누구도 침범할 수 없는 오만이 담겨 있었다.

"이 최종길이가 누굽니까. 그런 걱정일랑 접어 두세요."

"우리와 거래하는 100여 개 기업들 모두 기꺼이 시주금을 낼 거에요. 각하는 물론 집권당에서도 상당한 관심을 갖고 후원하는 행사니까요."

그렇게 초치고도 여전히 동업자를 못 믿는 걸까. 아니면 막강한 배경을 과시하려고 까부는 걸까. 제발 갖고 놀지 말거라. 이 교활한 암탕나귀야…. 최 회장으로선 정보경 고문과 김철규를 앞세워 수작을 부리는 박순자가 얄미웠다.

박순자와 김철규. 보기보다는 음흉하기 짝이 없는 인물들이다. 그렇게 엄청난 돈을 거둬들여 어떤 명목으로 쓸 것인가. 국가 원수를 들먹이며 드러내 놓고 하는 행사이니만큼 불사(佛事)에 한정된 모금은 아닐 것이다. 아닌 말로 그들이 내세우는 특수 사업에도 어쩌면 적잖이 투입될 게 뻔한 일이다.

3천만 원씩 100여 개 업체들이 갹출한다면 자그마치 30억 원에 이른다. 아니 그보다 많은 액수를 시주하는 거래처들이 있고 보면 60억 원이 될지도 모른다. 자라와 붕어, 미꾸라지 몇 마리 방생하는 하루의 비용치고는 천문학적인 규모의 돈이다. 그래도 기업 경영자들은 당장 발등에 떨어져 있는 사활의 문제라 간주하고, 경쟁하듯 액수를 올려가며 시주금을 낼 것이 분명하다.

기업주들의 저자세와 약점을 악용해 영향력을 과시하려는 박순자 부부에게 침이라도 뱉고 싶었다.

　그러나 최종길 회장은 부끄러웠다. 자신의 누추하고 창피스러운 모습이 백일하에 드러나 버린 기분이었다. 사채시장의 큰손과 거래를 트고 있다는 사실이 집권당 실세에게 알려지다니, 이게 무슨 개망신이란 말인가. 박순자·김철규 부부가 특수 자금이 어쩌고저쩌고 하는 말은 애당초 믿지도 않았었다. 서로에게 이용 가치가 있어 만났고, 마침내 서로 죽이 맞아 거래를 튼 것에 불과하니까.

　"어쨌든 박 회장의 불사에 관심을 기울여 주시오."

　"선배님, 그 일 아니라도 금명간 연락드리려고 했습니다. 선배님이 바빠서 격조했지 언제 제가 자리를 피한 적이 있어요? 하시라도 시간 내십시오. 만사 뿌리치고 달려가겠습니다."

　"늘 바쁘실 텐데 우리 당에까지 그렇게 신경을 써 주시니 고마울 따름이오. 시간이 나면 골프나 한번 칩시다."

　눈치 빠른 최 회장은 그 말이 무슨 뜻인지 알아들었다. 그는 잇몸을 드러내고 소리 죽여 웃었다. 아니, 우리당이라니? 그 엄청난 떡값이 개인의 호주머니로 사라지지 않고 자민당 운영자금에 충당된다는 걸 은연중 암시하고 있었다.

　"개자식!"

　수화기를 내려놓던 순간, 최 회장의 입술이 뒤틀리며 욕설이 튀어나왔다. 용돈 좀 달라는 소리였으므로 사실 최 회장은 속이 뒤집혀 있었다. 시주금 3천만 원뿐만 아니라 정보경에게 적어도 5천만 원은 집어 줘야 하다니 배보다 배꼽이 더 큰 경우였다. 긁어 부스럼 만든다고 했던가. 박순자·김철규 부부의 푼수 짓 때문에 예정에도 없던 비자금이 지출되어야 했던 것이다.

"솔직히 말씀드려 선배님 아니었으면 벌써 이 사업 뜯어 걸었을 겁니다."

그렇게 떠들면서도 최 회장은 자신이 속으로 빈정거리고 있다는 걸 알았다. 겉과 속이 다른 거래 관계를 유지하다 보니 어느 새 능청 떨기가 체질화되어 버렸던 것이다.

전화를 끊고도 그는 오랫동안 울분을 참지 못했다. 심한 욕설이 폭발해 버릴 것처럼 위태롭게 꿈틀거렸다. 참으로 해도 너무한 세상이었다. 어느 쪽이 악어이고 어느 쪽이 악어새였든 정치권과 재계는 그렇게 갈등 어린 밀원 관계로 살아왔다.

사과상자? 그 어휘만 떠오르면 입맛이 썼다. 정보경 의원처럼 정치권에서 철없이 까부는 엉터리 정치꾼들 때문에 얼마나 많은 사과상자를 더 날라야 할까. 옛날의 해프닝을 곱씹을 때마다 최종길의 표정은 심하게 일그러지곤 했다.

로열그룹 빌딩은 물론이고 계열사 공장이나 공사 현장의 경비실이 하나같이 느슨한 이유는 누가 뭐라 해도 최 회장 탓이었다. 어느 누구 못지않게 까다롭고 고집 세기로 유명한 최 회장도 다른 부문과 달리 경비실만큼은 긴장을 풀어 주려고 노력했다.

최 회장은 비자금 조성과 돈세탁의 귀재여서 경비실을 지나치게 통제하면 증거가 남기 때문에 '회사 재산 빼돌리기 사업'이 쉽지 않을 것이라고 생각하는 사람이었다. 결국 그 배달 사고도 한사코 경비실을 얕잡아 본 데서 비롯된 것이었다.

바로 문제의 그 날, 정보경 의원은 최 회장이 직접 사과상자를 배달하는 걸 원치 않았다. 자신의 운전기사를 보내서 아무도 눈치 채지 못하도록 은밀하게 운반하겠다는 것이 아닌가. 철두철미 하기로 소문난 최 회장도 드디어 정 의원의 시나리오를 믿을 수밖에 없었고, 그 초보

운전기사에게 모든 걸 맡겨 버렸다. 최 회장의 각별한 지시에 따라 비서실 직원들조차 개입하지 않은 건 물론이었다.

그런데 그 날만큼은 깐깐한 경비반장 안영해가 빌딩 로비를 지키고 있었다. 회사 재산의 불법 반출을 막지 못했다는 이유로 몇 차례 시말서를 쓴 적이 있기 때문에, 그 날도 안 반장은 바짝 긴장하고 있던 참이었다. 마침 낯선 방문객이 사과상자를 끌고 나타나자 시비부터 걸었다.

"반출증을 보여 주세요."

"당신네 회장님이 우리 영감님에게 보내는 서류입니다. 그런데 당신이 무슨 권한으로 막아요?"

얼마나 대단한 끗발을 가진 영감인지 모르겠으나, 그 영감님의 운전기사라는 젊은 친구가 으름장부터 놓았다. 그 운전기사는 꽤 묵직해 보이는 사과상자를 질질 끌어가다 말고 가쁜 숨을 몰아쉬고 있었다.

"이 사과상자가 기사님 소유라는 증명이 어디 있습니까? 나는 교육받은 대로 처신할 따름이오. 총무부에서 발행한 반출증이 있어야 통과가 가능합니다. 위에서 시키는 대로 하지 않았다가 모가지가 두 번이나 달아날 뻔했다고요."

안 반장의 입장은 너무도 완강했다. 자기 영감님에게 전달되는 서류를 받아 가는 길이라고 운전기사가 대들었으나 안 반장은 요지부동이었다. 비서실 직원에게 사실 여부를 인터폰으로 확인하자는 운전기사의 말도 먹혀들지 않았다.

"일단 반입 대장에 기록한 다음 다시 갖고 들어가십시오. 그리고 나서 총무과장님의 결재를 받은 반출증을 제시해야 통과할 수 있습니다. 우리는 그렇게 교육받았고 그 지침을 정확히 준수해야 할 의무가 있어요!"

그 때였다. 안 반장이 마지못해 비서실에 인터폰을 걸려던 참이었다. 발끈거리던 운전기사가 스스로 화를 참지 못하고 찬바람을 일으키며 지하 주차장으로 내려가는 게 아닌가. 안 반장은 마침 잘 됐다는 생각에 송수화기를 내려놓고 딴 일을 보기 시작했다.

한마디로 오기 싸움이었다. 회장과 비서실을 들먹이는 놈들치고 대부분 별 볼 일 없다는 것을 경비원 10년 체험으로 안 반장은 잘 터득하고 있었다.

비서실 여직원이 '사과상자 한 박스가 지나갔나요?'라고 물었을 때도 태연하게 '예!'라고 대답했다. 사과상자가 여전히 발밑에 놓여 있던 터라서 운전기사 녀석이 즉시 돌아오리라고 판단했던 것이다.

그리고 5분쯤 흘렀을까. 다소 한가해지자 안 반장은 사과상자로 시선을 가져갔다. 호기심을 참아 가며 구둣발로 지근덕거렸다. 그 찰나, 발끝에 닿는 감촉이 의외로 둔중했다. 내용물이 뭔지 궁금해졌다. 조심스레 테이프를 뜯어내는 손길이 수전증 환자의 그것처럼 걷잡을 수 없이 떨렸다. 그리고 다시 30분쯤 흘렀을까. 정 의원이 최 회장에게 전화를 걸어왔다.

"정보경이오."

"선배님, 사과상자… 도착했습니까?"

수화기에서 정 의원의 긴장된 목소리가 들려오자 최 회장이 생색내듯 말했다.

"그것 때문에 전화했습니다. 운전기사 놈이 그쪽 경비반장과 다투다가 그대로 놓고 왔다길래 급히 돌려보냈어요."

두 사람이 통화중일 때 안 반장은 이미 경부고속도로를 내달리고 있었다. 대절한 택시 안에서 안 반장은 자꾸만 헐렁거리는 가슴으로 사과상자를 꼭 끌어안았다. 글쎄 1억 원일까, 2억 원일까, 아니면 3억 원일까…. 그처럼 많은 현금을 난생 처음 만지게 된 안 반장은 어림짐작으로도 계산할 수가 없었다.

* * *

큰맘 먹고 장만한 사과상자를 경비반장에게 날치기당한 최 회장은 아무 말도 못 하고 화를 속으로 쟁여 넣어야 했다. 정 의원은 지체하지 않고 그 멍청한 운전기사를 해고시킬 수밖에 없었다.

어쨌든 최 회장은 속이 쓰려도 2억 원을 다시 만들어 새로운 사과상 자를 꾸려야 했다. 무려 4억 원을 날려야 했으니 본전 생각이 굴뚝같 았다. 그래서 잔머리를 굴려 생각해 낸 기발한 아이디어가 있었는데, 바로 정 의원을 통해 한양은행을 움직여 보자는 것이었다.

한양은행 소유의 비업무용 부동산을 거저먹고 싶은데 아무래도 정 의원의 영향력이 필요했다. 늘 쥐약을 받아먹던 정 의원에게 조심스럽 게 청탁을 넣었다. 은행장 이용운을 부추겨서 로열건설 앞으로 부동산 을 매각할 수 있도록 해달라는 게 최 회장의 주문이었다. 먹은 돈이 많 았던 정 의원은 그 청탁을 차마 거절한 수가 없었다.

"선배님, 거저먹겠다는 게 아닙니다. 처분이 어려운 비업무용 부동 산을 장기 할부로 사겠다는 거예요."

"결국 은행에 좋은 일이군. 한번 뛰어 봅시다."

다소 찜찜하긴 했으나 떡값이 더 들어올 게 확실했으므로 정 의원 은 쾌히 승낙했다. 즉시 반대급부가 선금으로 전해졌다. 영양가를 높 이기 위해 최 회장은 그 날 당장 2억 원을 정 의원에게 건넸다. 영양가 는 바로 나타났다.

"행장님, 정보경이요."

"아이고, 손수 전화를 다 주시고 영광입니다."

은행장 이용운을 정 의원의 목소리가 들리던 순간, 죽는 시늉도 마 다하지 않았다.

"행장님, 다른 게 아니고요, 로열그룹의 최종길 회장을 엊그제 만났어요."

"그러셨어요?"

이 행장은 괜히 치부를 들킨 것만 같아 속이 뜨끔했다. 최 회장이 가끔 건네던 떡값을 날름날름 받아먹은 사실을 정 의원이 알고나 있는 것은 아닐까.

"귀 은행에서 보유 중인 비업무용 부동산을 매입하고 싶은 의사가 있는 모양입디다. 나대지를 사들여 대규모 아파트 부지로 활용하고 싶다더군요. 신청이나 했나 해서 전화 올렸습니다."

"괜히 무리는 하지 마시고… 도와주실 수 있으면 합리적인 선에서…."

"걱정하지 마십시오. 어느 분의 말씀인데 망설이겠습니까."

정보경 의원의 청탁 전화에 깜빡 죽어 버린 이용운 행장은 머뭇거리지 않고 최종길 회장을 불렀다. 끗발의 부탁도 들어 주고 떡값도 챙겨 가며 생색낼 수 있는 기회를 포기할 이유가 없었던 것이다.

부도가 난 기업의 담보용 부동산을 엉겁결에 떠안고 있던 은행장은 썩은 이를 뽑아 버리는 기분이었다. 구세주처럼 나타난 최 회장에게 은행장은 선선히 땅을 넘겨주기로 약속했고, 계약금만 내면 장기 할부 조건도 가능하다는 여운을 풍겼다. 가능한 한 많은 떡값을 우려내려는 수작이었다.

광활한 땅을 헐값에 사들이는 일, 그것은 분명히 군침 넘어가는 거래였지만 로열건설은 사실상 수십억 원도 동원할 만한 자금력이 없었다. 중도금은 고사하고 계약금도 마련할 방도가 없었다. 하지만 최 회장은 하늘이 무너져도 솟아날 구멍이 있다며 김혁 전무를 안심시켰다.

"은행이 뭐 하는 곳이냐? 돈 대주는 곳이 은행 아냐?"

"회장님, 아무리 사정이 안 좋아도 최소한의 계약금 정도는 마련해야 하지 않겠습니까?"

그 날 따라 두뇌 회전이 느렸던 김 전무는 최 회장의 말뜻을 이해하지 못했다.

"걱정 마라. 계약금도 은행에서 대출하면 돼. 은행장에게 쥐약으로 2억 원을 집어 주면 그만이야."

"회장님, 담보가 있어야지요."

"취득하는 그 땅을 담보로 제공하면 되잖아?"

"후취 담보를 말씀하시는 모양인데 그게 가능할까요?"

"정보경이가 뒤를 받치고 있는 한 가능할 수도 있어."

최 회장의 말은 과장이 아니었다. 그는 쥐약의 효능을 믿어 의심치 않았다. 누군가 중간에서 쥐약의 절반을 가로챌 것이 두려웠던 최 회장이 직접 사과상자를 날랐다. 최 회장의 승용차 운전기사가 호텔 지하 주차장에서 그쪽 운전기사들과 접선하여 전달하는 방법을 이용했다. 이른바 배달 사고를 우려하여 각각 2억 원이 든 사과상자를 정 의원과 이 행장에게 그런 식으로 직접 배달했던 것이다.

"어때, 당신 생각은? 땅 얻고 땅값 빌리는 작전이 과연 성공할 거 같아?"

최 회장이 김 전무에게 키득거리며 물었다.

"회장님께서 손수 추진한 작전인데 실패할 리가 있겠습니까."

그 날 저녁 최 회장과 김 전무는 작전의 성공을 확신하며 술잔을 부딪쳤다.

그리고 며칠 뒤, 최 회장은 정 의원이 얼마나 든든한 빽인지 확인할 수 있었다. 사과상자 속에 담긴 그 힘이 막강한 위력을 발휘한 탓일까. 로열건설은 영악한 정 의원 덕분에 우둔한 이용운 행장을 놀려 가며 장기 할부 조건으로 한양은행 소유의 광활한 나대지를 헐값에 사들였을 뿐만 아니라, 그 계약금·중도금·잔금 등 매입 자금 전액도 은행에서 빌릴 수 있게 되었다.

돈 없는 부동산 취득자에게 땅값을 독촉하기보다는 차라리 돈을 빌려 준 뒤 그 돈을 다시 낚아채는 게 낫다는 결론을 은행이 내린 거였다. 이쯤 되면 은행장의 독창적인 아이디어에 곤혹스러움을 느끼지 않을 사람은 아마 없을 것이다. 한마디로 은행은 백수건달에게 땅을 거의 공짜로 넘겨주고 땅값까지 마련해 준 꼴이었다.

* * *

정경유착의 목적은 간단하고 분명하다. 그들은 기득권이라는 이름의 사과상자를 지키기 위해 모두 힘을 합친다. 그래서 그럴까. 그 사과상자가 탄생시킨 기득권 세력의 내부 사정은 거짓말처럼 안전하고 평화롭다. 설사 뒤탈이 생겨도 구렁이 담 넘어가듯 얼렁뚱땅 대처하면 그만이다.

정치권과 재계가 야합하기 위해 비자금을 서로 주고받은 뒤, 예기치 않게 파멸이 시작되면 누가 먼저랄 것 없이 허겁지겁 수습에 나선다. 아니 미봉책을 강구하려는 노력에 앞서 잡아떼기부터 진지하게 논의한다. 재수 없게 비자금 조성과 뇌물 수수 사실이 드러날 때마다 양쪽의 유명 인사들은 경쟁하듯 오리발부터 내민다.

특히 검은 돈에 연루된 혐의를 받고 있는 정치인들은 강력하게 반발하면서 '근거 없는 유언비어'라고 일축하거나 '고도의 정치적 복선이 깔린 음모'라고 주장한다. 심한 경우는 검찰의 소환장이 날아와도 출두 거부와 단식 투쟁으로 맞서기도 한다.

- 어디서 그런 얘기가 흘러 나왔는지 정말 모르겠다. 정치적 음모다. 일일이 해명할 일고의 가치도 없다.

- 전혀 만난 적도 없으며 알지도 못한다. 누가 뭐래도 나는 이 사건에서 자유롭다.

정치권의 뇌물 챙기기는 여러 보호막이 있어 그 전모가 쉽게 드러나지 않는다. 비난받을 때 잘 견디면 뇌관을 건드리지 않고도 무사히 피해 갈 수 있다. 재수가 없던 나머지 매설된 지뢰를 잘못 밟은 정치인들 중 극소수만이 치명상을 입을 따름이다.

하지만 언론 보도 때문에 정치권이 술렁이고, 그러다가 재벌 총수의 비자금 조성과 로비 의혹이 좀 더 그럴듯하게 불거지면 상황은 달라진다. 재벌 총수는 마지못해 일부를 시인하지만 오리발은 점입가경에 이르고 만다.

- 청탁은 했지만 돈은 주지 않았다.
- 한 번 만난 적은 있으나 여러 사람이 어울린 자리였다.
- 순수한 정치자금으로 주었다.

나중에 들통 날 때 나더라도 정치권을 보호하려고 몸부림친다. 유력 인사를 물고 늘어져 봐야 이로울 게 없다는 판단이 서기 때문이다. 비리 혐의로 법정에 선 재벌 총수는 '기업을 하다 보면 말 못 할 사정이 있다. 비자금은 필요하다.'며 비자금 조성 사실을 시인하지만 사용처는 밝히지 않는다. 받은 사람들도 잡아뗀다.

- 나중에 비서를 통해 확인했더니 청탁을 받았지만 무시해 버렸다고 하더라.
- 보내 온 사과상자는 즉시 돌려보냈을 뿐이다.
- 선거 때나 명절 때 순수한 정치자금으로 겨우 몇 백만 원을 받았다.

사과상자를 받은 정치인 역시 피장파장이다. 썩은 냄새가 풍긴다고 매스컴이 열심히 펌프질을 하지만 사실 알고 보면 미수에 그친 범죄라는 것이다. 청탁을 위한 로비 자금이 전달되기도 전에 거부했거나, 설사 전달됐더라도 돌려보냈으니 떳떳하다는 주장이다.

엊그제만 해도 일면식도 없다고 잡아떼던 사람들의 해명이 그렇다.

"떡값을 뿌리친다는 것이 생각처럼 쉬운 일은 아니다."

한때 집권당의 중진 의원이었던 정윤하 씨의 고백이다. 그렇다면 뇌물을 뿌리치기가 왜 그처럼 어려운가. 결사적으로 찾아와 건네는 뇌물에는 그만큼 절박한 사정이 숨어 있기 때문이다.

그래서 뇌물을 준비하는 사람들은 철저하게 움직이고 치밀하게 사후에 대비한다. 누이 좋고 매부 좋은 사업에 서로 짝짜꿍이 통할 때는 대단한 위력을 발휘한다. 특히 재벌 총수가 직접 뇌물을 들고 나타난 경우 대부분 그룹의 사활이 걸린 문제가 따로 있게 마련이다.

기업주들은 앞날에 대비하여 정치인들의 평소 관리를 잊지 않는다. 회사 임직원들을 앞세워 국회의원 후원회에 얼굴을 내밀도록 하고 골프나 식사 대접을 핑계로 자주 어울린다. 필요에 따라선 정치인과 고위 공직자들의 인사 청탁도 흔쾌히 들어 준다. 이 과정에서 짝짜꿍이 불을 지필 때면 사과상자가 한약방의 감초처럼 등장한다.

이같이 목숨을 건 로비에는 천문학적인 규모의 커미션이 오간다. 일단 떡값이 주어지면 사과상자를 건넨 사람은 로비의 효과를 결코 의심하지 않는다. 사과상자를 받은 인사도 자기 자리를 걸고 이권에 개입하면서 '영양가'를 발휘하려고 애쓰기 때문이다. 이렇게 해서 한 건 걸리면 로비 대상자는 물론이고 사과상자를 건넨 사람에게도 평생 먹고사는 데 걱정이 없어진다.

최종길 회장이 건넨 사과상자를 받아 간 인사들은 한둘이 아니었다. 은행장 이용운은 한꺼번에 사과상자 두 개를 얻어 냈고, 은행장 박형석은 두 번 초대를 받아 그 때마다 한 개씩 사과상자를 받았다. 박행장은 두 개의 사과상자를 서재에 포갠 채 쌓아 둔 뒤 필요할 때마다 수시로 꺼내 썼다.

정보경 의원이 사과상자를 받을 때는 정 의원의 운전기사인 김 씨가 안간힘을 쏟아야 한 적도 있다. 사과상자가 한 개가 아니고 두 개였기 때문이다. 결국 은행장들은 4억 원 이상씩 챙겼고, 정보경 의원은 부동산 뇌물을 제외하고도 10억 원대를 받은 셈이 된다.

이처럼 염불에는 마음이 없고 잿밥에만 신경을 쓰니 마침내 기업은 빈 쭉정이가 되고 만다. 부잣집 하나가 망하면 온 마을이 몰락하듯, 대기업 하나가 쓰러지면 이 회사를 상대로 거래하던 수많은 중소기업들이 도산하고 만다. 재벌들이 앞 다투어 조성하던 비자금이 주범으로 날뛰기 때문이다.

재계·정계·관계는 실과 바늘처럼 따라다니며 국민의 돈으로 자기들만의 잔치에 혈안이 되었다. 이들의 돈 주정(酒酊)이 시작될 때마다 재벌 총수들은 빼돌린 비자금을 무기 삼아 주인 행세를 했다. 부패하고 무능하면 무책임한 정치권력과 손을 잡은 재벌은 권력에 의해 임명된 은행장과 관료들을 매수하여 질탕한 돈 잔치를 벌였다.

복마전, 아수라장, 지옥도…. 어떤 이름을 붙여도 어울리는 음험한 잔치 마당이었다.

하지만 그 질척질척한 잔치 마당에 낄 수 없는 사람들이 있었다. 실질적으로 잔치 돈을 댄 불쌍한 국민이었다. 이들은 자기 돈으로 남들이 왁자하게 잔치를 벌여도 그저 서글픈 구경꾼으로 만족해야 했다. 게다가 재계·정계·관계 인사들이 흥청망청 놀아나다가 사라지면 국민은 있는 자들이 남기고 간 쓰레기더미를 치우느라 몸살을 앓아야 했다.

재벌 총수들이 측근 임직원들에게 촌지로 하사하고 정치권에 뿌리고 해외로 빼돌린 돈은 어떤 성격의 돈인가. 과연 합법적으로 벌어들인 돈일까. 천만의 말씀이다. 그 돈은 은행장에게 뇌물을 주고 편법으로 대출받은 돈, 기업에서 몰래 조성한 비자금, 법망을 교묘히 피해 탈세로 얻어진 돈이다.

다시 말해 이 돈은 정상적인 방법으로 벌어들인 돈이 아니고 국민의 눈을 속여 만든 검은 돈이다. 한마디로 온 국민에게 골고루 돌아갈 국민의 돈이다. 따라서 국민의 돈을 제멋대로 주무른 대기업들은 마피아 같은 범죄 집단이었고, 재벌 총수들은 그 마피아의 두목이었던 셈이다. 그뿐이 아니었다. 재계를 검은 돈의 조달 창구로 변질시킨 정치인들은 마피아의 막후 인물이자 대부였던 것이다.

부패한 정치인과 관료들이 국민의 이익을 가로채 왔기 때문에 국민이 언제나 고통을 당한다. 그 부패 집단의 전면에는 부패한 경제인들이 있었다. 국민이 절망의 나락으로 떨어지는 비극적 결말이 뻔히 예상되어도, 사회적 갈등이 심화되고 노사 분규의 빌미를 제공하더라도 견제 장치 없는 독단 경영을 눈감아 준 사람들이 바로 정치인과 관료들이었다.

'박순자, 그녀의 존재가 뭐 길래 두 사람의 거래에 집권당 실세가 끼어드는가.'

최 회장은 엉거주춤 일어나서 담배를 피워 물었다. 자금난에 시달리면서도, 아니 경영 환경이 어려워질수록 정치권과 박순자에게 한층 신경을 써야 하다니, 이곳저곳을 넘나드는 오만한 표정의 박순자 얼굴이 떠오르자 그는 부르르 목덜미를 떨었다.

"박 회장님, 정신이 어떻게 된 거 아녜요?"

참지 못하고 최 회장이 전화를 걸었다. 생각보다 말은 더 통명스럽게 튀어나왔다.

"무슨 말씀이 그래요?"

박순자가 짜증스레 되물었다.

"우리 사이의 은밀한 거래를 정보경 의원에게 오픈시켜도 되는 겁니까?"

"그건 오해예요. 정 의원 그 분이 알아서 나섰을 뿐입니다. 어디까지나 단순한 불교 행사가 아니라는 걸 알면서 왜 그러세요?"

그녀의 목소리에 만용이 담뿍 묻어 있었다.

"국가 원수를 앞세우면 모두 거국적인 행사가 됩니까?"

"오늘 따라 말씀을 함부로 하시네요. 최 회장답지 않게."

"허 참!"

"오늘 돌아오는 어음 결제하시려면 서둘러야 해요. 직접 막으실 건가요, 아니면 우리 쪽에서 막아야 합니까? 내게 맡기려면 기리까이(연장) 어음을 보내셔야 합니다."

그녀의 오만은 결국 돈다발에서 탄생되고 있었다. 로열그룹이 빌려 쓰고 있는 사채의 상환 기한을 연기하려면 어음을 다시 발행하라는 것이었다. 그 때서야 최 회장은 공연히 항의 전화를 걸어 그녀의 심사를 건드렸다는 사실 때문에 갑자기 불편해지기 시작했다.

"최 회장님, 제발 안목을 좀 높이세요. 허세 부리지 말고 착실하게 챙기는 사업이 최고랍니다. 몸으로 때우던 시대는 벌써 지나갔잖아요? 약속처럼 주식투자로 금리 손실을 만회할 수 있도록 도와주세요. 삼박자가 맞아도 제때 운이 따르지 않으면 안 되는 일이 더 많아요. 한눈을 팔다간 회장님이나 나나 모두 거덜 날 수도 있습니다."

그녀의 회유와 협박은 점차 강도가 심해지고 있다. 최 회장은 치미는 역겨움을 참으며 칼자루를 쥐게 될 날을 즐겁게 상상하려고 애쓸 뿐이었다.

12. 끝없는 탐욕의 바다

아파트의 엘리베이터를 내리자, 어둑어둑한 복도에 비상등만이 퍼렇게 떨고 있었다. 대안증권 박상민 차장은 문 앞에서 오랫동안 망설였다. 뒤풀이 술에 취해 약간 몽롱해진 시선으로 손목시계를 보니 벌써 밤 1시. 그는 무슨 배짱으로 초인종을 눌러야 하지 몰라 서성거렸다.

아내 김이연을 달래기 위해 무엇인가 변명거리를 찾아야 했지만 그럴듯한 말이 떠오르지 않았다. 더없이 긴요한 재물이 얻어지는 작전 모임이긴 하지만, 매일같이 술 마시고 늦게 귀가하는 처지여서 아내에 대한 양심의 가책이 느껴졌다.

화끈하고 요란한 유흥 모임을 끝낸 뒤, 약 한 시간 전에 룸살롱 '희락'의 새끼마담과 끈적끈적한 정사를 벌인 참이어서 더욱 찜찜했다. 박상민은 이 세상에서 혼자 퇴출당한 기분으로 문 앞에 쪼그리고 앉아 담배 두 대를 태웠다.

박상민은 은단을 꺼내 입안에 넣고 씹으며, 상의 주머니 안에 넣어 두었던 봉투 하나를 꺼냈다. 모르긴 해도 최소한 백만 원짜리 수표로 열 장 정도는 되지 싶었다. 아까 오전에 박순자가 쥐어 준 촌지 봉투였

다. 아내 김이연을 속이고 외도를 저지르긴 했어도 제법 빳빳한 봉투
의 감촉을 즐기다 보니 어느 순간에 용기가 생겼다.

초인종을 누르고 지루하게 5분 가량 기다리자 문이 벌컥 열렸다. 불
꺼진 거실을 배경으로 무덤 속에서 금방 나온 흡혈귀처럼 김이연이 나
타났다. 박상민이 멈칫거리며 들어섰을 때 무대 조명처럼 불이 환하게
들어왔다.

"사모님, 죄송합니다. 오늘 또 사업상의 술자리가 생겨… 늦었어
요."

박상민은 한 손으로 부신 눈을 비비며 봉투를 내밀었다.

"세상에, 뭐? 사업상 술자리라고? 누구랑? 도대체 어떤 녀석이 이
새벽까지 당신하고 매일 술이나 처먹느냔 말이야?"

"연일 열리는 작전 회의 때문에 그래."

"어떤 년하고 무슨 짓을 하다가 돌아왔는지 어떻게 알… 당신은
지금 걷잡을 수 없이 타락하고 있어."

"자, 이거 받아."

그는 스멀거리는 열패감을 누르며 맥 빠진 목소리로 말했다.

"도대체 왜 이래? 당신 지금 제 정신이야?"

그녀는 격해진 감정을 이기지 못하고 그의 손을 뿌리쳤다.

"조금만 참아. 나도 생각이 있어."

박상민이 김이연을 두 팔에 안으려고 끌어당겼지만, 성추행 위기에
라도 몰린 것처럼 그녀가 완강하게 뿌리쳤다.

"돈만 밝히는 아녀자로 취급하는군."

김이연이 팔짱을 끼고 뒤로 물러나며 차갑게 쏘아붙였다.

"빨리 받아!"

"못 받겠어! 이 사람, 미쳐도 여간 미친 게 아냐."

그녀는 한사코 봉투를 받지 않겠다고 우겼다. 박상민은 잠시 묵묵히 서 있다가 그녀의 발 밑에 봉투를 툭 던져 놓고 소파에 몸을 의지했다.

"성깔 부리지 말고 조금만 참아!"

박상민은 치솟는 자격지심을 누를 수가 없어 다시 화를 냈다. 그는 소파에 엉덩이를 걸치고 앉아 아내를 올려다보았다. 벼르고 벼르다가 오랜만에 날을 받았다는 표정이었다.

"여보, 그러지 말고 이민 떠납시다. 불안해서 견딜 수가 없어요."

그녀는 무척 원망스러운 듯 한참 쏘아보더니 비로소 이성을 약간 회복한 듯했다.

"그렇다면 생각해 보자. 뉴질랜드로 이민을 떠나서 특별한 일거리가 없다면 백수건달로 지내야지 별 수 있겠어? 앞날이 불투명할수록 지참하고 떠나는 돈이 많아야 돼."

"이러다가 당신 크게 다치고 말 거예요."

"그런 소리 함부로 하지 마. 내가 모시는 로열그룹 최종길 회장의 정치적 배경을 당신이 몰라서 그래. 그 사람과 내가 굴비 두름처럼 엮이는 건 상상할 수도 없는 일이야. 옛날같이 날 믿고 기다려 줘."

"당신은 우리나라 주식시장의 건전한 발전을 가로막는 원흉이자 강도야. 그런 사람이 대안증권의 간부로 근무하고 있으니 우리 주식시장의 미래는 불을 보듯 뻔해."

"이제 와서 뭘 어쩌겠다는 거야? 그만 좀 고문해라."

"욕심은 끝이 없는 법이야. 이젠 지긋지긋해. 이제 정말 갈라지자."

메마른 입술을 꽉 깨문 그녀의 얼굴은 시간이 흐를수록 엄숙해졌고, 벌써부터 최악의 경우까지 각오하고 있는 듯 심각한 표정을 지었다.

"그래, 좋아. 당신 원하는 대로 이혼하자. 하지만 두 애들은 어떡할 작정이야?"

"내가 맡겠어."

"그동안 내가 너무 많은 돈을 가져다 줬어. 배가 부르니 이젠 나를 차 버리겠단 생각이 든 걸 보면….”

"말이면 단 줄 알아? 그 더러운 돈 당신이 다 가져!"

"정말 이러지 마! 대안증권이 마지막이야. 1년만 참자."

"누구 맘대로? 그건 안 돼! 10년이고 20년이고 구역질나는 돈 챙겨 가며 평생 동안 혼자 잘 먹고 잘 살아! 아무리 생각해도 당신이 나가는 게 편리하겠어. 맡겨 둔 돈 몽땅 줄 테니 당장 나가!"

"네 꼴리는 대로 하렴. 못된 것!"

"교도소에 면회 가는 악몽을 꾸지 않아도 좋으니 얼마나 행복한지 모르겠어. 거의 하루도 거르지 않고 고주망태로 귀가하는 사내자식 기다리는 짓도 이젠 만세를 부를 때가 됐어."

그녀는 진짜 두 손을 번쩍 들고 돌아서더니 안방으로 들어가 버렸다. 거칠게 닫히는 문짝이 금방이라도 박살이 날 듯 쾅! 하고 비명을 질렀다.

"그래, 네 맘대로 해라!"

독이 오를 대로 오른 박상민은 거실 바닥에 상의를 벗어 던지며 목 젖을 긁어 소리쳤다. 분노와 자괴심이 얼굴 가득 피어났다. 소파에 털썩 앉아 담배를 피우며 찐득하게 괴는 목덜미의 땀을 주먹으로 훔칠 때, 훌쩍이며 코를 푸는 소리가 안방에서 들려왔다. 생각 같아서는 당장 뛰쳐나가 심야 포장마차에서 한잔 더 마시고 싶었다.

그는 창문을 밀고 베란다로 나갔다. 검은 휘장처럼 일렁이는 강물에 도심의 하려한 불빛이 명멸하고 있었다. 강의 수면 위에 비치는 가로등의 그림자들이 도둑고양이들처럼 기웃거리는 게 섬뜩해 보였다. 퇴근한 밤이면 언제나 부드러운 안식과 평화를 안겨주던 그 강물이 아니었다. 일류 대학을 나와 청운의 꿈을 품고 출범했던 직장생활, 만 5년의 열애 끝에 결혼해 남부럽지 않은 가정을 꾸려오던 세월이 물거품처럼 부서질 것만 같아 점점 불안해졌다.

정의보다는 돈을 선택했던 창백한 젊음의 방황이 마침내 끝장을 보려는 것일까. 욱하는 것이 가슴 속에서 치밀었다. 검은 돈 앞에서 양심을 헌신짝처럼 내팽개치며 무릎을 꿇어야 했던 자신의 타협이 저주스럽게 느껴졌다.

"어쩌면 그렇게 사람이 몰라보게 변할 수 있어? 너, 자존심도 없어?"

술에 취해 휘청거리며 들어와서 봉투를 던지는 밤이 잦아지자 아내의 잔소리가 심해졌다. 몇 년 동안 검은 돈을 널름널름 받아먹던 그녀도 정상적인 생활로 되돌아가고 싶다는 충동에 휩싸이는 듯했다.

"상민 씨, 우리 옛날처럼 욕심 버리고 맘 편하게 살자."

그녀의 애원에 박상민은 버릇처럼 고개를 끄덕이곤 했다. 머잖아 그 음모와 방탕의 세월을 청산할 수 있으리란 믿음 때문이었다. 하지만 그 때뿐이었다. 학교에서 학문으로 연마하고 회사에 입사한 이래 실전에 응용한 주식투자 기법이 그토록 쓸모없이 허망한 것인지 미처 몰랐다.

* * *

수습사원의 티를 막 벗고 일선 영업 부서에 배치되던 그 해, 박상민은 여러 차례 고객 투자 연수회의 강사로 나선 적이 있었다. 연수회에 참석한 투자자들은 대부분 여성이었는데 그들은 박상민에게 너무 많은 것들을 기대하며 갖가지 궁금한 점들을 질문해 왔다.

◀ 전 왕초보입니다. 어떤 식으로 주식투자에 입문해야 하나요? 쉬

운 길을 알려 주세요.

"초보자일수록 다른 사람들의 말에 전적으로 의존합니다. 증권사 직원들, 다른 투자자들, 각종 언론기관과 투자자문회사의 전문가들에게 무조건 판단을 맡기곤 하죠. 그리고 그들의 정보와 조언을 무턱대고 신뢰했다가 낭패를 보고 나서 그들을 원망하는 경우가 많습니다. 엄밀하게 말한다면 주식시장은 피도 눈물도 없는 세곕니다.

요행만을 바라고 뛰어들었다간 얼마든지 큰 손해를 볼 수 있습니다. 초보자일수록 스스로 판단하는 능력을 길러야 하는 것도 그 때문입니다. 주식투자의 성공은 철저한 분석 위에서 가능하다는 걸 아서야 합니다. 특히 처음 시작하는 초보자들은 투자 대상 종목을 몇 개 선정해서 가상으로 샀다가 가상으로 파는 연습부터 해 보는 게 바람직합니다."

박상민은 원론적이고 일반적인 충고로 답변을 대신하곤 했다. 별달리 할 말이 없어 적당히 둘러댄 것은 아니다. 그 당시만 해도 그런 원칙을 신뢰하고 지켜야 한다고 생각했다. 그렇게 원리 원칙을 고집할 때마다, 오랜 투자 경험이 있는 전문가들이나 선배 직원들이 코웃음을 치기도 했다.

◀ 투자 대상 기업의 정보는 어떻게 입수해야 합니까?

"물론 스스로 노력해야지요. 증권거래소의 전자공시시스템이나 각 증권사의 조사부·분석부 직원들에게 자문을 구하거나 다양한 자료를 열람할 수도 있습니다. 경제 일간지를 꾸준히 정독하는 것도 훌륭한 방법의 하납니다."

◀ 매매 시점을 결정하는 요령을 알고 싶어요.

"주가 상승이나 하락의 전환점을 정확히 파악할 수만 있다면 주식투자는 성공작이 틀림없을 겁니다. 하지만 과거의 주가에 영향을 주었던 요인들이 현재나 미래에 동일하게 영향을 미치기 어려울 뿐더러,

이 요인들을 받아들이는 투자자들의 심리 상태 모두 같을 순 없습니다. 사실상 주가에 여향을 미치는 요인들은 돌발적으로 일어나는 경우가 많아 장래의 주식 가격 동향을 적중시키듯 알아맞히긴 어렵습니다.

따라서 주가 변동을 예측하기보다는 주가 변동의 경향을 파악해야 유리합니다. 모두 투자자들은 경험에 의한 상승 가능성을 보고 투자하는 것이고, 이런 가능성을 기대하는 사람들이 모여 주가를 밀어 올리기 때문입니다.

◀ 거래량을 참고하여 매매 시점을 판단할 수 있지요?

"거래량의 변화를 보고 매매 시점을 판단할 수도 있습니다. 거래량이 많다는 사실은 주식을 사려는 투자자가 많다는 것이므로 긍정적인 신호입니다. 반대로 거래량이 적다는 것은 부정적인 신호로 판단할 수 있습니다.

따라서 거래량이 점점 많아지면 주가가 상승할 확률이 높고, 거래량이 점점 줄어들면 주가가 하락할 가능성이 높은 것이지요.

아무리 대형 악재들이 모두 반영되었고 주가가 상당히 떨어졌더라도 적극적인 매수를 피해야 하는 경우도 있습니다. 가장 큰 이유 중 하나는 수급 불균형 문제입니다. 사려는 쪽보다 팔려는 쪽이 많아 주가가 여전히 하락 압력을 받기 때문이죠."

◀ 거래량 이동 평균선 활용법을 알기 쉽게 설명해 주세요.

"주가의 변화에 앞서 나타나는 특성을 감안하여 보통 다섯 가지로 예측합니다.

첫째, 거래량이 감소하던 중에 갑자기 증가하거나 주가의 변화가 거의 없는 답보 상태에서 갑자기 거래량이 증가할 경우, 주가 상승의 조짐으로 판단해 매수의 기회로 활용하면 됩니다.

둘째, 주가가 지속적으로 하락하는 와중에서 거래량이 증가할 경우, 곧 반등을 예상하는 투자자들이 많다는 증거로 판단하고 매수에 동참하면 됩니다.

셋째, 거래량이 증가하거나 답보를 면치 못하는 상황에서 거래량이 감소하는 경향을 보일 경우, 주가 하락의 신호로 보고 매도 준비를 해야 합니다.

넷째, 주가의 지속적인 상승에도 불구하고 거래량이 이상하게 감소할 경우, 역시 하락의 신호로 보고 적절히 매도에 나서는 것이 좋습니다.

다섯째, 주가가 계속 상승하다가 어느 날 갑자기 폭발적으로 거래량이 증가할 경우, 위험 신호로 보고 일단 매도해야 합니다.

그렇다고 이 다섯 가지 방법이 움직일 수 없는 모범답안은 아닙니다. 거래량도 재료의 영향을 받기 때문에, 그 때 그 때 상황에 따라 적절히 기민하게 대응해야 합니다. 거래량의 증가가 주가를 끌어올리고, 주가 상승이 다시 거래량의 증가를 불러오는 연쇄작용이 일반적인 현상입니다. 주가 하락의 경우도 비슷한 양상을 띱니다.

투자자는 이 연쇄 작용의 첫 번째 연결 고리라 할 수 있는 거래량의 변화에 촉각을 곤두세워야 합니다. 특히 시장 전체의 거래량보다는 현재 투자 중인 종목의 거래량 변화를 예의 주시하면서 적절히 대처하는 게 가장 안정적이고 성공적인 투자의 지름길입니다."

◀ 매도 가격을 어떻게 정하면 좋을까요?

"매수 주문을 넣을 때 팔 값을 마음속으로 정해야 합니다. 매도가를 미리 정해 두지 않으면 욕심 때문에 머뭇거리다가 처분 시기를 놓치고 마침내 큰 손해를 볼 수도 있습니다. 예컨대 10% 상승하든 10% 하락하든 주가가 움직이면 팔겠다는 대원칙을 설정하는 게 매우 중요합니다."

◀ 나누어 사고 나누어 파는 요령을 설명해 주세요.

"주식을 사고 싶을 때에는 투자 예정 자금을 적절히 쪼갠 다음에 매수하려는 종목의 동태를 예의 주시하다가 일부만 투입해야 합니다. 팔 경우에도 역시 소유 주식을 적당히 나눠서 일부만 처분하는 겁니다.

　예컨대 자금을 3등분하여 우선 3분의 1을 산 뒤, 주가가 상승하면 다시 3분의 1을, 계속 상승하면 나머지 3분의 1을 투자하는 겁니다. 만약 처음 3분의 1을 산 뒤가 주가가 하락하면서 거래량이 증가할 경우, 상승 가능성이 높기 때문에 적당한 시기를 택하여 다시 3분의 1을 삽니다. 그렇지 않고 거래량이 감소하면 하락할 징조로 보아 손해를 보더라도 과감히 처분합니다.

　하지만 처분 기회를 놓쳤다고 판단될 경우 주가가 바닥을 치고 다시 상승하는 시점에 두 번째 3분의 1을 살 수도 있습니다. 이렇게 되면 전체적인 매입 단가가 낮춰지기 때문에 상황을 주시하다가 나머지 3분의 1을 사거나 이미 사둔 3분의 2를 매도하는 방법도 있습니다.

　분할 매입한 주식을 팔 경우에도 비슷한 방법을 적용합니다. 일단 3분의 1을 매도하고 나서 상황을 주시하다가 적절히 나누어 처분합니다. 투자 경험이 일천한 사람들일수록 이 분할 매매 원칙을 지켜야 안전합니다."

　◀ 몇 종목을 사는 게 적당합니까?

　"주식투자에서 갖가지 위험 요인들이 도사리고 있습니다, 이 같은 위험을 최소화하려면 분산 투자로 나가야 합니다. 한 종목에 집중 투자하는 데서 비롯되는 위험을 회피하기 위한 방법으로 포트폴리오, 즉 분산 투자를 권하고 싶습니다.

　한 종목에만 투자한 경우 그 종목이 계속 하락한다면, 당장 처분하거나 다시 상승할 때까지 불가피하게 보유해야 합니다. 오를 때까지 사실상 기회 이익 상실 등 여러 가지 손해를 입게 됩니다.

하지만 두 종목 이상 분산시켜 매입했을 때, 한 종목의 주가가 상승하고 다른 한 종목이 하락한다면 즉시 대책을 강구할 수 있습니다. 두 종목을 동시에 매도하여 손실을 극소화시킨 다음 장래의 매매에 대비하거나, 상승한 종목을 팔고 적절한 시기에 하락한 종목을 추가 매입하여 매입 단가를 낮추는 전략을 구사할 수도 있습니다.

　가장 효과적인 분산 투자는 업종, 주가의 높낮이, 자본금의 규모 등을 감안하여 적절히 안배하는 것이 좋습니다. 특히 초보적인 개인 투자자일수록 1인당 5~10개 종목을 골라 포트폴리오를 구성하는 게 바람직합니다."

　◀ 매도 시기를 결심하는 게 쉬운 일이 아니더군요.

　"투가 격언 중에 '생선은 몸통 부분만 먹자'는 말이 있습니다. 사람들이 일반적으로 생선을 먹을 경우 몸통 부분을 먹으면서도, 일단 주식투자에 나서기만 하면 머리와 꼬리를 모두 먹겠다고 덤비기 십상입니다. 가장 낮을 때 매수하여 가정 높을 때 팔겠다는 과욕 때문이죠. 주가가 바닥에 이를 때 매수하길 원하지만 주가가 바닥을 치고 올라 매수 기회를 놓치고, 주가가 천장에 이를 때 매도하기를 원하지만 상승세가 꺾여 다시 매도의 기회를 놓쳐버립니다.

　따라서 '바닥에서 사지 말고 천장에서 팔지 말라.'는 경구가 탄생했습니다. 바닥을 치며 돌아선 것을 확인한 뒤에 매수하고, 천장을 치고 하락하기 시작한 시점에서 과감히 처분하라는 뜻입니다.

　다시 말해 '무릎에서 사서 어깨에서 팔라.'는 투자 격언과 통합니다."

　◀ 주가가 하락하고 있을 때의 대처 방법을 알고 싶습니다.

　"세 가지 방법으로 요약하면 과감히 매도하기, 관망하기, 물 타기 등이 있습니다. 손해를 무릅쓰고 처분해 장래의 매매에 대비함으로써 가능한 한 손해를 줄이는 것이 과감히 매도하기죠. 손해를 보지 않겠다는 대원칙을 세우고 주가가 회복되길 기다리는 방법이 관망하기입니다. 마지막으로 하락하는 종목을 추가 매입하는 방법이 물 타기입니다. 현재 보유하고 있는 물량의 최소한 3배 이상을 추가로 매수하는 겁니다. 주가가 하락할 때는 언젠가 반드시 반등을 거치며 내려간다는 것을 명심하고 그 기회를 기다리는 것도 권할 만한 방법입니다."

◀ 시중의 실세 금리와 주가는 어떤 관계가 있나요?

"은행권의 예금 금리가 올라가면 시중의 유동 자금이 은행권으로 몰립니다. 따라서 주식시장의 예탁금이 이탈하기 때문에 주식시장에 좋지 못한 영향을 미치게 됩니다. 국채나 공채, 사채의 이자율이 상승해도 비슷한 현상이 일어납니다.

반대로 은행권 예금을 비롯해 국채, 공채, 사채의 이율이 하락하면 주식시장에 연일 자금이 몰리기도 합니다. 많은 주식투자자들이 경제 신문과 방송 등을 통해 금리 동향을 살피는 이유도 그 때문입니다."

◀ 쇼크에 의한 주가 폭락은 매입의 기회라는데 보다 알기 쉽게 설명해 주십시오.

"미처 예상하지 못했던 돌발 사고로 주가가 곤두박질치는 것을 쇼크에 의한 폭락이라고 말합니다. 이 같은 폭락은 주식시장에 전반적으로 악영향을 미칩니다. 어떤 건물이 붕괴되면 그 건물을 세운 건설 회사의 주가가 하락하는 게 당연해 보이지만, 심리적인 불안 때문에 해당 건설 업종은 물론 다른 업종의 우량 주식에도 하락세가 파급되곤 합니다. 이때가 바로 매입의 기회라고 말할 수 있죠.

김일성 주석의 사망으로 하락했던 주가는 하루 만에, 걸프전이 발발했을 때는 24일 만에 하락 이전의 수준으로 회복되었습니다. 다른 쇼크에 의한 폭락 장세의 경우도 시간의 차이는 있지만 모두 제자리로 돌아갔습니다.

투자 격언 중에 '대중과 거꾸로 가면 성공한다.'는 말이 있습니다. 바로 이런 격언을 웅변하는 사례라고 할 수 있겠지요. 따라서 폭락 장세를 우량 종목 투자 기회로 삼는 것도 아주 중요한 투자 포인트가 됩니다."

◀ 뇌동 매매에 대한 대처 요령을 알고 싶습니다.

"남들이 장에 간다고 거름 지고 나선다는 속담이 있습니다. 이처럼 남들이 사고파니까 덩달아 사고파는 사람들은 대부분 초보자나 소액 투자자들입니다. 뇌동 매매는 대세 상승기와 대세 하락기에 나타나는 일반적인 현상입니다. 특히 주가가 한없이 하락할 것만 같은 공포를 느낀 일반 투자자들이 하나같이 하한가로 내놓는 투매가 계속되면, 사자 오퍼들은 자취를 감추고 물량이 적은 초보자일수록 헐값으로 팔게 됩니다.

투매 현상이 나타나면 시장이 정상 기능을 되찾을 때까지 섣부른 매매를 중단한 채 침착하게 기다리고, 폭락 뒤에 반드시 반등이 있음을 명심하면서 여유를 가지고 매매 시기를 엿봐야 합니다. 투자자들이 시장을 좋게 평가할 때 처분할 준비를 하고, 대부분의 사람들이 시장을 나쁘게 말할 때 매입할 준비를 해야 합니다. 다시 말해 뇌동 매매는 주식투자에서 가장 기피해야 할 함정이나 마찬가지입니다. 뇌동 매매에 휩쓸리지 않는 것만이 손해를 보지 않는 비법이라고 말할 수 있을 겁니다."

◀ 그 밖에 주가에 영향을 미치는 것들은 어떤 것이 있나요?

"기관투자자와 큰손, 외국인 투자자들의 동향도 큰 영향을 미칩니다. 은행, 보험회사, 투자신탁회사 등 기관투자자들의 주식 보유 비율이 점차 올라가는 것이 세계적으로 공통적인 현상입니다. 저가주는 갈수록 하락하고 고가주는 점차 상승하는 것을 주가의 양극화 현상이라고 말합니다. 이런 경향은 기관·큰손·외국인들이 성장 가능성이 높은 주식들, 이른바 골든칩과 블루칩을 선호하기 때문에 일어나는 불가피한 현상입니다. 결국 이 같은 상황에 대처하려면 그들이 어떤 종목을 선호하고 자주 매매하는지 유심히 살펴보는 수밖에 없습니다.

정부 당국의 주식 정책도 주식시장에 커다란 변수로 적용됩니다. 정부는 주식시장을 항상 예의주시하고 있다가 시장이 과열 기미가 보이면 안정 대책을, 침체 기미가 나타나면 부양 대책을 쓰곤 합니다.

특히 안정책은 주식시장으로 유입되는 자금을 줄어들게 하거나 주식 공급량을 확대시키는 방법에 집중됩니다. 예컨대 주식 매입에 필요한 증거금과 증거금 납입 비율 인상, 주식 거래세율 인상, 주식거래 수수료 인상, 외국인들이 우리 주식을 사기 위해 설정하는 외국 펀드 등 각종 펀드 설립 억제, 기업 공개 확대, 상장기업의 증자 조기 허용, 증시안정기금측의 주식 처분 등이 안정책의 주요 골자입니다. 부양책은 안정책 주요 내용의 반대로 생각하면 됩니다. 안정책이 발표되면 매도를, 부양책이 발표되면 매수를 하는 쪽이 유리합니다.

그 밖에 주식시장에 영향을 미치는 것으로 정치권의 이상 기류, 정부의 경제 정책, 사회 불안과 날씨, 미국 월가(街)의 주가 등락 등도 변수로 작용합니다. 그 중에서 주식시장에 커다란 영향을 미치는 게 정부의 통화 정책입니다.

경기가 침체기로 접어들면 경기 부양을 위해 사회간접자본을 구축하는 정부 발주 공사를 앞당겨 시행하여 자금을 방출하고, 경기 과열로 피해가 예상되면 공사를 보류해 자금 방출을 억제합니다. 물가가 오르는 등 인플레이션의 징후가 나타나면 은행 지급준비율 인상, 국공채 매각, 통화 공급량 축소 등을 통해 시중의 통화량을 인위적으로 감축합니다. 그 반대의 상황이 올 경우 통화량을 늘리는 정책을 펼 수 있습니다."

투자 격언 중에 '주식을 사지 말고 시기를 사라.'는 말이 있다. 장기적인 상승세와 하락세를 정확히 파악해서 대처하라는 뜻이다. 이 격언 속에 담긴 충고를 주식투자 기법에 활용하려면 상승세와 하락세를 유발하는 원인을 알아야 한다.

경기 순환 과정 중에서 회복기·활황기·후퇴기·침체기가 있다면, 주식시장의 장세도 금융 장세·실적 장세·역금융 장세·역실적 장세 등 네 가지 국면이 있다.

불경기가 지속될 경우 이를 극복하기 위해 정부는 공공 투자를 확대하고 금융 완화 정책을 실시하게 된다. 이때 주식시장은 경기 회복에 대한 기대와 시중 자금의 여유 등으로 상승세를 이어 간다. 이 상황을 '금융 장세'라고 한다.

경기가 활황기에 접어들면 민간 소비의 증가에 따라 기업의 경영 실적이 호전될 것으로 예측될 경우 주식시장도 큰 폭의 상승세를 타게 된다. 이 상황을 '실적 장세'라고 부른다.

호경기가 지속되면 수입이 증가하고 물가가 올라 인플레이션의 징후가 나타난다. 이에 따라 정부가 재할인율 등의 금융 긴축 정책을 펼치면, 경기 후퇴에 대한 불안감을 나타낸 주가는 크게 하락한다. 이 상황을 '역금융 장세'라고 한다.

정부의 긴축 정책 결과 경기가 후퇴하고 기업의 수지 악화 조짐이 나타나기 시작하면, 주식시장도 덩달아 바닥권에 진입한다. 이 같은 상황을 '역실적 장세'라고 한다.

결국 금융 장세 → 실적 장세 → 역금융 장세 → 역실적 장세 등 네 가지 장세가 사이클을 형성하게 된다. 이런 순환이 주기적으로 반복됨에 따라 주식시장은 이 사이클을 중심으로 쉬지 않고 움직인다. 이 같은 국면을 정확하게 미리 인식할 수 있다면 남보다 앞서 가는 투자자가 되는 건 당연하다. 대세의 흐름을 남보다 빨리 파악할 수 있는 능력이 바로 주식투자의 성공과 직결되는 것이다.

경기가 호전될 기미가 보이면 주가가 상승할 확률이 높아진다. 이럴 때일수록 현재의 경기가 악화될 기미가 보이면 비록 지금 호경기일지라도 주가가 하락할 확률이 높기 때문에 미리 처분하려고 덤비게 마련이다. 따라서 주식시장의 장세는 결기의 국면보다 일반적으로 6개월 정도 앞서 간다고 보면 크게 틀리지 않다.

* * *

박상민은 몹시 수줍고 자신이 없는 표정으로 멈칫거리며 다가오는 여성 투자자들에게 몇 번이고 비슷한 설명을 반복했다. 시간이 흐를수록 피곤하긴 했으나 조금도 가식이 붙지 않은 마음으로 한때나마 투자상담에 정성을 다했다. 그런 자세만이 증권회사 직원으로서 지켜야 할 당연한 의무이자 흔들릴 수 없는 직업윤리 기준으로 생각했고, 또 그래야만 자신의 양심이 흔쾌히 허락할 것만 같았다.

어차피 증권회사와 인연을 맺게 된 이상, 정말 열심히 노력해 주식투자에 대한 진짜 베테랑으로 인정받고 싶었다. 변칙적이고 탈법적 임기응변이 아닌, 주식투자의 정석대로 경험을 쌓아 그 분야에서 전문가다운 능력을 발휘하고 싶었다.

그러나 우리 주식시장은 젊은 인재들의 합리적이고 과학적인 시각과 논리력을 요구하는 곳이 아니었다. 더구나 건전한 상식과 모럴이 통하지 않을 때가 더 많았다. 참된 증권인의 모습을 보여주려고 꽤 노력하는 입사 동기들도 있기는 했다.

하지만 그들은 양심적이고 선량하고 성실하고 고지식하다는 이유만으로 퇴출 위기를 극복하긴 힘들었다. 그 골목길에서만 들어서면 해결할 수 없는 무거운 짐을 등에 얹고 있는 기분에서 벗어 날 수가 없었다.

결국 나이를 먹으면서 윤리적인 문제에 대한 생각도 바뀌었다. 성실하게 사는 것도 중요하지만 인생은 국민윤리 교과서가 아니라는 판단이 들었다. 바보처럼 착하게 살든, 도둑처럼 음흉스럽게 살든, 그것은 스스로 즐겁게 느끼기 나름이라는 생각을 하게 되었다.

박상민은 조금도 특별한 남자가 아니었다. 일류 대학에 턱걸이 성적으로 합격한 이래 아무 탈 없이 그 일류 대학을 졸업했다는 사실 말고는 평범하기 이를 데 없는 남자였다. 하지만 그는 머리가 좋았고, 입사 동기에 비해 모든 측면에서 유능했고, 무척 건전한 상식의 소유자였으며 성실하기까지 했다.

그토록 건전하고 평범한 증권사 직원처럼 행세하면서 출발했지만, 박상민은 주식시장의 어두운 단면을 다양하게 체험하면서 날로 변해갔다. 일부 세력들이 특정 종목의 주가를 조작한다는 사실을 목격하고 이들의 담합에 자연스럽게 휩쓸리면서 돈맛을 알게 되었다. 몰락과 타락의 기회가 아주 쉽게 들이닥쳤던 것이다.

검은 돈이든 하얀 돈이든 불문하고 돈 버는 일은 아무나 하는 일이 아니었다. 그리고 아무 때나 돈을 벌 수 있는 건 아니었다. 서로 죽이 맞고 장단이 맞아야 가능한 일이었다.

일부 증권사 직원들과 큰손들이 결탁하여 단기간에 막대한 시세 차익을 얻기 위해 모의한다. 드디어 작전 종목이 선정되면 악성 루머를 퍼뜨려 주가를 곤두박질치게 했다가, 여러 가지 호재성 재료들을 시장에 흘리면서 준비한 돈으로 서서히 사 모으기 시작한다.

그러다가 주가가 대폭 상승할 기미가 보이면 일부 매집 세력들이 더 많은 물량을 확보하기 위해 일부러 싼값에 매물을 내놓아서 주가를 끌어내리고, 이를 지켜보던 일반 투자자들이 겁을 집어먹고 팔게 만든다. 절묘하게 흔들어 우수수 떨어지면 밑바닥에서 받아먹겠다는 의도인 것이다.

여러 작전세력들의 매집이 끝나면 시세조종이 시작된다. 개장 직전에 상한가 주문을 냈다가 다른 투자자들이 덩달아 상한가로 사자 주문을 낼 경우 슬그머니 취소하는 수법도 쓴다. 이 같은 주가조작 미스터리를 밝혀내기란 쉽지 않다.

그리고 다시 유언비어에 현혹된 일반 투자자들이 몰려들어 주가가 폭등할 때 서서히 팔기 위해 서로 약속한 시점에 이르렀다고 판단될 경우, 나머지를 몽땅 처분해 버리면 주가는 폭락하고 만다.

이처럼 작전세력들만 쏠쏠한 재미를 챙기는 상황에서 일반 투자자들에게 주식투자의 정도(正道)를 아무리 강조해도 소용이 없다. 정직하고 선량한 투자 조언자들만 역적으로 몰려 원망을 듣게 될 뿐이다.

그동안 거침없이 잘 나가던 박순자 일당의 작전이 순조롭지 않다고 의심이 간 것은 최근 들어서였다. 주식 시황이 눈에 띄게 약세권을 맴도는 데다 어음 할인 이자 부담, 경쟁 관계에 있는 다른 큰손들의 견제 심리, 사채시장에서의 자금 이탈 등으로 그녀와 거래하던 업체들의 부도설이 근거 없이 나돌자 자금 사정이 악화된 모양이었다.

박순자는 매수 세력이 받쳐 주지 못하는 상황임에도 사들였던 주식을 헐값에 처분하고 있었다. 로열건설, 고려토건, 신신제강, 익삼주택 등의 어음을 명동 사채시장에서 할인하기 어려워진 요인도 그녀를 압박하고 있는 것 같았다. 만기가 되어 밀려오는 어음 물량을 감당하기가 쉽지 않았던지, 관련 업체의 부도설이 사채시장과 증권가를 급격히 냉각시킬 조짐마저 보이고 있었다.

"루머 때문에 죽을 맛이야. 어떤 적대 세력이 내 발목을 잡으려는 것이 분명해."

어제 오전, 대와산업 사무실에 들르자 박순자가 툭 던진 말이었다.

"나는 우리 작전 팀의 신의를 믿기 때문에 그 자들을 의심할 수밖에 없어."

"그게 누굽니까? 저도 궁금하군요."

박상민은 문제의 큰손이 어떤 작전세력인지 알면서도 짐짓 안타까운 표정으로 물었다.

"누군지 대충 짐작은 가지만 아직…."

"그렇다고 마구잡이 처분은 곤란합니다. 얼마나 고생해서 모은 주식들인데…."

"당분간은 어쩔 수 없어. 내 거래처들의 어음을 제때 막아 줘야 하니까."

"역공작이 필요한 때가 아닐까요?"

"박 차장, 그거 좋은 생각이야."

박순자가 푸 하고 숨을 내쉬었다. 어찌나 맥이 없었던지 환자의 목소리처럼 들릴 정도였다. 못내 울상을 지으면서도 그녀는 박상민에게 봉투를 내밀었다. 모르긴 해도 약속대로 천만 원일 터였다. 그는 밀봉된 그 봉투를 아내에게 그대로 줄 작정이었다.

대안증권 조사부로 돌아오자마자 공인회계사파 조직원 유재식의 전화를 받았다. 유재식은 오늘 저녁에 만나 작전 모임을 갖자고 말했다. 건설주를 중심으로 헐값에 팔자 오퍼가 나오고 있으니 매집을 위해 작전을 개시할 시점이 아니냐고 물어 왔다. 궁지에 몰린 박순자 일당의 허점을 파고들어 재미를 보자는 속셈이었다.

* * *

박상민은 잠자리가 불편한 것을 느끼며 한없이 무거운 눈꺼풀을 밀어 올렸다. 자신이 거실 소파에서 웅크리고 있음을 알았다. 아까처럼 거실 바닥에 돈 봉투가 떨어져 있었다. 살짝 방문을 열고 들어가 토라진 아내를 껴안아 주기만 하면 만사가 순조롭게 풀릴 것만 같았다.

박상민은 약간 설레는 기분으로 방문의 손잡이를 돌렸다. 하지만 문은 굳게 잠겨 있었다. 참 낭패스럽고 맥이 빠지는 순간이었다. 진짜… 이게 뭐람. 아내의 말처럼 나는 정말 미친놈인지 몰라. 그는 혀를 차면서 거실의 스위치를 내렸다.

- 당신은 우리 주식시장의 건전한 발전을 저해하는 원흉이자 강도야. 그런 사람이 대안증권의 간부로 근무하고 있으니 우리 주식시장의 미래는 불 보듯 뻔해.

아내가 가래침을 뱉듯 던진 말이 가슴을 저몄다.

- 정말야! 손을 씻을 때까지 조금만 참고 기다려!

박상민은 급소를 찔린 것처럼 비명을 지르고 싶었다. 그러더니 난데없이 어머니의 품이 그리워졌고 눈물이 쏟아지기 시작했다.

날이 갈수록 정상적인 인간의 자리로 돌아가기는 점점 어려워지고 있었다. 그동안 인연을 맺어 온 작전세력들, 최종길 회장, 박순자 회장, 엄창수 차장 등과의 이 한심스러운 거래는 언제까지 계속될는지…. 아내 김이연 말고는 어느 누구도 이 불안정한 항해를 저지하는 사람은 없었다.

몇 시간 전의 도둑 정사로 무척 피곤했던 박상민은 거실 소파에 쓰러져 그대로 잠들어 버렸다. 안방에서 훌쩍거리던 김이연도 옆으로 웅크린 채 누워 코를 골고 있었다. 두 사람은 따로 떨어져 자면서도 얼어 죽은 짐승처럼 꿈쩍하지 않았다.

13. 챙겼으면 튀어라

　오후 6시가 되자 박순자의 연락을 받은 하수인들이 대와산업 사무실로 모여들었다. 로열건설의 허동환 부사장, 김혁 전무, 이정일 부장이 그들이었다. 회의가 시작된 지 10분 남짓 흘렀지만 소파 한가운데 자리 잡은 박순자 앞에서 어느 누구도 입을 열려고 하지 않았다. 침묵을 가로지르는 것은 깊은 한숨 소리뿐이었다.

　방금 전에 허동환 부사장의 승용차를 함께 타고 오면서 세 사람은 한마디도 주고받지 않았다. 그만큼 심사가 편치 못했고 하나같이 서로에게 화가 났다. 최종길 회장의 주식투기가 실패를 거듭하면서 회사 분위기는 막다른 골목으로 치닫고 있었다. 그것도 부족해 전주인 박순자마저 허둥지둥 부도 위기에 몰리고 있으니 모두들 위기감에 사로잡힐 수밖에 없었다. 넋 잃은 박순자의 초췌한 얼굴이 화려한 샹들리에 불빛을 받아 한없이 처량해 보였다. 어쩔 수 없이 그녀가 먼저 말머리를 풀어 갔다.

　"짐승만도 못한 놈들…. 그 녀석들이 도대체 무슨 배짱으로 그런 짓을 저질렀지요? 여기 모인 사람들 중에 아무도 눈치 채지 못했다니 믿을 수가 없어요."

박순자는 허동환 부사장을 향해 짜증 섞인 목소리를 던졌다.

"저 역시 뭐가 뭔지 모르겠습니다."

허 부사장은 쥐어짜는 듯한 한숨 끝에 맥 빠지게 대꾸했다.

"허 부사장이 모른다면 누가 압니까?"

박순자는 짐작대로 허 부사장이 아무것도 모르리라고 생각했다. 저렇게 멍청한 사람이 재무관리 담당 부사장으로 앉아 있으니 사고 투성이 회사가 될 것은 뻔한 일이었다.

"아무래도 그 동네는 배신자들만 모인 곳 같아요. 벌써 몇 명이 줄행랑을 놓았습니까. 비자금을 관리하던 김준태 대리 놈이 튀어 버린 게 엊그제 같은데, 이제는 주식관리 담당 간부들까지 달아나는군요. 빌어먹을 세상!"

"경위야 어쨌든 죽일 맛입니다. 기르던 강아지에게 손을 물린다는 건 이를 두고 하는 말인가 봅니다."

"박상민 차장 그 자식, 뉴질랜드로 튀었다면서요?"

"죄송합니다."

"죄송하긴요. 그 친구가 이민 가는 데 허 부사장이 도움이라도 줬나요?"

박순자가 좌중을 돌아보면서 이죽거렸다. 철석같이 믿었던 작전세력 중에 로열건설 주식관리부 엄창수 차장과 대안증권 조사부 박상민 차장이 튀었으니 차질이 빚어지고 있었다. 챙길 만큼 챙겼으면 곱게 물러날 것이지. 흙탕물을 만들어 버리고 도망치다니…. 두 녀석이 어떤 놈들과 손을 잡았는지 상승세를 이어 가던 수백만 주의 건설주를 며칠 만에 처분하고 달아나 버렸다. 두 놈이 사표를 던진 시점도 하루밖에 차이가 나지 않았다. 아무리 생각해도 녀석들과는 전생에서 원수라고 진 사이 같았다.

"이번에도 김준태 대리처럼 회사 공금이나 비자금을 건드리진 않았어요?"박순자는 허 부사장에게 억지로 걱정하는 표정을 지어 보였다.

"그건… 아닙니다만…. 어쨌든 제가 부덕한 소치입니다. 얼굴을 들고 다닐 수 없을 만큼 부끄럽습니다."

박순자의 가르침에 허 부사장은 더욱 기가 꺾였다. 언제나 그랬다. 자기들끼리 아무도 모르게 작당하려다가 일을 그르치면 모든 원망의 화살이 부사장인 자신에게 날아오곤 했다. 어쩌다가 내 신세가 이렇게 되고 만 것일까. 이제 그만둘 때가 된 것은 아닐까. 부하 직원들이 전혀 눈치를 채지 못하는 사이에 나름대로 실속을 차려 왔던 허 부사장은 가능한 한 말을 아꼈다.

"어떻게 생각하세요? 허 부사장님."

박순자가 막연한 질문을 던지자 허 부사장이 반사적으로 고개를 들었다.

"배신자가 없어졌으니 다시 한 번 시작해야지요."

배신자의 한 사람인 허 부사장은 그제야 어물쩍 넘겨 버렸다. 사실 엄창수와 박상민의 행위만을 화제로 삼고 있지만 자신도 그들 못지않게 배신을 일삼아 온 처지였다.

"전 이렇게 생각해요. 혹시 이 자리에 있는 사람들 중에도 배신자가 있을 것이라는 점을 염두에 두고 있어요.

알게 뭡니까. 최 회장도 나를 놀리고 있는지…."

"박 회장님, 말씀을 함부로 하셔도 되는 겁니까?"

눈길을 아래로 깐 채 침묵하고 있던 이정길 부장이 뱁새눈을 반짝였다. 그 순간, 허 부사장은 이 부장이 참으로 영악하고 고마운 녀석이라고 생각했다. 자기 윗사람이 궁지에 몰리는 순간을 놓치지 않고 끼어들다니….

아무래도 김혁 전무는 뒤가 구린지 입을 꾹 다문 채 한마디도 하지 않았다. 잘못을 비는 아이처럼 연신 머리를 조아리며 앉아 있을 따름 이었다.

"이 부장, 당신을 의심할 생각은 추호도 없어. 하지만 로열그룹의 운명은 내 손에 있다는 걸 알아 둬. 내가 무너지면 당신네 회사와 당신 역시 무사하진 못할 거야. 내가 로열그룹을 도와줄 수 있었던 것은 모두 주식투자 때문이었어. 주식투자가 이처럼 엉망이 되면 나 역시 손을 털 수밖에 없어. 이거 왜 이래! 당신들이 은인인 나를 끝까지 놀릴 참이야?"

박순자는 세 사람을 차갑게 외면하며 천장을 향해 소리쳤다. 그녀는 자신이 너무 지나쳤다는 생각이 들었지만 졸개들의 대항에 밀릴 수가 없었다. 약하게 대들었다가 혹시라도 그 일당이 쳐놓은 함정에 빠지면 안 되니까.

"박 회장님, 고정하세요. 이런 식으로 분열되어선 곤란합니다. 공존 공생할 수 있는 방법을 찾아야 합니다. 더 이상 얘기할 거 없어요. 세상 더럽게 살아가는 놈들하고 같이 일하자면 또 무슨 일인들 안 당하겠습니까. 잊어버립시다."

평소의 그답지 않게 허 부사장이 단호한 말투로 긴장을 깨뜨렸다. 그러나 속으로 박순자가 이번 사태에 대해 뭔가 알고 있는 것이 아닌가 하는 의구심이 들었다. 자신도 배신자의 한 사람으로 지목되는 것만 같아 마음이 편치 못했다.

그렇게 결론도 없는 모임으로 두 시간이 흘러가자 박순자는 근처 호텔에 전화를 걸었다. 세 사람과 함께 회포를 풀 수 있는 룸살롱의 특실을 예약하기 위해서였다. 박순자는 잠깐 얼굴만 비치고 자리를 떴지만 세 사람이 각자 집으로 돌아간 것은 밤이 꽤 늦어서였다.

허동환 부사장은 집으로 돌아오면서 연신 콧방귀를 뀌었다. 기르던 강아지에게 손을 물린 경우라고? 정작 철석같이 믿는 도끼에 발등 찍힌 줄도 모르는 최 회장과 박순자가 한심스러웠다. 언젠가 두 사람과 어울려 값비싼 저녁을 먹던 날 박순자가 지껄인 말이 선명하게 떠올랐다.

* * *

"허 부사장님은 주식에 대해 공부를 좀 하셔야 합니다. 허 부사장님처럼 주식에 문외한인 분들은 주가 상승이 대세를 이룰 때만 투자하는 게 합리적입니다. 그 중에서도 특히 낮게 평가된 주식이나 장세를 주도하는 종목에만 투자하셔야 성공 가능성이 높아져요."

평소 적당히 무시하던 그녀의 말투가 그 날 저녁엔 유난히 공손하기 짝이 없었다. 사업 파트너인 최 회장이 앞에 앉아 있어서 그랬는지 몰라도 자상한 누님처럼 굴었다.

"절묘하게 바닥에 사서 재미를 보는 전문가들이 많다던데… 저로선 도통 그 재주를 알 수 없더군요."

허동환 부사장으로선 맞장구를 치지 않을 수 없었다.

"사실 알고 보면 그게 아닙니다. 바닥을 모르며 추락하는 주식은 매입하지 않는 게 정도거든요. 바닥을 치고 오를 때에 맞춰 좀 비싸게 사야 원칙입니다."

"그러고 보니 옳은 말씀 같습니다."

"이런 격언도 있습니다. 상장된 주식 중에 10%만 우량주이고 나머지 90%는 쓰레기와 다름없다고…. 제가 알기로 로열건설 주식은 저평가된 주식예요. 머잖아 주도주로 부상할 만한 소지가 충분하기 때문에 기대됩니다."

"그렇다면 저희 주식에 투자하시지요?"

최 회장이 양주 몇 잔에 취해 코 먹은 소리를 했다.

"아니, 최 회장님과 만나는 이유가 뭔지 아직도 모르세요?"

박순자는 눈을 하얗게 흘기며 최 회장의 손등을 가볍게 때림으로써 분위기를 부드럽게 이끌었다. 그 때만 해도 두 사람은 그들만의 주식 사냥 작전에 들떠 흐뭇하기 짝이 없었다. 꾸어다 놓은 보릿자루처럼 그들 곁에 앉아 있던 허동환은 단지 어설픈 소도구에 지나지 않았다. 이미 오래 전부터 두 사람은 로열건설 주식에 깊숙이 손을 대고 있으면서도 옆에 있는 허동환이 못미더워 그토록 쇼를 부렸던 것이다.

하지만 지금은 상황이 뒤바뀌고 있다. 두 사람은 위기의 구렁텅이로 끌려가고 있으나 나머지 하수인들은 저마다 자기 몫을 부지런히 챙긴 뒤였다.

엄창수와 박상민이 얼결에 드러난 배신자였다면, 나는 끝까지 숨어서 이득을 노린 진짜 배신자가 아닐까…. 허동환 부사장은 연신 콧방귀를 뀌었다. 그동안 처남을 앞세워 차곡차곡 모아 놓은 시세 차익으로 새로운 사업을 벌일 참이었다. 이미 경영권을 인수할 대상 기업도 물색해 둔 처지였다.

허동환 부사장은 지금 이 순간 왜 이렇게 흥분하고 있는지 스스로도 이상했다. 하지만 감정을 제어할 수 없었다. 술기운 탓만은 아니었다. 그동안 대안증권 명동 지점을 부지런히 드나들면서 최 회장과 박순자의 주식투기를 돕는 것처럼 위장했지만 사실은 자신의 재테크에 더 관심을 쏟아 부었다.

엄창수와 박상민은 물론이고 김혁 전무, 이정일 부장이 서로 딴 주머니를 차고 있는 줄 알면서도 허동환 부사장은 짐짓 모르는 척했다. 그들이 자신을 제쳐놓고 딴청을 부릴수록 묘한 느낌이 가슴 깊은 곳에서 뜨거운 불길처럼 솟아올랐다. 그들과 게임을 벌이면 반드시 이길 것만 같았다.

　허동환 부사장이 이번 도박을 준비한 것은 오래 전부터였다. 그는 무임승차를 시도하기 위해 최 회장을 비롯해 박순자, 김혁, 엄창수, 박상민에게 자연스럽게 접근해 작전 정보를 탐지했다. 속사정을 낱낱이 캐묻지 않아도 그들은 최 회장에 대한 충성심이 깊고 비교적 과묵한 허 부사장에게 스스로 털어놓곤 했다. 허 부사장은 그들이 실토한 쪼가리 정보를 치밀하게 짜깁기하여 작전을 수립했다.

　허동환 부사장은 처남이 개설한 수십 개의 차명 계좌로 건설주를 집중 거래하면서도 대안증권 명동 지점만큼은 철저히 배제시켰다. 엄창수가 사표를 던질 낌새가 보이거나 박상민이 손을 털고 이민을 준비 중인 사실을 진즉부터 감지하고도 철저히 침묵하기로 작심했다. 마침내 그 녀석들이 배신자로 낙인 찍혀야 자신의 입지가 한층 강화될 것이라고 믿었기 때문이다.

　엄격히 말해 자금부 김준태 대리가 비자금 횡령범이었다면, 엄창수와 박상민은 회사 공금이나 최 회장의 비자금을 축낸 인물이 아니었다. 두 사람은 최 회장과 박순자의 담합을 악용해 지능적으로 주식투기에 가담했고, 시세 차익을 얻은 뒤 달아난 것뿐이다. 그들이 사표를 던지고 종적을 감추었을 때 허동환 부사장은 혼자서 키득대며 웃었다. 박상민이 뉴질랜드로 떠났다는 소식이 전해지던 순간에는 어린아이처럼 손뼉을 치며 좋아했다.

　그러나 통쾌한 감정을 겉으로 드러낸다는 것은 정말이지 너무도 위험천만한 일이었다. 어쨌든 내일 아침부터 또 다시 우거지상을 하고 있을 최 회장의 얼굴을 맞대야 한다는 현실이 싫었다. 믿었던 하수인들이 뒤죽박죽 흩어지고 나면, 최 회장과 박순자는 어떤 방식으로 새로운 거래 질서를 만들어 나갈 것인가. 그건 알 바가 아니었다.

* * *

"도대체 어떻게 돌아가는 거예요? 로열건설의 부도 소문이 떠돌던데 당신 정말 괜찮겠어요?"

아파트의 현관문을 열어 주던 아내가 걱정스러운 얼굴로 따져 물었다.

"음, 괜찮아. 최악의 경우 사표를 쓰면 그만이야."

"뒤늦게 몇 푼 챙기더니 큰소리는…."

"저 방정맞은 입이 언젠가는 화근이 되고 말 거야."

허동환 부사장은 입을 실룩거렸다.

"옛날처럼 당신이 최 회장 대신 희생양이 되는 건 아니에요?"

"지금은 달라졌어. 그동안 최 회장이 얼마나 든든한 배후 인물들을 키웠는지 당신도 잘 알잖아? 그 사람 이제 대단한 인물이야. 지나칠 정도로 거물이 돼 버렸지. 그러니까 공연히 방정맞은 소리는 이제 하지 마."

아내는 더 이상 캐묻지 않았다. 회사 일에 몰두하느라고 거의 매일 늦게 들어와도 바가지를 긁을 줄 모르는 여자였다. 두 자식 모두 짝을 지어 분가시키고 단둘이 사는 처지였지만 풍족한 생활을 즐기다 보니 아내의 불만이 수그러든 지 오래였다. 더구나 처가 식구들을 앞세워 주식투기로 재미를 보는 형편이니 잔소리를 할 입장도 아니었다.

따뜻한 물로 샤워를 즐기면서 허동환 부사장은 콧노래를 부르기 시작했다. 과욕을 부리지 않은 게 성공의 원인이 되었으니 기쁘지 않을 수 없었다. 최 회장과 박순자 일당이 주가를 끌어올리기 위해 가라 오퍼를 낼 때마다 그는 사 모았던 주식을 조금씩 상한가로 팔아치우곤 했었다. 그런 날이면 최 회장과 박순자는 악령처럼 출몰한 팔자 물량을 거둬들이느라고 정신이 없었다. 결국 그들은 다음 날로 넘어갈 사자 오퍼 잔량까지 계획적으로 남겼으며, 처남은 이를 놓치지 않고 이튿날 아침 동시 호가로 상한가에 매도해 버렸다.

지나치게 꽁생원인 처남은 매집가의 30% 정도만 올라도 처분하지 못해 안달복달했다. 요즘 들어 판단할 때 그 샌님에게 주식투기를 맡긴 게 잘한 일이다. 왕창 먹겠다고 미련하게 기다렸더라면 최 회장이나 박순자처럼 가끔 골탕을 먹었을지도 모른다. 처분 시점에 임박해 갑자기 물량을 쏟아 낸 하수인들이 팔자 오퍼를 제대로 소화시키지 못해 쩔쩔매던 모습을 지켜볼수록 참으로 다행한 일이라고 생각했다.

* * *

정오가 가까워지고 있을 무렵, 로열빌딩 16층 회장실에선 적막감이 감돌았다. 턱없이 넓은 그곳에 최종길 회장 혼자뿐이었다. 그 을씨년스런 공간에서 홀로 고민해야 한다는 현실이 최 회장의 심경을 더욱 혼란스럽게 만들었다. 그는 최근 들어 부쩍 중역과 간부들의 얼굴에서 우왕좌왕하는 표정을 읽을 수 있었다. 회장의 눈치만 보며 회장의 결단을 기다리는 하수인들이 그는 싫었다.

최 회장은 비서에게 어떤 전화가 걸려오든 일절 연결하지 말라고 당부한 뒤 푹신 의자에 몸을 묻었다. 그렇다. 내가 살기 위해선 동업자를 멸망시켜야 할지도 모른다. 이제 핵심적인 부분에 대해서는 결론이 내려졌다. 하지만 근본적인 문제는 여전히 숙제로 남아 있다. 지금부터 박순자를 어떻게 본격적으로 요리해야 할까. 그녀의 오만한 표정이 뇌리에 어른거리자, 최 회장은 떨리는 가슴을 진정시키려 애썼다. 언제 그녀가 사태를 악화시킬지 몰라서 일에 집중할 수가 없었다. 오전 내내 밀린 결재 서류에 매달렸으나, 불길한 예감에 휘말려 산만해진 머리를 진정시킬 도리가 없었다.

피가 얼어붙는 느낌이었다. 부도 위기를 어렵사리 넘기면서 주식투기로 재미를 보긴 했지만 걱정이 태산이었다. 다급한 심정으로 정신없이 발행했던 약속어음들을 무사히 회수할 수 있을까. 벼랑 끝에 내몰린 상황은 아닐까. 몇 년 전처럼 부동산 투기 바람이 불어 아파트 분양이 순조롭지 않는 한 수백억 원의 사채를 갚기는 불가능할 것이다.

그러나 최 회장은 치명적인 어려움 속에서도 비정상적인 기쁨을 누렸다. 박순자에게 건넨 약속어음들이 하루도 쉬지 않고 위협해 왔지만, 그는 그녀와 함께 뛰어든 주식투기에서 기대 이상의 시세 차익을 얻고 있었다.

박순자는 자기가 저지른 일에 두려움을 거의 느끼지 않는 듯했다. 그녀는 자신이 만들어 놓은 함정에 스스로 빠져들고 있다는 걸 모르고 있는 것 같았다. 하지만 최 회장은 머잖아 닥쳐올 폭풍우를 예감하고 있었다. 이제까지 견뎌야 했던 시련 가운데 가장 길고 고통스러운 시간이 흘러가고 있음을 깨달았다.

산란한 마음을 달랠 길이 없던 최 회장은 담배를 피워 물고 일어섰다. 창문 밖으로 한강 줄기가 내려다보였다. 탁한 강물이 느릿느릿 흐르고 있었다. 그 시궁창 같은 강물에 내리쬐는 햇빛 때문에 눈이 부셨다. 이런 식으로 박순자와 계속 거래하다가는 저 탁류 속으로 깨끗이 가라앉을 것만 같은 운명이었다.

만일 그녀의 능력이 한계에 이르러 정말이지 부도 사태를 막지 못한다면 하루아침에 몰락할 위기에 빠져 있다. 그렇게 위기감으로 하루하루를 보내며 파멸이 다가오는 것을 지켜볼 수만은 없다. 무슨 음모든 꾸며야 한다. 박순자의 몰락을 딛고서라도 반드시 로열그룹을 살려가면서 경영권을 사수해야 한다고 최 회장은 다짐했다.

헤어날 길 없는 수렁으로 빠져든다고 느꼈을 때, 하늬바람처럼 다가선 박순자는 정말이지 행운의 여신이었다. 수백억 원의 사채를 형편없이 싼 이자로 대뜸 빌려 주는 것에 그치지 않고, 작전세력을 자청하면서 주식투기의 파트너가 된 사실만으로도 그렇게 고마울 수가 없었다.

박순자, 잔머리 회전이 무척 빠른 여자였다. 얄량하게 허세를 부리면서도 이용 가치가 높은 사내들에겐 카리스마적인 분위기를 풍기려고 노력하는 여자였다. 논리적인 화술을 제대로 구사하진 못하더라도, 끔찍할 정도로 뜨거운 야심과 비열할 정도로 차가운 이성의 소유자였다. 그러나, 그러나 지극히 교활한 요부임이 분명하지만 그녀의 잔꾀를 역이용한다면 앞으로도 엄청난 소득을 챙길 수 있을 것이다.

어차피 투기와 도박은 서로 물고 물리는 혼전 속에서 기민하게 대응하는 쪽이 승리를 거두는 법이다. 음흉한 계략과 검은 돈이 맞물리는 지하경제 전쟁 속에서는 서로의 약점을 잘 이용해야 이익이 돌아오는 법이다. 서로의 탐욕을 교환하는 사이일수록 끈끈한 교감보다는 빈틈없는 견제가 필수적인 법이다.

박순자는 차가운 눈초리나 한마디 말로 상대방을 움츠러들게 만들 수 있었고, 원하는 때에 언제든지 권력자와 재력가들이 참석하는 호화 파티의 중심인물도 될 수 있었다. 사실 오래 사귀다 보면 천박하고 허영심 많고 머리가 약간 빈 여자였지만, 그녀와 만나는 것이 불쾌하다고 내색하는 남자들은 한 명도 없었다. 그녀의 치맛자락에서 천문학적인 규모의 돈이 춤을 추고 있기 때문이었다.

"왜 그런 눈으로 보는 거예요?"

박순자는 상대방의 거슴츠레한 눈빛을 읽는 재주를 자랑하고 있었다. 최종길 회장이 무심코 불신감을 느끼거나 배신을 꿈꾸는 순간이면 그녀는 날카로운 시선으로 여지없이 떠보곤 했다. 그녀는 자신의 생각은 감추면서도 상대편의 마을을 송두리째 읽어 내는 걸 즐기는 듯했다.

"왜요? 제 시선이 이상합니까?"

"내 눈은 못 속여요. 음흉한 생각을 하거나 어떤 음모에 몰두하고 있군요. 그러니까 굳이 부정하려고 애쓸 필요 없어요."

그럴 때마다 최 회장은 일부러 호탕하게 웃으며 아무런 대꾸도 하지 않았다. 마치 음란한 장면을 상상하다가 속내를 들킨 소년처럼 얼굴을 붉힐 따름이었다. 최 회장은 지금까지 한 번도 그렇게 눈치 빠른 여자를 만난 적이 없었다. 그녀는 깊은 내면에서 끓어오르는 물질적 욕망에 매달림으로써 자기만의 독심술(讀心術)을 터득한 것인지도 모른다.

"박 회장님, 이제부터 대출 금리를 하향 조정합시다."

"나중에 봅시다."

최 회장이 색다른 수작을 부릴 때마다 그녀는 미리 알고 있었다는 듯 망설임 없는 태도를 보였다. 주가조작으로 막대한 시세 차익을 올리고 있으니, 이자 없는 돈을 빌려 줘도 손해가 아니라는 그의 주장을 그녀는 단번에 뭉개 버리곤 했다.

"그보다 배신자들을 색출해야 하지 않을까요?"

"심증은 가는데 물증이 없습니다."

최 회장은 한숨을 크게 내쉬며 그렇게 중얼거렸다. 주가를 어느 정도 끌어올려 처분할 시점이 임박할 때마다 팔자 물량이 쏟아지는 게 수상했지만 어쩔 도리가 없었다.

"내부의 적들을 색출하지 못하다니… 최 회장답지 않아요."

박순자는 최 회장 쪽이 의심스럽다는 듯 의뭉스러운 미소를 빼어물었다. 최 회장은 그녀가 그럴수록 신경이 날카로워졌다. 주가가 목표치의 절반에도 미치지 않은 시점에서 팔자 오퍼가 넘치다니…. 작전 세력 중의 어떤 배신자가 다른 큰손들과 결탁하고 있다는 상황 증거였다.

그렇게 배신자들이 활발하게 움직이는 날일수록 최 회장은 자제력을 유지하면서 아낌없이 촌지 봉투를 뿌렸다. 대안증권 조사부 박상민 차장, 로열건설 허동환 부사장, 재무관리 담당 김혁 전무를 비롯한 임원들, 주식관리부 엄창수 차장이 그 대상이었다. 대단히 불쾌한 일이었지만 그들 속에 웅크리고 있을 배신자들을 다독거리는 게 최선책이었다.

"의심이 가는 자가 있으면 말해 보렴."

"글쎄요, 감이 잡히지 않습니다."

하수인들이 그런 반응을 보일 때마다 최 회장은 배신자들에게 완전히 포위당한 느낌이었다. 그는 박순자마저도 배신에 관한 한 예외가 아닐 것이라고 의심할 정도였다. 그녀는 여전히 수수께끼 같은 존재였다. 그런 느낌이 들수록 그는 탐욕의 이빨을 부지런히 갈았다. 빠른 시일 안에 반드시 이자 없는 사채를 빌려야 한다는 강박관념에 시달리고 있었다.

박순자와의 거래 관계가 오래 유지될 수는 없다. 그 아슬아슬한 거래를 길게 끌어갈수록 끔찍하게 위험한 결과가 기다리고 있을지도 모른다. 그러나 부도 위기를 뛰어넘어 경영권을 유지하고 주식투기에 힘을 보태려면 지금 당장 필요한 존재가 그녀였다. 뭇 남자들의 콧대를 꺾어 놓는 예리하고 냉철한 여자. 박순자가 자신을 내려다보듯 거래한다는 사실을 깨달았을 때도 최 회장은 분노를 삼켰다. 그녀가 원하는 대로 끌려가는 시늉을 하다가 기회가 무르익으면 크고 질긴 덫을 던질 생각이었다.

이제는 더 이상 복잡하게 상상할 겨를이 없다. 하수인들을 매복시켜 놓고 치밀한 기습 공격을 감행할 시기다. 오직 박순자의 약점을 철저히 물고 늘어지는 공격 전법만 남아 있다. 그녀에게 주식투기 자금 조달용 약속어음을 발행해 주는 대가로 그녀에게 로열건설 주식투기에 동참할 수 있는 기회를 제공하는 등 탈법적인 뒷거래가 이루어지는 만큼, 그녀를 진퇴양난의 함정에 빠뜨릴 계략을 꾸며야 한다.

그렇다고 빈틈없는 대비책을 준비한 것은 아니다. 가능한 한 일찍 거래를 청산하려 해도 묘책이 떠오르지 않는다. 하루 빨리 사채를 갚든가, 무이자로 돈을 쓰든가, 주식투기로 더 많은 이익을 남겨야 한다. 그러다가 마땅한 수습책이 마련되지 않으면 믿고 있던 집권 세력의 보호막을 방패로 삼아 그냥 드러누울 작정이었다.

하지만 두려움은 줄어들지 않았다. 최 회장은 박순자가 믿을 만하거나 편하게 느껴지지 않았다. 그녀와 구린 뒷거래를 지속할수록 점점 더 곤혹스러워졌다. 그녀와 함께 있으면 심한 열등감과 불안감에 사로잡혀 고통스러웠던 것이다.

박순자는 자신에게 귀한 손님이라고 판단되거나 은밀한 상담이 필요할 때마다, 점찍은 사람들을 경기도 구리시에 있는 자신의 별장으로 초대하곤 했다. 남편 김철규와 안면을 트고 지내는 예비역 장성, 평소 자금 거래가 활발한 사채업자들, 이용 가치가 있는 거물급 인사들이 그 포섭 대상이었다.

그곳에서 모임을 가지는 날이면 박순자는 자신의 사업 구상을 아주 자랑스럽게 피력했다. 제주도 목장과 경주 땅 등지 3백만 평에 청소년 휴양시설, 레저타운, 골프장, 온천장 등 새 사업을 벌이겠다고 호언하곤 했다.

"지금 당장 1천억 원 정도는 동원할 수 있어요."

사채시장과 증권가에서 큰손으로 행세하다가 예기치 않게 자금난에 시달릴수록 큰소리를 치며 막강한 재력을 과시하자 당연히 그녀를 믿는 사람들이 늘어났다. 별장으로 초대된 손님들 중에는 재벌 총수·

은행장·금융기관 임원·은행 지점장들을 비롯해 이름을 대면 알 만한 정치인들과 대학교수들도 있었다.

특히 박순자는 여러 은행의 임원과 간부들에게 자금력을 보여주기 위해 별의별 방법을 동원하곤 했다. 사채업자를 통해 수십억 원의 예금을 조성해 주면서 실적에 눈이 먼 지점장들을 유혹하기도 했다.

"내가 굴리고 있는 금융 자산은 2천억 원대가 넘어요. 거액의 예금을 곧 유치해 줄 테니 걱정하지 마세요. 지난번에 제삼자 명의로 조성해 준 예금도 사실은 내 돈이랍니다."

박순자는 그 말 한마디로 큰 예금에 약한 지점장들을 쥐고 흔들 수 있었다. 날로 현금이 쪼들릴수록 그녀의 자기과시는 그 정도가 심해졌다. 평소 잘 알고 지내던 사채업자들에게 웃돈이나 약정 이자를 얹어 주고 거액의 예금을 조성해 준 뒤 지점장들의 덜미를 잡기 시작했다.

사실상 유령 회사나 다름없는 대와산업의 자체 능력으로는 금융기관에서 자금을 빌려 쓰기가 불가능했다. 박순자는 이런 약점을 감추기 위해 소유 부동산이나 은닉 재산을 실제보다 엄청나게 부풀렸고, 사채업자들을 동원해 금융기관 임직원들에게 예금 실적을 올려 주며 신용도를 쌓아 나갔다.

박순자의 계략에 빠진 대표적인 사람들 중의 하나로, 우주상호신용금고 강남 지점장인 장수복이 있었다. 자금 동원력에 감탄했던 장 지점장은 어느 정도의 위험을 감수하면서까지 그녀를 믿을 수밖에 없었다. 장 지점정은 박순자가 유치한 자금으로 그녀의 주변 인물 다섯 명의 명의를 빌려 차명 또는 도명으로 수입 부금 계좌를 개설했다.

"박 회장님, 은혜를 입었으니 은혜 갚을 기회를 주십시오."

좀 더 많은 예금을 유치하려는 속셈으로 장 지점장은 큰손 박순자에게 허리부터 굽혔다. 그랬더니 웬걸, 아직까지 다른 누구에게 발설하지 않은 거창한 사업계획을 털어놓더니 조심스럽게 청탁을 해 왔다.

"새로운 사업을 시작하다 보니 단기 자금이 필요해요. 내 어음에 대한 지급보증을 해 주시면 어떨까요?"

로열건설, 고려토건, 신신제강 등 거래 업체에서 받은 어음을 유통시켰다가 지급 기일이 다가오면 애가 탈 수밖에 없었다. 자신이 대표이사로 등기된 대와산업의 어음을 할인해서라도 부도 사태를 막아야 했다.

"박 회장님의 부탁을 외면하면 내가 뻔뻔스러운 놈이지요. 그렇게 합시다."

생각할수록 박순자의 교활함에 혀를 내두르긴 했지만, 장수복 지점장으로선 큰 고객인 그녀를 무시할 수 없었다. 뛰어난 자금 동원력만큼이나 막강한 재력을 자랑한다는 사실에 주목했기 때문이다.

박순자의 작전은 성공작이었다. 부금 가입 대가로 어음에 대한 지급보증을 받으면서 다시 다섯 명의 이름을 빌렸고, 동일인 대출 한도를 초과하여 대출까지 받았다. 그녀의 부풀려진 재력을 믿고 종이쪽지에 불과한 어음에 불법 보증을 해 주거나 할인을 해 주었으니, 예금 조성이란 미끼에 현혹되어 사기 행각의 하수인 노릇을 자처한 장 지점장만 한심스러울 따름이었다.

은행권이라고 예외는 아니었다. 이미 오래 전부터 박순자의 자금 동원력, 증권가에 미치는 영향력을 충분히 알고 있었으므로 그녀의 신용도를 낮게 평가하려는 은행원은 한 사람도 없었다.

"엊그제 예금한 백억 원도 사실 제 돈입니다. 그 범위 안에서 대출을 받았으면 합니다. 가능하겠지요?"

분명히 사채업자의 돈임에도 박순자는 거짓말을 서슴지 않았다. 그녀의 마수에 걸려든 한양은행 역삼 지점장 이수철도 별다른 이의를 달지 못했다.

"지점장의 능력으론 약간 벅찹니다. 박 회장님이 행장님을 직접 만나 뵙고 말씀드리면 어떨까요?"

"알았어요. 금명간 지시가 떨어질 겁니다."

박순자의 말은 과장이 아니었다. 평소 돈독한 관계를 유지하고 있던 은행장 김춘성도 뇌물 1억 원을 받고 신속한 대출 취급을 지시했다.

은행장 김춘성이 박순자를 만난 것은 지점장 시절에 그녀가 일부러 남산 지점에까지 찾아와 예금을 하면서부터였다. 그 당시 은행장은 지점장들에게 어떤 예금이든 많이 유치할 것을 독려하고 있었다. 그 대신 예금 유치 금액 범위 안에서 지점장이 소신껏 대출해 줄 수 있도록 특별 배려했다. 그런 상황에서 그녀가 알아서 예금을 들어 주니 김춘성으로선 그렇게 반가울 수가 없었다. 마침내 김춘성이 은행장 자리에 오르던 해, 박순자는 활발한 사채 거래와 주식투기로 거금을 주무르고 있었다. 그녀는 김 행장의 환심을 사기 위해 수시로 거액의 예금을 들어 주었고, 자금이 부족하거나 어음용지 수급이 원활하지 못할 때마다 억대의 뇌물로 매수해 버리곤 했다.

"행장님, 죄송해요. 업무추진비를 너무 적게 드려서….

박순자는 짐짓 미안하다는 표정을 만들며 김 행장의 비위를 맞추었다. 김 행장은 만족스러운 듯이 껄껄 웃으며 두꺼비처럼 두툼한 손바닥으로 그녀의 보드라운 손등을 두들겼다. 룸살롱의 술 접대 자리에서도 그녀는 허리를 비틀며 교태를 부림으로써 김 행장의 눈을 어지럽히는 일도 마다하지 않았다.

박순자는 막힌 자금의 숨통을 트기 위한 또 다른 방안으로 로열건설, 고려토건, 신신제강 등에서 발행한 약속어음은 물론이고 대와산업 어음을 할인해 주식에 투자했다. 본격적인 작전세력을 구성하거나 로열그룹 최종길 회장을 만나기 전에는 중앙증권 송만호 상무가 주식관리를 도맡아 했다. 이 때문에 중앙증권의 전신인 옛 대유투자금융 멤버들이 그녀를 돕는 또 다른 대열을 이루었다.

높은 사채 이자를 물어 가며 주식투기를 한다는 것에 작지 않은 위험 부담이 따르겠지만, 일단 성공하기만 하면 남부럽지 않은 부와 명예를 손에 쥘 수 있게 된다. 그렇게 되는 날 정계와 재계를 장악하는 것에 그치지 않고, 마침내 금융계의 주도권까지 넘볼 수 있으리라는 것이 박순자의 야망이었다. 그러한 야심은 아직까지 박순자와 김철규만의 비밀이었다. 지금 당장 필요한 자금을 확보하기 위해 여러 회사에 사채를 빌려주고 어음을 우려내고 있으나 머잖아 손을 털 준비가되어 있었다.

어쨌든 지금 당장은 분명히 박순자가 칼자루를 쥐고 있다. 유명 기업주들이 그녀를 동업자로 선택한 것은 그저 우연이 아니다. 기업의 극심한 자금난과 기업주의 사리사욕 때문이었다. 그들은 그녀가 집권층의 핵심 인물들과 개인적인 끈을 맺고 있다는 사실도 모를 리 없었다.

"꿩 먹고 알 먹고, 누이 좋고 매부 좋은 사업입니다. 나를 믿으세요."

그렇게 접근하면 아무리 현명하고 합리적인 사고의 기업주라도 그 은근한 작당을 뿌리치는 경우가 별로 없었다. 실제로 일을 풀어 나가는 과정은 지극히 간단했다. 빌리는 어음 액면 금액의 일부를 운전자금으로 지원하면 그만이었다. 굳이 그 어음을 할인해 자금을 조달한다고 설명할 필요가 없었다. 주식투기 동업자가 된다는 사실에 들떴던 나머지 기업주들은 분별력을 잃고 있었다.

* * *

시간이 흐르면서 명동 사채시장과 증권가에 새로운 기류가 떠돌았다. 겉으로 보기에는 예전과 전혀 달라진 것이 없지만, 일반 소액 투자자들을 두려움에 사로잡히게 만드는 유언비어가 고개를 들었다. 박순자가 내돌리는 융통어음들이 결코 안전하지 못하다는 것이었다.

"자금난에 몰린 부실기업의 어음만 골라 유통시키다 보니 그럴 수밖에…."

"그녀의 책략에 말려든 사람들이 한두 명이 아니래."

"어음을 왕창 유통시켜 놓고 잠수해 버릴 작정이라더군."

일반 소액 투자자들에겐 머리카락이 곤두서는 속삭임이었다. 소문에 의하면 박순자를 골탕 먹이려는 큰손들의 작당이라는 이야기도 들려왔다. 더욱 놀라운 것은 박순자도 부도 위기에 몰렸다는 풍문이었다.

그러자 대와산업 사무실과 어음 발행 회사의 전화통에 불이 나기 시작했다. 폭주하는 문의 전화에 시달리던 직원들은 루머의 진원지를 찾기 위해 청각을 곤두세웠다. 어떤 거래처에서는 증권거래소를 통한 공시를 검토할 정도였다.

"어리석은 놈들!"

박순자는 그 유언비어의 뒤에 숨은 세력들을 짐작하며 쓴웃음을 흘렸다. 자신이 매집한 것으로 소문난 종목의 주가를 폭락 국면으로 몰아가려는 작전세력이 시도한 모함이라고 추측했기 때문이다. 아니, 어쩌면 명동 사채시장의 목돈을 훑어가는 걸 못마땅하게 생각한 깡쟁이들이 퍼뜨린 루머 같기도 했다.

하지만 며칠 뒤 상황은 극적으로 반전되었다. 아무래도 불안하다고 속삭이던 깡쟁이들은 박순자의 대와산업 사무실에서 흘러나오는 어음들을 낚으려고 허둥대기 시작했다. 결국 명동 사채시장의 상황은 큰손 박순자의 승리로 돌아선 셈이었다.

괴상망측한 소문이 명동의 금융가에 퍼져 돌기 시작한 것은 그 해 2월 초순이었다. 바꾸어 말한다면 제5공화국 출범을 위한 3월 총선거가 있기 한 달 전이었다.

"엑스(X) 자금을 조성하려고 백판(자금을 조달하기 위해 신용 있는 기업이 발행한 융통어음)을 뿌리고 있대."

"엑스 자금이라니?"

"이 멍청아, 정치자금도 몰라? 이를테면 자민당의 운영자금이라는 거야."

정치자금과 관련되었다는 고려토건 어음이 대량 유통되면서 침체됐던 사채시장이 돌연 활기를 되찾았다. 입질도 안 하던 명동 지역이 갑자기 물 좋은 시장으로 변한 때는 고 군(고려토건이 발행한 약속어음)이 물밀듯 출현한 이후였다. 사채시장에서 유통되는 어음 물량이 적어 애를 먹던 깡쟁이들의 얼굴에 희색이 감돌았다. 박순자가 살포하는 어음이 결코 안전할 수 없다던 루머는 효력을 잃은 지 오래였다.

약속어음은 나오지 않고, 자금은 남아돌고, 금리는 내려가고, 거래는 줄어들어 깡쟁이들의 경기가 시들해지면 사채꾼들의 전화에 시달리게 마련이다. 어음을 서로 많이 확보하려고 경쟁이 치열해지기 때문이다. '입질도 없어 죽을 지경'이라고 불평하면서 깡쟁이들은 단골 거래 회사와 동료 깡쟁이들에게 쉴 새 없이 전화를 걸어 어음을 낚아 내야 한다. 어음을 많이 낚지 못하면 거래 금액이 줄어들어 자신의 깡 수입(할인 중개 수수료)도 줄고 전주들한테도 신용을 잃게 된다. 따라서 돈을 굴려 주지 못해 안달이던 깡쟁이들이 대와산업 사무실로 몰려들기 시작했다.

박순자가 집중적으로 유통시키는 고 군과 로 군(로열건설 어음)은 사채시장의 총아였다. 모두 대형 건설 회사이자 상장법인이 발행한 어음인 데다 정치자금 조성이라는 든든한 빽이 뒤를 받치고 있어 인기를 독차지할 수 있었다. 신용도가 높은 진성어음(물때)과 융통어음(백판)이 적잖이 유통되고 있었음에도 고 군과 로 군이 유독 인기를 끈 것은 어느 어음보다 금리가 높았기 때문이다. 해외건설과 국내공사가 활발하고 건실한 기업으로 알려져 있었을 뿐만 아니라 다른 '백판'보다 금리가 비교적 높은 것이 아주 큰 매력으로 작용했던 것이다.

"고려토건과 로열건설은 정한두 대통령과 자민당의 김정근 사무총장이 밀어 주는 회사거든…. 그래서 엑스 자금과 연결된 어음이 고 군과 로 군이라는 거야."

"배경이 막강하니 부도날 염려는 없겠구먼."

떠돌던 소문은 사실과 묘하게 맞아떨어지는 것 같아서 잔챙이(사채놀이 경험이 적은 소액 투자자)들은 백판을 안심하고 사들였다.

14. 정치적 암투와 머니게임

　스무 날 남짓 줄기차게 쏟아지던 장대비가 그치더니 맑은 날이 계속되고 있었다. 지루한 장마가 끝나고 본격적인 불볕더위가 기승을 부리기 시작한 것이다.

　주말에는 피서 인파의 대이동으로 전국의 고속도로와 국도가 극심한 교통 체증을 빚었다는 TV 화면과 신문 지면을 심심찮게 장식하고 있었다. 해운대, 광안리, 송정리 등 부산 지역 해수욕장에만 백만여 명의 피서 인파가 몰리는 등 전국 해수욕장, 계곡, 휴양지는 가족 단위의 피서 인파로 하루 종일 붐볐다고 전했다. 강릉 지방의 수은주가 31.4 도까지 올라간 것을 비롯해 전국 대부분의 지역이 모처럼 30도 안팎의 무더운 날씨를 보였다.

　최종길 회장은 고양이에 쫓겨 막다른 골목으로 몰린 쥐처럼 절체절명의 위기감에 사로잡혀 있었다. 어느 해 여름 못지않게 무덥고 짜증나고 힘에 부칠 것이라는 예감이 들었다. 박순자의 자금 지원에 힘입어 풍족하지는 않더라도 여유 자금을 즐기던 때가 엊그제 같은데 로열건설은 여름에 접어들면서 자금 사정이 급격히 빠듯해지기 시작했다.

사우디아라비아 건설 현장에서 심심찮게 송금되어 오던 달러가 어느 날 갑자기 줄어들더니, 국내 아파트 분양 수입금도 전례 없이 주춤하는 바람에 돈줄이 막혀 버리고 말았던 것이다.

엊그제까지만 해도 로열건설은 자금이 남아돌아 금융기관들의 칙사 대접을 받을 정도였다. 요즘처럼 자금 사정이 어려운 기업들이 금융기관 직원들을 신주 모시듯 하는 게 아니라, 거꾸로 로열건설 임직원들이 유흥 접대를 받는 사례가 허다했다. 연간 1천 8백 50억 매출 외형에 당기 순이익이 3백 10억에 이르렀으며 법인세를 차감한 세후 이익도 2백 40억에 육박하고 있는 최우량 기업이었으니 그럴 만도 했다.

다음 해로 억지 이월시킨 매출액까지 추가 계상한다면 당해 연도 영업 실적은 그보다 150% 정도는 상회하고 있었다. 다른 기업들은 억지로 가공 이익을 만들기 위해 매출을 과다 계상하고 원가를 과소 계상하느라 혈안이 되어 있는 처지에 로열건설은 참으로 행복한 고민에 빠져 있었다.

로열건설의 전년도 결산 공고가 나오기 무섭게 신문들은 지면이 아까운 줄 모르고 연일 대서특필했다. 매출 및 이익 신장률 1위, 납입자본 이익률 1위, 매출액 대비 이익률 1위…. 국내 4개 타이틀을 석권했다고 일제히 보도하고 있었다. 부채비율은 70%에 미치지 못했고 금융기관 차입금은 단 한 푼도 없었다. 거래 은행에서는 로열건설의 기업체 신용 평가표를 작성할 때 어떻게 해야 과연 90점 이상 높은 평점이 나오지 않도록 억제할 수 있을까 고민해야 했다. 은행과 단자회사(투자금융과 종합금융)에 여유 자금을 맡긴 예치금 잔고가 항상 3백억 내외를 유지했으며, 은행의 마감 시각이 자나도 예금을 유치해 가려는 파출 수납 팀들이 여러 금융기관에서 날이면 날마다 몰려와 치열한 경쟁을 벌이곤 했다.

10여 개 아파트 공사 현장에서 현금으로 입금되는 분양 수입금은 거의 매일 10억 원대에 이르렀다. 펑펑 남아도는 여유 자금을 어디에 투자해야 할까 고민하던 최종길 회장이 기업 확장에 시선을 돌린 것은 그 시기였다. 여유 자금 4백억 원과 차입금 약 6백억 원 등 1천억 원을 투자해 보험, 증권, 상호신용금고, 유통, 가구, 피혁제품 제조 회사 등 8개 회사를 인수하기에 이르렀다. 그쯤에서 누가 보아도 명실상부한 그룹을 형성했던 것이다. 이름 하여 로열그룹, 로열건설그룹이었다.

그러나 세상만사 새옹지마였다. 제법 그럴듯한 재벌 그룹의 모양새를 갖추고 사세 확장을 위해 동분서주하려고 구두끈을 단단히 조이고 있을 무렵에 찬바람이 불기 시작했다. 3년 동안 전에 없이 호황을 누리던 건설업이 갑자기 불황에 직면하고 만 것이다. 중동 지역에서의 과다 경쟁으로 덤핑 수주 공사가 적지 않은 데다, 과열 붐이었던 국내 건설 경기마저 서서히 주저앉더니 매출 채산성이 악화일로를 걸었다. 로열건설 그룹의 탯줄이자 원동력이었던 아파트 건설 분양 사업도 심각한 타격을 맛보았다. 모기업인 로열건설이 비틀거렸으니 다른 계열사들도 영향을 받지 않을 수 없었다.

아무리 어렵더라도 버텨야 했다. 행운의 기회를 만나면서 눈 깜짝할 사이에 이룩한 기업 군단을 함부로 해체시킬 수는 없었다. 최종길 회장의 오기와 집념이 그랬다. 그처럼 버티기 힘든 투쟁에서 육박전을 치러야 했던 병사들은 바로 로열건설의 자금과 직원들이었다. 자금 담당 직원들 스스로를 자조적으로 부른 이름이 있었다. 실탄이 떨어진 패잔병들, 몸으로 때워야 하는 빈 지갑들….

하지만 그대로 야금야금 망조가 들라는 법은 없었다. 구세주처럼 나타난 여인이 바로 박순자 여사였다. 약속어음만 끊어 달라. 은행 대출 이자의 절반에 해당하는 이율로, 은행 예금 이자보다 저렴한 금리로 부족 자금을 빌려 주마. 이건 특수 자금 조성을 위한 밑천이니 그리 알라고 박순자는 꼬드겼다.

* * *

　자민당 사무총장 김정근과 그의 여비서 노시영은 강남고속버스터미널 근처에 있는 호텔에 투숙했다. 김정근은 오래 전부터 조강지처인 황인애와 사실상 별거 상태에 접어들었으므로 아무 거리낌 없이 노시영과 오붓하게 즐길 수 있었다.

　뜨거운 격전이 끝나기 무섭게 김정근은 침대 위에서 일어나 앉아 담배를 피워 물었다. 노시영은 감미로운 정사의 여운을 즐기려는 듯 두 눈을 감은 채 김정근의 등을 부드럽게 쓰다듬었다. 김정근이 담배 연기를 그녀의 젖가슴에 뿜어 댔다.

　"아이, 싫어요."

　노시영이 이마를 찡그리며 깊은 시선으로 김정근을 올려다보았다. 김정근은 그 시선의 간절한 의미를 모르지 않았다. 노시영이 벌떡 일어나 그의 아랫입술을 가볍게 물었다. 그 순간 그녀의 풍만한 가슴이 그의 젖꼭지를 자극했다. 김정근은 그녀를 다시 짓밟고 싶은 충동을 느꼈지만 욕망을 애써 찍어 누르며 침대를 벗어났다.

　"총장님, 눈 좀 붙이셔야지요."

　김정근이 의자로 옮겨 가자 노시영이 촉촉이 젖은 음성으로 말했다.

　"먼저 자…."

　"먼저 자기 싫어요."

　"알았어…."

　김정근은 좀처럼 잠이 오지 않았다. 집권층 실세와의 알력에서 비롯되는 위기감으로 부아가 치밀어 오르기도 했지만 박순자 생각 때문에 머릿속이 복잡했다. 김철규·박순자 부부의 행각이 수사기관의 그물에 걸려들었다는 정보는 대단히 충격적이었다. 한 달 전부터 안기부와 보안사에서도 내사를 시작한 상황이었다. 머잖아 두 사람은 꼼짝없이 수사 당국에 체포될 터였다.

김정근은 박순자 부부와 그들의 거래처를 가능한 한 보호해 주고 싶었다. 그 부부와 거래하는 기업의 총수들이 아니었다면 정치자금을 조성하는 데 어려움이 많았을 것이다. 하지만 이제 와서 그들을 돕는 것은 매우 위험하다. 자신이 치명적인 타격을 입는 것은 물론이고 집권당의 안위에도 깊이 관계되는 일이다. 박순자가 위기에 빠진 줄 알면서도 모르는 척하는 것이 도리가 아니지만, 상황이 상황이니만큼 그녀는 물론 그녀와 관련된 재벌 총수들을 외면하는 것만이 파멸을 모면하는 길이라고 그는 생각했다.

김정근은 자신의 입지를 부단히 위협하는 경쟁자들을 뇌리에 떠올렸다. 이른바 집권층의 실세 그룹인 '삼총사'가 그들이었다. 청와대 사정 수석인 탁영수, 정무 수석인 윤호중, 같은 여당 국회의원 강민두가 권력 암투에 불을 댕기고 있었다. 새로운 공화국의 앞날을 열었던 쿠데타에 결정적으로 공헌한 윤호중과 탁영수는 쿠데타가 성공하자 모두 청와대로 들어갔지만, 쿠데타 때 별로 공을 세우지 못한 김정근은 밖에 남아 자민당 창당이라는 궂은일을 맡아 사무총장에 등용된 처지였다.

윤호중과 탁영수는 물론 강민두 의원도 스스로 권력의 실세임을 전혀 의심하지 않았다. 그러나 알고 보니 그게 아니었다. 정한두 대통령의 처가 세력과 자민당 친위 세력이 팽창을 거듭하고 있었다. 그 같은 상황에 불만을 품고 있던 탁영수와 윤호중은 김정근을 포함한 자민당 세력에 저항감을 느낄 수밖에 없었다. 쿠데타 때 역할이 없었던 처가 세력과 김정근 사무총장 세력에 대한 견제 심리였다.

그 갈등이 폭발한 것은 김정근 사무총장이 집권당의 정치자금을 주무르기 시작하면서부터였다. 윤호중과 탁영수는 사사건건 물고 늘어졌다. 불투명한 창당 자금의 모금과 운용, 개인적인 치부를 문제 삼으며 김정근을 막다른 구석으로 몰아붙였다. 그러다가 파워 게임이 절정에 이른 것은 박순자 부부와 고려토건 임직원들이 배후 인물로 집권당 실세인 김정근을 공공연히 내세우면서부터였다.

정한두 대통령의 처삼촌이자 박순자의 형부인 윤광규가 '삼총사를 밀어 내야 나라와 집권당이 산다.'고 공공연히 말하고 다녔는데 그것이 화근이 되었다. 이 소문을 들은 청와대 사정 수석 탁영수가 박순자를 불러 하루 종일 조사했다는 것이다. 그 자리에서 김정근의 연루설을 밝혀내려고 탁영수가 그녀를 집요하게 추궁했다는 게 아닌가.

박순자의 어설픈 수작에 먹혀들었던 것은 로열패밀리가 그녀 주변에 포진해 있었기 때문이다. 다시 말해 박순자 사건은 박정태 정권의 부산물이라는 게 일반적인 시각이었다. 박정태 정권이 경호실장 차지식의 왕국에 의해 서서히 거덜 나고 있을 때, 이미 박순자 사건이 태동하기 시작했다. 박 정권 말기에 박순자 사건의 주역과 조역들이 모두 청와대 주변을 맴돌고 있었기 때문이다.

그 당시 청와대에서 경호실 차장보로 근무했던 정한두는 전임 대통령과 서갑철 경호실장의 총애를 받았다. 처삼촌과 조카사위인 윤광규와 정한두, 형부와 처제 사이인 윤광규와 박순자…. 이들은 자연스럽게 어우러져 차기 로열패밀리의 꿈을 키워 나갔다. 결국 큰손 박순자 역시 청와대에서 그리 멀리 있었던 것은 아니다.

초기에는 박순자가 형부인 윤광규의 후광을 입는 편이었으나, 박 정권 말기에는 거꾸로 박순자가 윤광규에게 도움을 주는 위치로 바뀌었다. 결론적으로 말하자면 박순자의 위세는 이미 박 정권 말기부터 당당해지기 시작했다는 것이다. 더구나 육사에 10년 늦게 입학한 윤동규(정한두 대통령의 장인)는 김철규와 동기였으므로, 비록 가까운 사이는 아니었다 하더라도 훗날 복잡하게 얽힌 친인척 관계에 직간접으로 영향을 주었다고 보는 게 옳다.

김정근 사무총장은 집권당 실세로 떠오르면서 고려토건 경영진의 자금 지원을 적잖이 받았다. 그 회사의 손정민 회장과 이상순 상임 감사와는 오랜 교우 관계를 유지하고 있었다. 고교 동창인 이상순이 손 회장의 매부이고 보니 접촉할 기회가 많았고, 큰손 박순자와 자금 거래를 하다 보니 한층 복잡하게 얽혀들 수밖에 없었다.

아니나 다를까. 고려토건의 손정민 회장이 긴히 만나고 싶다며 연락을 해 왔다. 얼마 전만 같아도 짬을 내기가 쉽지 않았지만 요즘의 처지로선 망설일 이유가 없었다.

"도대체 어떻게 돌아가는 거야?"

김정근은 애써 정신을 가다듬으며 따지듯 물었다. 박순자와 고려토건의 자금 거래도 자신의 입지가 급속도로 허물어지고 있다는 느낌이 들었지만 만나자마자 내색은 할 수 없었다.

"약간 문제가 생겼어요. 하지만 염려하지 마세요."

손정민 회장의 얼굴에는 맥이 풀린 표정이 역력했다.

"부도설이 나도는데 그게 사실이야?"

"박순자 때문입니다. 빌려 간 어음을 마구잡이로 돌려대니 살얼음판을 걷는 기분예요."

손 회장은 김정근의 표정이 차가워지고 있음을 알아차린 뒤 몸을 떨었다.

"대검 중수부에서 수사를 착수했다는데 알고 있어?"

"대영금속 하영은 회장이 그쪽에다가 투서를 한 모양입니다."

"나도 대충은 알고 있어."

김정근 사무총장은 돌아가는 상황을 벌써부터 예의 주시하고 있었다. 자신의 정보망이 거미줄처럼 관리되고 있기 때문에 상황 파악이 어렵지 않았다.

"사정 수석 탁영수가 박순자를 불러 조사한 사실도 모르는 바 아냐. 심지어 그 친구가 담당 검사를 호출할 정도니 수사 결과는 뻔해…."

김정근이 이를 갈았다.

"박순자의 형부인 윤광규가 삼형제를 비난하는 발언을 해 미움을 산 것이다. 나라가 잘되려면 삼총사를 잘라 내야 한다고 얘기하고 다녔다는군요."

"박순자 치맛바람 땜에 여러 사람 다치게 생겼어."

"우리들의 경솔한 처신으로 괜히 형님이 곤경에 처할까 두렵습니다."

"어쩔 수 없는 운명이야. 파워 게임의 패배자가 무슨 변명을 하겠어. 일보 전진을 위해 한 걸음 물러설 때가 된 것 같아."

"박순자 쪽에서도 한계에 이른 걸 깨달아 버린 느낌예요. 더구나 주식투자로 재미를 못 보니까 자금 압박이 더욱 심해지고 있는 것 같아요. 그녀가 사채시장에서 어음을 할인하거나 주식을 처분해 거래 회사의 부도를 막아 주는 악순환도 이젠 막을 내릴 시점에 이른 것 같습니다."

"모두 과욕을 부린 탓이야. 어쨌든 정보기관에서 일찌감치 제동을 걸어야 했어. 질질 끌려 다닌 게 문제야."

"난 회사를 살려 보려고 최선을 다하다가 박순자에게 말려들었을 뿐입니다. 과욕이란 표현은 적당하지 않아요. 그 말씀은 박순자 쪽에서나 어울리는 말입니다."

"실제 채무액의 일곱 배에 해당하는 어음을 발행했다니 믿을 수가 없어. 어떤 이유로 그토록 미련한 짓을 했는지 모르겠네."

김정근이 손 회장을 넘겨다보니 혀를 차고 있었다.

"후회막급입니다. 어쨌든 사기를 당했어요."

"박순자가 약속어음을 사채시장에 유통시켜 마련한 자금으로 돈을 빌려주고 주식에 투자한다는 사실을 알았을 거 아냐? 그런 상황에서 단순한 사기 피해자라고 주장할 수 있겠어? 일이 터지면 손 회장도 배임죄를 면할 길이 없을 거야."

김정근이 냉담하게 잘라 말했다. 손 회장은 참으로 어이가 없었다. 이 집권당 실세가 자신의 처지를 잠시 잊은 모양이라고 생각했다. 자신의 정치적 몰락을 막기 위해선 어떤 방법으로든 사태를 수습할 책임이 있었다. 그럼에도 모든 걸 포기한다는 인상을 강하게 받았다. 아니, 김정근이 박순자라는 이름의 시궁창을 탈출하기 위해 슬그머니 뒤로 물러나며 발버둥치고 있다는 확신까지 들었다.

"그렇다면… 더 이상 총장님께 드릴 말씀이 없습니다. 나름대로 최선을 다하고 있으니 너무 상심하지 마세요."

해결책을 강구하러 찾아온 손 회장도 그쯤에서 얼버무리고 말았다. 김정근의 수심에 찬 모습을 보면 도대체 빠져나갈 구멍이 없을 것 같았다. 종말이 오고 있다는 사실을 깨달아 버린 손 회장의 얼굴이 서서히 어두워져 갔다. 일찌감치 두 손을 드는 게 속이 편하지 싶었다. 술과 절망에 취한 얼굴로 돌아서는 손 회장에게 김정근은 아무런 위로의 말을 던지지 못했다. 모쪼록 부도라는 최악의 상황을 모면하길 기도할 뿐이었고, 그것마저 불가능하다면 자신이 집권당의 사무총장 자리에서 물러나는 것으로 후유증이 마무리되었으면 하고 바랄 따름이었다.

하지만 상황이 호전되는 기미가 좀처럼 보이지 않았다. 명동 사채시장과 금융기관을 중심으로 고려토건 부도설이 끈질기게 나돌고 있었다. 그 여파로 몇 개의 건설 업체들이 연쇄적으로 부도가 날 것이라는 소문들이 추가되었다. 고려토건, 신신제강, 로열건설 등에서도 이미 심상치 않은 기미를 눈치 채고 있었다. 박순자가 어음을 결제하는 시각이 점차 늦어지거나 연장에 걸리는 경우가 잦아지기 시작한 때문이었다.

증시 침체로 주식투자의 과녁이 빗나가는 바람에 손해를 보면서 박순자의 운도 기울고 있었다. 게다가 설상가상으로 자금난이 겹쳤다. 해외건설 업체로부터 빌려서 유통시킨 어음이 무더기로 은행 창구로 쏟아져 들어오자 바빠지기 시작했다. 급한 불을 끄겠다는 생각에서 관련 업체끼리 서로 안부를 묻고 서로 교환해 돌린 어음을 결제하는 경우도 없지 않았다. 무작정 박순자 회장만 믿고 기다릴 순 없는 일이었다.

그 날 그 날 만기가 되어 돌아오는 박순자 관련 어음이 수백억 원대로 치솟으면서 위기감을 느끼기 시작한 사채시장 종사자들이 거래 은행의 당좌예금 창구로 몰려드는 모습이 눈에 띄게 감지되고 있었다. 거액의 어음을 요구하던 박순자의 행동이 아무래도 수상하다고 판단한 일부 업체 사장들이 정부 요로와 관계 기관에 진정서를 제출하기도 했다. 박순자와 거래 중인 일부 관련 업체의 기업주들은 청와대 경제2수석실에 들어가 극비리에 브리핑을 하는 등 부산한 움직임을 보였다. 로열건설의 김혁 전무 역시 청와대를 드나들며 사건의 진상을 은폐시키는 작업에 비지땀을 흘리고 있었다.

그러던 어느 날, 고려토건의 거액 융통어음 결제가 정지되었다. 사채시장은 더욱 급박하게 돌아가고 있었다. 연리 50%의 고금리로 할인해 달라는 고려토건 어음이 사채시장에 쏟아지던 날, 덤핑 어음에 놀란 전주들이 모두 숨어 버렸다. A급 우량 기업의 어음이 연리 25% 내외로 할인되고 있는 데다 문제의 고려토건 어음이 연리 38%의 이율로 거래되던 상황에서, 은행 창구 마감이 끝나갈 즈음 출현한 덤핑 어음에 불안을 느꼈기 때문이다.

고려토건 손정민 회장이 소태 씹는 얼굴로 돌아간 뒤 사흘이 지나자 마침내 올 것이 오고야 말았다. 박순자 김철규 부부가 검찰에 연행되었고, 고려토건이 발행한 어음이 대책 없이 부도를 내기 시작했다. 김정근은 그제야 사건의 종착역이 다가옴을 감지했다. 몹시 궁금했던 나머지 고려토건의 이상순 감사에게 전화를 걸고 싶었지만 마음뿐이었다. 집권당의 사무총장 자리에서 물러날 때 물러나더라도 오해를 살 만한 짓을 할 이유가 없었으므로 납작 엎드려 지내는 게 상책이지 싶었다.

증권거래소는 고려토건 주식에 대하여 일시 매매 정지 처분을 결정했다. 고려토건측이 공시 담당 임원을 증권거래소에 보내 장내 방송을 통해 부도 발생 사실을 전면 부인했지만 상황은 호전되지 않았다. 박순자와 어음 거래를 했던 로열건설과 신신제강이 부도를 내는 등 연쇄적인 부도 사태가 이어졌다.

급박한 부도 사태에 당황했던 금융 당국은 아주 희한한 조치를 취하고 있었다. 정책적인 차원에서 '예금 잔액 부족 부도'가 아닌 '피사취(被詐取)부도'로 방향을 선회시켰고, 피사취 어음 금액을 별단예금에 예치하지 않았어도 특별(?) 조치에 따라 관련 업체의 당좌예금 거래를 정지시키지 않고 있었다. 박순자에게 어음 사취를 당했다는 가정 아래, 갑자기 떨어진 감독 기관의 명령에 따라 부도 이유를 변경하기 위해 수많은 금융기관들이 부산을 떨었다.

김정근은 그 때서야 사태의 심각성을 다시 절감했다. 몹시 곤혹스러웠으나 자신이 직접 나설 문제가 아니었다. 그 깊은 수렁에서 무사히 탈출하려면 방법이 없었다. 고려토건의 손 회장과 이상순 감사를 외면하는 데 그치지 않고 로열건설 최 회장과 박순자를 철저히 배척할 필요가 있다고 생각했다. 그 사람들을 만난 사실도 없을 뿐더러 정치 자금을 단 한 푼도 지원받지 않았다고 잡아뗄 작정이었다.

김정근은 눈을 감았다. 이제 결정적인 증거를 비수처럼 들이댈 정적들과 싸워야 할 상황이 아닌가. 너무도 허탈했다. 오랫동안 꿈꾸었던 야망을 접고 집권당의 핵심에서 물러나야 한다는 현실이 괴롭기 그지없었다. 정상에 오르기도 전에 모든 것이 허무하게 끝나는 순간이었다. 하지만 야욕을 접어 버린다는 게 너무도 억울했다. 한때 정치자금의 파이프라인을 담당했다는 이유만으로 정치적 암투에서 패배해 밀려나야 하다니…. 어떻게 하든 잠시 꿈을 접고 있다가 기회가 오면 다시 도전해야 한다는 생각뿐이었다.

노시영은 어느 새 잠들어 있었다. 방금 전의 질펀한 정사에 만족한 듯 그녀의 입가에 흐뭇한 미소가 머물고 있었다. 그녀의 그런 모습이 김정근의 성욕을 자극했다. 김정근은 그녀가 덮고 있던 시트를 걷으며 성급하게 달려들었다. 그의 손이 아래로 내려가자 그녀가 감전된 듯 꿈틀거렸다.

김정근은 늘 자신의 남성적인 능력에 자부심을 지녀 왔다. 벌써 나이가 50줄을 넘어섰지만 하루도 거르지 않은 체력 단련 덕분에 여전히 20대의 정력을 유지하고 있었다. 김정근은 그 어떤 여자라도 침대에서 만족시킬 자신이 있었다.

"총장님, 나 급하단 말이야."

노시영은 기다리고 있었다는 듯 코 먹은 소리로 재촉했다. 김정근은 20대 청년처럼 그녀의 알몸을 거칠게 애무하다가 성급하게 공격을 시작했다. 지금은 지금이고 내일은 내일이다. 정치판에서 그럭저럭 조용히 생존하다가 때가 되면 화려하게 재기하는 비법을 그는 이미 터득하고 있었다.

* * *

"선배님, 도와주세요. 박순자에게 사기를 당했어요."

로열그룹 최종길 회장이 난데없는 말을 꺼냈다. 자민당 정보경 의원은 갑자기 귀신에 홀린 듯 초점 잃은 시선을 두리번거렸다. 도대체 사기를 당했다니, 도통 감이 잡히지 않았다.

"무슨 소리야? 박순자에게 사기를 당했다니?"

정보경이 술잔을 내밀며 캐물었다. 그 날 따라 이상하게도 정보경은 최 회장에게 숫제 반말이었다. 최 회장은 무척 불쾌했지만 참기로 했다. 그동안 정보경에게 뜯긴 돈이 얼마인가. 최 회장은 이 기회를 놓쳐선 안 된다고 속으로 다짐했다.

"담보용 어음이라서 돌리지 않기로 했는데… 너무 믿었던 게 화근입니다."

"자세히 말해야 알아듣지…."

정보경이 최 회장의 두 눈을 째려보며 말끝을 흐렸다. 어떤 위험이 닥치고 있는 것만은 분명해…. 정보경은 달아오른 흥분을 가라앉히기 위해 연거푸 잔을 비웠다.

"이제야말로 선배님이 진짜 저를 도와주셔야 합니다."

"한 가지 강조해 둘 게 있어. 솔직히 말한다면 난 경제와 경영에 어두워."

정보경은 땡감 씹은 표정으로 최종길 회장의 심기를 건드렸다. 최 회장은 어정쩡한 말로 한 발짝 뒤로 물러서려는 정보경이 미웠다.

"선배님도 잘 아시잖아요? 담보 어음을 빌려 주고 무이자로 사채를 쓰고 있다는 사실을….”

"대충은 짐작하고 있었지….”

"그런데 약속과 다르게 담보용 어음을 마구 돌리는 바람에 미칠 지경입니다. 어차피 일은 터지고 맙니다. 선배님이 승승장구하려면 저부터 살아야 해요.”

"…. ”

"왜 대답이 없으세요?”

"쭉 마시고 그 잔을 날 줘”

정보경이 어색한 눈웃음을 지어 보였다.

"선배님, 우리 모두 살길을 찾아야 해요.”

"당한 금액이 얼마야?”

"4백 50억…. 다시 말씀드리자면 박순자에게 사취당한 어음 총액이 4백50억 원입니다.”

"그녀의 약점을 이용해 이자 없는 돈을 썼으니 최 회장도 공범인 셈이로군. 서로에게 이익이 된다고 판단해 서로 이용했으니까 말이야.”

정보경은 느물느물한 투로 비꼬았다. 그 비아냥거림 속에 날카로운 비수가 숨어 있음을 깨닫는 순간, 최 회장은 비로소 덜컥 겁이 났다.“

"공범이라뇨?”

"그 여자가 우리를 얕봤기 때문에 벌어진 일이야. 우리가 그녀를 이용한 듯하지만 실은 그녀가 우리를 역이용한 꼴이지. 결국 박순자와 함께 주식 내부 거래를 시도한 기업주들 모두 공범이니까 처벌받아야 마땅해.”

정보경이 싸늘하게 웃었다.

"선배님의 역할도 무시할 순 없어요.”

"그렇다고 이제 와서 나를 물고 늘어질 참인가? 김철규가 주범이다,

특수 자금 운운하며 막강한 배후 세력이 있는 것처럼 위장했다, 대통령 각하의 처삼촌 윤광규의 처제라는 점을 은근히 강조하는 바람에 말려들었다, 명백하게 사기를 당했다, 담보용 어음이라서 돌리지 않기로 했다, 어음 사기 행각을 벌인 이유를 모르겠다, 너무 믿은 게 화근이었다…. 그렇게 떠들어 봐야 자기 얼굴에 침 뱉기야. 만약 박순자가 사기를 쳤다면 그녀를 탈법적으로 악용한 사람들도 사기죄로 처벌 받아야 해."

정보경이 협박하듯 최 회장을 나무랐다. 최 회장은 지그시 눈을 감았다. 자꾸만 왜소해지는 자신의 모습이 보였다. 정보경을 멋지게 옭아맬 무기가 없다는 걸 알았고, 그의 바짓가랑이를 쥐고 사정하는 도리밖에 없다는 걸 비로소 깨달았다.

"그건 오햅니다. 선배님의 정치적 장래를 위해서라도 제가 살아남아야 한다는 뜻입니다. 제발 제 뜻을 곡해하지 마세요."

그렇게 둘러대는 최 회장의 속셈이 궁금했다. 동반 자살 기도를 내세워 동업자를 협박함으로써 목숨을 부지하려는 것일까. 정보경은 자신도 모르게 이맛살을 찌푸렸다. 그 순간, 최 회장의 얼굴에 엷은 미소가 떠올랐다. 저 애송이가 어리석게도 내게 도전을 할 참인가. 정보경은 당장 이 건방진 후배를 매장시키고 싶었다.

그러나 최종길 회장은 정경유착으로 단숨에 로열그룹의 사세를 확장시켜 온 사내였다. 정보경은 최종길이 단순한 '말죽거리 졸부'가 아닌 것을 알고 있었다. 따라서 아마추어는 아닐 것이다. 어쩌면 정치권의 수많은 실핏줄과 연결된 인물일지 모른다고 정보경은 생각했다.

술이 몇 순배 돌자 최 회장은 상당히 기분이 좋아졌다. 이 세상의 모든 것이 하찮게만 느껴졌다. 겉으로야 오직 정보경에게만 매달리는 것처럼 위장하고 있었으나 사실은 그게 아니었다. 곳곳에 포진하고 있는 끗발들에게 수시로 쥐약과 낚싯밥을 뿌려 온 지 오래였다. 고교 동기 동창인 자민당 양찬식 총무는 숨겨 둔 비장의 무기이자 든든한 후원자였다. 정보경 고문과 김정근 사무총장이 지는 해라면, 양찬식 총무는 떠오르는 태양으로 정한두 대통령의 신임을 한 몸에 받는 인물이었다.

그뿐이 아니었다. 최 회장과 양찬식의 인맥은 청와대를 비롯해 안기부, 보안사, 자민당, 검찰 등에 골고루 퍼져 있었다. 그들에게 뿌려지는 쥐약과 낚싯밥은 단 한 번도 최 회장과 양찬식을 배반한 적이 없었다. 박순자 사건을 내사 중인 몇몇 인물들은 최근에도 최 회장이 던지는 쥐약을 무통장 입금 수법으로 챙기고 있을 정도였다.

대검 중수부의 일부 검사들이나 청와대의 일부 비서관들도 최 회장이 건네주는 수천만 원의 떡값을 덥석덥석 먹어치웠다. 정한두 대통령을 알현하는 날이면 그 때마다 그들을 안심시키려고 돈을 뿌렸다. 그럴수록 그들은 망설이지 않고 돈 보따리를 받아먹곤 했다. 정한두 대통령과 집권당 실세들이 최 회장의 후견인처럼 버티고 있는 한 탈이 날 염려가 없었기 때문이다.

박순자 사건의 막후 사전 수습을 위해 김혁 전무가 청와대 경제수석실에 부지런히 드나들고 있지만 두려울 것이 없다. 오히려 그쪽에서 로열그룹을 도와주지 못해 안달이다. 진상에서 한참 멀어진 자료를 요청하거나 허위 보고서를 묵인하는 것은 보통이고, 박순자와 경쟁 세력을 코너로 몰 수 있는 증빙을 찾기 위해 혈안이 되어 있다. 청와대 쪽 사람들은 진상에 보다 근접하는 자료를 디밀어도 무시하기 일쑤이고, 대강 휘갈긴 현황이나 적당이 꿰맞춘 사유서를 요구하고 있다. 박순자에게 유리한 자료다 싶으면 접수를 거절하다 못해 아예 다시 작성할 것을 요청하곤 한다. 그리하여 입맛에 맞는 보고서가 완성되면 모두들

자기 일처럼 기뻐한다. 그건 눈물겹도록 아름다운 우정의 소산이다.

사건이 수면 위에 떠오르기 전부터 집권층에서의 조율은 끝나가고 있다. 가해자와 피해자가 확정되어 있고, 처벌을 받아야 할 인물들도 선별이 끝난 상태다. 그럼에도 자민당의 정보경 고문은 헛짚고 있다. 너스레를 떨거나 사사건건 트집 잡는 것으로 최 회장을 귀찮게 만들고 있다.

"최 회장, 고려토건의 경우를 봐. 김 총장이 배후 세력으로 있다지만 별다른 대책이 없을 거야. 두고 보라지. 김정근 스스로 목숨을 부지하기 위해 오리발을 내밀 수밖에 없을 테니까."

"우리 로열그룹도 그렇게 멸망하란 말씀이세요?"

최 회장이 벌겋게 상기된 얼굴로 대들었다.

"그건 아니야. 최 회장의 경운 달라."

"그 말씀이 사실이었으면 좋겠습니다. 사실 고려토건 손 회장은 차입금의 일곱 배가 넘는 어음을 발행했지만, 우리 로열건설은 단지 본전에 해당하는 어음을 넘겨줬을 뿐입니다."

"그래서 하는 말인데… 로열그룹은 기사회생의 가능성이 높단 말이네. 전화위복의 기회를 삼으면 되는 거라고. 그럴수록 지혜를 짜내야 해. 이자 없는 돈을 쓴 사실, 그녀와 벌인 주식 내부 거래 진상을 철저히 숨기지 않으면 살 길이 막막해질 수도 있어."

"그거야 어렵지 않을 겁니다. 하지만 선배님의 적극적인 지원 없이는…."

"물론 내 지원이 필요한 부분도 없진 않을 거요."

"최 회장, 나 말고 또 누구에게 도움을 요청했어?"

"김정근 총장에게 부탁하려다 포기했습니다. 선배님 외엔 매달릴 데가 없어요.

최 회장이 그렇게 얼버무리자 정보경의 눈이 반짝 빛났다.

"양찬식 총무가 고교 동창인 줄 알고 있는데…."

"그 친구, 자기 살 길만 찾는 데 눈이 먼 사람입니다. 더 이상 말씀드리고 싶지 않아요."

최 회장은 속으로 뜨끔했지만 짐짓 침착하게 말했다.

"최 회장, 궁지에 몰릴 때마다 오리발을 내미는 것이 최고란 걸 알아야 해요."

"구체적으로 좀…."

"박순자를 희생양으로 만들어야 우리 모두 살 수 있다는 뜻이지. 진짜 게임은 이제부터야."

최 회장은 고개를 끄덕이며 위스키를 한 모금 입에 물었다.

"우리 집권당 핵심에서 김정근을 제거하기 위해 얼마나 애썼는지 알아? 내가 최 회장에게 알게 모르게 경고한 것도 그만한 이유가 있어. 김정근과 지나치게 밀착하는 거 같아서 내가 얼마나 맘을 졸였는지 알기나 해? 이번 기회에 박순자, 고려토건, 김정근이 몰락하는 건 시간문제라고. 어느 세계에서든 건방지게 굴면 도태시키려는 경쟁 세력이 고개를 드는 법이지."

최 회장은 아무 대꾸 없이 고개만 푸욱 수그렸다. 그렇게 한참 있다가 고개를 숙인 채로 담담하게 입을 열었다.

"선배님, 전 건방지게 굴 기회도 없었습니다. 사업한답시고 정신없이 뛰었지만, 나 혼자 실속 차리는 짓은 단 한 번도 한 적이 없어요."

"그렇다고 너무 엄살떨지는 말아요. 누가 세무사찰이라도 한답디까?"

"…."

최 회장은 잠시 입을 다물고 눈치를 살폈다. 상대방을 은근히 협박함으로써 자기 잇속을 챙기려는 정보경 의원의 교활함을 간파했기 때문이다.

"이 사건은 역사에 남을 것입니다."

그 말에 정보경의 눈이 휘둥그레졌다.

"그 역사는 당신들이 만들지 않았소?"

"우리는 만들지 않았습니다. 단지 협조했을 뿐입니다."

"그 음모에 협조한 하수인들과 그 음모를 악용해 덕을 본 사람들은 피해자이고, 주범으로 내세워진 박순자만 가해자라는 논리는 당치도 않아. 머니게임, 아니 정치적 파워 게임에서 진 사람만 퇴출당할 뿐이야. 세상은 그처럼 냉엄하다네."

최 회장은 속으로 코웃음을 쳤다. 그는 정보경을 단지 변방의 끗발쯤으로 여기고 있었다. 정보경은 예전의 핵심 세력에서 서서히 밀려나고 있는 존재에 불과하다. 그렇다고 당장 무시할 수 없는 일이다. 작은 힘이나마 정보경의 지원 사격이 필요한 터였다.

"김정근 총장도 오리발을 내밀면 안전할 텐데요?"

정보경이 내민 술잔을 받으며 최 회장이 조바심을 내비쳤다.

"박순자의 경우처럼 대세는 이미 무너지는 쪽으로 기울고 있어. 김정근이는 창당자금을 일부 빼돌렸다는 모함까지 받고 있으니까."

"증거가 없잖아요? 오리발이 최선 아닐까요?"

"나라면 그런 상황이었다면 김정근과 똑같이 처신했을 거야. 무조건 오리발 내밀기로 일관하는 거지. 뾰족한 수가 있겠어? 죽을 때 죽더라도…."

"선배님도 오리발을 내밀며 이 후배를 외면할 작정이세요?"

"물론이지. 오리발의 약효를 높이려면 그 방법밖에 없어. 그러나 난 의리를 지킬 거야. 최 회장이 쓰러지도록 방관하지 않을 수도 있단 뜻이야."

　최 회장은 긴장했다. 정보경은 최 회장의 기를 꺾기 위해 정면 승부를 벌이고 있었다. 잘못하다간 정치적 약자인 최 회장이 고려토건의 손정민 회장이나 김정근 사무총장처럼 운명을 다할 수도 있다. 아무리 청와대와 보안사·중앙정보부·검찰이 자신의 편일지라도 재수 없게 상황이 꼬이기 시작하면 대세를 거스르긴 어려운 일이다. 최 회장은 그제야 위기의 진면목을 깨달았다. 재빨리 분위기를 바꿀 필요가 있었다.

　"선배님, 아까 너무 흥분한 거 사과드립니다. 선배님께 매달릴 수밖에 없는 상황이니 너그럽게 이해해 주십시오.

　"최 회장이 그렇게 말하니까 내가 더 부끄럽네."

　"선배님만 믿겠습니다."

　최 회장이 비굴한 미소를 입가에 베어 물자 정보경이 잔을 높이 쳐들었다.

　"최 회장의 발전을 위해, 건배."

　"선배님의 건승을 위하여."

　최 회장이 잔을 들어 정보경의 잔에 부딪쳤다. 두 사람은 단숨에 술을 비웠다.

　"선배님, 탤런트 박희재가 아까부터 대기하고 있습니다. 모든 오해를 풀고 모처럼 즐겁게 회춘하십시오."

　"최 회장, 내 잔 받아!"

　정보경이 거칠게 양주잔을 내밀었다. 까딱 잘못했다가는 최 회장의 올가미에 걸려들지 모른다고 생각했지만, 내일 가서 방패를 준비해도 늦지 않다는 판단이 들었다. 최 회장을 한 방에 산산조각 낼 수 있는 안전핀을 거머쥐고 있기 때문이었다.

15. 대세를 거역하지 말라

　백태웅 검사는 테이블을 사이에 두고 박순자와 마주앉았다. 한참 동안 백 검사는 박순자를 외면한 채 묵묵히 자리만 지켰다. 그렇게 어설픈 침묵이 흘렀다. 오전 내내 피해 업체 경영진과 간부들의 진술 조서를 작성한 터여서, 그는 스스로 놀랄 정도로 지독한 무력감에 시달리고 있었다. 그 피해 기업 임직원들을 지체 없이 귀가시키라는 상부의 지시를 존중하여　기듯 서둘렀으므로 어느 때보다 무기력하고 늘쩍지근했다.

　대검찰청 15층 중앙수사부 조사실의 창밖을 멀거니 내다보던 백 검사는 혀를 끌끌 찼다. 좀처럼 느껴 보지 못했던 자괴감이 날로 짙어 가는 요즘이었다. 제아무리 세상이 뒤숭숭하더라도 정치권 인사들의 오리발 내밀기는 거의 완벽한 수준에 가까웠다. 단 한 명도 예외 없이 사건 연루설을 헛소문으로 돌려 버리는 걸 보면 정말 낯가죽 두꺼운 사람들이었다. 빌어먹을! 험악한 욕설이 목구멍까지 치밀어 올랐지만 가까스로 진정시켰다.

　백 검사는 악몽의 잔상을 떨어버리려는 듯 머리를 거칠게 흔들었다. 기업체 간부들을 장시간 대기시킬 경우, 해당 기업들이 모두 부도 위험에 직면하는 것은 물론이고, 국가 경제에 미칠 타격이 심각하다는 의견에 대해선 할 말이 없었다. 박순자의 사용처 불명 자금이 문제가 되고 있을 뿐더러 시중에서는 그 돈이 정치자금과 연결되었을 것이라는 의혹이 비등하고 있었지만, 피해자로 둔갑된 사람들의 진술을 무조건 믿거나 가해자들의 주장을 소홀히 다루려는 듯한 인상을 받았다. 중앙수사부의 돌아가는 분위기로 미루어 적당히 눈 가리고 아웅하려는 수작이 감지되고 있었다. 이런 상황에서 박순자를 상대로 신문해 봐야 왠지 알맹이 없이 겉돌 것만 같았다. 어제 드러내지 못한 진실을 오늘이라고 술술 털어놓을 것 같지도 않았다.

수사를 담당한 검찰의 입장에서는 무엇보다 행방이 묘연한 돈의 사용 내역을 밝혀 국민적 의혹을 불식시키는 일이 급선무였다. 하지만 피해자들을 황급히 돌려보내는 이유를 도대체 알 수가 없었다. 특히 피해 업체마다 주요 진술이 서로 어긋남에도 허겁지겁 수습하려는 낌새가 수상했고, 선의의 피해자들을 너저분하게 앞세우면서 가해자의 범법 행위를 예단해 버리는 바람에 곱씹을수록 께름칙했다.

백 검사가 바라보는 이 사건의 성격은 지극히 단순하고 평범했다. 재벌 총수들은 박순자의 꾐에 넘어가 함부로 어음을 발행할 사람들이 아니었다. 반대급부가 보장되지 않는 한, 대기업의 경영권을 지배하고 있는 대주주들이 1년이 넘도록 사채꾼 박순자에게 끌려 다닐 리가 없었다. 재계에서 내로라하는 그 회장님들, 얼마나 영악한 사람들인가. 꿩 먹고 알 먹는 일이 아니라면 어음을 남발할 사람들이 아니라고 단정했다.

사건의 본질을 추적할 수 있는 의문점은 단 네 가지뿐이었다. 큰손 박순자에게 어음을 빌려주고 단순히 사채를 얻어 쓰는 데 만족했을까.

그녀의 주식투기에 편승하여 어느 누가 불법 소득을 챙기진 않았을까. 무려 1년이 넘도록 담보(?)용 어음이 유통되어도 거래처 경영자들이 이를 방관한 이유는 무엇일까. 실제로 주고받은 사채 이율과 이자액 규모가 정확하게 어느 수준일까. 그게 사실상 전부였다.

그럼에도 검찰 윗선에서 집권층의 어떤 수사 지침을 받았는지 서둘러 봉합하려는 기미가 엿보였다. 그럴수록 백 검사는 극심한 초초감에 시달려야 했고, 급기야 자신의 수사 의지가 시시각각 허물어지는 낭패감을 맛보아야 했다.

처음 대면하는 박순자의 눈빛은 초점을 잃은 채 무시로 흔들리고 있었다. 마음의 평정을 잃고 있다는 증거였다. 저렇게 연약해 보이는 여자가 수천억 원을 주무르며 세상을 발칵 뒤집어 놓다니, 저렇게 가냘프기 짝이 없는 여자가 사채시장과 주식시장, 은행가, 재계, 정계를 뒤흔들고 있었다니…. 큰손이라는 이름으로 좀 어울리지 않았다. 백 검사는 그녀의 침울한 표정을 외면한 채 좀처럼 입을 열지 못했다.

▶ 편안하게 답변하세요. 속임수는 이 자리에서 통하지 않습니다.

한참 망설이던 백 검사가 마침내 입을 열었다. 미간의 주름살을 굵게 접고 박순자를 훑어보았다. 눈부시게 하얀 얼굴에 이목구비가 뚜렷해 윤택한 생활을 즐기던 여자라는 인상이 강하게 풍겼다. 거액을 멋대로 주무르던 군림의 나날들이 도도한 관능의 미모 속에 녹아 있는 것처럼 느껴지기도 했다.

"사실대로 말씀드리겠습니다."

박순자는 고개를 주억거리며 담담하게 말했다. 연일 조사를 받은 탓인지 무척 초췌한 모습이었다. 백 검사는 그녀가 화려한 큰손이라기보다 물질문명과 지하경제의 가장 어둡고 음습한 그림자에 불과하다고 생각했다. 한때 권력자들을 얼굴마담으로 앞세우며 잘 나가던 그녀가 초조감에 덜미를 잡힌 채 두려움으로 허덕거리는 꼴이라니…. 창백한 느낌이 들 정도로 백옥처럼 희디흰 그녀의 얼굴을 물끄러미 쳐다보며, 목구멍 가득 치받치는 욕지기를 눌렀다.

▶ 박순자 씨, 한마디로 자신을 소개한다면 도대체 어떤 사람입니까?

"그동안 우리나라 지하경제에 몸담아 왔던 사람으로서, 유망한 기업들을 돕기 위해 어음 거래를 했을 뿐입니다. 나는 누구를 등쳐먹자고 사기를 친 적은 없어요."

백 검사가 자기변명의 기회를 주자 박순자는 방자한 태도를 보이기 시작했다.

▶ 사기 행위에 필요한 자금은 어떻게 조성했습니까?

"사기라니요? 내가 언제 사기를 쳤단 말입니까?"

박순자가 떨리는 목소리로 맞받아쳤다.

▶ 어쨌든 자금 조성 경위를 말해 보세요.

짐짓 차분한 목소리로 백 검사가 채근했다.

"거래 업체에 돈을 빌려 주는 조건으로 두 배에 해당하는 어음을 먼저 받았습니다. 그리고 그 어음을 사채시장에서 할인해 현금으로 대여했어요."

▶ 그렇다면 나머지 돈은?

"나머지 반액도 다른 업체에 빌려주는 방식으로 사채놀이를 해 왔습니다."

▶ 거짓말하지 마세요!

박순자를 노려보던 백 검사가 드디어 불끈거리기 시작했다. 못마땅하다는 듯 곁눈질로 그녀를 째리기도 했다.

"나머지 자금으로 주식에도 투자했습니다."

▶ 거래처로부터 대여 금액의 몇 배수 어음을 받아 주식투자에도 투입했지요?

백 검사는 숨 쉴 틈을 주지 않고 박순자를 밀어붙였다.

"맞아요."

▶ 사채시장에서 약속어음을 할인할 때 그 이자는 누가 부담했습니까?

"제가 물었습니다."

▶ 비싼 이자를 주고 어음을 할인해 저리의 이자로 자금을 빌려주던 역금리 체계로 어떻게 버틸 수 있었나요?

"주식투자로 손실을 벌충하며 이익도 남겼습니다."

박순자의 목소리가 갑자기 불안하게 흔들렸다.

▶ 그래서 빌려주는 돈의 두 배에 해당하는 어음만 수취한 것이 아니라 3배수, 5배수, 심지어 최고 7배수에 해당하는 어음을 받았군요?

"주식투자로 재미를 볼 때는 괜찮았는데, 거래량이 많아지고 외부적 충격이 오자 감당하기 어려웠습니다. 그래서 어음을 더 많이 요구했던 겁니다."

▶ 외부적 충격이라니? 그게 무슨 뜻이지요?

"거래처로부터 받은 90일짜리 만기 도래 어음을 할인하여 주로 주식을 매입해 왔습니다. 그런데 그 주식을 판 현금으로 어음을 결재해야 할 시기가 오면 갖가지 악의적인 소문이 떠돌았습니다. 그 때마다 심리적으로 위축되어 남에게 들킬까 봐 쉬쉬해 가며 주식을 팔아야 했습니다. 형편없이 하락된 시세로 주식을 처분하지 않으면 현금을 마련할 길이 없었어요. 만기가 되어 돌아오는 고려토건, 신신제강, 로열건설 어음을 결제하기 위해, 예컨대 10억 원에 매입한 주식을 7억 원에 팔아야 하는 경우도 많았습니다. 얼굴도 모르는 적대 세력들은 이미 우리 부부의 허점을 알고 있었고, 어음을 막기 위해 결국 주식을 처분할 수밖에 없다는 약점을 간파했습니다. 온갖 루머가 나돌다 보니 파격적인 가격으로 주식을 처분하지 않으면 살 사람이 없었습니다.

증권시장에서 조금씩 팔아가지고는 하루 몇 십억, 몇 백억씩 돌아오는 어음을 감당할 수 없었기에 급했던 나머지 심지어 절반의 시세로 팔아야 했습니다. 그러던 어느 날부터 협박 전화가 수시로 걸려왔어요. 증권가나 사채시장에 말 한마디만 퍼뜨리면 당신들은 골로 간다는 등 당장 증권에 손을 떼라고 협박해 왔습니다. 그러던 중에 우리 부부를 내사하고 있다는 소문이 돌았고, 실제로 수사관들이 우리 사무실에 다녀가면서 상황이 더욱 악화되었습니다."

박순자가 중언부언 떠들었지만 백 검사는 별다른 반응을 보이지 않고 그냥 흘렸다. 수다 떠는 중년여자를 쳐다보며 버릇처럼 고개를 저을 뿐이었다.

▶ 채무액을 초과하는 어음을 할인해 당신이 그 자금으로 주식에 투자한다는 사실을 피해자들이 알고 있었습니까?

"모르는 기업주가 없었습니다. 그렇지 않고서야 유통 목적이 아닌 소액권 어음 수천 장을 쪼개서 발행이나 했겠어요? 그들이 바봅니까?"

▶ 계속적으로 주식투자가 성공하지 않는 한 파국으로 갈 수밖에 없는 상황임을 모르지 않았을 텐데요?

"주식투자의 성공 확률은 50%입니다. 하지만 제 경우 과거 10년 동안 한 번도 실패한 적이 없기 때문에 성공할 수 있다고 확신했고, 또 서로 이익이 된다고 판단했으므로 어음 거래가 가능했던 겁니다."

▶ 그렇다면 서로의 이익을 위한 담합 행위였나요?

"맞아요. 그래서 제가 사기꾼이 아니라는 겁니다."

▶ 구체적으로 어떤 담합이었나요?

"싼 이자로 사채를 빌려주는 대신, 주식투자용 어음을 추가로 받는 조건이었어요."

▶ 주식투자를 위한 부당 내부 거래 담합은 왜 실토하지 않습니까?

"결단코 그런 약속은 없었어요."

▶ 당신의 주식투자에 참여해 돈을 벌었다는 사람들의 증언이 있는데 왜 거짓말을 합니까? 이런 식으로 나가면 당신에게 불리한 수사 결과만 나와요!

"말도 안 되는 소립니다. 그 사람들을 당장 대질시켜 주세요."

▶ 사채 금리가 연 20%일 때도 있었지만 그 절반으로 떨어진 이유가 뭡니까?

"전혀 사실이 아닙니다."

예상했던 대로 움찔해 하는 기색이 나타났지만 박순자는 말려들지 않고 있었다. 감각을 곤두세우고 살피지 않으면 눈에 띄기 어려운 반응이었다. 물증을 코앞에 지시하지 않는 한 오리발을 내밀 게 분명했다. 백 검사는 절망에 빠졌다. 피해 기업 임직원들의 진술 조서는 아주 일방적이고 단순한 내용이어서 거의 도움이 되지 않았다.

그러나 작은 소득도 없진 않았다. 주식투자와 사채 금리를 들먹일 때마다 박순자가 유난히 펄쩍 뛰며 부인하는 것으로 미루어 보아 은밀한 거래가 있는 것만은 틀림없었다. 특히 자기 회사 어음과 피해 기업 어음을 맞교환하는 등 가장 유리한 거래를 지속했던 로열그룹 최종길 회장에게 의문점이 모아졌다.

▶ 로열건설의 피해 규모가 가장 작은 이유를 알고 싶습니다. 최종길에게 그만한 소득을 안겨준 이유를 상세히 듣고 싶어요. 최 회장의 진술과 일치하도록 설명해 보세요.

"도무지 무슨 뜻인지 모르겠네요. 어음의 종류를 다양화시키려고 약속어음을 맞교환한 것이 죽을죄라도 됩니까? 최 회장 쪽에서도 그런 거래를 적극 원했어요."

▶ 피해 기업의 기업주들은 모두 사기를 당했다고 주장합니다. 담보용 어음이기 때문에 돌리지 않기로 약속했다는데요?

"상식적으로 있을 수 없는 일입니다. 저리로 자금을 빌려주는 대신, 어떤 특별 약정에 따른 소득이 없었다면 이토록 멍청한 짓을 할 사채꾼이 과연 있을까요?"

▶ 그래서 최종길 회장에게 그런 특혜를 주었군요?

"특혜라니요?"

▶ 로열건설에 대한 주식투자로 돈을 벌게 해 주었으니 그 보답으로 어음을 맞교환했잖아요? 다른 업체의 경우는 대여 금액의 몇 배수 어음을 받으면서도 로열건설만큼은 현금과 어음을 맞교환했잖아? 최 회장이 불어 버린 걸 계속 부인할 거야? 부당 주식 내부 거래에 가담시켜 준 보답이 아니라면 뭐야?

백 검사는 터져 나오려는 분노를 참지 못하고 반말로 신문하고 있었다.

"정말 억울합니다. 도무지 무슨 뜻인지 이해가 안 됩니다."

박순자는 그제야 백 검사가 물고 늘어지는 이유를 알았다. 뭔가 낌새를 알아차린 것 같았지만 시인할 수는 없는 일이었다. 최 회장이 쉽게 이실직고할 리도 없고 그만큼 배경이 든든한 사람이 검찰의 엉성한 수사망에 걸려들 리 만무했다.

▶ 두 배 이상의 어음을 받은 것은 분명히 담보 조건이었는데, 이를 어기고 유통시킨 것은 사기 행위가 명백하지 않습니까?

더욱 지쳐 버린 백 검사는 결국 신문의 방향을 바꾸고 있었다.

"기업주들이 결코 우리들에게 속을 상황이 아니었어요. 소액권 어음으로 쪼개어 발행해 준 것은 유통이 전제된 겁니다. 심지어 두 배 이상의 어음을 발행하지 않고 1대 1로 맞교환한 로열건설의 최종길 회장조차도 덩달아 담보용 어음이라고 우기니 환장할 지경입니다."

지방청에서 차출된 백 검사는 정확한 진상을 제대로 파악하지 못해 갈팡질팡하고 있었다. 박순자가 지하경제 사범인 데다 거미줄처럼 얽힌 사채시장의 거래망에 국내 굴지의 기업들이 개입된 사건이기 때문이었다. 사채시장에서 융통어음을 샀다가 피해를 입게 될 소액 투자자들이 과연 몇 천 명이나 될지도 알 수 없었다.

▶ 2배수 어음을 받았을 때 이를 활용한다고 고려토건 측에 얘기했습니까?

"약속어음을 활용한다고 분명히 말했을 뿐만 아니라 초과된 어음에 대해서는 주식 보관증까지 써 줬습니다. 보관용 어음이라면 고액권으로 끊어 줬을 텐데 모두 3천만 원, 5천만 원짜리 어음을 발행해 준 것은 유통시키기 쉽도록 하기 위한 것입니다. 그동안 무려 수천여 장의 어음이 거래됐고, 어음이 움직일 때마다 소액권 어음을 할인한 사람들이 고려토건측에 어음 발생 사실을 빠짐없이 조회했습니다.

그들 주장대로 초과 어음을 받아 단순히 보관만 했더라면 자선 사업가가 아닌 우리는 엄청난 자금 압박을 받게 됩니다.

▶ 박순자 씨, 피해액을 모두 보상해 줄 자금력이 있습니까?

"검사님, 자유의 몸이 되면 얼마든지 자신이 있습니다. 구속을 면할 수만 있다면 언제든지 어음 결제가 가능합니다."

백 검사는 잠시 혼란에 빠졌다. 피해를 입었다는 관련 기업들의 진정에도 불구하고 박순자에게 사기 혐의를 적용하긴 어려웠다. 법률상의 문제도 있지만 박순자에게 사기죄를 적용할 경우 어음 금액의 지급 여부는 전적으로 그녀에게 달려 있는데, 그녀에게 과연 지급 능력이 있는지 의심스러웠다. 어음을 취득한 기업과 개인을 보호하고 소액 투자자들이 어음 금액을 회수할 수 있도록 하기 위해선 자금 동원력이 있는 관련 업체가 책임질 수밖에 없다는 게 백 검사의 견해였다.

마침내 백 검사는 '사기죄로 보기 어렵다.'는 결론에 도달했다. 그러나 수사가 진행되면서 백 검사의 결론이 번복되었다. 1차 수사 발표때 사기죄 성립이 어렵다고 밝혔던 검찰은 불과 이틀 뒤 어음 사기 부분에 관한 수사를 착수했던 것이다. 그 때부터 '사기다, 사기가 아니다.'가 쟁점으로 떠올랐다.

▶ 결국 피의자는 거래처의 어음을 할인해 주식투자를 하면서 다른 사업의 추진비용도 마련하겠다고 나선 꼴입니다. 그것이 정상적인 방법이라고 생각합니까?

"그동안 우리나라 경제 상황을 돌아볼 때 어떤 것이 정상이고 비정상인지 누가 제대로 분별할 수 있었겠습니까? 서로 협력해서 국가에 도움이 되고 경제적 이득만 거둘 수 있다면 그것이 바로 정상이라고 생각합니다."

섬뜩함마저 느끼게 하는 강렬한 반박이었다. 백 검사는 권력에 매달려 말장난으로 저항하는 그녀가 혐오스럽기만 했다. 메스꺼워지는 속을 가라앉히려고 담배 한 대를 피워 물었다.

▶ 피의자는 많은 기업들에게 피해를 입힌 게 사실입니다. 내말이 틀렸나요?

"무슨 말입니까? 사회적 물의를 일으킨 점에 대해서는 뉘우치며 일생을 두고 속죄하겠지만 결코 사기를 친 적이 없습니다. 구속되기 전날까지도 정상적인 어음 결제를 했으며 구속되는 바람에 부도가 나고 피해 기업들이 생긴 겁니다."

보잘 것 없는 재력을 과장하던 사채시장의 큰손 박순자. 그녀는 아직도 악몽의 잔영에 시달리는 표정이 역력하면서도 하고 싶은 말을 다 하고 있었다. 권력층 인사들이 그녀의 뒤를 받치고 있는 한 그녀의 오만을 잠재우긴 어려웠다.

'검사님, 죄송하지만 사기가 아니라는 걸 입증할 수 있는 명백한 증거가 있어요. 예컨대 로열그룹의 최종길 회장은 이자 없는 돈을 빌렸습니다. 사채시장에서 할인 가능한 어음을 내게 빌려주고 나와 함께 로열건설 주식에 대한 주식투자를 담합한다는 옵션 때문에 벌어진 일이었어요. 검사님! 그 깐깐하게 생긴 독종이 무이자로 수백억의 사채를 빌리던 과정을 알아야 이 사건의 내막을 파헤칠 수 있습니다! 그래도 미심쩍으면 자민당의 김정근 사무총장, 양찬식 총무, 정보경 고문을 소환해 물어보세요!'

박순자는 그렇게 외치고 싶었지만 꾹 눌러 참았다. 아무리 궁지에 몰리더라도 든든한 동지 몇 명쯤은 안전지대에 남겨 두어야 한다고 생각했던 것이다.

* * *

최종길 회장의 머릿속에는 수많은 의문부호와 두려움이 복잡하게 뒤엉켜 있었다. 자민당 양찬식 총무의 말대로 청와대의 반응에 따라 로열그룹과 자신의 운명이 뒤바뀔 게 틀림없었다. 언제나 그랬듯이 최 회장의 근원적인 두려움은 청와대에 뿌리를 두고 있었다. 청와대 쪽으로 모든 신경을 곤추세우다 보니 회사 분위기마저 굳은 유리 조각처럼 경직되어 있었다.

박순자 김철규 부부를 적절히 이용하고 그들과 끈끈하게 담합하여 사채시장과 증권가, 은행가를 농락한 책임이 자신에게 있더라도 지나치게 절망적인 것은 아니다. 집권자의 입김에 의해 회사와 기업주의 운명이 얼마든지 엇갈릴 수도 있다.

하지만 양찬식 총무가 큰소리를 치긴 했어도 안심하긴 이르다. 최근 들어 핵심 세력에서 외곽으로 밀리기 시작한 정보경의 영향력을 기대하기보다는 차라리 박순자·김철규 부부의 신의를 믿는 게 나을지도 모른다. 약속어음을 맞교환하고, 이자 없는 돈을 빌려 쓰고, 비자금을 조성해 회사를 상대로 사채놀이를 하고, 주식 내부자 거래와 시세 조종을 위해 담합한 행위를 일절 비밀로 하자는 게 박순와의 약속이다. 김철규는 심지어 '그 비밀을 묘지까지 가져가자.'고 단호하게 말하지 않았던가.

곰곰이 생각한 끝에 얻어 낸 결론은, 박순자와 김철규가 반드시 신의를 지킬 것이라는 확신이었다. 아니, 어쩌면 그것은 신의에서 우러나온 처신이 아니고 스스로 자신들을 방어할 수 있는 수단에 불과할지도 모른다. 무엇보다도 궁지에 몰린 그들이 새로운 범죄 사실을 폭로해서 이로울 게 전혀 없기 때문이다. 수많은 공범과 피해자들에게 사기꾼으로 내몰리는 처지에 또 다른 범죄 협의를 추가할 필요가 없을 것이다.

참으로 달갑지 않은 짓이지만 동업자인 박순자를 희생양으로 만드는 길밖에 없어 보였다. 박순자는 사기꾼이고 그녀와 거래했던 사람들은 하나같이 사기 피해자라는 것이 커다란 흐름이고 보면, 최 회장으로선 달리 방법이 없었다. 다른 피해 기업 임직원들과 함께 목소리를 통일시켜 가며 '그녀에게 사기를 당했다.'고 주장하는 게 안전하고 버티는 길이었다.

최 회장은 하루 종일 고민하다가 양찬식 의원에게 다시 확답을 받아야 한다고 생각했다. 만에 하나 자신이 축출 대상에 포함된다면 이미 죽을 목숨이나 다름없었다. 최악의 상황이 닥치기 전에 비상 대책을 마련해야 했다. 밤늦게 집으로 찾아갔을 때 양찬식 총무는 막 샤워를 끝내고 있었다. 반색하며 인사하던 양찬식의 부인이 사과상자를 발견하고 입을 함지박만 하게 벌렸다.

"매번 부담스럽게 이러시면 어쩌나….."

"제수님께 드리는 선물이 아닙니다. 양 총무에게 주는 정치 성금예요."

기쁨이 뭉게뭉게 피어오르는 그녀의 얼굴을 쳐다보며 최 회장은 피식 웃었다. 어쩌나 눈치가 빨랐던지 그녀는 응접실을 제쳐 두고 최 회장을 서재로 안내했다.

"청와대까지 사기를 쳐도 무사할까?"

최종길 회장은 양찬식의 서재에 들어서자마자 조심스럽게 운을 뗐다.

"어떤 사기를 쳤는데?"

양찬식이 대수롭지 않다는 표정을 지으며 최 회장의 손을 잡았다. 오늘 따라 참 따스하고 부드러운 손이었다.

"연리 11%의 사채를 쓰다가 무이자로 돈을 빌린 사실을 숨겼단 말야."

"그게 사기라면 수천억 원대의 정치자금을 받은 각하는 왕사기꾼이겠네."

양찬식의 눈에 비웃음이 스쳤다. 그러더니 불룩한 아랫배를 움켜잡고 자지러질 듯 웃어대기 시작했다. 풋, 푸 하하…. 최 회장도 참았던 웃음을 터뜨렸다.

"거짓말이 두렵다면 사실대로 말하지 그랬어?"

약간의 술기운 때문에 양찬식의 낯빛은 더욱 건강해 보였다.

"그동안 박순자와 거래한 사채 금리가 연 18%라고 엉겁결에 보고했더니 뭐라는 줄 알아? 다른 피해 기업들과 통일시키라는 거야. 각하께선 아주 복잡한 걸 싫어한다나….."

낄낄대던 최 회장이 손수건을 꺼내더니 눈물을 훔쳤다.

"진짜 속셈은 그게 아냐. 김정근 총장과 박순자 일당을 치기 위한 시나리오에 군더더기가 끼어들 필요가 없다는 생각 때문이지. 내가 그들의 입장에 서 있더라도 그랬을 거다. 앓던 이를 뽑아내며 즐거워하는 청와대 친구들의 표정이 눈에 선해."

"대단한 정보력이군. 정말 흥미롭네."

"최 회장, 이 사람아. 눈치코치 없이 결론과 대세를 뒤엎으려는 당신이 미웠을 거야."

"누가 날 미워해?"

"그 동네 경제수석실에 근무하는 당신의 사돈 박윤철 비서관이지 누구야."

양찬식이 다시 낄낄거렸다.

"양 총무, 우리 김혁 전무를 청와대에 출입시키면서 얼마나 마음 졸였는지 알아?"

그 말은 거짓이 아니었다. 경제수석 비서관실에서 사건 경위 보고서 반려가 거듭되자 최 회장은 더욱 더 불안해졌다. 다른 날 같으면 사돈 지간인 박윤철 비서관을 조용히 불러내어 자초지종을 알아봤을 테지만 사정이 여의치 못했다. 산더미처럼 밀린 일 때문에 박윤철은 며칠째 퇴근할 엄두도 내지 못하고 있었다.

"안심해. 당신이 경영권을 포기하거나 달려가는 일은 없을 거야. 고려토건 손정민 회장처럼 미련하게 말려들어 마구잡이로 어음을 발행한 친구야 어쩔 수 없겠지만…."

"차입금의 일곱 배로 약속어음을 끊었다면 그게 바로 배임죄가 아냐?"

"뭘 모르는군. 최 회장, 당신도 배임죄를 벗어나긴 어려워."

듣는 이로 하여금 가슴이 조여 오게 하는 말이었다.

"…."

"긴장할 필요 없어. 당신은 정상 참작의 대상일 뿐이야. 구제 금융을 받아도 좋을 건전 기업의 경영자로 분류된 지 오래다."

막연한 불안감이 사라지더니 도리어 더 큰 부담이 최 회장의 가슴을 메우고 있었다. 친구 앞에서 겉으론 미소 짓고 있었지만 비참하다는 느낌이 고개를 들었다.

"친구가 살아남은 배경을 알기나 해?"

"글쎄….".

"김정근과 밀접한 부류는 척결의 대상이지만, 양찬식을 지원하는 세력은 보호 관찰 대상으로 판정이 났다고 보면 틀린 관점이 아니야."

"어쨌든 친구 덕분에 내가 견딘다. 큰절이라도 올리고 싶어."

"그런 농담하는 게 아니야. 각하가 너를 어여삐 여긴 결과라고 여겨야 해. 네가 꾸준히 갖다 드린 정치 성금이 드디어 영양가를 발휘할 거라고 생각하면 돼."

"아, 너무 힘들어. 회사 경영이 갈수록 너무 힘들어."

최 회장은 양찬식의 손을 꼭 잡으며 헛소리처럼 되뇌었다. 그러면서도 최 회장은 어느 새 용기가 불끈불끈 치솟고 있음을 느꼈다. 수습하기 힘든 곤경에 빠져 있을 때, 마음의 갈피를 잡지 못하고 헤매던 순간마다, 자신을 일으켜 세운 것은 비자금과 권력임을 잊지 않았다.

"양 총무, 비자금 사건 수사하다가 비자금을 챙긴, 간덩이 큰 검사가 있어."

녹차 잔을 빨며 최 회장이 중얼거리듯 말했다.

"그게 누군데?"

양찬식이 장난기 어린 웃음을 베어 물었다.

"이름을 말할 순 없어. 하지만 그 친구가 박순자 어음 사기 사건을 담당하고 있다는 사실만은 밝힐 수 있어."

"그만큼 최 회장의 끗발을 인정하는 거야. 탈이 날 염려가 없는 쥐약이나 안심하고 먹을 수 있었거든."

양찬식은 통쾌하다는 듯이 껄껄 웃었다. 돈의 힘으로 권력을 굴복시키는 걸 취미로 삼는 인물이 바로 최 회장이라고 양찬식은 생각했다. 지금 대검찰청 중앙수사부 과장으로 있는 이성호 검사 역시 서울지검 부장 검사로 재직할 당시 최 회장의 낚싯밥을 받아먹은 사실상의 후원자였다.

탈세 혐의로 역경에 처했다가 어렵사리 탈출을 시도하고 있을 때, 수습 가능성이 장마 뒤의 햇살처럼 내비치던 어느 날인가, 이성호 검사는 최 회장이 송금한 3천만 원을 꿀꺽 삼켰다. 그는 어찌나 배포가 두둑했던지, 무통장 입금증이 흔적으로 남을 줄 알면서도 자기 처남의 명의의 예금 계좌 번호를 불러 줄 정도였다.

"조금도 고민할 이유가 없어. 밤이 늦었으니 이제 안심하고 돌아가."

"그런 의미에서 양주 몇 잔 마셨으면 좋겠네."

최 회장은 넥타이를 느슨하게 풀며 미소 지었다. 경영이란 것이 본디 버겁고 힘들지만 그 난관을 무난히 극복하려면 무엇보다 돈질이 필요했다. 권력자에게 대한 돈질이 먹히면 그 어떤 어려움이 닥치더라도 마음이 편안해지곤 했다. 적시적소에 돈을 뿌릴수록 그 돈은 위력을 발휘했고, 최고 권력자마저 최 회장의 집요한 돈질 앞에서 대책 없이 무릎을 꿇었으니까.

양찬식은 피곤했음에도 사과상자를 가지고 온 친구를 박대할 순 없었다. 서재 안에 마련된 미니 홈 바는 일류 호텔의 칵테일 바 못지않은 시설을 갖추고 있었으므로 양주 몇 잔 마시기엔 안성맞춤이었다. 두 동창생은 그 아담한 홈 바에서 밤이 깊어 가는 줄 모르고 히히거리며 위스키를 홀짝거렸다.

"큰 형님의 반응은 어때?"

최 회장이 두 개의 잔에 위스키를 채우며 양찬식을 슬쩍 곁눈질했다. 심심풀이 안주로 도마 위에 올라오는 건 언제나 정한두 대통령이었다.

"박순자가 아무리 울고불고 난리를 쳐도 눈 한번 까딱할 사람이 아냐."

"처가 식구들을 과감히 버린단 말이지?" "당신이 살고 정권이 버티려면 어쩔 수 없어. 어음 사기로 터진 부도 금액이 워낙 크다 보니 다른 방법이 없어 보여. 박순자는 10년 정도 콩밥을 먹어도 할 말이 없을 거야."

* * *

백태웅 검사가 몹시 긴장된 얼굴로 청와대 사정수석 비서실에 들어섰을 때 탁영수는 자리를 뜨고 없었다. 행정관의 귀띔에 따르면 대통령 각하를 알현하는 중이라고 했다. 한 시간 이상 기다리다 보니 긴장감이 가라앉으며 절로 맥이 탁 풀렸다. 읽고 있던 수사 개요서를 덮고 창밖을 내다보았다. 하늘은 잔뜩 찌푸려 있었다. 오후 3시가 조금 지난 시각이었지만 청와대 뒤뜰은 저녁처럼 어둑했다. 그는 추적자를 피해 숨을 곳을 찾으러 온 사람처럼 겁먹은 표정으로 사무실 안을 둘러보았다.

백태웅은 요즘 자신이 적당히 현실과 타협해 가며 그럭저럭 버틴다고 생각했다. 여전히 박순자 부부를 일방적인 단독 범행의 희생양으로, 나머지 공범들을 선량한 피해자로 몰아가고 있지만, 적당히 넘길 건 넘기고 도저히 참을 수 없을 때는 줄담배를 피워대면서 하루하루를 보내고 있었다.

박순자 부부의 특수한 신분과 그 범법 행위의 대담성, 사건의 규모, 그들의 범행을 둘러싼 각종 의혹과 억측들로 인해 정치, 경제, 사회 전반을 뒤 흔들어 놓기에 충분했다. 여론의 향방은 권력형 부정의 최고봉을 점하는 사건 쪽으로 명백히 흐르고 있었다. 쿠데타 이후의 혼란한 시기에 새로운 집권 세력이 정치자금을 마련키 위해 저지른 조직적 범죄라고 단정하는 것 같았다. 백태웅 역시 그런 관점에서 수사를 진행하고 싶었다.

　하지만 법률적, 사회적 평가와 수사 방향은 서로 달랐다. 박순자 부부의 허황된 개인적 탐욕과 구시대적 사고방식에서 벗어나지 못한 일부 기업인, 금융인, 사채업자들이 빚어 낸 부정부패의 표본이라고 판단하기를 강요받고 있었다. 아니 그보다는 박순자의 단순하고 일방적인 사기 행위로 예단하려는 분위기가 검찰을 지배하고 있었다.

　박순자 부부가 피해 업체로부터 받은 2배수 약속어음은 바로 사채시장에서 현금으로 교환될 수 있었고, 이 때문에 어음 교환을 통한 그들의 대규모 범행이 가능했던 것이다. 하지만 박순자 부부에게만 사기 혐의를 적용하긴 곤란하다고 판단되었다. 이 범행은 어디까지나 기업인들과 함께 모종의 담합을 거치지 않고는 불가능한 것으로 보였다.

　백태웅은 단순한 사채 거래나 어음 사기가 아니라, 주식 내부자 거래도 훌륭한 미끼로 작용했다는 심증을 버리지 못했다. 겨드랑이가 근질거릴 정도로 궁금증이 치밀고 있었다. 중앙수사부 간부들을 제치고 지방청에서 차출된 자신을 호출한 탁영수의 저의를 도무지 알 수가 없었다. 예측 불허의 상황에서 막강한 집권층 핵심 인사를 홀로 만나야 한다는 게 정말 끔찍했다.

　정확하게 1시간 30분이 지나서야 탁영수 비서관이 사무실로 들어섰다. 갑자기 모든 소리가 잦아들고 사무실의 공기가 굳어 버리는 것 같았다. 탁영수의 막강한 위치에 비하면 자신은 너무 작고 초라한 존재였다. 빌어먹을! 백태웅은 긴장감과 두려움을 죽이기 위해 속으로 욕설을 퍼부었다.

"그대로 앉아 있어요."

백태웅이 잔뜩 겁먹은 표정으로 엉거주춤 엉덩이를 들던 순간 탁영수가 한 손을 내저었다. 탁영수가 위압적인 눈빛으로 다가앉자 백태웅은 물 먹은 솜처럼 주저앉았다. 권력의 힘은 이처럼 대단한 것인가. 난생 처음 느껴 보는 듯한 무기력감이었다.

"백 선생, 부담 갖지 말고 얘기 나눕시다."

탁영수의 목소리는 진중하고도 간절했다.

"수사를 해 보니 검사님의 관점은 어때요? 박순자가 독자적인 사기 행위가 맞지요?"

"글쎄요. 혼자 저지른 범죄로 보기엔 어쩐지…."

백태웅이 고개를 가볍게 저었다.

"법률 전공한 사람의 답변치곤 무척 애매모호하네요. 쉽게 말해서 수사 지침이 탐탁하지 않다는 뜻입니까?"

푹신 의자에 깊숙이 앉은 탁영수가 백태웅를 째리며 기부터 죽이려 들었다.

"박순자를 희생양으로 몰아가선 곤란합니다. 절대로 단독 범행이 아닙니다. 그 이면에 숨은 음모와 비리를 반드시 밝혀내야 합니다."

탁영수가 차갑고 근엄하게 꺼낸 말조차 백태웅의 오기를 잠재우진 못했다.

"뭐 이런 친구가 다 있어? 그녀를 희생양으로 몰고 가다니? 특별히 당신을 부른 이유가 뭔지나 알아? 소수 의견을 피력한다는 젊은 대쪽 검사가 있다 해서 얼굴 좀 보려고 불렀어. 백태웅 검사, 당신은 검찰의 지휘 체계도 몰라? 당신이 작성한 조서는 일종의 반란이자 하극상이야!"백태웅은 느닷없이 내지르는 고함에 놀라서 쥐고 있던 메모지를 바닥에 떨어뜨렸다. 마치 날이 퍼렇게 선 칼날이 전신을 옥죄는 느낌이었다. 짐작컨대 정한두 대통령의 의지가 담긴 수사 방향일지도 모른다고 생각했다.

"심려를 끼쳐드려 죄송합니다."

"이봐요! 백 선생. 그처럼 파렴치한 놈들에게 동정심을 보이는 건 검찰이 취할 입장이 아니야. 그렇다고 기업가들의 짓거리가 옳았다는 얘기도 아니지만…."

"제 주장은 그런 뜻이 아닙니다."

"그럼 뭐야?"

"사실상 공범으로 추정되는 일부 관련자들을 첨부터 무죄로 예단하는 게 미심쩍어 드리는 말씀입니다."

"말세야, 말세. 저런 친구가 검사라니."

탁영수가 입술을 파르르 떨며 열변을 토하기 시작했다.

"지금 우리는 구악 청산과 깨끗한 정치 풍토 조성을 슬로건으로 내걸고 국민들에게 정의 사회 구현이란 국정 지표를 외치고 있어요. 그런 마당에 당신 같은 공무원이 삐딱한 목소리를 내니까 국민들의 엄청난 불신과 혼란을 초래한단 말이야. 알아들어?"

"…."

백태웅이 당혹감을 감추지 못하고 어리벙벙한 표정으로 탁영수를 바라보았다. 놀랍게도 탁영수의 부릅뜬 두 눈에 핏발이 서 있었다. 작고 긴 눈 속의 피를 머금은 눈동자가 고문을 하는 것 같아 절로 어깻죽지가 오그라들었다.

"젊을 때는 더러 실수도 있는 법이야. 혈기가 왕성하다 보니 대세를 거역하고 싶은 유혹도 받게 마련이지."

"무슨 뜻인지 잘 알겠습니다."

딱딱 떨어지는 어조에 비해 확신이 느껴지지 않는 목소리였다. 정면으로 들이받으며 분통을 터뜨릴 배짱이 없다면, 차라리 일찌감치 항복하는 게 나을 듯싶었다. 백태웅은 지레 자지러지며 백기를 들었다.

"백 검사를 회유하거나 협박하려고 부른 게 아냐. 당신의 그 패기를 훌륭하게 평가하고 싶은 사람들 중의 하나가 바로 나란 말일세."

"정말 송구스럽습니다."

철저히 주눅이 든 백태웅으로선 뭐가 어떻게 송구스러운지 알 도리가 없었다.

"백 검사가 가장 의혹스런 지목으로 싶은 부분이 뭐요?"

바늘 끝처럼 날카로워진 신경을 다스리기 어렵다는 듯 탁영수는 거친 호흡을 고르고 있었다.

"로열그룹 최종길 회장이 박순자와 동업자 관계를 유지했다는 사실입니다. 그리고 두 사람이 뭔가 심상치 않는 거래를 숨기고 있는 것으로 추정됩니다."

"어떤 근거로?"

"다름이 아니라…."

"됐어, 됐어. 더 이상 듣고 싶지 않아. 그건 수사 보고서로 대체하자. 그 대신 정치권 인사가 개입한 흔적은 없는지 알고 싶네."

"아직 구체적으로 밝혀진 건 없지만…."

"소문대로 김정근 사무총장이 개입됐는가?"

버럭 소리를 지를 때와는 달리 탁영수가 기대감 그득한 눈빛으로 떠보았다.

"고려토건의 손정민 회장이나 이상순 감사와 친분 관계를 유지한 것 빼놓곤 드러난 사실이 없습니다."

"무슨 소리야? 수시로 돈을 얻어 썼다는데?"

탁영수가 담배를 깊게 빨아들인 뒤 부드럽게 캐물었다.

"물론 정치자금 수수 부분은 빼놓고 말씀드리는 겁니다."

"그것 봐요. 당신은 이상하게 초점이 흐려지는 수사만 고집하고 있어요. 진정한 의혹은 파헤치지 않고 변죽만 울리다니…. 박순자 김철규 부부와 김정근 총장에게 면죄부를 안겨 주는 수사가 되지 않도록 만전을 기해야 합니다."

"명심하겠습니다."

"괜히 화가 나서 한마디 하긴 했지만… 오랜만에 참신한 인재를 만나서 기뻐요. 좀 전에 내가 무례하게 군 거 백 형이 이해하세요. 대통령 각하의 뜻을 읽기가 어려운 일은 아니라고 봅니다. 명쾌한 수사를 위해 곁가지를 치기가 쉽진 않겠지만 노력하기에 달렸어요. 대형 사건을 수사하느라고 연일 바쁠 텐데…. 어때요, 할 만 해요?"

탁영수는 수사보고서를 건성으로 훑어보며 백태웅을 다독거리기 시작했다.

"부족하지만 최… 최선을 다하고 있습니다."

얼굴이 벌겋게 달아오른 백태웅이 말을 더듬었다.

"각하께선 박순자라는 아녀자 때문에 세상이 시끄러워지는 등 잡음이 생기는 걸 매우 싫어하십니다. 유언비어를 차단하기 위해서라도 신속하고 명쾌한 수사를 원하고 계십니다. 그런 의미에서 쓰레기통 뒤지는 수사는 지양해야 해요. 시간을 빼앗아 미안합니다. 이젠 돌아가도 좋아요."

아까와 전혀 다르게 감정이 실리지 않은 음성으로 탁영수가 악수를 청했다. 어색하게 잡히는 탁영수의 손이 무척 딱딱하고 차가웠다.

"백 검사, 수사가 마무리되면 술이라도 한잔 합시다."

"말씀만 들어도 고맙습니다."

마침내 백태웅은 참담한 기분으로 청와대를 나왔다. 오직 박순자 부부만을 주범이자 가해자로 만든 기득권층 인사들이 음지에 모여 키득거리는 모습이 그의 눈에 어지럽게 굴절되고 있었다. 로열그룹 최종길 회장과 집권층 실력자들에게 놀아난다는 확신이 그를 더욱 깊은 절망감 속으로 밀어 넣었다.

제기랄! 백태웅은 따로 준비했던 메모지를 구기며 자신도 모르게 벌컥 화를 냈다. 내친 김에 사표를 던지겠다는 각오로 뱉어 버리고 싶은 말을 다하지 못한 게 후회스러웠다. 그 순간, 누군가 덜미를 잡고 흔드는 것만 같았다.

이봐! 당신은 엉뚱한 방향으로 달리고 있어! 대세를 읽지 못하면 당신만 변방으로 밀려날 뿐이야. 권력에 당당하게 맞서고 싶다면 오늘 당장 옷을 벗고 변호사 사무실을 여는 게 좋을 거야….

대검찰청 중앙수사부 사무실로 돌아오던 내내 백태웅 검사는 움직일 수 없는 권력의 협박과 명령에 시달리고 있었다. 그는 공포로부터 해방된 것처럼 안도의 한숨을 크게 내쉬었다. 하지만 정의 사회를 구현하는 데 한몫을 하고자 했던 초심이 막강한 권력의 핵심 세력에 깔려 갈가리 부서지는 느낌이었다.

알고 보니 권력은 그들에게 정말 편리한 도구였다. 평검사 자리 정도야 우습게 날려 버릴 것처럼 흔들어 댈 수 있는 게 그들의 영향력이었다. 이젠 마음을 비우고 권력의 외풍이 잦아들기만을 기다리거나 변방으로 밀려날 준비를 하는 길밖에 없어 보였다.

16. 살아남은 이유

　집무실에서 줄담배를 태우던 최종길 회장은 책상에 턱을 괴고 앉았다. 전에 없이 밝은 기운이 그의 얼굴에 감돌고 있었다. 몇 개월간 가슴을 옥죄던 두려움이 사라졌으니 얼마나 반가운 일인가. 청와대 측의 특별 지시에 따라, 이미 부도 처리된 로열건설 어음 4백 50억 원의 결제가 정상화되기 시작했다. 거래 은행들이 구제금융이라는 이름으로 부도 어음을 알아서 막아 주고 있으니, 정말이지 급한 불을 끈 셈이다.

　당장 오늘 밤부터 두 다리를 펴고 잠들 수 있을 것이다. 어쨌든 천만다행이다. 쉽지 않아 보이던 매듭 풀기가 가능해진 것은 권력의 약점을 물고 늘어진 덕분이다. 두 눈 부릅뜨고 휘둘러대는 집권 세력의 칼날을 피하는 요령은 이처럼 먼 데 있지 않다. 자민당 정보경 고문과 양찬식 총무의 귀띔을 종합해 보면, 박순자 일당을 사기 혐의 등으로 구속시키는 선에서 수사가 마무리될 게 뻔하다.

　- 번번이 미안하지만 이번에도 우리 집권당에 힘 좀 보태주세요.

　- 회사 자금사정이 어렵다는 건 잘 알고 있어. 하지만 우리 중앙당의 사정은 더 급박해. 텅 빈 금고 때문에 이 양 총무의 체면은 말이 아냐.

두 실세는 최 회장의 불법 행위를 눈감아 주는 대가로 은근히 정치자금을 요구했다. 다소 냉소적인 어투로 불끈거리던 정보경도 떡값을 요구할 때는 조금 쑥스러운 표정을 지었다. 그만한 반대급부 요청은 최종길도 충분히 예상하고 있던 터였다. 경영진이 구속되거나 경영권이 박탈당하는 최악의 사태를 피할 수 있다면, 수십억 원대의 비자금을 지출하다 못해 어떠한 수모도 달게 받을 각오가 돼 있었다.

　박순자, 김철규, 두 명의 은행장들, 고려토건 손정민 회장 등은 머잖아 교도소 신세를 지게 될 것이다. 검찰의 수사 결과에 아귀가 맞지 않는 부분이 많고 어쩐지 결탁의 냄새가 짙게 풍겨 세간의 의혹을 받을지라도, 최 회장은 시간이 모든 걸 해결해 줄 것으로 믿었다. 그는 집권당 실세들의 비호와 영향력에 상당한 기대를 걸고 있었다. 마치 칠흑 같은 어둠 속을 혼자 위태롭게 걷다가 호롱불을 든 고향 사람들과 마주친 순간처럼 짜릿한 안도감이 온몸을 덮쳤다.

　허동환 부사장이 회장실 안으로 들어서다가 찔끔한 표정으로 걸음을 멈췄다. 전혀 예측하지 못한 상황이 벌어지고 있었다. 세상에 이런 일이 다 있다니…. 최 회장이 득의만면한 미소를 머금고 앉아 있는 게 아닌가.

　"회장님, 부르셨습니까?"

　최종길이 화들짝 놀라며 허동환을 향해 돌아보았고, 그제야 제정신으로 돌아온 듯 여유 있게 웃었다.

　"고생 많으시죠? 게 앉으세요."

　최종길 회장은 잔잔한 미소를 머금은 채 응접세트로 자리를 옮겼다.

　"수사 방향이 우리 쪽으로 얼마나 유리하게 돌아가는지 알면 깜짝 놀라실 겁니다."

　안쓰럽도록 지친 표정에 눈자위까지 충혈된 허동환을 보고 최 회장이 빙그레 웃었다.

"왠지 회장님의 표정이 밝아 보이더군요."

"이번만큼은 우리 부사장님이 구치소 신세를 지는 일은 없을 겁니다."

"그래요? 마음의 준비를 하고 있었는데…."

"주식 내부자 거래 사실까지 들통 나긴 했지만 원만하게 수습되고 있답니다."

"아니, 그게 무슨 말씀이세요?"

"새로운 범죄 행위가 드러나는 게 두려웠던지 박순자가 알아서 잘 협조하고 있어요."

"대검에서 조사를 받을 당시부터 회장님의 능력과 수완을 다시금 확신했어요. 주식 내부자 거래나 비자금 조성이 수사의 초점이 되지 않는 걸 보고 희망을 가졌습니다."

"며칠 동안 정보경 고문과 양찬식 총무 등등을 줄줄이 만났어요. 청와대 채널도 극비리에 가동되고 있습니다. 너무 마음 졸이지 마세요."

"아, 그러셨군요."

불안감은 순식간에 놀라움으로 변했다. 허동환은 권력의 핵심을 쥐고 흔드는 최 회장이 속 쓰릴 정도로 부러웠다.

"허 부사장을 괴롭히던, 그 못돼먹은 백태웅 검사가 청와대로 불려 갔다는 소식 들었어요. 아마 군기 좀 잡혔을 겁니다."

"잘 아는 정치인이 없다고 우겨도 끝까지 추궁하더군요. 그런 독종은 첨 봤어요."

아들 또래의 검사 앞에서 어린애처럼 울먹거리던 자신이 아닌가. 허동환은 지긋지긋하게 수치스럽던 그 순간을 잊지 못하면서 말만큼은 번드르르하게 내뱉었다.

"허 부사장님, 우린 결코 쓰러지지 않아요. 며칠만 기다리면 좋은 소식이 올 겁니다."

자금 사정이 급박할 때 구세주 박순자를 만났고, 사건이 터지자 오히려 선의의 피해자라는 동정표를 얻어 가며 구제금융을 받을 수 있다면, 그 이상의 행운은 없을 것이라고 최 회장은 생각했다. 암, 그렇고말고. 박순자 사건을 핑계로 정치권 내에서 자신의 입지를 강화시킬 수 있는 절호의 기회이기도 했다.

최 회장은 소파에 몸을 묻고 눈을 감았다. 공범인 자신을 신뢰하고 모든 수모를 감내하면서 비밀을 지켜 주는 박순자의 창백한 얼굴이 떠올랐다. 인간은 누구나 비밀을 털어놓고 싶어 안달하는 속성을 가지고 있다. 그러나 그녀는 여장부답게 입을 다물고 있다. 그녀의 누명을 벗겨 주고 그녀의 상처를 어루만져 줄 사람은 오직 이 최종길뿐이지만 도저히 그럴 수 없는 게 야박한 현실이다. 갖가지 범죄 혐의를 혼자 뒤집어쓰고 공범들에게 따돌림을 당해야 하는 것이 그녀의 이지러진 운명인지도 모른다.

"허 부사장님, 그동안 대의명분을 대세워 언제나 혼자 감당하기 힘든 역할을 맡겨 온 거 같아요. 고생되더라도 조금만 참아 봅시다."

최 회장이 허동환의 오른손을 잡고 힘껏 흔들었다. 허동환은 비수처럼 가슴을 쑤시는 수치감을 느꼈다. 중늙은이가 젊은 회장 앞에서 완벽한 종범 으로 다시 태어나는 순간이었다. 충성심과 양심, 그 중 한 가지인 충성심을 또 다시 선택해야 자리를 지킬 수 있을 것이 아닌가.

"부사장님, 비자금 잔고가 동났어요."

최 회장의 또 비자금 타령이었다. 그는 주변에서 어슬렁거리던 중역이나 간부들이 사타구니를 벌려 주는 창녀처럼 굴기 시작하면 여지없이 수작을 부렸다.

"얼마나 필요하신데요?"

"5억 정도면 됩니다. 위기를 기회로 만들려면 아무래도 쥐약이 필요하거든요."

"잠실 무궁화아파트 단지의 공사 현장에서 만들어 보죠. 터파기 작업 때 나오는 양질의 모래만 빼돌려 팔아도 가능할 거 같습니다."

"그것만으로는 아무래도 부족하지 않겠어요?"

"모자라는 금액이야 하도급 공사 대전으로 충당하면 됩니다."

직영 아파트의 여러 공사들을 다른 업체 앞으로 하청 주면서 이미 이중 계약을 체결한 사실을 두 사람은 모르지 않았다. 1억 원 이상의 하도급 공사들 중에는 적어도 5% 이상의 비자금 조성이 불가능한 공사는 사실상 없었다.

"제가 나서서 공사 담당 부사장과 현장 소장에게 직접 지시해 놓을까요?"

"회장님, 그래만 주신다면 작업이 한결 쉬워집니다."

이미 양심을 헌신짝처럼 던져 버린 허동환에게 그런 일은 아무것도 아니었다. 그는 그 자신의 잔재주를 역겨워하면서도 자기 따위의 사기꾼 덕분에 기득권을 유지하는 최 회장과 정치꾼들이 부러웠다. 그는 자신에게 닥쳐온 고난이자 자신이 대신 짊어진 비리가 그들의 건재에 톡톡히 기여하게 될 줄은 정말 몰랐다고 생각하며 속으로 자조했다. 그 날 저녁 술자리에서도 허동환은 제법 두둑한 촌지 봉투를 챙겼다.

* * *

이슬비를 뿌리는 잿빛 하늘이 무겁게 내려앉아 있었다. 눅눅하고 차가운 냉기가 뼛속까지 파고드는 늦봄의 하루였다. 양찬식 총무를 태운 승용차가 비밀요정 '백야'에 도착한 것은 저녁 7시 정각이었다. 오래 묵은 은행나무의 녹색 이파리들이 시야를 가린 한옥의 현관을 들어서자, 한복을 곱게 차려 입은 마담이 반갑게 맞아들였다.

"총무님, 아무리 바쁘다지만 너무 하세요. 이렇게 뜸하게 용안을 비치시면 우린 굶어 죽기 십상예요."

지금이야 중늙은이지만 젊은 날의 마담은 숨 막힐 정도로 아름다운 인기 탤런트였다. 저고리 앞자락 사이로 젊은 시절의 탄력 있던 가슴선이 새하얗게 드러나 보였다.

"머리도 식힐 겸 어디 여행이라도 다녀왔으면 좋겠어. 골치가 너무 아파."

양찬식 총무가 초장부터 침울한 표정을 짓자 마담은 말수를 줄였다.

"그럴수록 낙천적으로 생각하셔야지요. 총무님은 우리 정치권의 희망이잖아요?"

"그런 소리 함부로 하는 게 아냐!"

"사실을 사실대로 말해도 죄가 되나요?"

마담은 부러 시무룩해진 표정을 짓더니 누구를 기다리느냐고 물었다. 양찬식은 희미한 미소를 깨물며 고개를 가로저었다.

"조금 있으면 유명한 브이아이피 하나가 도착할 거야. 그 때까지 혼자 있고 싶어."

곧장 특실로 들어간 양찬식은 소파에 노곤해진 몸을 묻었다. 평소 같으면 단골 호스티스를 불러 희롱하고 있을 시간이지만 오늘만큼은 그럴 기분이 아니었다. 사정수석 비서관 탁영수가 이처럼 이른 시간에 만나자고 한 적이 없기 때문이었다.

오늘 오전이었다. 무슨 꿍꿍이가 있음이 분명하다고 확신하면서도 양찬식은 참다 못 해 청와대로 전화를 걸었다. 탁영수는 평소와 다름없이 무뚝뚝하고 거만하게 전화를 받았다. 양찬식이 뭐라고 말을 꺼내기도 전에 탁영수가 말허리를 툭 잘랐다.

"기다리고 있었소. 오늘 한잔 합시다."

"선배님, 몇 시에 뵐까요?"

"저녁 7시가 어때요?"

"너무 이르지 않습니까?"

"아니오. 백야에서 만납시다!"

탁영수가 명령하듯 내뱉더니 일방적으로 전화를 끊었다. 전화를 건 이쪽의 사정은 알 바가 아니라는 투였다. 무척 아니꼽고 불쾌했지만 아쉬운 사람이 샘을 파야 한다고 양찬식은 생각했다. 대통령의 지근거리에 있는 정권 실세와 싸워서 승리하려면 일보 전진 이보 후퇴가 절실한 시점이었다.

양찬식은 위스키 스트레이트를 한 잔 주문해 거리낌 없이 비웠다.

- 내가 박순자 김철규 부부를 모른다고 발뺌한다면 과연 세상 사람들이 믿어 줄까.

그는 두려움을 느끼며 스스로에게 물었다.

원내총무인 나는 박순자를 전혀 모르고 사무총장인 김정근만이 그녀를 안다고 우겨도 믿을 사람이 없을지 모른다. 여전히 소문은 꼬리에 꼬리를 물고 있어 아직 안심할 단계가 아니다. 박순자를 직접 만나 거래한 적은 없으나 그녀의 돈을 우회적으로 받아썼고, 내게 수시로 사과상자를 건네던 대기업 총수들이 줄줄이 소환되고 있는 상황이다.

전혀 근거가 없다는 자민당 대변인의 발표에도 불구하고 시중의 소문들은 그럴듯한 얼개를 갖추고 있다. 로열건설 최종길 회장과 양찬식 원내총무, 고려토건 손정민 회장과 김정근 사무총장의 교우 관계로 미루어 봐도 박순자 사건은 단순히 어음 사기 사건이 아니라는 것이다. 검찰에 끌려간 박순자 김철규 부부 역시 정치적 사건이라고 주장했다는 첩보가 접수됐다. 쿠데타 때 공을 세운 청와대 세력, 쿠데타에 참가

하지 않은 집권당 친위 세력, 대통령의 처가 세력이 서로 뒤엉켜 알력을 빚다가 터진 사건이라는 시각도 무시할 순 없었다.

양찬식은 제1경제수석실의 박윤철 비서관에게 전화를 거는 일이 무엇보다 시급하다고 판단했다. 최종길의 사돈이자 고교 후배인 박윤철은 언제나 든든한 후원자였다. 일찍 퇴근해 집에 있기로 약속했던 만큼 박윤철이 직접 전화를 받았다.

"선배님, 건강하시지요?"

일부러 호탕하게 전화를 받는 듯했지만 박윤철의 목소리에는 축축한 그늘이 끼어 있었다. 쿠데타 세력이 아닌 그가 최근 돌출변수로 떠오른 대형 금융사고 때문에 골머리를 앓고 있음이 분명했다.

"요즘… 큰형님 컨디션은 어때?"

"박순자 사건이 터진 뒤로 심기가 불편하십니다."

"최종적인 입장은 검찰이 결론을 내리겠지만 그쪽 분위기는 어때?"

"선배님이야 회오리바람의 바깥에 있지 않습니까? 뭘 걱정하세요?"

"옷을 벗어야 하는 친구는 김 총장뿐인가?"

"탁영수도 물러날 가능성이 농후해요."

"로열그룹 최종길 회장은 무사하겠지?"

"두 말 하면 잔소리 아닙니까?"

"장담하긴 아직 일러. 탁영수 올 때가 됐으니 끊자."

그 순간 인터폰이 귀뚜라미처럼 울었다. 기다리던 손님이 도착했다는 신호였다. 호들갑을 떨며 다가오는 마담의 간드러진 웃음소리가 들려왔다. 양찬식은 서둘러 전화를 끊었다. 재빨리 담배를 비벼 끄고 자리에서 일어나 넥타이부터 천천히 풀었다. 침착하자, 냉정해지자…. 마음을 가라앉히기 위해 양찬식은 자신을 타일렀다.

"오래 기다리게 해서 정말 미안합니다. 각하께 붙들려 있다가 겨우

풀려났어요."

거친 호흡을 몰아쉬던 탁영수가 최대한 정중하게 말했다. 마담이 탁영수의 윗도리를 옷장에 넣는 동안 의례적인 인사와 덕담이 오고 갔다. 마담이 눈치껏 자리를 비우자, 차갑던 대화가 팽팽한 신경전으로 바뀌면서 실내 공기를 뜨겁게 달구기 시작했다.

"알고 보니 박순자만 나쁜 게 아니더군요."

탁영수가 양찬식의 급소를 찔렀다. 작달막한 키와 통통한 몸집에 허여멀겋게 생기고 부드러운 인상을 풍기는 양찬식에 비하면 탁영수의 관상은 차라리 박복한 편이었다. 지나치게 짧은 키에 늘 입을 앙다물고 다니는 외고집 인상, 유난히 까다로워 보이는 뱁새눈, 광대뼈가 심하게 튀어나온 얼굴, 서리가 새하얗게 내려앉은 부수수한 머리털…. 그의 어디에서든 장군 출신 이미지와 청와대 사정수석 비서관의 권위에 걸맞은 구석을 찾아볼 수 없었다. 얼마나 영특한지는 모르겠으나 보스 기질은 없어 보이는 위인이었다.

"그렇다면 누가 또 나쁘단 말씀입니까?"

양찬식은 갑자기 불편해졌다. 만나자마자 박순자 사건으로 포문을 여는 탁영수 때문에 고문을 당하는 기분이었다. 쌍꺼풀 없이 작고 길게 찢어진 눈 속의 핏발 선 눈동자가 쉴 새 없이 움직일 때마다 섬뜩한 느낌이 들었다.

"로열그룹의 최종길 회장, 그 친구가 더 나쁜 사람입니다. 양 총무나 내가 아니었으면 최종길 사단의 졸개들도 굴비 두름처럼 엮이고 말았을 거요!"

양찬식의 반사적인 물음에 탁영수는 오만하게 대꾸했다. 중고교 동기 동창인 최 회장을 들먹임으로써 양찬식을 궁지로 몰아가려는 술책이 드러나 보였다.

"그 사람, 세상 물정을 몰라도 너무 몰랐다는 생각이 듭니다."

양찬식은 짐짓 태연한 척했지만 속으론 움찔할 수밖에 없었다. 그는 이미 심한 모멸감에 휩싸였고 앉아 있는 자리를 몹시 불편하게 느끼기 시작했다. 미간을 찌푸리고 경박하게 턱을 끄덕이는 탁영수가 무척 괘씸했다. 그럴수록 탁영수는 양찬식의 마음을 읽어 버린 것처럼 뜸을 들이지 않고 말했다.

"군자금을 얼마나 뿌렸던지 최 회장은 철옹성 안에 든 피의자더군요. 협조를 거부하는 햇병아리 검사 녀석을 설득하느라 땀깨나 흘렸더니 그 날부터 목이 칼칼합니다. 요즘 젊은 놈들 세상 보는 눈이 너무 정확하다는 걸 새삼 깨달았어요."

지금 시비를 걸면서 생색을 내고 있는 탁영수에게 중요한 것은, 집권당 실세인 양찬식 총무를 가능한 한 빨리 정치적 동지로 만드는 데 있었다. 비록 탁영수의 말 속에 비수가 번뜩였지만 그 속내는 양찬식의 우호적인 반응을 겨냥하고 있었다.

"아슬아슬하게 처신하는 친구 때문에 저도 마음고생이 말이 아닙니다. 심려를 끼쳐 드려 죄송할 따름이죠. 부디 선배님께서 도와주세요. 그 친구의 먹살을 잡고 싸우는 한이 있더라도 반드시 은혜를 갚겠습니다."

"아무튼 방법이 없어요. 양 총무와 최 회장이 각하께 어찌나 잘 보였던지 내 역할은 아무것도 아닙디다. 이미 완성된 시나리오에 내가 나설 이유가 없더군요. 수백억 원의 사채를 얻어 쓰면서 이자 한 푼 안 내려고 박순자의 주식투자까지 도와주는 건 물론, 돈에 눈이 먼 사람으로서 하지 않은 일이 거의 없더란 말이야. 심지어 로열건설 주식을 투기의 대상, 주가조작의 발판으로 삼았으니 용서할 수 없는 범죄를 저지른 셈이지. 그런 공범에게 면죄부를 씌워 주려는 작전에 내가 보낼 수 있는 힘이 사실상 없더라니까."

"별 말씀 다 하십니다. 어느 정도 설거지가 끝나면 최종길이 시간을 낼 겁니다. 배은망덕한 친구는 절대 아니거든요."

"그 사람에게 무슨 죄가 있겠어요. 무너지는 회사를 살리려다 보니 본의 아니게 무리수를 동원한 것뿐이죠. 문제가 있다면 단지 게임의 법칙을 무시하고 어리석게 굴었던 박순자나 김정근, 정보경 쪽에 더 문제가 있지."

그러면 그렇지. 탁영수의 공격적인 기세가 수그러들자 양찬식으로 선 뭔가 집히는 게 있었다. 정권 보험을 드는 데 일가견이 있는 최종길 회장이 탁영수에게도 사과상자를 전달했을 것이다. 확신하건대 정권 의 핵심 실세를 무시하진 않았으리라…. 양찬식은 변함없는 후원자인 최 회장의 건재를 비로소 장담할 수 있게 되었다.

이른바 큰 봉투는 대통령에게 가는 것이고, 작은 봉투는 큰 봉투를 전달하는 대통령의 아랫사람이 가지는 것이다. 큰 봉투를 배달하는 탁 영수가 작은 봉투를 챙기지 않았다는 것은 상상하기 어려운 일이다. 때문에 가까운 친구인 최 회장이 위기에서 탈출하는 데 별다른 어려움 이 없을 것이라고 확신했다. 양찬식은 담배 연기를 뿜어내면서 가늘게 안도의 한숨을 내쉬었다.

"정치를 하려면 돈이 든다는 것쯤은 알고 있지. 하지만 어떤 졸개가 군자금을 혼자 주무른다는 건 상상해 본 적이 없어! 혼자 관리하다가 혼자 먹은 게 화근이야!"

탁영수가 으르렁거리며 눈을 부라렸다. 그럴수록 양찬식은 가까스 로 애매모호하게 대꾸하는 게 고작이었다.

"설마 그럴 리가…."

"이건 전쟁이니까 전투에 강한 사람이 승리하게 마련이지. 지혜와 추진력을 겸비한 우리 군바리들, 역전의 용사들 앞에서 교활한 처세술로는 어림도 없어!"

양찬식 총무는 뜻밖의 돌출 변수에 한순간 어리둥절했지만 탁영수의 폭발하는 감정에 짐짓 동의하기로 했다. 나중에 갈라질 때 갈라지더라도 탁영수를 자극할 이유가 전혀 없다고 판단했던 것이다.

"무슨 말씀인지 알아듣고 있습니다. 대국적인 견지에서 요즘의 난국을 바라보려는 선배님의 뜻을 각하께서도 충분히 읽고 계시리라 믿습니다. 집권당의 자정 노력이 있어야만 선배님이 뜻을 펴시는 데 어려움이 없을 겁니다. 그래서 더욱 고삐를 죄야 한다고 생각합니다."

비록 아양을 떠는 발언을 이어 갔지만 양찬식의 속내는 그게 아니었다. 김정근 사무총장과 더불어 목이 달아날 사람은 사실상 탁영수였기 때문에 속으로 혀를 차고 있었다. 다만 운 나쁘게 탁영수 일당의 물귀신 작전에 말려들지 모른다는 두려움이 머리를 어지럽히고 있을 따름이었다.

"양 총무도 사건의 진상을 알고 있겠지요?"

"저는 어떻게 된 영문인지 도대체 모르겠습니다."

진상을 누구보다 상세히 알면서도 양찬식은 그렇게 무심코 대꾸했다. 아무리 정권이 바뀌더라고 질기게 살아남으려면 위기의 순간마다 속내를 숨기는 도리밖에 없었다. 처음부터 탁영수 앞에 납작 엎드려 저자세로 나간 것은 잘한 일이었다. 훗날 정치적 장래를 위해서도 결정적인 순간에 몸을 사리는 것이 중요하다고 양찬식은 생각했다.

"그건 그렇고?"

탁영수는 시간이 흐를수록 자신만만한 태도를 과장해 가고 있지만, 양찬식이 보기에 더 나빠질 조짐은 나타나지 않았다.

"박순자만 희생양으로 몰아가도 괜찮을까?"

물으나마나한 질문이었다. 탁영수의 질문 앞에서 양찬식은 새삼 속이 부글부글 끓어 올랐으나 더 이상 아무 말도 하지 못했다. 발등에 떨어진 불 때문에 가슴 졸이는 터라서 엉뚱한 화를 자초할 필요가 있으랴 싶었다. 얼마 지나지 않아 도착한 호스티스들이 양찬식을 위기의 벼랑 끝에서 구해 주었다.

"애인이 생긴 모양이다. 너무 예뻐졌어."

젊고 우아한 호스티스가 바짝 다가앉자 양찬식은 절로 한숨을 내쉬었다. 그는 단골 파트너의 개미허리를 껴안으며 머리를 굴렸다.

최고 권력이 조금만 움직여도 한순간에 모든 위치가 뒤바뀌어 버린다. 모든 형체와 색채의 파편들이 예기치 못했던 위치로 굴러 떨어지고, 어느 누구도 예측할 수 없는 세상 풍경을 만들어 버린다. 심지어 그 요지경 안에서는 게임의 법칙도 완전히 파괴되고 만다. 게임에 참여했던 사람들은 어떤 요지경 감상법이 정답인지 철저히 알 수 없게 되는 것이다. 그 요지경 속의 동굴 같은 곳이 바로 정치권임을 양찬식은 모르지 않았다.

양찬식은 탁영수가 살아남을지 옷을 벗게 될지 전혀 개의치 않았다. 그는 정계에 몸담은 이래 갈등과 시비를 체질적으로 기피해 왔다. 청와대는 물론이고 여당과 야당 등 자기 주변에 단 한 명의 적이라도 만들어 두는 것은 현명치 못한 일이라고 생각했다. 그런 점에서 탁영수는 냉전의 상대가 아니라 반드시 포용해야 할 적대 세력의 일원이었다.

"옛 어른들이 이르기를 계집은 품어야 맛이고 잔은 채워야 맛이라 했소이다."

마침내 탁영수가 고집스럽게 닫아걸었던 문을 열기 시작했다.

"선배님, 그건 영원히 변치 않을 명언입니다."

양찬식은 잽싸게 화답했다. 더 이상 구질구질하게 박순자 사건에 관한 화제로 궁지에 몰리고 싶지 않았다. 양찬식은 탁영수의 잔이 넘치는 걸 지켜보며 파트너를 가까이 끌어당겨 꼭 끌어안았다. 섬세하고 부드러운 육체였다.

17. 에필로그

　이제 50대의 나이에 접어든 엄창수 사장 얘기로 매듭을 짓자. 그는 (주)대원자동차 협력 업체인 (주)대유고분자를 경영하면서 몇 년 동안 떼돈을 벌었다. 물론 최종길 회장의 주식 사냥을 등에 업고 챙긴 불법 소득이 그 사업의 밑천이 됐다. 그 때부터 엄 사장은 증권회사의 객장이나 주식 시세표 근처에도 아예 얼씬거리지 않았다. 주식투자를 화제로 삼아 입을 벌린 적도 거의 없었다.

　하지만 한때 잘 나가던 엄 사장의 사업도 굴곡이 심했다. IMF 구제금융 체제 밑에서 대원자동차가 워크아웃(기업 개선 작업) 대상 업체로 분류되기 직전부터 악화 일로를 걸었다. 뾰족한 대책 없이 전 재산을 투입하여 부도 사태를 막아야 했다. 그러던 어느 날 엄 사장은 주식투자에 다시 눈을 돌리기 시작했고 대유고분자를 헐값에 처분한 자금으로 배수진을 치듯 주식을 사들였다.

　새롭게 등장한 코스닥 시장이 하늘 높은 줄 모르고 상승을 거듭하던 무렵이었다. 주가에 거품이 심하다는 여론이 비등했지만 엄 사장은 이를 믿지 않았다. 그는 주변 사람들의 만류에도 불구하고 약 20억 원

을 동원하여 최우량 정보 통신 벤처기업으로 손꼽히던 (주)새미텍의
주식에 투자했다.

500원짜리 주식을 34,700원에 매수했으니 투자액은 액면가의 70여
배에 이르렀다. 시장 전문가들은 경쟁하듯 코스닥 시장에 대한 장밋빛
전망을 내놓았다. 엄 사장은 이 같은 평가들을 무조건 신뢰하기로 결
심했고, 남은 전 재산을 코스닥 시장의 운명에 맡겨 버렸다.

하지만 최근 들어 대폭락으로 반 토막 난 주식들이 수두룩하다는
코스닥 시장에서 십분의 일 토막으로 주저앉았으니, 엄 사장은 이제
쪽박을 차야 할 신세가 됐다. 아방궁 같은 저택은 남의 손에 넘어간 지
오래였고 사글셋집을 전전해야 할 처지에 이르렀다.

34,700원에 산 주식이 3,000원 밑으로 곤두박질치면서 그나마 남았
던 20억 원도 거의 날려 버렸다. 아니, 남에게 빌린 돈의 원리금을 공
제하고 나면 서울에서 사글세방 하나 마련하기 어려운 형편이 됐다.

그나마 엄 사장에게 다소 위안이 되는 것은 옛 동업자들의 전락이
었다. 뉴질랜드로 이민을 떠났던 박상민이 카지노 도박으로 전 재산을
탕진했다는 소식을 들은 지 오래였다. 기업 도산 위기를 넘어 승승장
구하던 최종길 회장의 몰락도 정권 교체와 더불어 일찌감치 예견된 것
이었다. 로열그룹의 부도 사태 이후 최종길은 그 찬란하던 세월을 접
은 채, 지금은 고향 친구의 사슴 농장에 가끔 들러 장기와 바둑을 즐기
면서 노후를 보내고 있다. 최종길은 세상이 다시 한 번 뒤바뀌었음을
알았고, 이제 자신이 설 자리가 없어졌음을 느꼈다. 그래서 그는 유유
자적의 은둔 생활에 익숙해져 버렸다.

자포자기 상태에 빠져 버린 엄창수 사장은 홧김에 서방질한다는 기
분으로 유명 시사 잡지 기자와 만나서 다음과 같은 내용의 인터뷰를
했다. 물론 취재원을 밝히지 않는 조건이었으나 무슨 영문인지 보도에

이르지는 못했다.

▶ 박순자 사건의 발단은 무엇이라고 보십니까?

"당초엔 재계와 지하경제의 합작으로 출발했습니다. 하지만 나중엔 정계와 재계가 서로 죽이 맞았기 때문에 변방의 수사기관이 여러 경로를 통해 진상을 파악하려고 무려 1년 3개월 동안 손을 대지 못했습니다. 치밀한 그물망을 자랑하던 정보기관이 몰랐다는 게 말이나 됩니까? 사채시장의 핸드백 부대도, 증권시장의 잔챙이 개미 군단도 다 알고 있던 내막인데…."

▶ 사건의 배경은?

"단순히 박순자 개인의 욕망에서 비롯된 게 아닙니다. 여러 정황이나 증거로 미루어 볼 때 절대 개인의 사기 사건만으로 취급돼선 곤란합니다. 사건 관련자들의 덕을 보던 실력자들과 배후 세력이 이리저리 발목을 잡혔기 때문에 사건 수습을 위해 하나같이 진땀을 흘렸습니다."

▶ 집권층이 개입됐다고 보십니까?

"수많은 권력자들이 그 사건 관련자들과 막후 거래 관계에 있었지만, 기득권층에서 수사 결과를 그럴싸하게 포장해 놓았을 뿐입니다. 박순자와 최 회장의 떡값을 받으면서 두 사람을 비호했던 문제의 정치인들과 수사 관계자들 대여섯 명은 지금도 금배지를 달고 있어요. 그래서 박순자 사건은 아직도 끝나지 않은 현재진행형입니다."

▶ 주식시장에서 큰손 또는 작전세력의 시세조종 때문에 개미군단과 핸드백부대가 제물이 되듯, 박순자 사건으로 인생을 망친 소시민들이 많다고 들었습니다. 그 점에 대해서 어떻게 생각하십니까?

우리들의 친구 엄창수는 그 대답을 대신하여 모 일간지 기사 스크랩을 내보였다. 의지할 곳 없는 팔순 노인이 식모살이와 행상 등으로 평생 동안 근근이 모은 돈을 날리고 화병으로 몸져누웠다는 기사였다.

서울 동대문구 면목동 단칸방에서 사는 서경단 할머니는 박순자 사건의 여파로 고려토건이 부도를 내자 통곡했다.

"그 돈이 어떤 돈인데, 식모살이·콩기름 장수·김밥 장수를 해서 평생 모으고 모은 돈인데…. 미치겠네."

박순자 사건으로 피해를 본 사람 가운데는 수십 년 동안 근무하던 직장을 떠나며 받은 퇴직금을 주식에 투자했다가 모두 날린 사람이 있는가 하면, 제대로 먹지도 입지도 못하면서 서러운 셋방살이를 면하려고 저축한 돈을 송두리째 빼앗겨 버린 사람들도 있었다. 생활력이 전혀 없는 서 할머니의 경우도 너무나 딱하고 기가 막혔다.

서 할머니는 어느 날 조카딸이 찾아와 전 재산 1천 8백만 원을 안전하게 늘려 주겠다고 해서 선뜻 내주었다. 나중에 알고 보니 서 할머니 돈 1천 8백만 원을 포함한 3천만 원으로 사채시장에서 인기 있는 상장기업 고려토건의 어음을 샀던 것이다.

그런데 어느 날 조카딸이 갑자기 찾아와 돈을 모두 떼이게 됐다며 서 할머니를 붙들고 울음을 터뜨렸다. 이때부터 서 할머니는 식음을 잊다시피 하고 몸져누워 버렸다. 돈 많은 수억대 부자들은 허연 게거품을 물고 회사로 아가 악을 써댔지만, 서 할머니 같은 무지렁이들은 큰 죄라도 지은 것처럼 끙끙 앓기만 했다.

서 할머니는 영세민촌 단칸방에서, 태어나면서부터 뇌성 마비를 앓아 말도 못 하는 반신불수의 외손자와 단 둘이서 살고 있었다. 그처럼 서 할머니가 실의와 충격으로 누워 버리자 외손자를 돌봐 줄 사람이 없어 더욱 딱하게 되고 말았다.

대구가 고향인 서 할머니는 36세 때 남편이 어린 세 딸을 남기고 사망한 직후부터 아무도 돌봐 주는 사람도 없는 모진 세상을 너무나 눈물겹게 살아왔다. 어린 세 딸을 키우느라 식모살이를 비롯해 콩기름 장사·사과 장사·김밥 장사 등 궂은 일, 힘든 일을 가리지 않고 무엇이든 닥치는 대로 해 가며 연명해야 했다.

세 딸 모두 50세가 넘었으나 딸들의 생활도 하나같이 어려워서 할머니를 모실 만한 형편이 못 되었다. 67세의 큰 사위는 오래 전부터 간경화증으로 고생하고 있으나 병원을 찾기는커녕 약도 사 먹지 못할 정도로 가난했다. 그래서 태어날 때부터 뇌성마비를 앓아 지진아로 커 온 외손자를 서 할머니가 20년 가까이 보살펴 왔다. 서 할머니는 자신이 죽은 후에 장례를 치러 줄 힘도 닿지 못할 것을 생각하여 장례비용과 불쌍한 외손자 몫으로 그만한 돈이나마 저축해 왔다고 말했다.

법정관리 중인 고려토건의 어음 채권이 5년 거치 15년 분할 상환 조건에 해당되기 때문에 85세부터 박순자에게 물린 돈을 돌려받기 시작해 100세가 되어서야 전액 돌려받게 된다. 결국 서 할머니는 평생 모은 돈을 제사상에서 받게 된 셈이다.

고려토건에는 채권자들의 탄원서 102건이 접수되었다. 하나같이 일생 동안 모은 돈을 박순자 사건에 휘말려 날려 버린 애절한 사연들이다. 사법연수원 강당에서 열린 고려토건의 채권단 회의는 초장부터 격앙된 목소리로 술렁거렸다. 이 자리에서 고려토건의 법정관리가 결정되자 70세의 소액 채권자 한 명이 울분을 쏟아 놓았다.

"내 나이 일흔인데 5년 거치 15년 분할 상환은 말도 안 된다. 30여 년 동안 노후를 위해 모은 돈을 제사상 앞에 바치겠다는 말이냐?"

이 날 회의에는 4천 8백여 명의 채권자 중 6백 72명이 참석했는데 대부분 투자 삼아 어음을 사들인 소액 채권자들이었다.

"이처럼 기구한 인생을 살아온 할머니 할아버지의 전 재산을 먹어 치운 사람들은 누구입니까. 박순자는 물론 박 씨를 이용하려고 갖은 술수를 쓰다가 오히려 그녀에게 말려들었던 정·관·재계의 기득권층 인사들이 가해자임에 틀림없습니다. 서민들의 이익을 대변하라며 정계에 진출시켰고, 민초의 권리를 보호해 달라고 국민의 세금으로 녹을 먹였더니 그들이 하는 일이라고는 고작 서민들을 등쳐먹으며 민초들의 절박한 꿈을 유린하고 있었던 겁니다.

하지만 박순자와 기득권층 인사들은 별로 달라지지 않았습니다. 세상이 괴성을 지르며 무너져 내려도 눈도 꿈쩍하지 않았습니다. 공범들은 끝까지 시치미를 떼며 침묵을 지켰고 그녀는 자기변명으로 일관했습니다. 심지어 집권층 인사들은 공범들의 목젖에 걸린 낚시 바늘을 재빨리 꺼내 주기 위해 갖은 기교를 다 부렸습니다. 그들의 검은 속살을 감춰 주려고 권력층 인사들은 다각적인 조작극을 펼쳤습니다.

수사 결과에 따르면 박순자 한 사람의 단순한 사기극이었습니다. 그러나 사실을 알고 보면 진상은 그게 아니었어요. 권력층을 향해 태연하거나 오만한 태도를 보인 범인들은 처벌받았고, 권력층에 협조하며 저자세로 일관한 범인들은 더 큰 죄를 짓고도 무사할 수 있었으니 해답은 보다 자명해집니다. 사건 경위를 조작하고도 철저히 보호받은 사람들도 있었으니, 정경유착이 아니고선 얻어 내기 불가능한 전과였습니다."

엄창수는 헝클어진 심사를 달래려고 눈을 감았다. 그 교활한 주범들을 고발하고 있는 자신도 공범이 아니었던가. 무엇이 두려워 여태껏 남들만 비난하며 스스로 속죄하지 못하는가. 그래도 엄창수는 오랫동안 곱씹어 왔던 말들을 뱉고 싶었다.

"그래요. 지하경제, 재계, 정치권, 기득권층은 사실상 이웃이었습니다. 네 분야는 도무지 물러서기 어려운 흥미진진한 도박판의 마력을 지니고 있었지요. 변함없이 뜨겁게 어울리다가 어느 순간에 매정하게 등을 돌리던 아주 비인간적인 세계, 그 검은 돈 커넥션 시대의 후미진 뒷골목 풍경이 오늘의 경제적·정치적 위기 상황과 결코 무관하지 않습니다.”

기득권의 재미에 맛을 들여 썩은 시궁창을 만들던 그들을 비웃으면서도, 엄창수는 자꾸만 작아지며 허물어지는 자신의 모습을 확인할 수 있었다. 그래서 엄 사장은 눈앞이 캄캄해지는 걸 어쩌지 못했다. 그 어둠 속 깊숙한 곳에서 일그러진 얼굴로 낄낄대던 최종길 회장과 박순자 여사가 미친 사람들처럼 침을 튀기고 있었다.

“우리는 다 알고 있어. 그 때나 지금이나 엇비슷한 시나리오를 토대로 화려한 머니게임이 벌어지고 있다는 사실을…. 우리들은 그 투전판에 출연하는 주연과 조연들의 검은 속살을 변함없이 꿰뚫고 있어. 요즘 어지럽게 돌출하기 시작한 분식회계, 주가조작, 불법 대출, 정관계 로비 의혹, 비자금 조성, 돈세탁, 탈세, 각종 금융 비리들도 묵은 영화 몇 편을 다시 개봉한 것에 불과해!”

“선택의 여지는 좁아. 냄새 나는 똥이 더러우면 피해 가라. 그럴 생각이 없으면 아예 코를 막아 버려. 권력자들이 재력을 손에 넣을 수 있는 길은 이 땅에 쫙 깔려 있어. 사정이 그러니 결국 권력의 편에 선 사람들은 부자가 되고, 어리석고 힘없는 서민들만 일방적으로 당하게 마련이지….”

● 권말 보너스
주식투자로 망하지 않으려면 현금흐름표를 봐야

대우그룹을 믿지 않은 일본 은행들

1995년부터 2년 동안 일본 금융기관들은 대우그룹 계열사에 빌려준 돈을 경쟁하듯 회수해갔다. 한국 금융기관들이 우물쭈물하며 정부의 눈치를 보고 있을 때였다. 마침내 대우그룹이 공중 분해되자 아주 특이한 현상이 나타났다.

거액의 부실채권을 끌어안은 대우그룹의 해외 채권단 중에서 일본계 금융기관은 없었다. 그 이유를 알고 채권단 관계자들은 혀를 내둘렀다. 일본 금융기관들은 무엇보다 대우그룹의 현금흐름을 중시하면서 분식회계 여부를 과학적으로 탐지했고, 현금흐름이 원활하지 못하자 서둘러 발을 뺐던 것이다.

대우그룹은 1995년부터 현금흐름이 악화되면서 단기차입금이 급격히 증가했다. 이를 눈치 챈 몇몇 금융기관들이 발 빠르게 움직였고, 가장 민첩한 반응을 보인 곳은 하나같이 일본계 은행들이었다.

하지만 일본 금융기관처럼 대우로부터 대출금을 회수한 국내 은행이 아주 없지는 않았다. 대우그룹의 관계회사라고 할 수 있었던 한미은행이 바로 그 주인공이었다.

대우가 지분을 갖고 있던 한미은행이 일본 금융기관들처럼 단 한 푼을 물리지 않은 것도 대우그룹의 현금흐름을 잘 파악하고 순발력 있게 먼저 움직였기 때문이다.

아무리 이익의 규모가 크더라도 현금을 보유하고 있지 않으면 기업이 존속하기 어렵고 결국에는 흑자도산으로 이어지게 마련이다. 따라서 현금흐름표의 중요성은 아무리 강조해도 지나치지 않다.

현금흐름표에서 '영업활동 현금흐름'은 감가상각비, 무형자산상각비 등 '현금 유출이 없는 비용'을 더해준다. 따라서 '영업이익'이나 '당기순이익'을 웃도는 현상이 정상이다.

하지만 매출 둔화와 매출채권(외상매출)이 증가할 경우 지상(재무제표) 영업이익과 당기순이익은 증가해도 실제 현금이 들어온 게 아니어서 '영업활동으로 인한 현금흐름'에 반영되지 않는다.

재무상태표와 손익계산서는 대체로 쉽게 조작할 수 있지만 현금흐름표를 조작하는 것은 거의 불가능하다는 점은 회계 전문가들 사이에서 익히 알려진 사실이다.

철저하게 장부 조작을 했더라도 현금흐름표를 살펴보면 재무구조의 허점, 유동성 악화 정도, 부실화 가능성, 도산 가능성 등을 쉽게 파악할 수 있다.

▲ 손익계산서와 재무상태표는 얼마든지 분식회계가 가능하다는 전제 하에 가능한 한 2년 이상의 데이터로 분석한다.

▲ 영업활동 : 영업활동을 잘 해서 이익이 났다면 당연히 플러스(+) 요인이다.

▲ 투자활동 : 금융상품(정기예금), 유가증권(주식, 채권), 시설투자(건물, 기계장치, 비품) 등 관련 부분에 대한 현금의 유입과 유출을 말하는 것으로 당연히 마이너스(-)가 되어야 정상이다. 회사의 여유자금 활용과 미래 성장을 위한 시설투자에 현금이 지출되는 것이 정상적이기 때문이다.

▲ 재무활동 : 금융거래를 말한다. 마이너스(-)란 돈을 갚았다는 의미이고, 플러스(+)란 돈을 차입한다는 의미여서 마이너스(-)가 정상이다. 이익을 지속적으로 내는 기업이라면 차입금을 갚기 때문이다.

▲ 종합 판단 : 영업활동은 본업과 관련된 활동을 의미하므로 일시적으로 마이너스(-)가 발생할 수는 있다. 하지만 연간 기준으로 마이너스(-)가 2년 이상 지속되거나 갑자기 큰 폭의 마이너스(-)가 발생한다면 문제가 있다.

▲ 결론

영업활동으로 인한 현금흐름(유입, +)이 영업이익, 당기순이익을 초과해야 진정한 우량기업이다. 물론 영업활동으로 인한 현금흐름이 마이너스(- △)이면 부실기업이나 다름없다. 영업활동 현금유입 규모가 영업이익이나 당기순이익보다 현격히 적으면 흑자도산, 분식회계 가능성이 매우 높다.

- 출처 : [엉터리재무제표 읽는 비법](우용출판사 발행)

밑 빠진 독, 그 개구멍의 교훈

어느 날, 고액 연봉을 자랑하던 증권사 애널리스트가 이직(移職)을 결심했다. 그 애널리스트는 무리한 영업목표 채우기와 호의적인 기업

분석 리포트를 억지로 만들어야 하는 과정에서 심각한 압박과 갈등에 시달렸다. 고액 연봉에 눈이 멀어 양심과 소신을 헌신짝처럼 버려야 하는 그 직장이 싫어졌다.

도저히 소신을 지킬 수 없다고 판단한 그는 증권사를 떠나 은행으로 자리를 옮겼다. 비록 영전이 아니라 계약직에 불과했으나 예전과 다르게 나름대로 소신껏 일했다. 그리고 새로운 시각과 상식선의 합리적 판단으로 은행 조직을 혁신시키는 데 앞장섰다. 그런 헌신은 타성에 젖어버린 조직을 뒤엎었고 부정부패의 연결고리를 끊는 데 일조했다.

그는 모뉴엘이 엉터리 부실기업이란 사실을 적극 규명하고 윗선을 움직여 가며, 기존 대출금 전액 회수와 추가 대출 금지 결정을 이끌었다. 그 주인공은 바로 우리은행 본점 산업분석팀 강윤흠 차장이다. 강 차장은 결국 능력과 열정, 치밀한 분석 능력을 인정받아 정규직이 됐고 포상금까지 받았다.

하지만 유사 금융기관, 관련 직장, 공기업 등에 근무하는 사람들은 강 차장과 달라도 너무 달랐다. 모두들 경쟁하듯 눈먼 돈을 꿀꺽하는 데 여념이 없었다. 곳곳에서 탐욕의 이빨을 갈며 군침을 흘리는 짐승들이 개구멍을 만들고 있었다. 그 개구멍으로 천문학적인 규모의 원가와 예산이 달아나고 있었다. 전 국민이 허리띠를 졸라매며 모아준 혈세가 검은 돈으로 변질되어 밑 빠진 독에서처럼 줄줄 새고 있었다.

사정이 그러함에도 책임 있는 고위관료 조직과 정치권에선 무책임으로 일관했다. 행정처리 기준과 업무처리 매뉴얼을 만드는 대신 언어의 유희를 즐겼고 지하경제를 양성화해야 한다며 목청만 돋우었다. 결정적인 함정이나 취약점, 먹이사슬의 개구멍이 어디에 도사리고 있는지 알지 못하고 변죽만 울려댔다. 내부통제 시스템, 상호견제 조직, 좀 더 강력한 지하경제 양성화 필터(Filter) 등을 구축하려는 노력과 기법은 안중에도 없었다.

그랬다. 허술한 공조직 안의 구성원들이 검은 돈 잔치를 벌이는 동안, 모뉴엘의 위장 수출과 재산 도피 사건은 우리 경제계에 적지 않은 충격을 안겨줬다. 혁신적인 제품과 디자인으로 7년 만에 매출액 1조 2000억 원대의 '히든챔피언(수출우량기업)'에 올랐던 모뉴엘은 모래성에 지나지 않았다.

2007년 마이크로소프트 창업자 빌 게이츠가 세계가전박람회(CES) 기조연설에서 '주목할 만한 회사'라고 언급했다고 알려졌지만 사실이 아니었다. 박홍석 대표 측에서 퍼트린 거짓말을 확인하지 않고 수많은 기자들이 경쟁하듯 받아쓰기를 한 결과물이었다.

지극히 평범한 수법의 분식회계로 잘 나간다 싶던 부실기업 모뉴엘이 와장창 무너지던 날이었다. 경제전문지 P기자로부터 이메일 한 통을 받았다. 다음은 그 질문과 답변 요지다.

▲ 질문

이번 사건에서 은행, 무역보험공사, 금융당국 감독 등의 책임론이 불거지고 있는데 가장 책임이 큰 곳은 어디라고 생각하나?

▲ 답변

경리와 재무제표, 특히 현금흐름표의 기초만 알아도 충분히 막을 수 있었다. 특정 전문 조직들의 그 많은 구성원이 단 한 명도 몰랐다니 놀랍다. 아니 믿을 수가 없다. 그토록 허술하다는 점에서 하나같이 그 책임은 막중하다. 구태여 강조한다면 가장 책임이 큰 곳은 금융감독원이다. 아무리 담합하고 방조하더라도 사전 사후 체크 가능한 기능이 금융감독 당국에 있어야 한다.

▲ 질문

어떤 부분을 챙겼어야 이런 사태가 일어나지 않았을까?

▲ 답변

영업활동으로 인한 현금흐름(유입, +)이 영업이익, 특히 당기순이익을 초과해야 진정한 우량기업이고 리스크가 적은 기업이다. 영업활동에 따른 현금유입 규모가 영업이익이나 당기순이익보다 현격히 적으면 흑자도산, 분식회계 가능성이 매우 높다.

영업이익과 영업현금흐름의 금액 차이는 당연히 '현금 유출입이 없는 항목(계정과목)'을 상계한 결과다. 영업이익 안에는 미처 회수하지 못한 이익(매출채권에 대한 이익) 등이 포함되어 있음을 기억할 필요가 있다.

매출액과 영업이익이 대폭 증가했음에도 매출채권이 그 이상으로 증가하면 영업현금흐름이 악화되고 흑자도산이 우려된다. 밀어내기 영업으로 채권 회수가 악화되었거나 위장 매출 등 분식회계 가능성이 농후하다. 경영관리 책임자가 경영 성과를 부풀리기 위해 가공 매출을 계상한 결과일 수도 있기 때문이다.

특히 기말 현금 잔액은 '기초 현금 잔액 + -영업활동 외 현금흐름(투자활동과 재무 활동에 따른 현금의 유출입)'을 반영한 수치로 인식하면 된다.

분기별 현금흐름 평가는 잠정적인 수치임에도 경영관리나 채권금융기관에 소중한 정보다. 분기별, 반기별로 추적할 경우 자금관리와 흐름을 위한 데이터를 적기에 얻을 수 있어 효과적이다.

▲ 매출채권과 매출액 규모가 거의 비슷하고 ▲ 영업이익 대비 영업활동 현금 유입이 거의 없거나 오히려 유출되고 있어도 ▲ 현금흐름표 분석을 무시하고 대출(지급보증)한 그 잘난 금융사들의 검은 커넥션을 규명하고 엄벌해야 한다. 금융(대출, 지급보증)을 취급하는 기관이나 금융감독 당국이 기초상식을 모르면 우리 사회는 사상누각에 불

과하다.

그들의 담합과 헛발질, 정교한 합작품

장부에서 허위 가공 매출채권을 차감할 경우 실제 자산은 2400억 원, 부채는 7300억 원이다. 부채가 자산보다 약 4900억 원이 많다. 가 공매출 규모는 2008년 이후 2조 7천7억 원으로 전체 매출총액의 약 90%에 이른다.

로봇개발 사업 등에 대한 투자가 수익으로 연결되지 않은 상황에서 사옥 건립, 기업인수 등에 대규모 자금을 투입한다. 결국 자금 압박을 받게 되는 등 방만한 경영과 부실 은폐 목적으로 계상한 거액의 허위 매출채권이 파산의 근본 원인이 된다.

모뉴엘의 분식회계와 파산은 정부, 금융권 위험관리 부실, 모럴해 저드 기업의 정교한 합작품이다. 눈 뜨고 당한 공공기관 임직원들은 담합을 숨기기 위해 '까막눈 심사에 따른 헛발질'로 위장하고 있다. 한 마디로 말해 '잘 몰랐다'는 것이다.

손해를 본 시중은행들이 그나마 안도의 한숨을 쉬는 이유가 있다. 관세청, 무역보험공사, 수출입은행 등 정부부처와 공공기관들이 알아 서 신원보증(?)을 해줬기 때문이다.

모뉴엘의 2013년 매출은 1조 원이지만 영업활동으로 입금된 돈은 15억 원에 불과했다. 매출채권 규모는 약 1조 원으로 매출총액의 97% 에 달했다. 전 임직원들이 나서서 열심히 영업활동을 했는데 하나같이 모두 외상으로 팔았다는 소리다.

그처럼 기업의 상황이 어두웠지만 은행 임직원과 정부 관련 부처 공직자들은 경영 상태나 현금흐름을 살피는 등 최소한의 분석 과정조차 거치지 않았다. 수출입은행이 모뉴엘을 히든챔피언으로 선정한 이유는 자못 희극적이다. '기술력이 뛰어나고 성장 잠재력도 양호하다.'고 결론지었다.

오호통재(嗚呼痛哉)라! 개구멍으로 혈세가 줄줄이 빠져나가고, 검은 돈의 먹이사슬이 더 단단해지고, 부정부패의 연결고리가 날로 진화하고 있었다. 자랑스러운 대한민국에서 눈먼 돈 꿀꺽하는 데 너와 내가 따로 없었던 것이다.

- 출처 : [분식회계와 지하경제, 그 100가지 수법](매일경제신문사 발행)